LA MENACE

DU MÊME AUTEUR

Les Émirs de la République, en coll. avec Jean-Pierre Séréni, Seuil, 1982.

Les deux bombes, Fayard, 1982.

Affaires africaines, Fayard, 1983.

V, l'affaire des « avions renifleurs », Fayard, 1984.

Secret d'État, Fayard, 1986.

Les Chapellières, Albin Michel, 1987.

PIERRE PÉAN

LA MENACE

FAYARD

Il est 17 heures 25, ce 17 septembre 1986, quand une énorme explosion secoue à Paris la rue de Rennes. Panique, cris, flaques de sang. On se croirait soudain à Beyrouth. Pompiers et policiers relèvent six morts et seize blessés graves devant le magasin Tati. Les Français ont peur.

Depuis le 4 septembre, c'est le sixième attentat revendiqué par le C.S.P.P.A. (Comité de solidarité avec les prisonniers politiques arabes et du Moyen-Orient). Cette vague a fait 11 morts et 163 blessés. Le terrorisme submerge la France et semble être capable de frapper là où il veut. Les attentats commis au bureau de poste de la mairie de Paris et à la préfecture de Police constituent autant d'insupportables provocations à l'égard du gouvernement de Jacques Chirac.

Tous les soirs, les Français qui regardent le journal télévisé d'Antenne 2 sont obligés de se rappeler que les diplomates Marcel Carton, Marcel Fontaine, les journalistes Jean-Paul Kauffmann, Jean-Louis Normandin et Roger Auque, ainsi que le chercheur Michel Seurat, sont toujours détenus au Liban parce qu'ils sont Français.

Pourquoi ces morts ? Pourquoi ces otages ? La France est-elle en guerre sans que les Français le sachent ?

L'information est distillée au compte-gouttes, elle est parcellaire. Difficile, pour le citoyen, de faire exactement le lien entre les cinquante-huit Français tués dans l'immeuble Drakkar à Beyrouth en octobre 1984, les prises d'otages français et les morts de chez Tati en septembre 1986. Désigner un agresseur unique serait reconnaître la faiblesse du gouvernement ou son incapacité à l'empêcher de nuire ; le montrer trop clairement du doigt obligerait à expliquer pourquoi il nous agresse.

« Nous ne sommes pas les ennemis de l'Iran... L'Irak est un pays ami. Mais je n'entends pas que nos ventes d'armes puissent être assimilées à un acte d'agression... La France n'a pas choisi son camp ; il se trouve qu'elle a une amitié, elle ne veut pas avoir un ennemi... », déclare le Président de la République.

« S'agissant du conflit malheureux qui existe entre l'Iran et l'Irak, la France, pour des raisons qui lui appartenaient, se considérait comme l'alliée et l'amie de l'Irak, en tirait toutes les conséquences et n'était susceptible dans ce domaine d'aucune espèce de changement ou d'évolution... », répond en écho le Premier ministre. Le sujet, à l'évidence, est « consensuel ».

Depuis le printemps dernier, l'action de l'équipe Pasqua-Pandraud a permis de découvrir des traces du rôle de Téhéran dans les attentats de septembre 1986. La figure de l'ayatollah Khomeiny se dessine derrière de nombreux actes de terrorisme visant la France et les Français. Ce qu'on appelait jusqu'alors la « normalisation » des relations entre Paris et Téhéran a fait place à une crise dure entre les deux pays, chacun ayant pris en otages les diplomates de l'autre.

Dans les relations classiques entre États, la rupture des relations diplomatiques entre deux pays peut précéder leur entrée en guerre. Là, elle est l'aboutissement d'une grave tension qui dure depuis plus de sept ans.

Il est temps d'analyser froidement ce qu'est la menace iranienne et de dépasser les discours qui accompagnent immanquablement les campagnes d'action psychologique. De rappeler notamment que l'Iran est d'abord un pays en guerre qui lutte pour sa survie. Une guerre qui lui a déjà coûté des centaines de milliers de morts. Par-delà le fanatisme inhérent à la nature même du régime de l'ayatollah Khomeiny, le pays ne perçoit le monde extérieur qu'à travers le prisme de ce conflit. La France fournit des armes à l'Irak, son ennemi ; la France est donc également son ennemie. La neutralité officiellement affichée par Paris ne peut évidemment être reconnue tant que des obus et des missiles *made in France* tuent des Iraniens. L'équation perse est facile à comprendre dès lors qu'on la transpose : imaginons la réaction d'un Churchill à qui un pays de l'Axe autre que l'Allemagne aurait proposé jadis une « normalisation » de ses rapports avec l'Angleterre...

L'Iran est donc en guerre avec l'Irak, mais aussi avec la France, tout en utilisant contre celle-ci des moyens qui, dans l'arsenal militaire, ne sont pas considérés comme « classiques ». Ils visent les populations civiles pour que l'opinion publique fasse pression sur ses gouvernants.

Si l'on veut vraiment « tirer les conséquences » de l'alliance franco-irakienne, il faut voir dans les morts de la rue de Rennes des victimes de guerre, et dans les otages des prisonniers de guerre. Ne pas le reconnaître, c'est s'installer dans le mensonge et accepter que les mollah de Téhéran continuent de se livrer — avec un certain succès — à des chantages inacceptables.

Officiellement, les gouvernants s'interdisent de négocier avec les ravisseurs ou avec des États complices des preneurs d'otages, mais ils ne peuvent se dispenser d'essayer de mettre un terme au calvaire de ceux-ci. Ils s'enferment dans des négociations secrètes, utilisent des émissaires plus ou moins fiables, et sont à la merci de « fuites » qui les mettent en contradiction avec leurs discours publics.

Aux États-Unis comme en France, la libération des otages est devenue un enjeu électoral. Plus généralement, nombre de principes fondamentaux sur lesquels reposent les démocraties occidentales risquent d'être atteints par cette guerre pas comme les autres. La vraie menace brandie par l'ayatollah Khomeiny est celle qui risque de faire éclater la cohésion nationale, et de discréditer des gouvernants pris en flagrant délit de mensonge.

Elle doit être prise au sérieux. Un président américain a failli être destitué pour avoir menti. Pendant dix-huit mois, pour récupérer ses otages, il a laissé se dérouler des négociations secrètes avec les mollah, leur a fourni des armes, violant ainsi l'embargo qu'il était lui-même chargé de faire respecter.

Nous allons essayer d'analyser la nature, les motifs et les manifestations de cette menace, et de voir comment les États-Unis et la France, principales cibles, ont « géré » celle-ci. De voir comment des pays dont la vie politique intérieure et le comportement international reposent sur le respect du droit et l'acceptation de certaines règles se trouvent démunis quand un autre État refuse d'appliquer ces mêmes règles. De voir comment l'« ennemi » peut ainsi en arriver à menacer ce qui fait l'âme des nations démocratiques.

CHAPITRE I

LA SURPRISE D'OCTOBRE

Il est environ onze heures du matin, ce 24 octobre 1980, au quartier général de la campagne du candidat Ronald Reagan, à Arlington (Virginie). Un homme du centre opérationnel, tout excité, dit et répète :

— Nous n'avons plus à nous soucier de la "surprise d'octobre". Dick a cassé le marché...

« Dick », c'est Richard Allen, principal conseiller de Reagan pour la politique étrangère. La « surprise d'octobre », c'est ce que redoutait par-dessus tout le *staff* du candidat républicain : la libération des otages américains de Téhéran qui, si elle intervenait avant les élections, risquait de faire perdre à Reagan son avance sur Carter.

Cette scène a été rapportée dans plusieurs journaux américains par Barbara Honegger, qui travailla à l'organisation de la campagne de Reagan avant de devenir analyste politique à la Maison-Blanche. Quant au « marché » cassé par Dick, il s'agissait de la libération des otages négociée par Carter en échange d'un certain nombre de concessions sur les avoirs bloqués de l'Iran, les biens du Shah et les livraisons d'armes américaines à Téhéran.

Un bref retour en arrière est ici nécessaire pour comprendre cette incroyable histoire où l'on peut déjà voir à quel point l'Iran, en utilisant des moyens de pression non conventionnels, fait peser sur les régimes occidentaux les plus graves menaces, faussant les règles du jeu électoral et, plus généralement, celles qui constituent le fondement de nos démocraties.

Dès septembre 1979, soit sept mois après la chute du Shah, le gouvernement américain essaie de renouer avec l'Iran. Trois rencontres secrètes ont lieu. Dès la première, le Premier ministre Bazargan en personne rencontre un émissaire américain. Une quatrième rencontre se déroule à Alger, le 1er novembre, entre Brezczinski (conseiller du Président Carter pour la politique étrangère) et Bazargan, mais celle-ci est vite ébruitée à Téhéran. Elle précipite la radicalisation du régime et provoque trois jours plus tard l'occupation de l'ambassade américaine. Cinquante-deux Américains y sont retenus en otages.

L'affaire devient aux États-Unis un symbole de faiblesse insupportable. La cote de Carter est en chute libre. Les images diffusées par la télévision choquent les Américains : des otages aux yeux bandés, des ordures transportées dans le drapeau américain qui est ensuite brûlé. Le gouvernement de la première puissance mondiale est complètement démuni face à cette attaque inédite : une grave violation de l'immunité diplomatique doublée d'une prise d'otages. La Maison-Blanche, après avoir épuisé les voies diplomatiques traditionnelles, décide de libérer les otages par la force. C'est le coup de Tabass, exécuté le 25 avril 1980. Mais si l'armée américaine réussit à montrer sa force en pénétrant à l'intérieur du territoire iranien, elle échoue à délivrer les otages...

Carter se retrouve dans l'impasse sur le plan électoral, et fait de nouvelles propositions à l'Iran, via l'Allemagne et la Suisse, dans le courant de septembre 1980, c'est-à-dire au moment où commence la guerre Iran-Irak.

Dans *L'Espérance trahie*, Bani Sadr, l'ancien Président de la République iranienne, décrit ainsi l'offre de Carter :

— Les États-Unis sont prêts à livrer des pièces de rechange militaires à l'Iran ;

— Ils sont prêts à créer les conditions pour la restitution des biens du Shah et des dirigeants de l'ancien régime ;
— Ils expriment leurs regrets pour leur action politique passée en Iran et acceptent de collaborer à un examen des actes de la politique des États-Unis sous le régime du Shah ;
— Ils sont prêts à débloquer sans conditions les avoirs de l'Iran, de même qu'à cesser le blocus économique.

L'équipe qui prépare la campagne électorale de Ronald Reagan sous la direction de William Casey, vétéran de la C.I.A., est obsédée par ce problème des otages. Non pas tant par le sort de ceux-ci, que par l'impact de leur éventuelle libération sur le résultat des élections qui doivent avoir lieu le 4 novembre. Richard Wirthlin, responsable des travaux des analystes électoraux, a en effet estimé que cette libération des otages vaudrait à Carter un gain de 5 à 6 % dans les sondages, et que si un tel événement intervenait juste dans la dernière semaine précédant le scrutin, Carter gagnerait 10 % des voix, ce qui lui assurerait la victoire.

Dès septembre, Casey et les principaux conseillers se réunissent une trentaine de minutes tous les matins pour discuter de la situation des otages. D'après deux journalistes américains, Jack Germond et Jules Witcover, ils évoquent la « surprise d'octobre » avec une « fébrilité frisant la paranoïa ». Casey conclut finalement que l'enjeu mérite une réponse adaptée, et nomme Allen à la tête d'un groupe de dix personnes, baptisé « Groupe de la Surprise d'octobre ».

Une enquête diligentée en 1983 par le républicain Donald Albosta a donné lieu à un rapport rendu public par la Chambre des Représentants en mai 1984. Intitulé « Transferts non autorisés d'informations non publiques pendant l'élection présidentielle de 1980 », il fournit certains détails sur l'organisation de l'équipe Reagan destinée à gérer ce problème si décisif pour l'issue du scrutin. Une opération fut ainsi montée, utilisant des anciens du F.B.I et de la C.I.A., en liaison avec quelques-uns de leurs amis au sein de l'administration, pour rassembler le maximum de renseignements sur tous les mouvements d'appareils américains et pouvoir ainsi détecter à temps la mise en place de la logistique destinée à récupérer les otages. Garrick — le responsable de cette opération — travaillait à plein temps à des « actions touchant notre réponse au problème des otages », peut-on lire dans un « memo confidentiel » du numéro 2 de la campagne. Les enquêteurs du Congrès ont également trouvé dans les papiers des responsables de l'équipe de Reagan un certain nombre de documents secrets pris à l'ambassade américaine à Téhéran, qui avaient été « obtenus de l'Iran après être passés entre les mains d'Iraniens »... Cette activité fébrile du « Groupe de la Surprise d'octobre » permit, selon Peter Hannaford (ex-« public relations » de Reagan), de « détecter, fin septembre, que la Maison-Blanche était en train de négocier la libération des prisonniers américains en Iran[1] ».

Au début d'octobre, « Dick » Allen, son assistant et Robert McFarlane (qui travaille alors pour le sénateur John Tower), rencontrent à l'hôtel « L'Enfant-Plazza », à Washington, un « Iranien exilé » qui dit « représenter le gouvernement iranien[2] ». Celui-ci propose de livrer les otages à Reagan et non à Carter, afin de consommer la défaite de celui-ci. Selon McFarlane, tous trois repoussèrent l'offre iranienne en ces termes : « Nous n'avons qu'un Président à la fois ». Allen a affirmé devant le Congrès avoir rédigé un compte rendu de cette rencontre, qu'il a malheureusement égaré plus tard. Les trois Américains qui participèrent à cette rencontre à « L'Enfant-Plazza » ont tout aussi opportunément perdu la mémoire : ils ont oublié jusqu'au nom de l'Iranien avec qui ils s'entretinrent alors. Dommage !

Le 15 octobre, le patron du « Groupe de la Surprise d'octobre » envoie à Reagan une note le prévenant que la libération des otages pourrait intervenir avant les élections comme « un coup de tonnerre », le Président Bani Sadr

1. *Cf.* son livre *The Reagan's : a political portrait.*
2. *Cf.* *Washington Post* et *Miami Herald.*

souhaitant lui-même sortir de cette crise. « La "Surprise" pourrait bien se produire à la fin du mois. »

Pourtant, les otages restent enfermés... C'est qu'entre le 11 et le 22 octobre, les Iraniens ont modifié du tout au tout leur façon de négocier avec les émissaires de Carter. Encore au début du mois, selon Gary Sick, expert du National Security Council pour l'Iran, ce pays insistait pour recevoir des armes américaines et des pièces détachées déjà payées par le Shah. Le 22 octobre, en revanche, Téhéran limite ses exigences aux avoirs gelés aux États-Unis, malgré ses besoins impérieux et urgents en pièces détachées, un mois après le déclenchement du conflit qui l'oppose à l'Irak. *Pourquoi ce changement brutal ?*

Une hypothèse est émise et gagne du terrain aux États-Unis mêmes : un tel revirement n'a de sens que si l'Iran *savait* qu'il aurait bientôt accès aux fournitures d'armes américaines sous l'administration Reagan...

Bani Sadr, qui était Président de la République islamique au moment des faits, affirme que « deux ayatollah ont négocié, à travers des intermédiaires, avec le staff du candidat Reagan en échangeant l'humiliation de Carter contre de futures livraisons d'armes ». Le même Bani Sadr pense que ces deux religieux ne sont autres que Rafsanjani et Behechti...

Le 4 novembre 1981, jour de l'élection, les otages ne sont donc toujours pas libérés. Reagan est élu avec une confortable avance.

Les otages sont finalement élargis, au bout de 444 jours de captivité, le jour même où Reagan prête serment. Ils quittent Téhéran quelques minutes après que l'ancien acteur de Hollywood est devenu officiellement Président des États-Unis.

Si quelque accord secret a été conclu entre le staff de Reagan et celui de Khomeiny, a-t-il été vraiment appliqué et comment ? Expédier directement et officiellement des armes à l'Iran aurait été politiquement impossible. La dette de Reagan devait néanmoins être honorée. L'équipe du Président américain disposait pour ce faire de plusieurs canaux : le réseau international des marchands d'armes et... Israël.

soulevèrent finalement l'espoir de cette prise. « La "surprise" pourrait bientôt précéder la venue du ... »

CHAPITRE II

L'AYATOLLAH TROUVE DES ARMES

En février 1979, l'Ayatollah se retrouve à la tête d'une des armées les mieux équipées du monde. L'Iran est par exemple le seul pays — en dehors des États-Unis — à disposer d'avions de combat F 14. Le Shah, qui se voulait le « gendarme du Golfe », avait acheté pour 17 milliards de dollars d'armes et de munitions américaines. Ce cadeau involontaire est néanmoins un piège, puisqu'il rend l'Iran dépendant du « Grand Satan ». Le bon fonctionnement des armes — surtout quand elles sont très modernes — passe par un bon approvisionnement en pièces détachées, et naturellement en munitions. Les unes comme les autres se trouvent aux États-Unis ou chez leurs alliés.

L'Ayatollah retournera cette apparente dépendance contre les États-Unis et l'Occident, et transformera cette faiblesse en arme redoutable. Un Président américain, Ronald Reagan, va même manquer de quitter la Maison-Blanche pour cause d'« Irangate »... Dieu sait pourtant combien son prédécesseur, Jimmy Carter, avait fait contre mauvaise fortune bon cœur vis-à-vis de celui qui avait chassé de Téhéran l'allié fidèle mais encombrant de Washington !

Pour encourager le gouvernement modéré de Mehdi Bazargan, l'administration Carter avait entamé des pourparlers secrets avec des responsables de l'armée iranienne pour satisfaire les dernières commandes militaires passées par le Shah

(5 milliards de dollars). Des conseillers américains avaient effectué des voyages secrets en Iran dès l'été 1979. Ils y avaient testé deux missiles sol-air Hawks et offert de réparer le système de défense anti-aérien. Puis quelques grandes sociétés américaines avaient été autorisées à vendre discrètement du matériel militaire à l'Iran. Tous ces échanges furent brutalement stoppés quand l'ambassade américaine à Téhéran se trouva transformée en prison pour 52 citoyens des États-Unis. Carter imposa alors aux firmes américaines un boycott total du pays des mollah. L'Iran devenait « pestiféré » et infréquentable, même en tant qu'acheteur d'armements.

Cet embargo aurait dû en principe paralyser rapidement l'armée iranienne. Or, non seulement ses appareils continuèrent à voler, ses chars à rouler, mais l'Iran ne succomba pas à l'attaque irakienne lancée en septembre 1980. Depuis sept ans, il déverse des milliers de tonnes d'obus sur la Mésopotamie et garde la maîtrise des eaux du Golfe... Pourquoi et comment ?

Dans la semaine qui suivit la décision du Président américain, quelque 300 marchands d'armes et représentants de sociétés américaines et européennes offrirent leurs services : en l'occurrence, des munitions et autres matériels dont le commerce venait d'être prohibé par Carter.

Les mollah ne tenaient pas à se retrouver à la merci de ces envoyés très spéciaux. Dès la fin de 1979, ils créèrent une société *ad hoc*, la « Metro International », pour s'approvisionner en armes, en biens d'équipement et en matières premières. Son siège fut installé à Londres, avec, comme il se doit, un bureau à Genève, plaque tournante de tous les trafics. Cette société était détenue à 51 % par l'État iranien, à 49 % par un groupe de financiers arabes et pakistanais. Pendant six mois, les deux militaires iraniens installés à Londres démarchèrent diverses sociétés, dont deux françaises : l'une devait livrer des pneus destinés aux avions Phantoms (elle avait obtenu la licence de fabrication des Américains) ; l'autre, B.S.N. Gervais Danone, avait accepté de fournir quotidiennement un million de rations alimentaires à l'armée iranienne (pour ce faire,

B.S.N. avait monté une chaîne de fabrication conforme à la législation islamique).

Tous ces projets de contrats ne furent jamais honorés par la partie iranienne, les lettres de crédit promises par le ministère iranien de la Défense n'étant jamais arrivées à destination à Londres. Certains hauts fonctionnaires de Téhéran préféraient, semble-t-il, se passer d'intermédiaires officiels ou contrôlés par l'État, recourir à leurs propres réseaux d'intermédiaires officieux et ne pas être oubliés dans ces grands brassages de dollars. *Exit* donc la « Metro International »...

Après l'attaque de l'Irak, le 22 septembre, l'approvisionnement en munitions et pièces détachées devient la priorité numéro un de l'Iran. Il y va de sa survie.

Huit jours avant le déclenchement des hostilités, Yves de Loreilhe et Jacques Montanes, deux citoyens français, se trouvent à Téhéran. Pour leur société, la S.E.T.I., spécialisée dans le fret maritime et aérien ainsi que dans le négoce international, ils cherchent à vendre des produits alimentaires et à mettre en place avec différents ministères l'acheminement de matériels divers dans le cadre de l'exécution de contrats conclus avant l'embargo. Les deux hommes cherchent enfin à obtenir des contrats portant sur des opérations de transport.

La S.E.T.I. est bien vue en Iran où elle possède de bonnes entrées. Elle est parrainée par un « sésame » iranien, Ahmed Heidari. Cette fois, Loreilhe et Montanes sont les invités du ministre des Voies de communication. Ils sont conviés par leurs amis iraniens à fournir des moteurs de tanks, des pneus, des pièces détachées... Les deux hommes s'activent, nouent des relations avec une autre société française, la S.I.C.A.M., qui prétend disposer d'une licence de commerce d'armes et d'un parrainage prestigieux. Le 18 octobre, la S.E.T.I. envoie en effet le télégramme suivant au ministre iranien de la Défense :

> « Monsieur le général de division Robert Caillaux, sur demande de M. le général de corps d'armée Lacaze, gouverneur

militaire de Paris, Hôtel des Invalides (Tél. : 45-50-32-80), est prêt à recevoir un appel téléphonique de votre part pour authentifier M. le colonel Jambel, des services de la Défense du territoire. M. le colonel Jambel a servi et sert d'intermédiaire auprès du gouvernement de notre pays pour faire aboutir les négociations en cours. M. le colonel Jambel vous certifiera que la Société S.E.T.I. est *personna grata* auprès de notre gouvernement et jouit de sa confiance. Lundi, la ligne de conduite sera déterminée par les plus hautes instances et un montant officiel proposé téléphoniquement en attendant mieux. Nous vous prions de bien vouloir donc téléphoner de suite à le général Caillaux au numéro 73-97-..., son domicile de week-end. »

La S.E.T.I. remet pour le compte de la S.I.C.A.M. un certain nombre de tarifs et de disponibilités en matériel stratégique. Le 24 octobre, un avion cargo 707 de la compagnie luxembourgeoise Cargolux charge 15 tonnes de matériel sur l'aéroport de Nîmes. Officiellement, les caisses contiennent un moteur Caterpillar, un moteur de camion, 250 pneus, 100 batteries de téléphone, 4 piles et 10 pièces détachées de moteurs poids lourds. Destination : « Présidence de la République d'Iran, Téhéran ». L'affréteur : la S.E.T.I. En réalité, la S.I.C.A.M. a réussi à se procurer en Angleterre, via le marchand d'armes britannique Smalley, 50 moteurs neufs de tanks Scorpion. La France, dans cette affaire, est mouillée jusqu'au cou...

Persuadés de bénéficier de la bienveillance des autorités françaises, Loreilhe et Montanes rendent visite au consul de France pour l'informer qu'ils attendent confirmation de l'accord desdites autorités pour vendre leur matériel militaire.

Début novembre, tout se gâte : le fameux colonel Jambel et la S.I.C.A.M. n'exécutent pas — ou avec beaucoup de retard — les commandes passées par le ministre de la Défense iranien. Ils apparaissent comme des escrocs. Jambel, qui a vraisemblablement inventé son haut patronage militaire, va jusqu'à menacer physiquement les gens de la S.E.T.I.

Exit la S.I.C.A.M. La S.E.T.I. reçoit néanmoins des commandes fermes de la Défense iranienne. Elle en transmet la liste au ministère français et à notre ambassadeur à Téhéran, tout en signalant aux autorités françaises que leurs bonnes relations en Iran sont dues à la protection d'A. Heidari. « C'est par son entremise que nous pensons que la France pourrait très utilement préparer des relations privilégiées pour l'après-levée de l'embargo. »

La S.E.T.I. fait miroiter d'énormes possibilités de contrats : remise en état d'installations pétrolières, réorganisation des chemins de fer... Mais, le 25 novembre, un télex arrive à Téhéran, qui met fin aux rêves de la S.E.T.I. : les autorités françaises n'entendent pas livrer d'armes à l'Iran. Le message est transmis à la Présidence de la République. Nous ignorons si ce veto est lié à une quelconque représentation du gouvernement américain visant l'utilisation de l'aéroport de Nîmes par la S.E.T.I. ; toujours est-il que cette dernière opération a déchaîné l'ire de la D.S.T...

L'Iran fait feu de tout bois. Des émissaires partent aux quatre coins de la planète. L'un se rend même à Moscou pour acheter 300 chars légers aéro-transportables, des camions destinés au transport de troupes, des armes anti-aériennes, des fusils-mitrailleurs et des munitions. On retrouve Heidari, le protecteur de la S.E.T.I., à Paris. Il dispose d'un confortable crédit de 73,5 millions de dollars à la Banque Melli, mobilisable avec la signature de l'attaché militaire iranien à Paris.

Les Iraniens commencent pourtant à se méfier de Heidari le jour où un fonctionnaire de l'ambassade d'Iran à Paris s'amuse à comparer les télex reçus et ceux expédiés par lui : la différence entre les propositions qui lui sont faites et celles qu'il transmet à Téhéran varient du simple au double...

En enquêtant sur Heidari, les Iraniens découvrent :

— qu'il est de mèche avec un financier du nom de Faragdi, lié aux Irakiens ;

— qu'il a versé des pots-de-vin à des responsables du ministère de la Défense à Téhéran (l'un de ces responsables s'est suicidé peu après, un second a été mis en retraite anticipée et est aujourd'hui en prison, un troisième a été victime d'un accident d'avion en Iran) ;

— qu'il a reçu des propositions de l'attaché militaire de l'ambassade d'Israël à Paris. Cet officier était prêt à procurer à l'Iran toutes les pièces de rechange des armes américaines les plus sophistiquées, mais exigeait « un contact direct entre les autorités iraniennes et lui-même ». D'après un Iranien qui s'est occupé de ce dossier, l'Israélien aurait dit : « Donnez-moi un seul papier à en-tête, et vous aurez toutes les pièces que vous désirez » ;

— que le même Heidari communiquait à la C.I.A. les listes de demandes d'armes de l'Iran...

Quand Bani Sadr, encore Président de la République islamique, reçut le rapport dénonçant les agissements de Heidari, il décida aussitôt d'arrêter les frais.

Comme l'indique une note datée du 22 septembre 1983, les agents de la D.G.S.E. avaient repéré ces tractations :

> « L'ambassade d'Iran à Paris mène des négociations avec des représentants israéliens afin d'acquérir des pièces détachées pour moteurs d'avions. Les conversations se déroulent pour plus de discrétion dans les locaux de l'ambassade de Suisse, qui sert d'intermédiaire dans cette opération. Les pièces détachées, qui seront acheminées à cette même ambassade, puis réexpédiées par Iran Air, seront payées par l'entremise des Suisses. »

L'enquête diligentée par Bani Sadr révèle que non seulement Heidari avait des liens avec Israël, mais que l'Iranien était un escroc de haute volée. Installé à Paris à l'hôtel Georges V, il fit venir le chargé d'affaires iranien à Madrid, dûment prévenu par télex officiel « d'apporter toute assistance à Heidari », et lui fit signer des papiers auxquels l'autre ne comprenait goutte, constatant l'exécution de commandes d'armes passées par le ministère de la Défense iranien. Ce paraphe entraîna le transfert de 56 millions de dollars de la Banque Melli à la

Banque de la Méditerrannée à Paris, sur les comptes de Heidari et de son associé libanais. Puis l'argent se volatilisa. Une partie (environ 20 millions) servit à acheter des armes au Portugal, acheminées par la suite par des avions d'El Al vers l'Iran. Une autre aboutit sans coup férir dans la poche de Heidari et de son associé. Une autre parvint enfin à alimenter le compte n° 832526 à la Banque Suisse de Lausanne, identifié par le nom de code SHAHBAZ. Ce compte n'était autre à l'origine que celui d'un des fondateurs de la République islamique : l'ayatollah Behechti (mort dans un bombardement à Téhéran en juin 1981). Trois dépôts ont été faits sur ce compte :

— le 16 avril 1981 : 7,156 millions de dollars ;
— le 22 avril 1981 : 2,5 millions de dollars ;
— le 14 avril 1986 : 1,640 million de dollars.

D'après les meilleures sources, une partie de cet argent était (est) destinée au Président du Parlement iranien, Rafsanjani, qui s'est d'ailleurs opposé à la récupération des sommes par le ministère iranien de la Défense. Des procès touchant cette affaire sont encore en cours...

Tout l'argent de la Banque Melli n'a pas disparu sous la robe des mollah... Depuis septembre 1980, de véritables ponts aériens ont en effet acheminé quantité d'armes et de munitions vers l'Iran.

Le 25 juillet 1981, un avion argentin de type Canadair C.AL 44 est abattu au-dessus de l'Arménie soviétique. A son bord, trois cent soixante tonnes de pièces détachées pour chars M 68 et de munitions de fabrication américaine. L'avion effectuait une navette entre Chypre et l'Iran. Les armes provenaient toutes d'Israël. C'est la première fois que la collaboration entre Israël et Téhéran éclatait au grand jour, tout en étant niée avec la dernière énergie par les deux parties.

La veille de cet accident, le colonel iranien Kouchak Dehghan, vice-ministre de la Défense, signe avec le colonel israélien Jacob Nimrodi un contrat de fourniture d'armes pour un montant de 135 millions de dollars. Les armes stipulées au contrat sont on ne peut plus sophistiquées : des missiles sol/sol Lance, des missiles sol/air Hawk, des obus de 155 mm Copperhead et quelques autres joujoux du même genre. Ces armes ont la particularité d'être d'origine américaine et de n'être utilisées que par un tout petit nombre de pays.

Révélée par *Libération* le 12 juillet 1983 — et aussitôt démentie —, l'existence de tels accords est étayée par des preuves irréfutables — les photocopies des contrats — et révèle l'ampleur de la collaboration, déjà connue notamment grâce à Pierre Salinger[1], entre l'Iran et Israël. L'article de *Libération* livre également le nom d'un personnage qui joue un rôle clé dans ces relations, et que l'on retrouvera tout au long de cette histoire secrète des livraisons d'armes aux ayatollah : Jacob Nimrodi. Officiellement, au moment où il signe le contrat avec le colonel iranien, il n'est que le représentant de la société I.D.E. (International Desalination Equipment Ltd), mais son curriculum vitae mérite d'être brièvement évoqué.

Alors âgé de 58 ans, Jacob Nimrodi est né à Jérusalem, d'une famille juive originaire d'Irak. Ami personnel de l'ancien président Navon, il a été l'adjoint d'Ariel Sharon pendant la guerre des Six jours, en 1967. On le sait ensuite chargé de missions secrètes, notamment en Iran, vraisemblablement pour le compte du Mossad (les services secrets israéliens). A partir de 1975, il est installé à Téhéran où il est très officiellement attaché militaire israélien. Il entretient alors des liens très étroits avec les membres de l'état-major de l'armée impériale. Nimrodi est en réalité le haut responsable des ventes d'armes israéliennes au Shah.

L'activité de Nimrodi, avant comme après la chute du Shah, n'est qu'une illustration de l'implication étroite et constante d'Israël en Iran. Dès les années 50, le Mossad a coopéré avec

1. Que nous remercions de nous avoir ouvert généreusement ses dossiers pour rédiger ce chapitre.

la C.I.A. pour créer la police secrète du Shah, la Savak. Un rapport de la C.I.A. sur le Mossad, datant de 1979, affirme :

> « Le but principal des relations d'Israël avec l'Iran était le développement d'une politique pro-israélienne et anti-arabe par les dirigeants de ce pays. Le Mossad s'est engagé avec la Savak dans des opérations conjointes depuis la fin des années 50. Le Mossad prêtait son assistance aux activités de la Savak et soutenait les Kurdes en Irak. Les Israéliens transmettaient également aux Iraniens des renseignements sur les activités de l'Égypte dans les pays arabes, sur ce qui se passait en Irak et sur les menées communistes affectant l'Iran. »

La coopération entre Téhéran et Jérusalem touchait tous les domaines, le plus important étant néanmoins tout ce qui concernait la sécurité intérieure et extérieure de l'Iran.

Jacob Nimrodi s'est ainsi occupé à Téhéran d'organiser et d'encourager la rébellion des Kurdes contre l'Irak, principal rival politique et militaire du Shah dans la région. Intime du Shah et de ses généraux, c'est lui qui vendit les mitraillettes Uzi à l'armée iranienne... C'est encore lui qui, après la chute du Shah, ayant gardé d'excellentes relations avec les responsables de l'armée de Khomeiny, fut l'un des principaux artisans du maintien des liens secrets entre certains hauts responsables de la Révolution islamique et Israël, liens destinés à préserver ce que les dirigeants israéliens estimaient être des intérêts géopolitiques à long terme.

Avec le déclenchement de la guerre Iran-Irak, les raisons du soutien de l'État hébreu à l'Iran devinrent encore plus évidentes. L'ancien ministre israélien de la Défense, Ariel Sharon, justifiant les ventes d'armes de son pays, déclarait en mai 1982 au *Washington Post* : « L'Irak est l'ennemi d'Israël et nous espérons que les relations diplomatiques entre l'Iran et nous redeviendront ce qu'elles étaient dans le passé. » Quelques mois plus tard, au cours d'une conférence de presse donnée à Paris, il déclara : « Israël a un intérêt vital à la poursuite de la guerre dans le golfe Persique et à la victoire de l'Iran. »

L'aide militaire à l'Iran était si prioritaire qu'Israël n'hésita pas à mécontenter les États-Unis, ses alliés privilégiés. Dans ses mémoires, Zbigniew Brezczinski, ex-conseiller du Président Carter, écrit que les Israéliens vendirent secrètement des pièces détachées à l'Iran alors que les 55 otages américains étaient encore détenus à Téhéran et que Washington avait décrété l'embargo sur les ventes d'armes à destination de l'Iran... De fait, l'industrie d'armement de l'État hébreu livra à ce pays, au cours de l'année 1980, des pièces détachées de Phantoms F4 et de tanks américains. Ces livraisons ne devaient jamais cesser, en violation des accords passés entre le Pentagone et Israël interdisant la revente de matériel militaire sans l'accord explicite de l'Administration américaine. Les officiels américains affirmeront constamment n'avoir jamais donné leur feu vert à Israël. En mai 1982, dans l'interview déjà citée d'Ariel Sharon au *Washington Post*, le ministre israélien n'en a pas moins déclaré que tout avait été fait dans la légalité et avec l'accord de « nos collègues américains ». Affirmation qui viendrait confirmer l'hypothèse d'un accord secret passé entre l'équipe Reagan et l'Iran dès octobre 1980...

Quoi qu'il en soit, directement ou indirectement, Israël deviendra le premier fournisseur d'armes de l'Iran révolutionnaire, pays qui fait pourtant de la disparition de l'État hébreu un de ses objectifs prioritaires à terme...

Les rapports entre Israël et l'Iran ont emprunté de nombreux et tortueux chemins qui auraient dû rester secrets. Aussitôt après le déclenchement des hostilités entre l'Iran et l'Irak, une rencontre secrète eut lieu à Zurich entre le colonel Zarabi, directeur général de l'Organisation des Industries militaires à Téhéran, et son homologue israélien, le colonel Ben Youssef. Les deux organismes entretenaient déjà des rapports très étroits à l'époque où le Shah régnait encore. A l'ordre du jour de cette réunion figura la question de la formation d'experts iraniens visant à les rendre capables de modifier certains équipements, notamment sur les avions de combat, afin de leur permettre d'utiliser des munitions fabriquées en Israël. En effet, si les appareils iraniens, comme les israéliens, sont de construction américaine, ces derniers ont été transformés pour pouvoir embarquer des bombes *made in Israel.* Pour mieux tester la faisabilité de ce projet, censé générer bientôt un nouveau flux de munitions d'Israël vers l'Iran, quelques conseillers militaires israéliens se rendirent secrètement en Iran et en profitèrent alors pour visiter le front irako-iranien...

Londres ne va pas tarder à devenir la principale plaque tournante des réseaux complexes chargés d'acheminer des armes vers l'Iran. Les observateurs avertis — c'est-à-dire les agents de la C.I.A., du M.I.6, du S.D.E.C.E... — auront d'ailleurs le plus grand mal à démêler cet écheveau. Si bien qu'aujourd'hui encore, on a quelque peine à reconstituer sur le sujet une histoire cohérente.

Le ministre de l'Aviation iranienne, le plus gros consommateur de matériels, installe à Londres une antenne de l'I.R.I.A.F., le ministère iranien de l'Aviation. C'est un Iranien d'origine arménienne, transitaire de son état, qui offre l'hospitalité aux aviateurs de Téhéran. Ce Galustian est un homme de ressource : dans le même immeuble où il loge l'I.R.I.A.F., sa propre société, la K.T.A. (Katherine Transportation Association, qui assurait du temps du Shah le transport d'armes à destination de Téhéran), va pouvoir poursuivre son commerce, cette fois pour le bénéfice de Khomeiny.

Nous ne connaissons qu'un des interlocuteurs privilégiés de cette antenne londonienne : la J.S.C. International, qui a son siège à Anguilla, petite île des Caraïbes où l'on n'a pas l'habitude de poser de questions indiscrètes. Cette société-écran cache un couple d'Israéliens, André et Janine Frydel, à la tête d'une société israélienne de fabrication de matériels aéronautiques. Les Frydel ont un contact officiel en Israël : Zvi Reuter, peu connu du grand public. Il s'agit pourtant d'un homme important au ministère de la Défense : il est directeur adjoint des exportations militaires. Il faut en effet savoir que les deux tiers des armes fabriquées en Israël sont destinées à l'exportation...

Officiellement, Aziz Nezafatkhah (en persan, ce nom signifie : « celui qui aime la propreté ») n'est qu'un simple attaché commercial à l'ambassade de la République islamique auprès de Sa Majesté britannique. En réalité, quel que soit leur rang, tous les diplomates en poste tremblent devant lui. On le dit proche de Khomeiny et le protégé du fameux ayatollah Khalkhali, le juge itinérant qui se vante d'avoir fait trucider plus d'un millier de personnes... Tout passe par lui à Londres. « Sa signature est nécessaire pour acheter aussi bien un moteur de char qu'une aiguille à coudre », dit plaisamment un marchand d'armes, précisant : « Cette signature coûte dix pour cent du montant de l'affaire... »

Sans qu'on en ait la preuve, on peut penser qu'Aziz exerce un certain contrôle sur le fonctionnement de l'I.R.I.A.F. et l'activité de sociétés comme la K.T.A. Depuis juillet 1981, Aziz doit assurer une meilleure étanchéité entre les différents réseaux d'approvisionnement, de sorte qu'il soit impossible à des observateurs extérieurs de détecter la provenance des équipements militaires du gouvernement islamique.

Après l'accident de l'avion argentin tombé en juillet 1981 en Arménie soviétique après avoir déchargé en Iran sa cargaison d'armes et de munitions embarquées en Israël, l'ayatollah Khomeiny, dit-on, aurait donné des instructions très sévères pour qu'il soit mis fin à « toutes relations avec ces chiens (israéliens) ». Convoqué par l'iman, le colonel Djawad Fakkouri, ancien chef d'état-major des forces armées, aurait confirmé la nature de la collaboration entre l'Iran et Israël, expliquant du même coup que l'Iran n'avait d'ailleurs pas le choix. La soudaineté de la guerre, les énormes besoins en matériels (les ordinateurs permettant de gérer les stocks d'armes et de munitions ayant été détruits par les Pasdarans qui croyaient avoir affaire à des installations de la C.I.A. !), l'embargo américain interdisaient d'y regarder de trop près : seuls les Israéliens proposaient une aide sérieuse, aurait alors plaidé Fakkouri, selon des proches de Bani Sadr.

Les écrans entre Téhéran et Jérusalem doivent désormais être beaucoup plus épais, les réseaux plus détournés. Plus question de relations directes entre Jacob Nimrodi et le ministère de la Défense, ou entre les colonels Ben Youssef et Zarabi... D'où les précautions prises par l'antenne londonienne du ministère de l'Aviation pour négocier avec Israël *via* une société dont le siège est aux Caraïbes. D'où le rôle d'Aziz Nezafatkhah.

Celui-ci est aidé par un homme de confiance, Ansari. L'air d'un étudiant, celui-ci est toujours affublé d'un vieil anorak, genre surplus de l'armée américaine, et arbore ce visage mangé par la barbe, signe distinctif des hezbollahi, les « fous de Dieu » qui vénèrent Khomeiny. Ansari organise à Londres des réunions en faveur de l'Ayatollah. Il surveille les missions iraniennes de passage dans la capitale. Il est considéré par ses collègues de l'ambassade comme l'œil de Téhéran : « Nous dormons dans les sous-sols de l'ambassade transformés en dortoirs. Nous ne devons accepter aucune invitation, à moins d'être accompagnés d'un garde. Chaque soir, lorsque nous revenons à l'ambassade, Ansari nous demande un rapport détaillé sur notre activité de la journée, nos conversations, les personnes rencontrées, les lieux et heures exacts de nos rendez-vous... »

Mais Ansari n'est pas qu'un petit espion. On le voit souvent flâner du côté de Hyde Park, à deux pas de l'ambassade, généralement accompagné par un homme habillé chez un bon faiseur et qui respire la réserve britannique. Le « fou de Dieu » jette des miettes aux cygnes et aux poissons du lac. Mais voici qu'il glisse une main sous son anorak, en ressort quelques feuilles de papier qu'il tend promptement à son compagnon, lequel les enfouit à son tour dans une poche intérieure de sa veste... Le gentleman s'éloigne sans hâte. En un autre endroit de la capitale, il rencontre un homme dont la description serait superflue, tant il ressemble à tout le monde. Après de multiples détours, cet homme rentre à l'ambassade d'Israël et remet à qui de droit les feuillets d'Ansari : de longues listes de pièces détachées, d'armes et de munitions dont l'armée iranienne a besoin.

Méfiants, les Israéliens n'utilisent pas le télex pour transmettre les listes de l'Ayatollah. Ils ne tiennent pas à ce qu'elles tombent entre les mains des services secrets britanniques, américains ou... soviétiques. Ces listes, ayant transité par l'hezbollah, sont envoyées par courrier à Tel-Aviv. Elles parviennent jusque dans un centre de *Tsahal*, l'armée d'Israël, qui abrite de gros ordinateurs reliés, dit-on, à ceux du Pentagone. Quelques heures après l'arrivée des listes, les computers ont tout digéré et ont « recraché » les solutions aux problèmes de l'armée iranienne. En face de chaque type de matériel, d'arme ou de munition, se trouve mentionné qui est en mesure d'en fournir dans le monde entier. Les réponses reprennent alors le chemin de Londres. A Hyde Park, elles aboutissent entre les mains d'Ansari qui, quelques minutes après avoir jeté ses dernières miettes de pain aux cygnes, les remet à Aziz Nezafatkhah, appelé par les opposants iraniens « Monsieur 10 % ». Des instructions sont alors envoyées par Aziz aux missions militaires de la République islamique à Zurich, Madrid, Lisbonne, Athènes, Paris et... Londres, pour que celles-ci se mettent en chasse et trouvent, à partir des adresses fournies par Israël, les matériels nécessaires à la poursuite de la guerre contre l'Irak.

Tous les pays occidentaux ont décidé de s'interdire l'approvisionnement en armes de l'Iran, mais tous, à un moment ou à un autre, en livreront secrètement à l'ayatollah Khomeiny, considéré pourtant par eux comme un ennemi irréductible de l'Occident.

Ainsi le couple Frydel, que nous avons vu, en 1981, nouer des relations étroites avec l'antenne londonienne du ministère iranien de l'Aviation sous couvert d'une société-écran des Caraïbes, exerce toujours, deux ans plus tard, ses lucratives activités. En 1983, les Frydel servent toujours de « faux nez » à l'industrie d'armement israélienne — notamment à la T.A.T. — ainsi que le prouvent certains documents publiés par *Le Canard Enchaîné*. Mais ils ont à présent une couverture libérienne, une adresse, un téléphone et un numéro de télex à Monrovia.

Pourquoi une société libérienne ? Le Libéria est un petit pays d'Afrique occidentale qui tire une part de ses revenus d'une incorrigible myopie vis-à-vis des sociétés installées sur son territoire, et d'un total mépris des réglementations internationales.

La société des Frydel s'appelle maintenant Kendal. Les trois lettres publiées en annexe prouvent que les Israéliens ne passent plus par Londres, mais traitent directement avec le ministre iranien de la Défense. Les deux interlocuteurs se sont mis d'accord sur les quantités et les prix des matériels à acheminer vers Téhéran. Les trois factures *pro forma* doivent permettre à l'acheteur iranien de rédiger, dès réception, des lettres de crédit et de les faire parvenir à Kendal. Dès que les Israéliens auront reçu ces lettres signifiant qu'ils seront payés en temps voulu, ils disposeront de deux, quatre ou cinq mois pour acheminer les « marchandises » énumérées dans les trois documents reproduits. Dans le cadre de cette opération, les Iraniens ont commandé à Israël :

— 15 000 obus de 60 mm,
— 20 000 obus de 81 mm,
— 5 000 obus de 120 mm,
— 200 systèmes de missiles air/air,
— 10 lanceurs de missiles,
— 10 radars.

Tous ces matériels ont coûté quelque 20 millions de dollars, soit, au cours du billet vert à l'époque, environ 150 millions de francs.

Il est certes impossible de reconstituer le gigantesque trafic d'armes qui s'est ainsi organisé autour du pays des mollah, mais on peut en avoir une idée à partir de bribes d'informations récoltées çà et là par des journalistes et des agents secrets. Le *Time* a raconté comment, aux États-Unis, dans une boutique de tapis persans de la banlieue de Stamford (Connecticut), Balanian Hashemi, hommes d'affaires richissime qui avait fui son pays après la chute du Shah, avait organisé à partir de 1980 une vente à grande échelle d'armes et de pièces détachées de fabrication américaine à l'Iran. Le même article du magazine américain soulignait que la Corée du Sud était elle aussi un fournisseur important de l'Iran. Les services secrets américains estimaient qu'en l'espace d'un an (1982-1983), la Corée avait procédé aux États-Unis à 60 achats de missiles Hawk destinés en réalité aux troupes de l'Ayatollah. Dans les mêmes années, la firme italienne Agusta aurait livré des hélicoptères Chinook avec l'accord du Département d'État...

Pour compléter ce tableau des quatre premières années d'exercice du pouvoir de Khomeiny, nous reproduirons un extrait de la « fiche » de la D.G.S.E. datée du 22 septembre 1983 et intitulée « Activités de trafic d'armes liées à l'Iran » :

1982

Des démarches sont entreprises en Italie pour trouver des sources de ventes de radars anti-mortiers, anti-artillerie, ainsi que des radars de surveillance terrestre.

A Genève, deux Israéliens semblaient vouloir négocier la vente de 23 Mig 25 à l'Iran par l'intermédiaire d'un réfugié politique à Genève, ancien officier de l'aviation tunisienne.

En septembre, un homme d'affaires américain désirait vendre une très grande quantité de matériel militaire et des produits alimentaires. Parmi ces matériels proposés au gouvernement de Khomeiny figuraient 100 « Pilot's ejection seats » Martin Baker (GRU 7. A 00). L'homme d'affaires en question devait se rendre à Téhéran pour l'étude du marché.

En novembre, un conseiller spécial de Khomeiny séjournait à Paris pour négocier l'achat d'armes américaines, notamment des missiles air/air A.I.M. 54 (Phœnix) et des dispositifs de vision nocturne ; contrat qui portait sur 200 millions de dollars.

Le ministre iranien de la Défense souhaitait se procurer des missiles Exocet, notamment par le biais de son ambassade à Paris, chargée de prendre contact avec les firmes françaises intéressées.

A cet égard, Bagdad croyait savoir que les Iraniens s'étaient adressés au marché parallèle par l'intermédiaire d'une société non déterminée (il pourrait s'agir de la Nelkom Italiana ou d'un de ses concurrents) qui prétendait disposer d'hélicoptères Bell Cobra dotés de missiles Exocet.

En fin du mois de novembre, il semble très vraisemblable que deux ressortissants iraniens chargés d'achats de matériels de guerre travaillent à Tel Aviv sous couvert de l'ambassade de Suisse et que plusieurs hommes d'affaires sud-africains résident en permanence à Téhéran dans le même but.

Les sociétés d'armement et de munitions grecques Pyrkal, Evo et Elviemek (cette dernière, de petite taille, ne fabriquait que de petites munitions), ont servi d'écran pour l'exportation de munitions et d'explosifs à destination de divers pays et en particulier de l'Iran.

D'une part, la Grèce n'avait jamais appliqué d'embargo sur les matériels vers l'Iran, contrairement, en général, aux autres pays de la C.E.E. La Société Pyrkal, en particulier, faisait transiter des munitions vers l'Iran par l'intermédiaire de pays tiers, entre autres la Syrie. Ce genre de manœuvre ayant été décelé par l'Irak, un contrat portant sur 100 millions de dollars a dû être annulé par cette société sur intervention du gouvernement grec.

D'autre part, il existe en Grèce une procédure qui permet d'acheter des biens en principe destinés à entrer dans le pays, mais sans obligation qu'ils y parviennent réellement. Le ministère de l'Économie grec fournit aux importateurs (les trois sociétés d'armement en l'occurrence) une licence d'importation à l'aide de laquelle ils achètent à l'étranger des matériels destinés en principe à la Grèce. L'importateur, qui n'est pas tenu d'acheminer les explosifs et munitions en Grèce, les fait parvenir où il veut, en Iran par exemple, ou dans un pays complice, en détournant simplement le navire transporteur vers la destination de son choix et ce, alors que le fournisseur étranger est peut être persuadé que la marchandise va rallier la Grèce.

Ce système a pu fonctionner jusqu'à la fin de 1982, mais les services irakiens ont dû l'éventer, car ils ont élevé une protestation auprès du gouvernement grec. Depuis le début 1983, aucune licence d'importation n'a été accordée par le ministère de l'Économie à aucune des trois sociétés précitées, mais le fait que ces opérations soient stoppées n'exclut pas qu'elle puissent reprendre, car la législation grecque permet toujours que de telles manipulations se reproduisent.

1983

Le général-ministre syrien de la Défense s'est rendu en visite en France en janvier 1983, officiellement pour rencontrer sa fille. En fait, il était accompagné de plusieurs officiers syriens et se serait rendu en Europe pour contacter des marchands d'armes au profit des Iraniens.

D'après des proches des milieux gouvernementaux de Téhéran, la Libye transmettrait des rapports réguliers à l'U.R.S.S. sur ses transactions d'armement avec l'Iran et sur ses envois d'armes à ce pays.

La société Star Production, spécialisée dans le trafic d'armes, et dont le siège est sis à Genève, entretient les meilleures relations avec Israël[1]. Tout porte à croire que cette société sert de paravent aux Israéliens pour vendre leurs armes dans différents pays. Le président de ladite société (M. Starckman) est très souvent en voyage d'affaires aux États-Unis et cherche depuis deux ans à vendre des armes à l'Iran. Ce sont les Israéliens qui lui ont donné récemment l'ouverture vers ce pays.

L'ambassade d'Iran à Paris a adressé à la société Praxa International Metals (59, rue Fontaines-au-Roi, Paris-11e), une liste faisant état de leurs besoins en armement pour une valeur de 100 millions de dollars U.S., soit :

— 20 hélicoptères Cobra américains,

— des missiles américains ou français,

1. Ladite société dément totalement ces affirmations.

— des moteurs Diesel pour chars américains M 60 et chars anglais Chieftain,

— des obus américains de différents calibres.

En février 1983, le neveu de l'ayatollah Khomeiny était à Paris pour superviser les activités d'un membre de l'ambassade d'Iran chargé de négocier pour le compte de Téhéran. Les Iraniens se sont adressés à la société Star Production, sise à Genève et qui est en contact direct avec les fabricants américains. Cette firme suisse proposait entre autres :

— des hélicoptères Cobra,

— des missiles antichars TOW,

— des moteurs Diesel pour chars M 60,

— des munitions de gros calibre.

Il apparaît au terme de cette analyse que :

— la Suisse est le centre de rencontres officieuses entre les Iraniens et les vendeurs d'armes ;

— les principales plaques tournantes du marché libre des armements sont les pays tels que : l'Italie, la Libye, la Turquie, la Grèce, la Syrie, le Sud-Yémen et la Corée du Nord ;

— les détournements, dont quelques exemples sont cités dans la présente note, sont effectués par l'intermédiaire de sociétés-écrans, permettant ainsi d'alimenter un pays tel que l'Iran avec des armes et des matériels de guerre en provenance de pays qui, en principe, lui appliquent un embargo sur ces produits.

La conclusion de l'auteur de cette note de la D.G.S.E. ne manque pas de sel :

« La France n'apparaît pas comme le territoire privilégié des trafics d'armes en direction de l'Iran. Cependant, bien que le Service ne dispose pas de preuves formelles de livraisons, les propositions, les visites, les transactions commerciales déjà citées sont des éléments suffisants qui permettent d'affirmer que des trafics d'armes en direction de l'Iran ont parfois pour origine notre pays. »

Qu'en termes élégants ces choses-là sont dites !...

Oui, la France qui, officiellement, a mis elle aussi l'embargo sur les armes à destination de l'Iran, est loin d'avoir les mains propres. Les hommes de l'amiral Lacoste n'ont pas relâché leur surveillance des trafics d'armes à destination de l'Iran après la diffusion de la note que nous venons de citer. Claude Cheysson qui, on le verra, a encore resserré les liens de la France avec l'Irak, est fort chatouilleux sur tout ce qui pourrait venir compromettre une politique arabe dont l'axe passe par Bagdad. Dès que des rumeurs sur d'éventuelles ventes d'armes ou de munitions à l'Iran parviennent au Quai d'Orsay, il réclame une enquête.

Dans les premiers jours de 1984, les « moustachus » de la D.P.S.D. (ex-Sécurité militaire) et ceux de la D.G.S.E. s'intéressent de près à l'activité portuaire de Cherbourg. Ils n'ont aucun mal à repérer des bateaux battant pavillon des Bahamas ou de Chypre et embarquant officiellement des munitions pour la Yougoslavie, la Grèce, la Thaïlande, le Brésil ou le Pérou. Pas très compliqué, ensuite, d'apprendre que les munitions proviennent de Bourges, d'une usine de la société Luchaire, et qu'en réalité elles aboutissent par des voies détournées à Bandar Abbas, le grand port iranien au sud du golfe Persique. Le procédé n'est guère original : la société française a utilisé des certificats de complaisance, autrement dit des attestations selon lesquelles l'État acheteur est bien le destinataire du matériel. Au vu de ces certificats, la C.I.E.E.M.G. (Commission interministérielle pour l'Étude des exportations de matériels de guerre) a donné un avis favorable (*des* avis favorables, faudrait-il plutôt dire, puisque les livraisons semblent s'être étalées sur au moins trois ans).

L'amiral Pierre Lacoste et le patron de l'ex-Sécurité militaire, le général Armand Wautrin, alertent le cabinet de Charles Hernu et notamment Jean-François Dubos (« le vrai ministre », comme disent alors les mauvaises langues). Celui-ci est notamment chargé des relations avec la « Piscine » et avec le secrétariat général de l'Élysée. Pourtant, Dubos ne réagit pas, malgré plusieurs notes secrètes et messages verbaux, alors que l'affaire semble pourtant à l'évidence aller à l'encontre de la politique officielle.

Le 21 mai 1984, l'amiral Lacoste informe le Président de la République du trafic opéré par la société Luchaire. L'ancien patron des « services » affirme que François Mitterrand lui aurait alors conseillé d'en parler à Charles Hernu, ce qu'il fait trois jours plus tard. Bref, personne ne peut plus ignorer, à la fin mai, qu'une importante société française a livré et continue de livrer des obus à l'Iran.

L'affaire n'est connue du grand public que le 28 février 1986. Ce jour-là, un petit journal, *Le Presse de la Manche*, révèle les détournements de munitions de la société Luchaire. Les élections législatives sont dans une quinzaine de jours. Ces révélations sont un mauvais coup pour les socialistes. Paul Quilès, qui a succédé à Charles Hernu à la suite du scandale Greenpeace, réagit vite et, contre toute attente, porte plainte, le 13 mars, contre Luchaire : il entend ainsi montrer à l'opinion que le gouvernement est « blanc » dans cette histoire, puisqu'il se soumet par avance au verdict de la justice.

Dès son arrivée à l'hôtel de Brienne, André Giraud, nouveau ministre de la Défense, réclame au contrôle général des armées un rapport sur cette affaire. L'appareil militaire n'a aucun mal à faire la lumière. Les premiers contacts entre l'Iran et Luchaire ont été établis dès 1982 par l'intermédiaire d'hommes d'affaires grecs, ainsi que l'a révélé *L'Express* en janvier 1987 au vu du rapport commandité par Giraud. La direction parisienne de Luchaire a la prudence de laisser ces contacts à sa filiale italienne S.E.A. ou à d'autres sociétés liées à elle, comme la CONSAR ou une autre basée à Grand Caïman, dans les Caraïbes. Un ressortissant italien, Appiano, est l'organisateur de ces liaisons dangereuses...

Il apparaît rapidement aux enquêteurs que Daniel Dewavrin, fils aîné du colonel Passy, le fondateur du B.C.R.A., ancêtre de la D.G.S.E., ne s'est pas lancé dans cette affaire sans « biscuit ». Oui, il a utilisé de faux certificats. Il l'a fait avec toutes les bénédictions requises, dira-t-il le 30 mai 1986 au contrôleur général des Armées Barba : celle du cabinet du ministre — en clair, de Dubos — et celle de la D.A.I. (la direction des Affaires internationales au ministère de la Défense). Si bien que l'auteur du rapport affirme à son tour :

« J'ai la conviction que les opérations illicites de Luchaire ont été couvertes par des membres du cabinet de Charles Hernu, particulièrement par Jean-François Dubos. Cette conviction est étayée non seulement par l'amiral Lacoste, mais aussi par le général Wautrin, ancien directeur de la Protection et de la Sécurité de la Défense, ex-Sécurité militaire. »

Le document montrerait que Charles Hernu était au courant des « prestations » de Luchaire et qu'il n'aurait pas tenu compte des mises en garde de la D.G.S.E.

Il ressort de ce rapport classé « confidentiel Défense » qu'un élément a contribué à « huiler » les rouages de la mécanique : l'argent. D'abord, Luchaire avait besoin de ces commandes pour sa propre santé financière. Ensuite, au cabinet de Charles Hernu, on n'était guère regardant, semble-t-il, sur le fait que ces livraisons généraient de l'« argent noir » :

— 100 millions de francs sont partis sur des comptes en Suisse au titre des F.C.E. (frais commerciaux à l'étranger) pour rémunérer officiellement les commissions des intermédiaires iraniens et italiens. Mais la règle, en matière de F.C.E., est qu'ils ne donnent jamais l'occasion de vrais contrôles sur leur destination réelle. Il n'est pas interdit de penser que certaines de ces sommes reviennent en France. Les F.C.E., surtout quand leur montant est d'importance, nécessitent l'accord formel du cabinet du ministre de l'Économie et des Finances, sur demande, en l'occurrence, du cabinet du ministre de la Défense ;

— près de trois millions de francs auraient abouti, selon le rapport qui n'apporte pas de preuves, dans les caisses du Parti socialiste. Deux hommes sont cités, dans le rapport du ministère de la Défense, comme ayant joué un rôle-clé dans la mise en place de cette « pompe à fric » : Falcoz et Diaz. Le contrôleur général n'a pas cru bon de préciser leurs prénoms, mais il s'agit vraisemblablement d'André Falcoz et de François Diaz, tous deux liés de près à Charles Hernu.

Le premier, savoyard, est connu comme un ami proche de Charles Hernu qu'il fréquente depuis belle lurette — en tout cas depuis leur jeunesse mendésiste, quand Hernu se faisait élire à l'Assemblée parmi les « jeunes turcs » du parti radical et que Falcoz animait les « écoles de cadres » de ce vieux parti en voie de rénovation. Puis ils se sont retrouvés dans les années 60 au sein de la Convention des Institutions républicaines.

Le second, François Diaz, a aussi la particularité d'être très proche de Charles Hernu. Il anime deux sociétés qui génèrent de l'argent pour le Parti socialiste : le GRACO (Groupement d'achats de collectivités) et le CERCO (Conseil, études et relations commerciales). Diaz avait d'autre part été nommé par son protecteur, Charles Hernu, parmi les représentants de l'État au conseil d'administration de la société des Avions Marcel Dassault-Bréguet Aviation. C'est à ce poste qu'il s'attira les foudres d'André Giraud, successeur de Charles Hernu et de Paul Quilès à la Défense, pour n'avoir pas respecté, le 13 octobre 1986, les consignes de vote du ministre lors de la désignation du nouveau P.-D.G. Le choix de Serge Dassault devait valoir à François Diaz un renvoi brutal de son poste.

Le fait que les livraisons d'armes à l'Iran procuraient de l'argent au P.S. était un secret de Polichinelle. Dans le rapport Barba, il est fait mention à plusieurs reprises de conversations à ce sujet entre Dubos et certains responsables à l'armement du ministère, conversations au cours desquelles, d'après le rapport, Dubos se serait exclamé : « Pas vu, pas pris ! »

Affaire finalement assez classique. D'un côté, des hommes à la lisière des affaires et de la politique, à celle de la légalité et de l'illégalité, sans lesquels le financement des partis politiques deviendrait problématique. De l'autre, un marché d'armes qui secrète souvent — pour ne pas dire toujours — d'énormes commissions qui s'évanouissent dans des comptes suisses ou en d'autres paradis fiscaux pour resurgir un jour, y compris en France même, afin de financer piscines ou maisons de campagne, mais également les affiches électorales... La plupart de ces affaires ne sont jamais connues. Il est rare que des rapports officiels leur soient consacrés. S'il s'avérait que les imputations du rapport étaient fondées, on pourrait en conclure que les socialistes non seulement sont « comme les autres » mais qu'en outre ils ne sont vraiment pas « bons » dans l'art des « montages financiers sophistiqués »...

Charles Hernu, et donc le gouvernement de Pierre Mauroy, puis celui de Laurent Fabius, ont ainsi donné le feu vert à ces livraisons. Pourquoi ? A cette question, il n'existe pas de réponse officielle, mais avant d'analyser les infléchissements de la politique socialiste au Proche et au Moyen-Orient, on peut remarquer que le refus du cabinet de Charles Hernu d'entendre les avertissements de la D.P.S.D. et de la D.G.S.E. coïncide avec une modification de l'attitude française à l'égard de l'Iran. Le Président paraît avoir décidé à la fois de resserrer prioritairement les liens du pays avec Israël et de réduire l'engagement de la France vis-à-vis de l'Irak.

François Mitterrand ne reçoit pas le vice-Premier ministre irakien en visite en France les 28 et 29 février 1984, car il commence à trouver son allié bien encombrant. Et début juillet, l'adjoint de l'ingénieur général René-Pierre Audran, grand patron des livraisons d'armes à l'Irak, haut fonctionnaire de la D.A.I., se rend à Téhéran.

Le feu vert renouvelé à Luchaire en 1984 correspond très exactement au début de cet infléchissement qui a, semble-t-il, effacé les scrupules de l'équipe de Charles Hernu.

D'autres sociétés françaises ont commercé avec l'Iran (ainsi la Société nationale des Poudres et Explosifs). Tous les pays européens ont vendu et vendent des armes aux mollah, mais ils le font généralement par l'intermédiaire de marchands d'armes, en utilisant des certificats « bidon » et en prenant d'infinies précautions pour dissimuler leurs transactions. En 1985 et 1986, un pays de l'O.T.A.N. a néanmoins offert sans aucune retenue ses arsenaux, ses ateliers de réparations, son matériel militaire et ses munitions à l'Iran : le Portugal. Nous disposons désormais de toutes les preuves montrant qu'après la visite officielle d'une mission militaire dirigée par Iraj Amirjalali à la fin mai 1985, un grand marchand d'armes portugais, De Morais Zoio, a mis le potentiel militaro-industriel de son pays à la disposition de Téhéran. Il l'a fait avec le plein accord du Président de la République portugaise, du secrétaire d'État à la Défense, et malgré l'avis défavorable du ministre des Affaires étrangères, ainsi que l'indique une lettre adressée par lui au colonel Azizi en date du 18 février 1985. De Morais Zoio, patron de Norte Importadora, a reçu du gouvernement portugais l'exclusivité des licences d'exportation de tous les matériels à destination de l'Iran. C'est lui qui est seul autorisé à vendre les munitions et autres matériels de sociétés comme l'I.N.D.E.P., la Sociedade Portuguesa de Explosivos, sociétés nationales dépendant du ministère de la Défense. Cette exclusivité n'est évidemment pas gratuite. Il appartient au bénéficiaire de la bienveillance des plus hautes autorités portugaises de « renvoyer l'ascenseur » aux partis politiques auxquels sont affiliées lesdites autorités.

Norte Importadora pouvait ainsi offrir de :

- — restaurer et remotoriser des tanks en fournissant des pièces détachées de matériels américains ;
- — assurer la maintenance des Bœings 747, 707, des C 130, F 4, TF 30, F 414, des hélicoptères Puma, Alouette, Sea-king, Bell et Orion ;
- — vendre des véhicules 4 × 4 ;
- — vendre des systèmes de communication militaires,
- — restaurer des destroyers, frégates et corvettes ;
- — vendre des munitions de toutes sortes, y compris des munitions importées.

Le gouvernement portugais exigeait de fournir un minimum

de 50 % de matériels fabriqués sur son sol. Ce qui signifie qu'il autorisait de ce fait l'intégration dans la facture globale de 50 % de pièces détachées américaines, françaises ou anglaises... Fournitures qui ne pouvaient en principe se faire sans l'accord des États-Unis. Cette tolérance allait même beaucoup plus loin puisque, pour attirer les Iraniens, les Portugais multipliaient les offres alléchantes : « Vous venez faire réviser vos C 130 et vous repartez avec vos appareils pleins de pièces détachées diverses. De plus, tout le temps que vos appareils sont là, l'État portugais les garantit à 100 %. »

Pour mieux inciter les mollah à faire leurs emplettes chez eux, les Portugais promettaient de leur délivrer, à chaque achat, des certificats de transit d'une valeur égale à la moitié du montant de l'achat. Exemple : si Téhéran achète pour 1 million de dollars de pâtes alimentaires portugaises, il recevra des certificats portugais lui donnant la possibilité d'acheter pour 500 000 dollars d'armes françaises ou américaines dont la destination officielle sera le Portugal. Et de tourner ainsi les embargos !

Enfin, beaucoup plus récemment, après le déclenchement de l'Irangate, l'I.N.D.E.P., société nationale d'armement du Portugal, est entré en négociation avec Enghelad Eslami, vice-ministre de la logistique des Pasdarans, pour la vente de 1 250 missiles TOW représentant un montant de 27,5 millions de dollars. Des missiles qui en aucun cas ne pouvaient provenir des stocks de l'armée portugaise ! Une transaction dissimulée sous la rubrique « Équipements hospitaliers et produits chimiques et pharmaceutiques »...

Ainsi, depuis le début de la guerre Iran-Irak, en dépit de tous les discours officiels, l'Iran, équipé en matériel de l'O.T.A.N., a toujours été approvisionné en pièces détachées, en munitions et en armements, que ce soit par Israël, par les États-Unis, par la Suède, l'Italie, l'Angleterre, la France — et ouvertement, dans la période récente, par le Portugal. Des « affaires » ont éclaté ici et là, de l'Irangate à l'affaire Luchaire, révélant à l'opinion le double langage des dirigeants et certaines pratiques financières particulièrement scandaleuses. La menace iranienne ne se réduit pas au seul terrorisme, mais se manifeste aussi dans cette gangrène de l'affairisme et du double jeu qui contamine la vie politique des démocraties occidentales.

CHAPITRE III

L'IRANGATE OU LA GRANDE MANIPULATION

Dans le courant de l'été 1984, les agents du ministère de la Défense iranien cherchent désespérément des missiles T.O.W. pour enrayer les attaques de l'Irak. Ils tournent autour des mêmes « marchands de canons » que nous avons déjà rencontrés pour la plupart depuis le début de cet étrange ballet.

En novembre, certains parmi ces « gros bonnets » commencent à proposer la libération de quelques otages américains capturés au Liban, en échange de missiles... Au cours de réunions tenues à Hambourg (R.F.A.) du 19 au 21 novembre 1984, l'ancien chef du contre-espionnage de la Savak — la police secrète du Shah — présente Manucher Ghorbanifar à un Américain, Theodore Shackley, ancien officier de la C.I.A. Ghorbanifar est un florissant marchand d'armes iranien qui vit à Paris et passe, comme le dit avec insistance l'ancien de la Savak, pour avoir des « contacts fantastiques » en Iran. Ghorbanifar affirme à qui veut l'entendre être proche du Premier ministre iranien Khamenei et du ministre du Pétrole Aqazadeh.

L'Américain est tout ouïe. Son interlocuteur s'adresse en fait, à travers lui, à Reagan. Dès son retour à Washington,

Shackley rend compte de son entrevue. De sa longue note, extrayons quelques passages :

« Il [Ghorbanifar] craint que l'Iran ne devienne rapidement — d'ici trois à cinq ans — un satellite de l'U.R.S.S. si lui et des gens comme le général Hashemi ne font pas quelque chose pour l'en empêcher. »

Ghorbanifar a évoqué alors la possibilité d'un nouveau dialogue entte les « modérés » de Téhéran et Washington : « Le Président Reagan tient les destinées du peuple iranien entre ses mains. »

L'ex-officier de la C.I.A. (il fut congédié sous Carter), qui n'est pas né de la dernière pluie, raconte alors sa passe d'armes avec le marchand d'armes iranien :

— Avez-vous déjà essayé d'ouvrir un dialogue avec les Américains ?

— Nous connaissons les gens de la C.I.A. de Francfort. Ils veulent nous traiter comme des kleenex : se servir de nous puis nous balancer par la fenêtre. Nous ne pouvons travailler avec eux, car ce ne sont ni des gens raisonnables ni des professionnels. Si vous leur demandez ce qu'ils pensent de moi, ils vous diront simplement qui je suis...

La C.I.A. connaît effectivement Ghorbanifar depuis 1979, juste après la chute du Shah. Comme le dira devant le Congrès George Clair (haut responsable à la direction des opérations de la C.I.A.), c'était un « ancien agent de la Savak qui avait utilisé sa position dans les services secrets du Shah pour faire de l'argent ». Le même Clair révélera que « Ghorba » avait également été recruté par le Mossad israélien. Ce qui n'excluait pas qu'il fût aussi, sous Khomeiny, un agent iranien...

Ghorbanifar avait été « utilisé » en 1979-1981 dans l'affaire des otages de l'ambassade américaine à Téhéran. Le personnage était si bien connu de la C.I.A. qu'il avait fait l'objet, en juillet 1984, d'une *burn notice*, autrement dit d'une note diffusée à tous les postes de la Centrale de par le monde, destinée à prévenir les agents qu'il s'agissait d'un « menteur », d'un « escroc », et qu'il ne fallait pas avoir de rapports avec cet individu « malhonnête » et « non crédible ». Shackley, ancien de la C.I.A., qui a de surcroît travaillé pour le compte de Reagan pour casser la « surprise d'Octobre », connaissait évidemment tous ces détails.

Ghorbanifar, de son côté, ne souhaite pas traiter avec la C.I.A., du moins avec l'état-major de la Centrale américaine, car il sait bien que son dossier n'est pas bon. Il cherche donc à nouer des contacts au plus haut niveau. Pour « appâter » les Américains et prouver qu'il a d'excellentes relations en Iran, il affirme que Téhéran serait prêt à échanger du matériel soviétique pris à l'Irak — notamment des chars T 72 — contre des missiles TOW. Et Ghorbanifar évoque déjà la possibilité d'acheter la libération de quatre otages en échange d'une rançon. En bon metteur en scène, il passe quelques coups de fil en persan et affirme ensuite en anglais :

— Les quatre otages américains sont toujours vivants, la transaction rançon/otages se fera par mon intermédiaire... Il me faut impérativement une réponse pour le 7 décembre au plus tard.

Shackley transmet la proposition au Département d'État qui répond quelque temps plus tard : « Merci, mais nous traitons ce problème par d'autres canaux. »

Ce rejet n'empêche pas quelques hommes de se rencontrer régulièrement à partir de janvier 1985 : Ghorbanifar évidemment, notre vieille connaissance Jacob Nimrodi — ancien attaché militaire israélien à Téhéran et l'un des piliers du trafic d'armes israélien à destination de l'Iran —, Amiram Nir, conseiller du Premier ministre israélien Pérès en matière de contre-terrorisme, Adolph Schwimmer, marchand d'armes, ami intime de Shimon Pérès, devenu depuis quelques mois son conseiller spécial pour l'Iran. A leurs côtés se retrouve souvent Adnan Kashoggi, le richissisme Saoudien, marchand d'armes (entre bien d'autres commerces), sans lequel rien d'important n'est possible entre les États-Unis et l'Arabie Saoudite, et qui compte également des amis bien placés en Israël, ce qui fait dire à ses nombreux détracteurs qu'il joue un jeu bien étrange[1].

Tout ce beau monde qui, directement ou indirectement, travaille pour Shimon Pérès, conclut, au terme de nombreux conciliabules, qu'un plan visant à obtenir la libération des otages américains et à ouvrir un dialogue avec l'Iran deviendrait réaliste dès lors qu'eux-mêmes se chargeraient d'« obtenir l'approbation des États-Unis », pour reprendre les termes du rapport d'une des commissions d'enquête du Congrès américain sur l'« Irangate ».

A ce stade de l'histoire, avant même de le faire entrer en scène, il est indispensable de lier connaissance avec un personnage troublant, Michael Ledeen. Au moment où commence ce qui deviendra l'« Irangate », il est, depuis novembre 1984, consultant au National Security Council — l'organisme qui s'occupe auprès du Président américain de tous les problèmes touchant la politique extérieure et la sécurité des États-Unis. Les spécialités de Ledeen : le terrorisme et certains pays du Moyen-Orient, notamment l'Iran. Ledeen a une autre corde à son arc : il connaît bien tous les responsables de l'Internationale socialiste. Il fut en effet chargé d'entretenir des relations avec eux quand il travaillait au cabinet du Secrétaire d'État Haig. Quand, par exemple, François Mitterrand arrive au pouvoir en 1981, Ledeen « approche » l'ami du Président, François de Grossouvre, par l'intermédiaire de gens qui le présentent comme quelqu'un de « très important aux U.S.A., pouvant rendre de grands services à la France ». Il apparaît alors comme mystérieux, désireux de cacher ses allées et venues à Paris, notamment à l'ambassadeur Galbraith. Vernon Walters, l'ancien patron de la C.I.A. qui hante alors les couloirs du pouvoir à Paris, met en garde ceux qui rencontrent Ledeen : « Méfiez-vous de lui comme de la peste : il est plus israélien que les Israéliens ! »

1. Adnan Khashoggi n'est plus en 1987 le milliardaire à qui tout réussit. Des lézardes sont apparues dans son empire. Les banquiers se sont mis à douter de sa solidité !

Vernon Walters sait de quoi il parle. Il serait trop long de décrire la face cachée du personnage. Esquissons-en seulement quelques traits. Avec l'appui de son ami Shackley — ex-agent de la C.I.A. —, il a accompli en 1980 quelques sales besognes pour le compte de William Casey (ex-agent de la C.I.A. et futur patron de la Centrale), alors directeur de la campagne du candidat Reagan. C'est lui, par exemple, qui, avec quelques amis dont Francesco Pazienza — conseiller de Roberto Calvi, de la Banco Ambrosiano, membre de la loge P 2 et des services secrets italiens — a monté le « Billygate », destiné à « mouiller » le frère du Président Carter en exploitant ses « relations » avec Khadafi. On l'a dit proche de Licio Gelli, patron de la loge P 2, et même impliqué dans plusieurs affaires liées à l'activité de la fameuse secte italienne. A la fin des années 70, il a participé avec Claire Sterling à une débauche de propagande sur le thème ressassé de la menace soviétique, impliquant Moscou dans tous les attentats terroristes perpétrés aux quatre coins du monde.

Outre ses relations avec Casey et d'anciens agents de la C.I.A. marqués à l'extrême droite, le fait important, dans la pièce intitulée *Irangate*, réside dans ses liens privilégiés avec Israël. Sa femme, Barbara, était l'assistante de Stephen Bryen, du Pentagone, soupçonné par le F.B.I., à la fin des années 70, d'avoir livré des secrets américains à Israël. En 1981, Ledeen fonde avec le même Bryen l'« Institut juif pour les Affaires de Sécurité nationale », un lobby qui défend les intérêts israéliens en matière de défense. Quand Israël envahit le Liban en 1982, l'état-major de *Tsahal* l'invite à visiter les territoires occupés. Il est enfin un ami de Shimon Pérès et, plus généralement, voue une admiration sans bornes à Israël où, chaque fois qu'il le peut, il vient passer ses vacances...

Ledeen convainc Robert McFarlane — qui s'est lui aussi occupé, pour le compte de Reagan, de l'affaire des otages de Téhéran en 1979-1981, et qui est devenu l'assistant du Président pour les affaires de Sécurité nationale — de l'envoyer en Europe pour une mission d'enquête. McFarlane envoie le

4 janvier 1985 à François de Grossouvre, ami du Président Mitterrand et homme des missions secrètes, une lettre lui recommandant Ledeen : missive qui fait sourire Grossouvre, lequel connaît l'Américain depuis déjà pas mal de temps.

Devant la commission d'enquête du Sénat américain, Ledeen expliquera comment, à son retour de mission, il a eu, au début du printemps de 1985, l'idée de se rendre en Israël, et comment il s'en ouvrit alors à McFarlane. Il avait rencontré — raconte-t-il en substance — un responsable des services secrets européens de retour d'un voyage en Iran, qui lui avait confié que la situation y était beaucoup plus mouvante que le gouvernement américain ne semblait le penser : « Vous devriez parler aux Israéliens. C'est la meilleure façon, et la plus rapide, de savoir ce qui se passe vraiment en Iran... » Toujours selon Ledeen, McFarlane lui demanda alors d'aller discuter privément avec Shimon Pérès, de voir avec lui si Israël détenait de meilleures informations sur l'Iran et le terrorisme iranien que celles dont disposaient les États-Unis, et de voir enfin si les Israéliens étaient prêts à partager leurs renseignements avec Washington.

Malheureusement pour Ledeen, les faits rapportés devant la Commission sénatoriale infirment cette version rocambolesque. C'est Ledeen qui fit des pieds et des mains pour rencontrer Pérès. Les responsables américains chargés de suivre les problèmes iraniens, et notamment ce qu'ils nomment le « problème n° 1 » — la succession de Khomeiny — s'inquiétèrent fort, à l'époque, de ce voyage. « Si la rencontre avec le Premier ministre israélien ne se déroule pas bien, vous ne serez pas couvert par le National Security Council », lui fit-on alors savoir.

Finalement, Ledeen part pour Israël et rencontre Pérès les 4 et 5 mai 1985. « Nos informations sur l'Iran sont probablement meilleures que les vôtres, lui aurait dit Pérès, mais je les considère comme trop insuffisantes pour fonder quelque politique sérieuse que ce soit vis-à-vis de ce pays... Je serais néanmoins heureux de travailler avec vous pour développer une meilleure information dans tous ces domaines : la situation intérieure iranienne, le rôle de l'Iran dans le terrorisme... » Pour ce faire, Pérès aurait suggéré la constitution d'un groupe non officiel, extérieur aux services gouvernementaux, pour travailler en liaison avec lui sur ces problèmes. Chacun, en Israël et aux États-Unis, essaierait de collecter les renseignements obtenus par son gouvernement, puis « nous prendrons place autour d'une table, nous comparerons nos dossiers et nous verrons bien s'ils concordent et permettent de déboucher sur une vue d'ensemble utile », aurait affirmé Pérès.

Toujours devant les sénateurs, Ledeen concédera par la suite que Pérès lui fit alors également part d'une demande iranienne d'achats d'armes à Israël. « Nous n'en ferons rien sans une approbation américaine explicite... Voulez-vous, dès votre retour, poser la question à McFarlane ? Et me faire connaître sa réponse... »

Il ne fut alors pas question, affirme Ledeen devant les sénateurs, des otages américains. Ce qui est faux, à l'évidence, puisque cette rencontre s'inscrivait dans un processus amorcé au moins depuis le début de l'année et dont la justification ou l'alibi était précisément la libération des otages...

Ledeen revient à Washington le 13 mai. Il demande à McFarlane de permettre à Israël la « vente de munitions et de quelques pièces d'artillerie ».

— O.K., mais juste cela, et rien d'autre, confirme le conseiller de Reagan (devant le Congrès).

A la mi-mai également, Ledeen déjeune avec Shackley — le premier Américain contacté par Ghorbanifar. Les deux hommes en venant à évoquer le problème des otages, Shackley raconte sa rencontre avec l'Iranien, qui remonte maintenant à six mois. Ledeen est très intéressé. Il demande copie du rapport qui a été rédigé à l'issue de cette rencontre.

— Il y a des gens au gouvernement qui se penchent sur la question des otages, dit Ledeen. Pourriez-vous voir si la filière Ghorbanifar fonctionne toujours ?

Le 7 juin, Shackley remet à Ledeen un rapport sur les

« otages américains au Liban », basé sur une conversation entre Ghorbanifar et Hashemi, rapportée par ce dernier à Shackley et qui s'est déroulée le 1er juin. Qu'a dit le marchand d'armes iranien ?

— que les autorités iraniennes étaient submergées de propositions visant à obtenir la libération des otages américains, et qu'elles avaient beaucoup de mal à s'y retrouver ;
— que Téhéran n'était pas intéressé par la démarche humanitaire de Ghorbanifar ;
— que Téhéran souhaitait en revanche :
1° un dialogue avec des Américains « représentatifs »,
2° une discussion portant sur du « matériel » ou de l'argent.

Le piège est dès lors posé, malgré les protestations de responsables « raisonnables » comme le Secrétaire d'État Shultz et le secrétaire à la Défense Weinberger.

Le 30 mai, l'ambassadeur américain à Tel-Aviv écrit à son ministre que Ledeen se trouve en Israël chargé d'« une mission secrète pour la Maison-Blanche » ; il lui demande s'il est au courant de « ce qui se passe ». Shultz, pourtant officiellement responsable de la diplomatie américaine, ignore alors tout. Quelques jours plus tard, après avoir mené son enquête et glané quelques bribes d'information, le Secrétaire d'État envoie de Lisbonne un message à McFarlane pour se plaindre des contacts pris par Ledeen et lui-même. Et comme il n'a pas pour habitude de mâcher ses mots, Shultz écrit :

« ... Les intérêts d'Israël ne sont pas les mêmes que les nôtres et nous ne pourrions pas vraiment compter sur les renseignements découlant d'un accord entre les services secrets des deux pays... Ils pourraient fausser notre propre perception et notre analyse de ce qui se passe sur la scène iranienne. »

Il conclut : « Je suis perplexe sur la façon dont cette affaire a été conduite, et très soucieux parce qu'elle contient — si l'on n'y met rapidement un coup d'arrêt — les germes d'une situation extrêmement préoccupante, et d'une très grave erreur. »

McFarlane tente de justifier son attitude, tout en regrettant les « préjugés » du Secrétaire d'État. Le conseiller du Président Reagan reconnaît bien volontiers qu'il s'agit là d'une initiative israélienne, et que Ledeen s'est lancé dans cette affaire sans couverture officielle. « Je suis en train de tout arrêter », écrit-il le 8 juin. Il n'en fera évidemment rien.

Mais voici que six jours plus tard, deux Libanais détournent le Boeing du vol 848 de la T.W.A. Ils obligent l'appareil à se poser à Beyrouth. Là, les pirates font descendre treize Américains, abattent un marin yankee et gardent pendant quinze jours le reste des passagers en otages. Ce contexte dramatique rend les oreilles de Reagan et de son staff encore plus sensibles aux sirènes israéliennes, et, de manière plus générale, aux suggestions des intermédiaires de tous poils qui proposent d'entamer des tractations avec Téhéran.

L'équipe de Shimon Pérès demande alors à Ghorbanifar d'user de son influence à Téhéran pour obtenir la libération des otages bloqués à Beyrouth, et le fait évidemment savoir à Washington. Un message de Téhéran affirmant qu'il fera tout ce qui est en son pouvoir pour régler la crise ne peut être interprété que comme un geste de bonne volonté par ceux qui sont déjà acquis au plan israélien. D'autant que dans le même temps, les amis de Ledeen à Jérusalem lui ont fait savoir qu'ils étaient à la disposition de Washington pour servir d'intermédiaires avec Téhéran. C'est d'ailleurs à l'occasion de cette crise que Ronald Reagan apprend de la bouche de McFarlane l'existence de ces nouveaux contacts.

Après la libération de 39 otages américains du Boeing de la T.W.A., l'équipe de Pérès n'aura aucun mal à « ferrer » celle de Reagan. Israël a joué en effet un rôle décisif dans cette affaire en acceptant de libérer 300 détenus libanais de la prison d'Atlit, mais probablement aussi en faisant agir ses « connexions iraniennes », ou, ce qui revient au même, en le faisant croire... Tous les observateurs ont pu constater que trois personnages ont — du début à la fin de l'affaire — tiré toutes les ficelles de la négociation : Rafigh Doust, patron des Gardiens de la Révolution, l'ayatollah Karroubi, et un membre important du

Hezbollah libanais, Imad Fayez Moughniyeh. Il n'est pas exagéré de dire que c'est le « couple » Jérusalem-Téhéran qui a alors permis de régler l'épineux problème des otages américains du vol de la T.W.A.

Quand, le 14 juillet 1985, David Kimche et Al Schwimmer, respectivement directeur général du ministère israélien des Affaires étrangères (et vieux routier du Mossad) et conseiller spécial de Shimon Pérès, arrivent à Washington, il leur est on ne peut plus facile — avec l'aide de Ledeen — de convaincre le conseiller de Reagan, McFarlane, que Ghorbanifar est bien l'homme de la situation pour amorcer un dialogue entre Washington et Téhéran auquel les Iraniens seraient pour leur part disposés.

« J'ai rencontré la semaine dernière Ghorbanifar, par l'entremise de mon ami Khasoggi. Il m'a impressionné par sa connaissance de la politique iranienne et de ses dessous », raconte Al Schwimmer. « Pour la première fois, l'Iranien a brossé une fresque impressionnante de la situation politique interne et des connexions iraniennes avec le terrorisme international. Il a, de surcroît, fait plusieurs propositions émanant, dit-il, d'hommes très importants au sein du gouvernement iranien. Il faudrait absolument que Ledeen rencontre Ghorbanifar en Israël ».

Ledeen est prêt, on s'en doute, à partir à tout moment. « A condition que « Bud » McFarlane soit d'accord ! »

Schwimmer et Kimche n'ont pas grand mal à convaincre « Bud ». Les deux Israéliens évoquent en effet la possibilité d'une libération des otages par ces Iraniens « importants » connus de « Ghorba », ainsi que l'équipe de McFarlane et celle de Pérès surnommeront bientôt ce tout-puissant sésame.

« Peut-être vous demanderont-ils un jour des armes comme preuve de votre bonne foi », lance presque incidemment Kimche...

Les seuls obstacles qui gênent encore McFarlane pour s'abandonner à corps perdu à la proposition de Shimon Pérès s'appellent Shultz et Weinberger. La venue à Washington, une dizaine de jours plus tard, de Schwimmer, envoyé spécialement par le Premier ministre israélien, achève de balayer les derniers scrupules de « Bud ». L'ami de Shimon Pérès dit en effet à Ledeen — toujours lui — de transmettre à McFarlane la propostion suivante de « Ghorba » : « Les Iraniens sont prêts à faire libérer les sept otages américains en échange de 100 missiles TOW à livrer par Israël. Ce sera le prélude à l'ouverture d'un dialogue... »

Reagan est mis aussitôt au courant dans sa chambre d'hôpital et donne son feu vert. Ledeen boucle ses valises. Il a déjà prévu depuis quelques semaines d'aller passer un mois de vacances en Israël. Coïncidence on ne peut plus heureuse pour rencontrer le fameux « Ghorba » !

La rencontre a lieu en juillet, en présence de Schwimmer, Kimche et Jacob Nimrodi, le marchand d'armes. Ghorbanifar explique que les deux camps doivent faire preuve de bonne volonté : les Iraniens en libérant les otages encore détenus au Liban, les Américains en aidant l'Iran à obtenir les armes qu'il ne peut se procurer ailleurs.

En août, Kimche rencontre McFarlane et lui précise que les Iraniens ne veulent pas seulement « d'un dialogue avec l'Amérique », mais également d'armes américaines et de missiles anti-tanks TOW en provenance d'Israël. L'Iran pourrait alors libérer les otages.

McFarlane tient la Maison-Blanche au courant de ces propositions. Le Président aurait alors donné son accord pour que les armes vendues à l'Iran par Israël soient remplacées par les États-Unis. Décision prise — une fois de plus — en dépit de l'opposition conjointe de Shultz et de Weinberger.

En septembre, une réunion se tient à Paris entre Kimche, Ghorbanifar, Schwimmer, Nimrodi et Ledeen, pour discuter à la fois des détails techniques de la livraison d'armes d'Israël à l'Iran, et de la libération des otages du Liban. Ghorbanifar confirme l'intention des dirigeants iraniens d'améliorer leurs relations avec les États-Unis.

Parallèlement se pose avec de plus en plus d'acuité, pour la

C.I.A., la question de la bonne foi de Ghorbanifar. Il y a en effet plus d'un an que l'agence s'en méfie, estimant que le travail de renseignement auquel il s'adonne sert en fait essentiellement à « couvrir » le trafic de drogue de ses associés...

Le 30 août, 508 TOW quittent Israël, transitent par un pays tiers, et arrivent en Iran le 13 septembre. Cette livraison est organisée par Israël sans contact officiel, semble-t-il, avec les Américains. Toujours est-il que le 15 septembre, le révérend Benjamin Weir est libéré. Ghorbanifar a-t-il joué un rôle dans cette libération ? Ledeen, dans sa déposition devant le Congrès, précise qu'il était évident, pour les Israéliens, qu'il y avait une relation de cause à effet entre cette libération et la livraison d'armes. En fait, il semble qu'aussi bien Caspar Weinberger, secrétaire à la Défense, que Donald Regan, l'un des plus proches collaborateurs de Reagan, l'amiral Poindexter, McFarlane et le Président lui-même aient été mis devant le fait accompli lors de cette livraison d'armes par Israël et que, pour ne pas rompre les ponts, le gouvernement américain se soit alors contenté de faire connaître son déplaisir (tel est le sens de la déposition de Donald Regan). McFarlane se montre quant à lui moins affirmatif, soulignant surtout la joie du Président Reagan en apprenant la libération de Weir.

Ledeen poursuit cependant ses discussions avec les Israéliens sur les prochaines livraisons d'armes, dont des missiles Hawk. L'Iran souhaite une nouvelle livraison avant chaque libération ; Israël et les États-Unis, qu'on procède dans l'ordre inverse. Le 17 novembre, au sommet de Genève, McFarlane reçoit un appel du ministre de la Défense israélien, Rabin, sollicitant son aide pour livrer des armes à l'Iran par le canal d'un pays européen. Le colonel Oliver North, proche collaborateur de McFarlane, se demande alors si les armes en question ne sont pas américaines. Il se fait expliquer qu'il ne s'agit que d'un problème de douane, le transport ne pouvant s'effectuer ni à bord d'un appareil aux couleurs d'Israël, ni sous pavillon américain. Le 20 novembre, un message de North à l'amiral

Poindexter précise qu'Israël va livrer 80 Hawk à un pays européen. Destination finale : Tabriz. Cinq otages seront alors libérés à Beyrouth, les 18 millions de dollars à payer étant déjà placés sur un compte approprié ; les armes dont se sera ainsi démuni Israël lui seront à nouveau livrées par les U.S.A. et McFarlane tiendra Shultz et Reagan au courant des opérations.

A la suite de ce vol compliqué à organiser (on a fait savoir au pays européen « ami » — en réalité le Portugal — que ce vol « humanitaire » était lié à l'affaire des otages), aucun Américain n'est libéré ; les Iraniens se disent mécontents du type de missiles Hawk qu'ils ont reçus et sont persuadés de s'être fait escroquer. Parallèlement, le Président Reagan ordonne à la C.I.A. de ne pas tenir le Congrès informé des négociations, afin de garantir la sécurité des otages. Il donne par ailleurs à McFarlane l'autorisation de se rendre à Londres, le 8 décembre, pour rencontrer, avec North, Kimche, Nimrodi et Ghorbanifar. De leur côté, Shultz et Weinberger sont persuadés qu'il est désormais hors de question d'échanger les otages contre des armes.

A son retour, McFarlane recommande de ne plus négocier avec les Iraniens par l'intermédiaire de Ghorbanifar. Le 11, il démissionne. Il déclarera n'avoir plus rien eu à voir avec l'Iran entre janvier et avril 1986.

A la même époque, North résume le « plan iranien » à l'amiral Poindexter, remplaçant de McFarlane, en lui précisant que Ghorbanifar reste un interlocuteur de confiance et en lui proposant diverses options : autoriser Israël à livrer des missiles TOW tout en lui garantissant le remplacement de ce matériel ; essayer de libérer les otages ; ne rien faire ; livrer les armes directement par l'intermédiaire du général Secord, lequel, très lié à la C.I.A. et au Pentagone, s'est reconverti dans le commerce des armes... North ajoute qu'il n'y a pas grand'chose à perdre à laisser Israël livrer les TOW.

Se repose ainsi une nouvelle fois le problème de la bonne foi de Ghorbanifar, qui se plaint de la suspicion dont il fait l'objet de la part de la C.I.A. A la demande de Casey, patron de la Centrale, transmise par Ledeen, il accepte de se soumettre au *polygraph*, c'est-à-dire au détecteur de mensonges. Une expérience qui confirme les soupçons : Ghorbanifar triche sur tous les points importants. La C.I.A. transmet ces résultats à la Maison-Blanche en janvier 1986. Sans doute sur pressions de North, entre autres, celle-ci n'en poursuit pas moins sa collaboration.

En janvier, Pérès, Premier ministre israélien, envoie à Reagan Amiram Nir, son conseiller en matière de terrorisme, afin de convaincre le gouvernement américain de considérer à nouveau la livraison d'armes à l'Iran en échange de la libération des otages.

La Maison-Blanche se trouve confrontée à un problème délicat : les ventes d'armes, que ce soit à destination de l'Iran ou d'Israël, doivent être signalées au Congrès. Elle décide de faire l'impasse sur cette obligation. Le 18 janvier, les dirigeants de la C.I.A. sont informés que Reagan a signé une note précisant que la centrale de Langley, pour garantir la sécurité des otages, devra s'abstenir de prévenir le Congrès. Le 21, il est demandé à la C.I.A. d'aider North à préparer une rencontre en Europe avec Ghorbanifar.

A Londres, le colonel North donne à Ghorbanifar des preuves de la bonne volonté des Américains vis-à-vis de l'Iran : de nouveaux missiles TOW lui seront livrés, les Hawk défectueux pourront être restitués par Téhéran... Le plan englobe la libération des otages, mais également celle de cinquante hezbollahi détenus au Sud-Liban, le retour des missiles Hawk en Israël, le financement et la livraison de 3 000 TOW supplémentaires à l'Iran — et, plus surprenant encore : la livraison par la C.I.A. de renseignements sur les positions irakiennes ! Ghorbanifar, de son côté, annonce que Khomeiny démissionnera le 11 février, jour anniversaire de la Révolution islamique, afin d'amorcer une succession en douceur...

De retour à Washington, North demande que les renseignements militaires sur l'Irak soient transmis à Ghorbanifar en

Europe. McMahon, directeur adjoint de la C.I.A., refuse dans un premier temps : « On ne peut faire confiance à Ghorbanifar », dit-il, ajoutant : « Ces renseignements pourraient donner l'avantage à l'Iran contre l'Irak ». Poindexter insiste. McMahon finit par obtempérer.

North prévoit que les fonds iraniens destinés à l'achat d'armes soient versés sur un compte israélien en Suisse, puis transférés sur un compte contrôlé par Secord dans la même banque, à charge pour celui-ci de retransférer à la C.I.A. la part qui lui revient pour couvrir le coût des armes et de leur transport.

Le 12 février, la C.I.A. informe l'armée qu'elle dispose des fonds nécessaires. Le lendemain, 1 000 missiles TOW sont remis à la C.I.A. Ils sont embarqués à destination d'Israël le 15 et le 16. Le 17, la moitié d'entre eux prend le chemin de l'Iran.

En février, North, Secord et Albert Hakim — un Américano-iranien associé en affaires à Secord et venu là comme interprète — rencontrent Ghorbanifar seul, puis, un peu plus tard, en compagnie d'un officiel iranien. Les Américains ont alors la confirmation que leurs propositions ont été mal transmises au gouvernement iranien, beaucoup plus intéressé par les missiles anti-aériens Hawk que par les TOW ! Fin février, la seconde tranche de missiles TOW est livrée à l'Iran. Aucun otage n'est libéré. A la même époque, le Premier ministre israélien Pérès écrit à Reagan pour l'encourager à persévérer dans la même voie et pour lui proposer son aide.

De mars à mai 1986, les négociations sur les livraisons d'armes continuent entre Américains et Iraniens, et une visite officielle américaine à Téhéran commence à être envisagée... Les pourparlers officiels devraient être accompagnés de la livraison de pièces détachées de missiles Hawk, ce qui, selon Ghorbanifar, faciliterait grandement la libération des otages.

A la mi-mars, Ghorbanifar se rend à Téhéran. Il en revient en disant que ses discussions avec les Iraniens ont été très difficiles. Nir s'inquiète, craignant que Ghorbanifar ne perde de son crédit auprès de ses interlocuteurs. Par ailleurs, celui-ci est malade et a des problèmes financiers qu'il aimerait bien voir résolus par le gouvernement américain. Il s'estime toujours soupçonné à tort par la C.I.A...

Tout cela n'empêche pas les représentants américains de rencontrer Ghorbanifar, les 3 et 4 avril, afin d'organiser le voyage à Téhéran. Les États-Unis insistent pour que tous les otages soient libérés avant la livraison de nouveaux missiles Hawks. Ce n'est qu'alors qu'ils pourront envisager la livraison d'autres armes. La visite est prévue pour le 20. L'Iran devra verser auparavant 17 millions de dollars sur un compte israélien. Quelques heures après l'arrivée de la délégation américaine, les otages devront être libérés, et, huit heures plus tard, les armes seront livrées. Sur la somme encaissée, deux millions de dollars devront servir à financer l'achat de missiles TOW par Israël afin de remplacer ceux livrés à l'Iran en septembre 1985, et douze autres millions de dollars serviront au financement des forces de résistance démocratiques nicaraguayennes, les « Contras. »

A la mi-avril, les messages s'accumulent. Ghorbanifar déclare que les Iraniens insistent pour ne pas lâcher les otages avant la livraison des Hawks. Le 14, les Américains attaquent des cibles libyennes. En réponse à cette attaque, l'otage Peter Kilbourn est assassiné, sans doute sur incitation libyenne, l'Iran restant étranger à cette affaire. Le 22 avril, les douanes américaines arrêtent de nombreux trafiquants d'armes, dont Cyrus Hashemi, un Iranien qui accepte de coopérer avec les douanes. Ghorbanifar passe une journée en prison. Du coup, l'Iran ne veut plus lui verser d'acompte.

Fin avril, devant le peu de résultats des négociations, les autorités américaines décident d'y mettre fin si elles ne portent pas leurs fruits avant deux ou trois semaines. Ghorbanifar et/ou Nir propose(nt) alors que la mission en Iran ne soit qu'un voyage préliminaire. Idée rejetée par les États-Unis : ils estiment que si l'Iran était d'accord en février, il n'y a aucune raison d'envisager de nouveaux « préliminaires ».

Fin avril, l'ambassade américaine à Londres découvre que Ghorbanifar et Kashoggi ont pris contact avec un marchand d'armes britannique afin de livrer pour 50 millions de dollars de matériel à l'Iran avec, prétendent-ils, l'accord des États-Unis ; le trafiquant aurait reçu d'Israël l'assurance que l'opération avait l'accord de la Maison-Blanche. L'ambassadeur Price en informe le 1er mai le Département d'État. Le 3, Poindexter recommande à l'ambassadeur de décourager le marchand britannique de se mêler de cette affaire.

Quelques jours plus tard, des fonctionnaires américains rencontrent Ghorbanifar en Europe. Au cours de cette entrevue, celui-ci appelle Téhéran à plusieurs reprises. Les deux parties se mettent d'accord pour que McFarlane se rende à Téhéran avec le maximum d'armes à bord de son avion, et que le reste soit livré après la libération des otages. Israël fait savoir officieusement que le fruit de cette vente servira à financer le remplacement de ses missiles TOW.

Juste après cette rencontre, les Américains se préparent à partir pour Téhéran, la mission McFarlane étant, selon le témoignage de Casey, approuvée par le Président. Les missiles TOW sont transférés à la C.I.A. le 19 et embarqués à destination d'Israël le 23. Le 18, Ghorbanifar certifie à un fonctionnaire de la C.I.A. que les otages seront libérés après l'arrivée de la délégation américaine à Téhéran, quand McFarlane aura rencontré trois responsables iraniens : le Président Khameini, le Premier ministre Moussavi et le président de l'Assemblée Rafsanjani.

Le Président Reagan approuve ce voyage, mais demande qu'on n'en dise rien à la presse. North met au point un programme détaillé. Finalement, la délégation américaine arrive à Tel Aviv après une escale à Genève. Elle comprend McFarlane, North, Cave, Teicher, un spécialiste des communications de la C.I.A. Après une ultime pression du gouvernement israélien, Nir fait finalement monter à bord des pièces détachées de missiles Hawk.

L'avion arrive à Téhéran le dimanche 25 à 6 heures du

matin. Personne n'attend les représentants américains. Il leur faudra patienter plus d'une heure avant que des subalternes iraniens ne viennent à leur rencontre. Le premier câble expédié par McFarlane ne manque pas de sel :

> « Il vaudrait mieux pour nous essayer d'imaginer la situation comme si, après une attaque nucléaire, un survivant, Fatar, était devenu vice-président, un jeune diplômé, ministre des Affaires étrangères, ou comme si un petit crâne d'œuf tenait lieu d'interlocuteur à tous les responsables étrangers... L'incurie des responsables iraniens doit nous obliger à repenser les raisons pour lesquelles ils n'ont pas tenu parole à de si nombreuses reprises... »

McFarlane et son équipe sortent finalement de l'aéroport, rencontrent Ghorbanifar et un membre du cabinet du Premier ministre, puis sont conduits au dernier étage de l'Hôtel Hilton.

Le premier rendez-vous officiel a lieu l'après-midi à 17 heures. Les discussions démarrent lentement et mal. Les Iraniens ont conclu des propos de Ghorbanifar que McFarlane apporterait avec lui la moitié des Hawk. Les Américains continuent à insister sur le fait qu'il n'y aura pas d'autres livraisons d'armes avant la libération des otages. Les pourparlers piétinant, McFarlane menace de se retirer. Les Iraniens font alors remarquer combien il est risqué pour eux de participer à une discussion de ce genre, et la délégation américaine en vient à la conclusion que les plus hauts personnages de l'État, comme Khomeiny, ne sont pas au courant.

Avant de poursuivre ce récit, il nous a paru intéressant de relever — à partir des notes des Américains appartenant à la délégation — quelques déclarations de leurs interlocuteurs iraniens qui permettent de mieux comprendre la mentalité des mollah. Ces déclarations sont d'autant plus intéressantes qu'elles reviennent constamment dans la bouche des responsables iraniens :

> — Nous croyons que notre révolution est plus grande que les révolutions française ou russe...

— Vous voyez beaucoup de portraits de Khomeiny dans les tranchées afghanes. Il est leur leader. On peut voir le portrait de l'Iman en Afrique du Sud, au Liban, en Afrique occidentale. Il y en a au Maroc. Nous n'envoyons pas ce portrait par la poste. Nous n'avons pas avec le Maroc de relations qui nous permettraient de l'y envoyer...

— Nous avons été victimes du terrorisme plus que n'importe qui d'autre. Le Président, le Premier ministre, le ministre de la Justice, nombre de religieux, 10 % des membres du Parlement ont été tués par le terrorisme... Nous sommes contre le kidnapping. Ce qui est arrivé (la prise d'otages de l'ambassade américaine) est exceptionnel. A cause d'un acte exceptionnel, il ne faudrait pas nous considérer comme des terroristes... Dans une telle révolution, il n'y a ni ordre, ni loi...

— S'il est un autre pays dans le monde à être contre les Soviétiques, c'est bien l'Iran. Nous avons un proverbe célèbre : l'ennemi de votre ennemi est votre ami. Vous ne le voyez pas de cette façon. Parce que nous ne sommes ni pour l'Est, ni pour l'Ouest, vous nous rejetez l'un et l'autre (les grandes puissances). Ni les États-Unis ni l'U.R.S.S. n'aiment les États indépendants...

— Nous sentons que le monde entier essaie de nous affaiblir. Nous sentons et voyons le danger russe beaucoup plus que vous... Ce n'est pas facile de dormir à côté d'un éléphant que vous avez blessé... Beaucoup de musulmans en U.R.S.S. voient en l'Iman leur chef. Des groupes secrets impriment le Coran et le distribuent. Leur cœur est de côté-ci de la frontière...

— Nous reconnaissons le fait que nous exerçons une certaine influence au Liban. Beaucoup de groupes islamiques respectent notre révolution.

— L'Iman a dit que nous étions prêts à établir des relations avec tous les pays, à l'exception d'Israël...

La délégation de McFarlane a retardé son départ, elle a cru jusqu'au dernier moment à une libération des otages. Le 28 mai, le 707 s'envole finalement vers Israël. McFarlane déclarera que le marché armes-otages était une erreur. Mais l'affaire n'en continue pas moins.

Un nouveau calendrier de libération est mis au point en juin. De nombreux tiraillements se manifestent de part et d'autre. A la mi-juillet, quelques progrès se font pourtant jour dans les négociations. Les Iraniens semblent à présent convaincus que les Américains ne bougeront plus avant la libération d'au moins un otage, et ils acceptent de payer 4 millions de dollars pour les armes fournies par McFarlane.

Le 10 juillet, le discours de Rafsanjani mentionnant l'intérêt qu'aurait l'Iran à développer ses relations avec les États-Unis est perçu comme un signe venant encourager les efforts de l'équipe Reagan. Le patron de la C.I.A. adresse une note à Poindexter dans laquelle il souligne que « Ghorba », bien qu'incontrôlable, semble obéir aux instructions de Nir, et que celui-ci, comme les Israéliens, continuerait à travailler à la libération des otages. Ce programme ne va-t-il pas dans le sens des intérêts d'Israël ?

Le père Jenco est libéré le 26 juillet dans la vallée de la Bekaa, et se retrouve à un poste de contrôle militaire syrien.

A la même époque, North envoie un memorandum à Poindexter, demandant de soumettre la livraison à l'Iran du reste des missiles Hawk à l'approbation du Président. North envoie également un message à McFarlane pour lui expliquer que la libération du père Jenco est le fruit de son voyage en Iran, et non des bons offices syriens. Le 30, Poindexter fait savoir que le Président est d'accord pour la livraison des armes restantes. Les missiles arrivent en Iran le 3 août.

Début août, le N.S.C. négocie avec Albert Hakim — l'Irano-américain reconverti dans le marché des armes — et son associé Secord pour ouvrir un autre « canal » permettant de négocier avec l'Iran. Car si la première voie — celle de « Ghorba » — fonctionne toujours, la C.I.A. se pose beaucoup de questions sur le financement des opérations de ce dernier avec Israël et l'Iran, tout en étant déjà certaine que ses bénéfices sont pharamineux. Ces prix prohibitifs augmentent d'ailleurs la méfiance iranienne envers Ghorbanifar : à la mi-août, Amiram Nir reconnaît que Ghorbanifar a peut-être perdu la confiance de Téhéran...

Une première rencontre secrète a lieu à Londres entre un parent de Rafsanjani et Secord. D'autres ont lieu à Bruxelles avec celui que toutes les notes du N.S.C. et de la C.I.A. appellent « le Parent ». Y assistent également un ancien officier de la marine du Shah, devenu businessman — ce qui ne l'empêche pas d'être un agent de Rafsanjani et, de surcroît, un espion de la Savama (les services secrets iraniens). Du côté américain, Abe Hakim et un autre Iranien expatrié. Relevons que dans les négociations avec l'Iran, que ce soit sur les armes ou sur les otages, figurent toujours des Iraniens expatriés après la chute du Shah, qui ont noué ou conservé des liens solides avec le nouveau régime, de telle sorte qu'il n'est guère possible de savoir précisément de quel côté de la table des négociations ils se trouvent vraiment

A la mi-septembre, la visite de Pérès à Washington fait ressortir la nervosité des Israéliens, inquiets de connaître les intentions des États-Unis vis-à-vis de l'Iran. Ils s'inquiètent en fait — avec l'ouverture du « deuxième canal » — de ne plus tout contrôler. Ledeen essaie de rencontrer Shultz, qui décline sa proposition, comme il le fera de nouveau en octobre. Cependant, le « nouveau canal » devient de plus en plus actif. Au début de l'automne, la « nouvelle équipe » iranienne et les officiels américains se rencontrent fréquemment, y compris à Washington...

L'ambiance est d'autant plus à l'optimisme que les analystes voient en Rafsanjani — l'homme qui, à Téhéran, appuie ces rencontres — le modéré qui a le vent en poupe et qui peut, à terme, prendre le pouvoir. Washington est convaincu que ses relations avec Téhéran vont vraiment changer de nature...

Derrière ce bel optimisme se déroulent marchandages sordides et combines. Pour convaincre les Iraniens de la bonne volonté américaine, il est ainsi décidé que la station *La Voix de l'Amérique* diffusera un message remerciant l'Iran de ne pas avoir accueilli l'avion de la T.W.A. détourné sur Karachi par des pirates de l'air pro-iraniens durant l'été 1986...

Fin septembre, Kashoggi demande à rencontrer Casey, car il a participé au financement du commerce d'armes entre l'Iran et les U.S.A., et il attend que le gouvernement américain lui rembourse dix millions de dollars. L'argent utilisé par Kashoggi pour financer les achats d'armes iraniens appartient en fait à deux Canadiens qui menacent à présent de rendre l'affaire publique...

En octobre, une réunion est prévue à Francfort avec les nouveaux « contacts » iraniens. En vue de préparer cette réunion, North rappelle à Poindexter que le Président a autorisé la transmission de renseignements sur les positions irakiennes à l'Iran. Ces renseignements seront finalement préparés par la C.I.A., mais avec beaucoup de réticence, l'agence s'inquiétant fort d'être entraînée là dans la plus franche illégalité...

Les Iraniens offrent des chars soviétiques T 72 et une copie de l'interrogatoire du chef de la C.I.A. à Beyrouth (William Buckley), pris en otage quelques mois plus tôt et assassiné par le Jihad islamique. Ils ajoutent qu'« il y a de très grandes chances qu'un ou deux Américains soient rapidement libérés ». Effectivement, quelques jours plus tard — le 31 octobre —, Hakim reçoit un appel l'avertissant que l'Iran a « exercé son influence sur les Libanais pour obtenir la libération de David Jacobsen et d'un *nombre indéterminé d'otages français* ». L'interlocuteur de Hakim enchaîne en disant que ces libérations sont l'un des objectifs de la visite du ministre iranien des Affaires étrangères en Syrie, qui doit se dérouler le 1er novembre.

La libération de Sontag et de Coudari, intervenue le 11 novembre, serait-elle donc liée aux démarches américaines ? Cette hypothèse aurait au moins le mérite de fournir un début d'explication à une affaire toujours traitée avec de longues pincettes par le gouvernement français — surtout s'agissant de Coudari dont certains « milieux bien informés » disaient que « c'était un faux otage pris par de faux ravisseurs »...

David Jacobsen est libéré le 2 novembre. Les expéditions d'armes se sont poursuivies jusqu'au 29 octobre. Les Iraniens ont signé un chèque de 4 millions de dollars pour payer 500 TOW partis d'Israël. Dès le 3 novembre, le journal libanais *Al Shiraa* révèle que les États-Unis ont livré des armes à l'Iran et que McFarlane s'est rendu à Téhéran. Le patron du journal, Hassan Sabra, est connu pour ses relations avec Montazeri, successeur désigné de l'Iman, et avec Hashemi, tous deux considérés comme des « radicaux ». Les rapports entre l'équipe Reagan et celle de Rafsanjani ont exacerbé les luttes violentes au sein des cercles dirigeants iraniens. Un des signes en est l'arrestation de Mehdi Hashemi, proche de l'ayatollah Montazeri dont il est le gendre. Les révélations d'*Al Shiraa* ont pour conséquence d'arrêter tout le processus mis en œuvre par la Maison-Blanche et Israël.

Au cours des dix-huit mois écoulés, le gouvernement américain a livré 2 008 TOW et 235 Hawk. Les Israéliens ont également effectué un certain nombre de livraisons, dont 1 008 TOW. Pour quels résultats ?

Dans un rapport du N.S.C., la Maison-Blanche estime que :

— l'intervention de Rafsanjani/Velayati pour libérer les otages de l'appareil de la T.W.A. en juin 1985,
— le refus de laisser atterrir à Téhéran l'avion de la Pan Am détourné sur Karachi,
— la libération de trois otages américains et d'*au moins deux Français*,
— l'amorce d'un dialogue entre l'Iran et ses voisins,

sont autant de conséquences directes des pourparlers secrets avec l'Iran.

Le même rapport souligne que, malgré l'embargo américain, les pays européens ont fourni annuellement pour 500 millions de dollars de matériels militaires à l'Iran. La plupart de ces fournitures ont été opérées au su des gouvernements de ces pays, et parfois avec leur accord.

« La mort de Casey a été une bénédiction pour beaucoup... Il a emporté avec lui beaucoup de secrets, sans doute les principaux », déclare un marchand d'armes proche de Hakim et de Secord. Comme en écho, Rafsanjani, dans *Jeune Afrique* du 23 septembre 1987, déclare à son tour : « Des personnalités du Parti Républicain sont impliquées dans l'affaire. Ce sont des figures si importantes que si l'on révélait leurs noms, cela causerait bien des problèmes au Parti Républicain. Il y a encore d'autres révélations que nous n'avons pas rendues publiques... »

A la lecture des milliers de pages produites par les commissions d'enquête du Congrès américain, il apparaît clairement que l'Irangate est d'abord la conséquence d'une manipulation israélienne, conçue et réalisée par Shimon Pérès et son équipe. Les motivations d'Israël étaient claires : ce sont les mêmes que celles qui poussèrent l'État juif à livrer des armes à l'Iran dès le début du conflit entre Bagdad et Téhéran, pour « fixer » son ennemi irakien dans une guerre exténuante et entretenir les divisions dans la région. Manipulation d'autant plus aisée qu'elle s'accomplit dans le seul entourage du Président Reagan, passant ainsi au travers des contrôles de toute nature qu'auraient pu exercer les différents ministères (Défense, Département d'État) et les agences. L'obsession du secret a fait le reste...

Il est frappant de constater qu'aucune évaluation des propositions israéliennes émises entre juillet et août 1985 ne fut recherchée ni offerte par les agences américaines de renseignement. Quand les membres de l'équipe Pérès affirmaient avoir eu des contacts avec des personnalités iraniennes dont dépendait la réussite de l'ouverture américaine en direction de Téhéran, aucune enquête approfondie ne fut menée sur la crédibilité et les motivations de ces contacts. Aucune enquête non plus pour connaître les motifs profonds de l'obligeance israélienne.

On a du mal à s'expliquer qu'un personnage aussi trouble que Ghorbanifar — pourtant bien connu de la C.I.A. — soit parvenu à entraîner la Maison-Blanche dans une opération comportant de si hauts risques. On ne peut qu'être troublé par la version officielle qui nous montre le directeur de la C.I.A. acceptant de recevoir « Ghorba », les 22 et 23 décembre 1985, alors que des doutes sur l'efficacité du marchandage armes/otages commençaient à se manifester chez ceux qui en avaient la charge. « Ghorba » a donc été littéralement « porté » par l'équipe Pérès et par Ledeen : il véhiculait les solutions prônées par Israël et, en même temps, permettait à Jérusalem de s'effacer derrière lui. Ledeen a ainsi affirmé devant le Sénat que toutes « les idées venaient de Ghorbanifar, et qu'il était vraiment la force qui était derrière tout cela ». Il lui a même attribué l'initiative de l'« approche » des Israéliens.

Toute cette histoire prend sens si on la relie à l'accord secret passé en octobre 1980 avec le *staff* de Reagan, c'est-à-dire avec William Casey, devenu entre-temps patron de la C.I.A., et Robert McFarlane — un des trois participants à la rencontre de l'hôtel « L'Enfant-Plazza » avec un « Iranien exilé », devenu le conseiller du Président Reagan au National Security Council —, accord qui rendit possible le marchandage armes/otages suggéré par les Israéliens. On peut ainsi imaginer que de 1981 à 1985, Israël ait respecté l'engagement pris naguère par le candidat Reagan de livrer des armes à l'Iran, en s'appuyant sur des réseaux de marchands d'armes, notamment américains, bénéficiant sinon d'un accord formel de l'administration, du moins d'une absence de veto de sa part. Israël et les marchands d'armes respectèrent d'autant mieux cet engagement que les livraisons servaient les intérêts politiques du premier, les intérêts financiers des seconds.

Il est intéressant de voir comment, entre 1984 et 1986, Casey, McFarlane et quelques autres membres du « noyau dur » de l'entourage de Reagan réévaluèrent la politique étrangère de leur pays envers et contre ceux qui en avaient officiellement la charge.

Au début de 1984, McFarlane commence déjà à s'inquiéter de la future politique américaine vis-à-vis de l'Iran. Ses amis et lui craignent que la mort de Khomeiny n'entraîne de graves conséquences pour les intérêts américains dans la région. Ils estiment que les États-Unis manquent cruellement de stratégie pour traiter cet important problème.

En octobre 1984, le Département d'État adresse au N.S.C. une étude réalisée à partir d'éléments fournis par l'ensemble des agences fédérales. Elle conclut que l'Amérique ne dispose pas de « contacts influents » au sein des milieux gouvernementaux de Téhéran et des groupes politiques iraniens. En complément de ce rapport alarmiste, une lettre est envoyée à McFarlane en décembre, dans laquelle la C.I.A. affirme ne disposer que d'une « capacité limitée d'influencer le cours des événements en Iran dans le proche avenir »...

Quelques membres du N.S.C. n'entendent pas en rester là. Ils jugent qu'il devient prioritaire de définir une stratégie visant à acquérir de l'influence sur le devenir de l'Iran et à endiguer celle qu'y exerce l'U.R.S.S. D'autant que, d'après la C.I.A., la lutte de factions entourant le succession de Khomeiny est d'une intensité telle qu'elle pourrait bien faire éclater le système actuel avant même la mort de l'Ayatollah.

Depuis la chute du Shah, le 16 janvier 1979, qui mit un point final à vingt-cinq années de relations privilégiées entre les États-Unis et l'Iran, Washington s'est rapidement trouvé coupé de ce pays. Même après la libération des otages de l'ambassade américaine, le 20 janvier 1981, l'Amérique, considérée par la propagande khomeiniste comme le « Grand Satan », n'avait rien tenté pour renouer avec les ayatollah, maintenant officiellement son embargo sur les livraisons d'armes. Sa politique sans concession à l'égard des terroristes preneurs d'otages ne pouvait être que poursuivie quand les services secrets américains apprirent, courant juillet 1982, que l'Iran appuyait les groupes qui se livraient à ce type d'enlèvements. Le 20 janvier 1984, le Secrétaire d'État désigna ainsi officiellement l'Iran comme le « sponsor » du terrorisme international.

Mais, entre le 7 mars 1984 et le 9 juin 1985, ledit « sponsor » fit monter la pression : sept nouveaux otages furent enlevés à Beyrouth, dont William Buckley, chef de l'antenne de la C.I.A. au Liban. Au printemps de 1985, le gouvernement américain se retrouvait donc aux prises avec deux graves préoccupations : la libération des otages et le souci de ne pas pratiquer une politique de la chaise vide vis-à-vis de l'Iran.

C'est dans ce contexte qu'il convient de situer les « approches » israéliennes, relayées par Ledeen. Aussitôt après avoir écouté le compte rendu de la rencontre entre ce dernier et le Premier ministre israélien Shimon Pérès, McFarlane demanda à l'un de ses collaborateurs de commander à la C.I.A. une nouvelle évaluation sur l'Iran. Le 17 mai, soit une dizaine de jours plus tard, un « memo » de cinq pages émanant de la C.I.A. et intitulé *Orientations pour une politique à l'égard de l'Iran* commença à circuler au sein du Département d'État et du N.S.C. Ce « memo » plaidait pour un changement de la politique américaine et pour l'établissement de relations plus constructives avec les responsables iraniens intéressés à nouer des contacts avec l'Ouest. Il recommandait que les États-Unis permettent à leurs alliés de vendre des armes à l'Iran comme moyen de rétablir l'influence occidentale et de bloquer celle, grandissante, des Soviétiques.

Ce « memo » de la C.I.A. est véritablement providentiel, puisqu'il propose un changement de la politique américaine qui va exactement dans le sens suggéré par Ledeen-Pérès. On peut néanmoins se demander aujourd'hui si ce virage fut le simple fait du hasard...

S'appuyant sur ses conclusions, l'équipe McFarlane prépare aussitôt un projet de directive visant à traduire dans les faits cet infléchissement de la politique américaine. Ce document s'attache d'abord à définir les intérêts immédiats des États-Unis :

1° prévenir la désintégration de l'Iran et préserver la situation de ce pays comme État indépendant entre l'Union Soviétique et le golfe Persique ;

2° réduire au maximum les opportunités soviétiques en Iran, cependant que les États-Unis se mettront en position de s'adapter aux changements ;

3° maintenir l'accès au pétrole du golfe Persique et son transit à travers le détroit d'Ormuz ;

4° mettre fin au parrainage iranien du terrorisme.

A plus long terme, les objectifs américains sont les suivants :

1° restauration du rôle modéré et constructif de l'Iran dans la communauté politique non communiste, la région du Golfe et l'économie pétrolière mondiale ;

2° maintien de la résistance iranienne à l'expansionnisme soviétique ;

3° fin rapide de la guerre Iran/Irak, sans médiation soviétique ni bouleversement des équilibres de la région ;

4° élimination des violations des droits de l'homme en Iran ;

5° action visant à une normalisation progressive des relations irano-américaines ;

6° règlement des contentieux d'ordre juridique et financier devant la Cour de La Haye ;

7° modération de l'attitude iranienne dans la définition de la politique des prix du pétrole par l'O.P.E.P.

Pour atteindre ces objectifs, la directive recommande que les États-Unis :

1° encouragent leurs amis et alliés occidentaux à aider l'Iran à satisfaire ses besoins en produits d'importation, afin de diminuer la force d'attraction de l'aide soviétique, y compris par la fourniture d'équipements militaires définis cas par cas ;

2° coopèrent avec les services secrets amis pour accroître leur capacité à contrer les menées soviétiques clandestines ;

3° développent les contacts avec leurs amis et alliés pour tout ce qui concerne la question iranienne et se tiennent prêts à communiquer avec l'Iran par leur intermédiaire ;

4° nouent des relations avec les leaders iraniens modérés ;

5° évitent des actions qui pourraient leur aliéner les groupes iraniens susceptibles de réagir favorablement à de tels efforts ;

6° ripostent au terrorisme iranien par des actions militaires contre les infrastructures terroristes ;

7° développent les émissions de *La Voix de l'Amérique* discréditant les « agents » islamiques de Moscou...

8° continuent d'encourager les efforts des tiers visant à mettre un terme au conflit Iran/Irak.

A la fin juin, le secrétaire d'État Shultz démolit cette directive qui, selon lui, exagère aussi bien la contestation interne en Iran que les avantages remportés par les Soviétiques dans ce pays. Surtout, il s'oppose fermement aux livraisons d'armes occidentales à l'Iran, contraires aux intérêts américains. Pas question de remettre en cause notre politique, écrit-il en substance, quand des groupes liés à l'Iran détiennent encore des otages américains au Liban...

Quelques jours plus tard, le Secrétaire à la Défense Weinberger s'oppose avec la même vigueur à ce virage politique. Sa première réaction, en lisant le projet de directive, a été d'écrire « absurde » dans la marge. Et il ajoute, toujours en marge du document : « Ce serait comme d'inviter Kadhafi à un déjeuner en tête-à-tête. » Pas question, pour lui, de mettre fin, dans les conditions actuelles, à l'embargo sur les armes.

Le patron de la C.I.A., William Casey, apporte en revanche, pendant toute cette période, un soutien sans réserve au projet de directive.

Finalement, le projet n'est pas envoyé à la signature du Président. Ce qui n'empêche pas la Maison-Blanche de donner suite à la proposition israélienne, et, malgré l'avis défavorable de tous les hauts responsables, de modifier de fond en comble la politique américaine à l'égard de l'Iran.

CHAPITRE IV

L'ENGRENAGE

La France livre à l'Irak ses armes les plus sophistiquées : des Mirages aussi bien que des Exocet. Il lui arrive même de puiser dans ses propres stocks certains avions — des Super-Étendards — et de les lui prêter. Officiellement, Paris ne vend aucun fusil, aucune munition, ni à plus forte raison aucun missile à Téhéran. Ce déséquilibre dans ses rapports avec les belligérants ne l'empêche pas de réclamer avec bonne conscience l'arrêt des hostilités entre les deux pays...

Dès novembre 1980, soit deux mois après le début de la guerre, Medhi Navad, membre de la délégation iranienne — qui comprenait Rafsanjani — en visite à Paris, lançait l'avertissement suivant : la livraison d'armes françaises à l'Irak inquiète l'Iran et pourrait conduire à une détérioration des relations entre Paris et Téhéran. Après avoir exprimé le souhait que les rapports entre les deux pays demeurent « cordiaux », il ajoutait : « Le peuple iranien ne saurait rester indifférent quand, chaque jour, ses enfants sont tués par des appareils français ; on peut aisément imaginer quelle peut être la réaction d'un père qui voit son fils abattu par une arme française. »

Évoquant ensuite les « préoccupations », exprimées par M. François-Poncet, ministre des Affaires étrangères, au sujet des otages américains détenus à Téhéran, Navad s'emportait : « Nous ne pouvons accepter que nos interlocuteurs en Occident nous parlent de cinquante otages alors qu'ils vivent en toute sécurité, tandis que des milliers de nos compatriotes sont massacrés. » Et de rappeler une nouvelle fois que non seulement la France s'était tue lors de l'agression irakienne perpétrée contre l'Iran, mais qu'elle continuait à équiper les forces armées de Bagdad.

Comment et pourquoi s'est constitué progressivement cet axe privilégié Paris-Bagdad qui fait aujourd'hui de la France la cible priviligiée de l'Iran ? C'est une très longue histoire...

Avec son ouverture sur l'océan Indien par le détroit d'Ormuz, le golfe Persique est une mer de passage stratégique. Tous les conquérants et les grandes puissances ont cherché à la contrôler : les cavaliers d'Alexandre comme les Khans mongols en ont foulé les rivages. Sur la route des Indes et de l'Extrême-Orient, le golfe est devenu une étape de la Route de l'Encens, de la Route des Épices et de la Route de la Soie...

Ses riverains, adossés aux déserts brûlants, n'avaient d'autre solution que de cultiver cette mer verte. Il y a peu, ils y pêchaient encore de superbes perles blanches et roses, jusqu'à l'avènement du pétrole et des perles de culture japonaises. Plongeant chaque jour des dizaines de fois à des profondeurs excédant parfois trente mètres, les pêcheurs devenaient vieux avant l'âge, aveugles et sourds dès vingt-cinq ou trente ans.

Plus excitante et plus lucrative, la chasse aux galions était une autre spécialité du golfe. Toute une partie de sa rive sud porte aujourd'hui encore le nom de Côte des Pirates. Elle vit défiler des boutres remplis d'hommes enchaînés, longtemps après la proclamation de la Déclaration des Droits de l'Homme. Certes, les « gendarmes » de l'Occident ont imposé leur ordre, mais, aujourd'hui encore, il est possible à un touriste visitant Dubaï d'imaginer ce que pouvait être la vie de ces trafiquants en tous genres. Sur des bateaux pansus, des marins en guenilles, pakistanais, omanis, yéménites, embarquent des cargaisons hétéroclites dans les cales et sur le pont : chameaux, vaches efflanquées, pneus, réfrigérateurs. Et aussi, et surtout de l'or. Un or qui, acheté par de riches commerçants, arrive par avion de Londres et de Zurich, hors douane, et est acheminé vers le

Pakistan et l'Inde La différence de cours est suffisamment alléchante pour que les trafiquants prennent le risque de se faire prendre en chasse et éventuellement couler par les garde-côtes.

Marco Polo écrivait déjà à propos du détroit d'Ormuz : « Et je vous dis que les marchands y viennent de l'Inde avec leurs nefs chargées d'épiceries, de pierreries, d'étoffes rares, de draps, de soie et d'or, de dents d'éléphants et de plusieurs autres marchandises. Et ils les vendent à d'autres marchands qui les transportent par l'universel monde... ». Au XVIe siècle, les Portugais vinrent planter leurs ports sur les pourtours du golfe, les Français se contentant, eux, d'y installer quelques factoreries. Les premiers marins britanniques y débarquèrent au XVIIe siècle. Bientôt les pirates sont si nombreux qu'ils finissent par se battre entre eux : aux Arabes se joignent maintenant des Européens attirés par l'appât du gain. Cette insécurité permanente nuit au commerce maritime. Les grandes puissances de l'époque — Grande-Bretagne, France, Hollande — s'entendent un temps pour ramener l'ordre et se partager le contrôle des mers de la région.

Du début de la guerre de Sept Ans (1756) à l'Entente cordiale (1904), le Royaume-Uni et la France se battent pour contrôler le golfe et la péninsule arabique. C'est Napoléon qui cause le plus de soucis aux Anglais en s'alliant notamment aux Wahabites. Cette secte de l'Islam s'est développée à partir de 1740 à la suite d'un pacte conclu entre Mohammed Ibn Abdel Wahab, qui prêchait le retour à l'Islam pour « purifier » le pays, et Mohammed Ibn Seoud, seigneur du désert qui prêta ses hommes et ses armes pour servir cette cause. De cette alliance naquit le premier État séoudien restauré. Abdel Aziz Ibn Seoud reprit le flambeau en 1902 pour la deuxième restauration et créa le pays que l'on connaît aujourd'hui sous le nom d'Arabie Saoudite.

Une des raisons du succès de l'empereur français dans cette région fut son attitude vis-à-vis de l'Islam. Napoléon laissait en effet se répandre le bruit de son éventuelle conversion et de celle... de la France ! Il signa également un traité avec la Perse et s'ouvrit ainsi la Route des Indes.

Le génie impérial n'empêche cependant pas les Anglais de mettre la main sur le golfe en matant les pirates des deux rives avec la plus impitoyable rigueur. Vainqueurs, les Britanniques concluent des traités avec les Émirs tout au long du XIXe siècle. Tous ces traités recèlent une clause d'exclusivité doublée d'une clause d'éternité : ils interdisent aux princes signataires de céder, louer, affermer ou même prêter, sous quelque forme et pour quelque raison que ce soit, la moindre partie de leurs territoires sans l'autorisation expresse de la Grande-Bretagne. En Perse, les envoyés de Sa Majesté britannique furent néanmoins obligés de composer avec la puissance voisine dominante, la Russie : à la suite de deux guerres, ce pays fut en effet contraint de signer avec elle les traités de Gulestan en 1813 et de Turkmantchaï en 1828.

Pendant ces heures sombres apparaît en Perse un clergé qui exerce une forte autorité doctrinale et morale sur la population. Les mollah sont déjà prêts à encourager une contestation du pouvoir en place et à en tirer profit. L'agitation endémique contre le Shah et la domination russe sur certaines régions n'empêchent pas les Anglais d'acheter tout, car tout est à vendre. En 1901, William Knox d'Arcy obtient une concession exclusive de soixante ans pour l'exploitation du pétrole iranien, point de départ de la mainmise économique des Anglais sur cette région. D'Arcy crée alors à cette fin l'Anglo-Persian Co.

Sous la pression du clergé et du Bazar, le Shah accepte en 1906 une Constitution et un Parlement élu (*Majlis*). L'Angleterre et la Russie parviennent enfin à signer un accord répartissant leurs zones d'influence respectives. Le déclenchement de la Première Guerre mondiale accroît encore la dépendance de la Perse à l'égard des puissances étrangères. Le traité signé par elle avec Londres en août 1919 en fait un véritable protectorat. L'U.R.S.S. a alors d'autres chats à fouetter que les persans... Quant à la France, elle est absente de ce pays et le restera durant l'entre-deux-guerres, alors qu'elle réussit à imposer sa présence en Irak et surtout en Syrie.

Le 22 juin 1941, les armées d'Hitler attaquent l'U.R.S.S. ; le 25 août, les troupes alliées pénètrent en Iran. Le ravitaillement en matériel de guerre des armées soviétiques doit passer par le golfe Persique et l'Iran. Le Shah abdique en faveur de son fils Mohammed Reza Shah Pahlevi. Celui-ci se voit imposer, le 29 janvier 1942, un traité qui prévoit la mise à disposition des ennemis de l'Axe — Français, Anglais, Américains et Soviétiques — de tous les moyens de communication du pays. Cinq millions de tonnes de matériel sont ainsi acheminées par le chemin de fer transiranien de Bandar-Chapour, port situé dans le haut du golfe Persique, à l'est de l'embouchure du Chott-el-Arab (embouchure du Tigre et de l'Euphrate), jusqu'à Bandar-Shah, sur la mer Caspienne.

La guerre est pour les Américains une occasion supplémentaire de s'intéresser au golfe Persique. Après le conflit, les diplomates yankees y deviennent au moins aussi actifs que les pétroliers texans. C'est ainsi qu'au début des années 50, les Américains révèlent au gouvernement iranien de Mohammed Mossadegh que les taxes sur le pétrole qui alimentent les caisses de l'État iranien sont cinq fois moindres que celles perçues par l'Arabie Saoudite... Souhaitant récupérer les richesses de son pays, le Premier ministre nationalise l'Anglo-Iranian Oil Company (qui deviendra la British Petroleum).

La Grande-Bretagne ne l'entend naturellement pas de cette oreille et refuse la nationalisation. Elle ferme les pipe-lines, suspend l'extraction du pétrole. L'Amirauté est même prête à faire tirer ses canonnières et à débarquer des troupes. Les États-Unis, de leur côté, refusent par avance de se joindre à toute opération punitive. Privée de recettes, la Perse s'installe dans le chaos et menace de passer sous contrôle soviétique. La C.I.A. intervient alors, fait revenir le Shah d'exil et facilite la reconnaissance de la souveraineté iranienne sur le pétrole du pays. Un consortium de grandes sociétés est créé en 1954, dans lequel les compagnies américaines s'arrogent 40 % des parts. La Grande-Bretagne a perdu : elle ne dispose plus que de 40 % là où elle possédait la totalité de la concession. La France — par le groupe Total — obtient un petit strapontin dans le nouveau consortium.

Les États-Unis deviennent progressivement l'allié privilégié du Shah au détriment du gouvernement de Londres. Assistance militaire et livraisons d'armes ne vont plus se relâcher jusqu'au début 1979. L'Iran devient alors le « gendarme du Golfe ».

Ce pays a des frontières communes avec l'Irak (1 280 km), la Turquie (470 km), l'U.R.S.S. (2 370 km, y compris la frontière sur la mer Caspienne), l'Afghanistan (850 km), le Pakistan (830 km). Cette simple énumération suffit à faire comprendre pourquoi l'Iran accorde alors tant d'importance à sa défense, indépendamment même de son rôle politique dans le golfe Persique. Le Shah gouverne sans partage ses 31 millions de sujets. Malgré l'existence d'un Parlement à deux Chambres, l'opposition n'est pas admise et la police (particulièrement la secrète Savak) est chargée de traquer ceux qui l'oublieraient : la mort est la sanction la plus fréquente.

Le Shah entend faire de la Perse un pays moderne. Grâce aux revenus pétroliers, il poursuit une industrialisation effrénée. Les structures sociales s'en trouvent bouleversées. Les mollah n'apprécient pas cette occidentatisation et, comme au début du siècle, s'agitent autour des lieux de prières.

La France n'est pas totalement absente du partage du gâteau persan. Les sociétés françaises signent alors un certain nombre de contrats intéressants — notamment de travaux publics — et le Shah, qui prépare déjà l'« après-pétrole », prête en 1975 un milliard de dollars à la France pour la construction d'une usine d'enrichissement de l'uranium baptisée Eurodif... On aura maintes occasions d'en parler !

Le Shah est alors triomphant. Il peut même se permettre de signer en 1975 avec son voisin irakien, Saddam Hussein, à Alger, un traité réglant un vieux problème frontalier autour du Chott el Arab, ainsi que divers autres litiges entre les deux pays. Cet accord, obtenu grâce à la ténacité du dirigeant algérien Houari Boumedienne, gomme provisoirement les sources de frictions entre les deux pays.

Le gouvernement irakien est en effet toujours en lutte — plus ou moins violente — avec les populations kurdes implantées au nord-est du pays, dans la région pétrolière de Kirkouk, qui réclament leur autonomie. A chaque flambée de révolte, les Kurdes sont assurés de trouver aide et assistance auprès des Kurdes iraniens, et une certaine bienveillance de la part des autorités perses.

Risques de conflits religieux, aussi : l'Iran est chiite, l'Irak est à majorité sunnite, mais comporte une forte minorité chiite et est administré par un gouvernement laïc et socialiste. L'Irak abrite de surcroît un des lieux saints du chiisme : Kerbala, grand centre religieux aussi prestigieux que Qôm ou Nadjaf. C'est d'ailleurs là que vit à l'époque en exil le principal opposant au Shah, l'ayatollah Khomeiny. Celui-ci dispose même chaque jour de quatre heures d'antenne pour diffuser sur les ondes sa propagande dirigée contre le Shah. Après l'accord d'Alger, Saddam Hussein le trouve soudain bien encombrant (on apprit ultérieurement qu'il avait signé une clause secrète avec le Shah scellant le sort des opposants). Bref, il expulse le vieil iman vers... Orly.

Sous la pression de la Maison-Blanche et de Saddam Hussein, le Président Valéry Giscard d'Estaing accorde l'hospitalité à l'Ayatollah qui s'installe dans la région parisienne, à Neauphle-le-Château, d'où il va participer activement à la déstabilisation du régime impérial...

Né en 1900, Ruhollah — c'est-à-dire « âme de Dieu » — appartient à une lignée d'ayatollah. Quelques mois seulement après sa naissance, son père est assassiné par les hommes de main d'un féodal. Mère et tante lui inculqueront que les discours ne suffisent pas à imposer les principes de l'Islam : la violence aussi est nécessaire... De cette époque date « sa méfiance maladive à l'égard de tout ce qui est en dehors de lui », comme en témoigne celui qui fut son plus proche disciple, Bani Sadr.

Khomeiny a également été marqué par la lutte entre le clergé d'un côté, le Shah et la Grande-Bretagne de l'autre, qui aboutit d'abord à la Constitution de 1906, puis au renversement de la dynastie des Kadjars, non par l'instauration d'une république souhaitée par la majorité, mais par l'accession au pouvoir des Pahlavi... A vingt-sept ans, il devient un professeur éminent de la faculté de théologie de Qôm. En 1941, il dénonce le Shah : « Les ordres de l'État dictatorial de Reza Khan, le trafiquant, sont dépourvus de toute valeur. » Trois thèmes dominent ses interventions : la liberté, l'indépendance, le refus de la domination étrangère. En 1962, il devient le chef de la communauté chiite, et, dans la pure tradition islamique, se retrouve opposé en combat singulier au Shah dans lequel il ne voit qu'un usurpateur, puisque religion et politique sont indissociables. Il est d'ailleurs arrêté par l'empereur le 3 juin 1963, et enfermé à la caserne Ichratabad. Libéré en 1964, il retourne à Qôm et apostrophe une nouvelle fois le Shah : « Comment voulez-vous moderniser l'Iran si vous faites emprisonner et tuer les intellectuels ? » Exilé en Turquie, puis à Nadjaf, en Irak, il se retrouve à Neauphle-le-Château en octobre 1978.

Dans son livre *L'Espérance trahie*, l'ancien président de la République islamique Bani Sadr brosse ainsi quelques traits du caractère de l'Ayatollah :

> Quand M. Khomeiny osa s'opposer au Shah, ce fut comme si le monde s'ouvrait. Il n'était pas encore devenu une source d'imitation et ne réunissait pas autour de lui un large consensus. Sa détermination, à défaut de ses idées — sur lesquelles nous reviendrons — nous plaisait. De toute manière, il s'agissait pour nous, avant tout, de déraciner le despotisme des Pahlavi. Plumes et langues se mirent à l'ouvrage. Les intellectuels de tous bords s'employèrent, pendant vingt ans, à l'imposer comme source d'imitation commune à la hiérarchie religieuse, à faire

de lui une personnalité mondialement reconnue. Quand il arriva en France, il était connu dans le monde entier...

La source de sa pensée politique se trouvait dans la Grèce antique : le peuple est, en majorité écrasante, composé de moutons ; seule une infime minorité est capable d'exercer le pouvoir ; elle doit diriger le troupeau humain. Il n'y a que deux sortes de pouvoirs concevables : un pouvoir juste, religieux, et un pouvoir injuste, impie. Tous deux sont de nature despotique. Le premier est un despotisme juste, le second un despotisme injuste. Je dois dire au passage que lorsqu'il entendit les marxistes et leurs considérations sur la nature despotique du pouvoir, que ce soit la dictature de la bourgeoisie ou la dictature du prolétariat, il en concluait que la démocratie n'existait pas, que les libertés octoyées ne sont que licence et que leur existence s'oppose à la véritable liberté.

Souviens-toi, pendant ces deux ans, chaque fois que je parlais de la nécessité des libertés, le mollariat répondait : ces gens-là veulent que notre société s'abandonne à la licence...

Souviens-toi comment, à Paris, toutes les personnes — celles qui résidaient à l'étranger comme celles qui venaient d'Iran, et ceci quelles que soient leur appartenance ou leurs tendances politiques — partageaient cet espoir devenu commun : M. Khomeiny mettrait un jour en pratique le discours de la révolution. Cette croyance s'est révélée une illusion. La vérité était autre. Combien d'efforts ai-je prodigués pour que le pouvoir de la source d'imitation ne devienne pas l'amère réalité que nous connaissons !...

Ma douleur grandissait chaque jour. Elle grandissait davantage encore quand je voyais que M. Khomeiny ne la comprenait pas. On aurait dit que, pour lui, en dehors de la quête du pouvoir, il n'y avait plus de réalité, et dans mes divergences avec les groupes qui cherchaient à s'en emparer, il intervenait seulement lorsqu'il s'agissait de définir la part de pouvoir qui reviendrait au « clergé ». Il jouait parfois de la menace : je perdrai la présidence de la République et le commandement en chef des forces armées au cas où...

L'obsession du pouvoir et des titres qui le désignent avaient tellement envahi son esprit et celui de ses proches que tous mes efforts pour lui faire prendre conscience des souffrances du pays, pour lui faire comprendre que l'Iran et la révolution étaient en train d'être sacrifiés à la volonté de pouvoir du mollariat, échouèrent complètement...

Bani Sadr n'en fut pas moins longtemps le plus proche collaborateur de l'Ayatollah : comment a-t-il pu être à ce point aveugle pour ne pas sentir ou comprendre la vraie personnalité du vieil imam ? S'adressant à sa compagne qui, elle, avait tout compris, il écrit :

> En lisant ces lignes, je sais que tu vas renouveler tes reproches : « Ne t'ai-je pas dit, dès notre première rencontre avec Khomeiny, que sur son visage, on ne voyait aucune trace de spiritualité, mais seulement la violence ? Il s'efforce de se donner un air de spiritualité, mais il se trahit. Avec un peu d'attention, on comprend qu'il s'agit d'une violence qu'il s'efforce en vain de dissimuler. Mais tu ne m'as pas écoutée et il est arrivé ce qui devait arriver, à toi et au peuple entier. » Lorsque je parlerai de mes erreurs, je reviendrai sur l'autocensure que nous nous imposions à propos de M. Khomeiny. Tu avais raison et chaque fois qu'il bafouait l'une de ses promesses, tu me disais : « Ne t'ai-je pas dit que cet homme est rusé et qu'il nous trompe ? » En guise de réponse, à toi et à ceux qui approuvaient tes propos, je m'efforçais, tel Madjnoun, de laver les souillures de son âme. Mais en moi la tempête grondait et j'étais dans l'état de celui qui voit s'éparpiller sous ses yeux les pages de sa vie.

Aujourd'hui, dans son exil versaillais, Bani Sadr tient des propos encore plus durs sur le vieil imam qui a dévoyé la révolution du peuple, s'est associé à Israël, voire même aux États-Unis, dans son obsession de passer pour l'incarnation de Dieu. Mais si ce portrait est vrai, si l'Ayatollah n'est mû que par l'appétit de gouverner, il n'a pu, dans son refuge de Neauphle, qu'accumuler un certain capital de sympathie vis-à-vis de cette France hospitalière, dernière marche dans son irrésistible ascension vers le pouvoir suprême. Un capital qui aurait sans doute pu être exploité par Paris quand le vieil homme finit par se retrouver à la tête de son propre pays...

En revanche, un autre capital, le prêt Eurodif, va être source de graves problèmes entre les deux pays :

Le Shah estimait qu'à la fin du siècle, le pétrole deviendrait une denrée rare, et qu'il fallait donc l'économiser. Lui-même entendait donner l'exemple en dotant son pays d'un grand parc de centrales nucléaires. Et il pensa à se tourner vers la France. Le Shah n'ignorait pas qu'avec le quadruplement des prix du pétrole, les pays industrialisés, et particulièrement notre pays, connaîtraient des difficultés en raison de la hausse de leur facture énergétique. Il décida donc de payer au prix fort son entrée dans le club des puissances équipées du nucléaire. En même temps que l'Iran prenait une participation de 10 % dans le capital d'Eurodif — la société qui exploite l'usine européenne de diffusion gazeuse de Tricastin pour la production d'uranium enrichi —, Téhéran consentait, on l'a vu, un prêt d'un milliard de dollars au C.E.A., avec la garantie de l'État français, remboursable entre 1982 et 1992.

Anticipons quelque peu pour exposer au lecteur les prémisses de cette bataille où la morale n'est manifestement pas du côté français.

Après que la nouvelle équipe au pouvoir à Téhéran eut annoncé qu'elle renonçait à son programme nucléaire et par conséquent mettait unilatéralement fin à toute coopération avec Eurodif, le C.E.A. demanda et obtint du tribunal de commerce de Paris la saisie du prêt d'un milliard de dollars consenti naguère par le Shah. La Cour d'appel annula ce jugement en 1982 et donna raison à Téhéran, estimant que le prêt était une affaire d'État à État, alors que les obligations de l'Iran à l'égard d'Eurodif relevaient du droit privé : par suite, le C.E.A. n'avait aucunement le droit de faire saisir le prêt... Depuis lors, une âpre bataille juridique est livrée par le C.E.A., Eurodif et certaines sociétés françaises. Depuis longtemps, dans cette affaire, Téhéran accuse la France d'« escroquerie ». En privé et parfois en public, comme l'a fait Jacques Chirac, les responsables français reconnaissent que Paris, en l'occurrence, n'a pas raison...

Dans les tranchées de 14-18, les poilus ignoraient certainement qu'ils se battaient aussi pour développer l'influence de la France dans le monde arabe, notamment en Irak. Il est vrai qu'en pleine guerre, l'Angleterre, la France et la Russie se partageaient déjà les dépouilles de l'Empire ottoman qui avait choisi de s'allier à l'Allemagne. La France, « protectrice traditionnelle » des catholiques, fortement implantée au Liban, réclame alors la Syrie. L'Angleterre, déjà implantée dans le golfe Persique, revendique l'Irak. Les accords Sykes-Picot de mai 1916 — violemment contestés par le Hezbollah — donnent satisfaction aux deux alliés, mais reconnaît de surcroît à la France une influence sur le willayet de Mossoul. Finalement, la guerre finie, la France se voit attribuer un mandat sur la Syrie et, par l'article 7 du traité de San Remo, le quart du pétrole qui sera extrait du sous-sol irakien :

> Art. 7. — « Mésopotamie. — Le Gouvernement britannique s'engage à accorder au Gouvernement français, ou à ceux qu'il désignera, une part de 25 %, aux prix courants du marché, dans la production nette d'huiles brutes que le Gouvernement de Sa Majesté pourra se procurer par les champs pétrolifères de Mésopotamie au cas où ceux-ci seraient exploités par action gouvernementale ; si cette exploitation des champs pétrolifères de Mésopotamie était faite par une société privée, le Gouvernement britannique mettrait à la disposition du Gouvernement français une participation de 25 % dans cette société. Le prix à payer pour cette participation ne sera pas supérieur à celui payé par aucun autre participant à ladite société pétrolifère. Il est également convenu que ladite société pétrolifère sera sous le contrôle britannique permanent. »

De cet accès au pétrole irakien naîtra la Compagnie française des Pétroles. A l'ombre de la très anglo-saxonne Iraq Petroleum (I.P.C.), le groupe Total servira longtemps de pont entre

Bagdad et Paris. Légaliste, l'état-major du groupe tente de tirer le maximum de ses 23,75 % dans l'I.P.C., tout en sachant jusqu'où ne pas aller trop loin avec des partenaires fort ombrageux. La C.F.P. dispose d'un bureau à Londres : une douzaine de personnes chargées de s'occuper de toutes ses participations au Moyen-Orient — en Irak, a Abu Dhabi, au Qatar, à Dubaï et en Iran. Jusque dans les années 60, c'est-à-dire jusqu'à la mise en exploitation des champs pétrolifères du Sahara, le pouls de la compagnie bat à Londres.

Le Quai d'Orsay et la Rue de Rivoli sont tenus informés par Victor de Metz, président du groupe Total, de l'évolution de ses rapports avec ses associés. A défaut d'être aimé, « Totor » est considéré comme un excellent financier à qui on fait confiance pour gérer au mieux la part prise aux Allemands au lendemain de la Première Guerre mondiale. Mais si la rente pétrolière est bonne, la C.F.P., malgré des dizaines d'années de participation à l'Iraq Petroleum Company, n'a pas encore noué, au milieu des années 50, de contacts directs avec les autorités de Bagdad. Difficile de chasser sur les terres de Sa Majesté britannique : cerbères attentifs, les Anglo-Saxons dressent un cordon sanitaire autour des bureaux ministériels irakiens !

Un homme va jouer un rôle important dans le rapprochement entre Bagdad et Paris : Jean Duroc-Danner. Littéraire, brillant résistant, ayant surmonté le handicap de n'avoir pas fait Polytechnique ni l'École des Mines, il est devenu le représentant de la C.F.P. au sein de l'I.P.C. Il parvient en 1957, malgré la vigilance anglaise, à entrer en contact direct avec Nadim Pachachi, ministre irakien de l'Économie (et donc du Pétrole). Cette rencontre lui paraissait indispensable après la succession de malentendus résultant de l'expédition franco-britannique de Suez en 1956. Ils parlent à cœur ouvert et dénouent quelques intrigues et manœuvres de la perfide Albion. Ainsi débute une très longue amitié qui, malgré les alternances brutales de régime à Bagdad, poussera progressivement M. Duroc-Danner à devenir le personnage central, quoique inconnu du grand public, des relations franco-irakiennes pendant une quinzaine d'années...

Aussitôt après son arrivée au pouvoir le 14 juillet 1958 — dans un bain de sang, comme il est presque de tradition dans la longue et tragique histoire de la Mésopotamie —, le général Kassem demande à l'I.P.C., à ses yeux symbole du colonialisme, l'ouverture d'une négociation pour rééquilibrer les rapports entre ceux qui ont nominalement le pouvoir politique et l'I.P.C. qui l'exerce en fait. Les Britanniques se montrent inflexibles. Ils n'entendent pas remettre en cause les pouvoirs exorbitants dont ils disposent sur une grande partie du territoire irakien. Ils se réfèrent constamment aux textes imposés par l'Angleterre après la Première Guerre mondiale à l'Irak du roi Fayçal, lui-même une créature de Londres. Jean Duroc-Danner — le *Frenchman*, comme l'appellent les négociateurs britanniques — estime que leurs positions ne sont pas tenables et peuvent, à terme, devenir dangereuses. Tout au long de ces pourparlers interminables, qui durent de 1958 à 1961, il tente de les infléchir. Paris est alors en pleine guerre d'Algérie, ce qui rend sa position plutôt inconfortable dans le monde arabe. L'un des principaux banquiers du F.L.N. est justement le général Kassem, qui répercute d'ailleurs certaines sorties de fonds sur la trésorerie de l'I.P.C., si bien que Total se trouve avoir indirectement financé, pendant quelques années, les nationalistes algériens en guerre !

En 1961, las des atermoiements des négociateurs, Kassem tape sur la table et décide de reprendre 99,5 % des concessions de l'I.P.C. sans accorder d'indemnités aux pétroliers. La loi n° 80, promulguée en décembre, ne laisse au consortium que les zones déjà en cours d'exploitation. Ce « coup de force » laisse pantois les dirigeants des Majors. La C.F.P., dans ces nouvelles circonstances, intensifie ses efforts pour amener ses partenaires « rétrogrades » à trouver des solutions de compromis. M. Duroc-Danner entreprend une série de voyages privés à Bagdad pour faire connaître les idées de la C.F.P. à de nombreux Irakiens, dans l'espoir qu'elles filtreront jusqu'au niveau gouvernemental.

L'indépendance de l'Algérie facilitera cette manœuvre. M. Duroc-Danner lie connaissance avec l'entourage du leader irakien. Kassem lui-même est bientôt au courant des « idées constructives » du *Frenchman*. Pendant ce temps, l'I.P.C., qui mène une bataille juridique très dure contre la loi nº 80, est prête à tout pour mettre à genoux le gouvernement irakien. Elle refuse d'augmenter la production. Après la création d'un super-impôt perçu sur les tankers partant de Bassora, le port irakien niché au fond du golfe Persique, l'I.P.C. menace d'arrêter ses enlèvements dans le Golfe.

L'Irak subit une nouvelle secousse au printemps de 1963. Le maréchal Aref prend le pouvoir. Les nouveaux responsables pétroliers, MM. Wattari, ministre du Pétrole, et Okeili, directeur de la société nationale, envoient un télex à M. Duroc-Danner. Les Irakiens souhaitent le rencontrer à Paris.

« Peut-on explorer avec vous les voies permettant de régler les problèmes nés de la loi nº 80 ? », disent d'entrée de jeu les Irakiens installés à la meilleure table de Paris — Lucas Carton — avec Victor de Metz, le président de la C.F.P., et Jean Duroc-Danner.

La Française des Pétroles ne cessera plus de jouer un rôle fondamental dans les relations entre l'Irak et la France et, au-delà, de l'Occident tout entier. Duroc-Danner rencontre à plusieurs reprises Wattari à Paris et à Genève. Il a besoin d'un geste de Bagdad pour acquérir plus de poids auprès de ses partenaires britanniques. Et donc réunir de meilleures chances de régler le contentieux entre l'Irak et l'I.P.C., qui gêne considérablement le développement de celle-ci.

Le Français demande en préalable au ministre irakien de résoudre le problème du super-impôt sur les tankers fréquentant Bassora, le port irakien du golfe Persique. « Essayons », répond le ministre. Les partenaires de l'I.P.C. sont aussitôt informés de ce nouveau développement, et, tout en restant sceptiques sur l'issue de la négociation, ils autorisent M. Duroc-

Danner à l'entreprendre. Après la réunion, une fois le Français parti, le « boss » de B.P. confie à son adjoint : « Laissons Duroc-Danner, il va revenir rapidement après avoir reçu un magistral coup de pied au cul ! »

Le lendemain, à Bagdad, le *Frenchman* commence avec détermination « sa » négociation. En deux jours, il conclut un accord avec le ministre du Pétrole, qui sera sur-le-champ ratifié par une loi. Quand, le troisième jour, John Sutcliff arrive à Bagdad, Duroc-Danner, souriant, lui annonce la nouvelle. Le terrain est désormais dégagé pour une vraie négociation entre l'I.P.C. et le gouvernement irakien. La C.F.P. a maintenant son rôle à jouer dans la partie de bras de fer entre la puissance économique étrangère et la puissance politique irakienne. Elle n'est plus seulement le destinataire silencieux de près du quart de la production de la Mésopotamie. Son objectif est atteint : le « strapontin » de la Française des Pétroles au sein de l'I.P.C. est devenu un fauteuil.

Les premiers contacts officieux entre les deux parties ont lieu au début de l'été 1963, mais sont interrompus par un nouveau changement de gouvernement en novembre 1963. Ils reprennent officiellement durant l'été de 1964 et vont durer neuf mois. Cette fois, M. Duroc-Danner — et donc la C.F.P. — est le leader de la délégation. Mais ses partenaires britanniques sont encore très réticents à céder et surtout à comprendre la nouvelle donne au Moyen-Orient. Ils estiment encore que le rapport de forces joue en leur faveur, et réclament d'emblée la récupération de leurs droits anciens. De ce fait, les négociations sont longues et ardues. Au fil des années, pétroliers et gouvernement irakien frôlent l'accord à plusieurs reprises. Tout se passe au Bagdad Hotel, sinistre bâtisse aux murs vert pomme et aux éclairages au néon ; c'est néanmoins le seul établissement correct de la capitale. Les réunions se tiennent toujours dans la chambre 222, sous la houlette de Duroc-Danner, mais sont entrecoupées de fréquents tête-à-tête entre ce dernier et le ministre du Pétrole, ce qui ne manque pas de faire enrager les autres membres de la délégation qui aimeraient s'immiscer dans leur duo...

La signature est néanmoins toujours retardée. Tous les reponsables civils, Premier ministre compris, ont peur de sombrer dans cette affaire, même s'ils sont persuadés que l'arrangement donnerait à la production pétrolière irakienne un second souffle.

Après la guerre des Six Jours, en juin 1967, la popularité de la France est au pinacle dans tout le Moyen-Orient. La neutralité du général de Gaulle dans le conflit soulève l'enthousiasme du monde arabe. Le colonel Nasser demande au maréchal Aref de traiter la France avec beaucoup d'égards. Bagdad décide de faire un geste et charge l'ambassadeur de France d'en avertir Paris. Au Quai d'Orsay, traditionnellement à l'écoute de la Française des Pétroles (et réciproquement), on hésite sur la meilleure façon de rentabiliser le nouveau capital d'estime dont bénéficient les Français en Irak. L'Irak souhaite sortir de la quarantaine qui lui est imposée par l'Occident. La France est prête à l'y aider. Mais comment ?

Victor de Metz hésite à s'engager dans l'opération, bien que l'objectif avoué soit de débloquer le contentieux entre l'I.P.C. et Bagdad. Après une extraordinaire bataille de couloirs, à Paris, entre les deux groupes pétroliers français, c'est le Groupe Elf, et non la C.F.P., qui va tirer pendant quelques années le plus grand profit de la position nouvelle de la France au Moyen-Orient. Le 23 novembre 1967, elle signe un accord beaucoup plus favorable à l'Irak que les conditions imposées par les « Majors » anglo-saxonnes. Paris est alors accusé de rompre la solidarité occidentale.

A Bagdad et dans tout le Moyen-Orient, l'accord avec Elf est salué comme une victoire du monde arabe sur « l'impérialisme anglo-américain ». Pour la première fois depuis 1961, Bagdad réussit à mobiliser une partie de son sous-sol, stérilisé six années durant par le diktat des « Majors ». Elf devient ainsi le porte-drapeau de la lutte contre l'impérialisme...

Paris maintient ouvertement deux fers au feu : la solidarité occidentale avec la C.F.P., la « trahison » avec Elf. Plus prosaïquement, le gouvernement français rend la monnaie de leur pièce aux Américains. En 1947, ces derniers n'avaient pas respecté l'accord de la « ligne rouge » qui liait les partenaires de l'I.P.C. pour tout le Moyen-Orient, en faisant cavalier seul en Arabie et en bâtissant ainsi un des piliers de leur puissance actuelle.

Les négociateurs de la C.F.P. tentent, dans le même temps, de débloquer le contentieux entre l'Irak et l'I.P.C. Londres suit avec une vigilance crispée le ballet des Français à Bagdad. Le Foreign Office effectue même des démarches discrètes à Paris. Les partenaires de l'I.P.C., de leur côté, s'en prennent violemment à Victor de Metz. Des menaces planent. Le Premier ministre irakien affirme même, le 10 avril 1968, que Londres l'a menacé d'un lâcher de parachutistes autour des puits pour s'opposer à l'accord Erap-Inoc !

Toute l'affaire a, en effet, rapidement échappé aux pétroliers pour passer entre les mains des politiciens qui se sont toujours délectés à faire du *Kriegspiel* dans les zones tourmentées du Moyen-Orient. Dès le début, en décembre 1967, quelques jours après la signature de l'accord, le général de Gaulle accepte en principe de se rendre à Bagdad. Puis une mission militaire irakienne arrive à Paris pour procéder à de larges emplettes d'armements. Depuis cette époque, des mortiers rayés français de 60 mm et 160 mm équipent l'armée de terre irakienne. C'est le commencement d'une fructueuse et longue liaison entre Paris et Bagdad. Le général Ali Aref est reçu en grande pompe en février 1968 par le général de Gaulle. Bagdad sort solennellement de son isolement.

Le pouvoir change une nouvelle fois de mains en juillet 1968. Le maréchal Bakr ramène le parti Baas au gouvernement. L'accord entre Elf et la société nationale irakienne se solde finalement par un échec pour la compagnie française. Il a mis en revanche Bagdad en position de force pour imposer sa politique pétrolière aux « Majors ».

Une nouvelle offre est faite, au début de 1972, pour régler

le conflit entre l'I.P.C. et l'Irak. La proposition des pétroliers est rejetée par Bagdad à la veille du départ de Saddam Hussein — officiellement numéro deux, mais nouvel homme fort du régime — pour Moscou. L'Irakien va demander à l'U.R.S.S. si celle-ci serait prête à l'aider dans son conflit avec les pétroliers occidentaux, et jusqu'où.

De retour d'Union soviétique, Saddam Hussein fait connaître ses ultimes propositions : relever le rythme de production au niveau de la capacité maximale des oléoducs ; conclure un accord quinquennal avec le gouvernement irakien sur la progression de la production ; accepter enfin la loi n° 80. Faute de quoi l'Irak nationalisera l'I.P.C. Duroc-Danner et son nouveau président, René Granier de Lilliac, tentent de convaincre le directeur général de l'I.P.C., M. Stockwell, de céder. Ce dernier rassure les Français avant de partir pour Bagdad.

Le 30 mai au matin, Jean Duroc-Danner le rencontre sur l'aéroport de Beyrouth, en transit vers Bagdad. Le Français le supplie de faire quelque chose pour empêcher la nationalisation. Il lui remet un petit papier reprenant les exigences minimales de Bagdad.

— Tout est perdu, lui dit Stockwell, les actionnaires de l'I.P.C. m'ont donné pour instruction de m'en tenir à l'offre du 5 février dernier.

— Tu es le patron de l'I.P.C. et le responsable des concessions », lance Duroc-Danner pour le convaincre de franchir, de sa propre autorité, le petit pas réclamé par les Irakiens, notamment l'engagement de produire davantage.

Stockwell s'envole vers Bagdad sans espoir. Duroc-Danner alerte Londres dans la nuit et demande la convocation d'un comité exécutif de l'I.P.C. pour arrêter la machine infernale. Mais l'adjoint de Stockwell est indisponible à la suite d'un tête-à-tête prolongé avec une bouteille de scotch. Impossible de le mobiliser à cette heure tardive ; il répète avec obstination : « Le comité exécutif a déjà décidé... ».

Dans cette affaire, la C.F.P., malgré l'appui de Mobil, n'a réussi à convaincre ni la British Petroleum, qui entend toujours mettre à genoux les Irakiens, ni la conservatrice Exxo, ni la Shell qui, contre toute attente, a choisi cette fois le camp des « durs ».

L'ultime démarche du Quai d'Orsay, le 31 mai, n'aboutit pas. Le 1er juin 1972, Bagdad nationalise dans l'allégresse populaire l'I.P.C. et la Mosul Petroleum Company. Les coups de feu font croire à ceux qui n'ont pas écouté la radio qu'un nouveau putsch est en cours. Ils célèbrent en fait la fin de la toute-puissance des compagnies pétrolières.

Dans la journée, le gouvernement irakien fait savoir à l'ambassadeur de France à Bagdad, Pierre Cerles, que « toutes les dispositions seront prises pour sauvegarder les intérêts français ». Une proposition en or — le pétrole irakien représente en effet le quart de l'approvisionnement de la C.F.P. et 15 % de celui de la France — mais délicate à accepter.

Paris hésite. Le directeur des Carburants, M. Michel Vaillaud, dans une note à son ministre, s'interroge sur la gravité des « répercussions d'un traitement privilégié de la C.F.P. en Irak sur les relations que le gouvernement français et les compagnies françaises entretiennent avec leurs homologues anglo-saxons ». Mais le haut fonctionnaire écrit aussi que « l'argument de solidarité n'est pas convaincant ». Et il définit les précautions à prendre pour accepter l'offre irakienne. Par exemple, nouer « un étroit contact entre la C.F.P. et ses partenaires ». Le 2 juin, Victor de Metz obtient de Michel Vaillaud le feu vert gouvernemental pour négocier avec l'Irak. Et M. Duroc-Danner, aussitôt après le conseil de la C.F.P., part en mission exploratoire à Bagdad. De son côté, le président de la C.F.P., M. Granier de Lilliac, part pour Londres et New York convaincre ses partenaires de l'I.P.C. de lui donner carte blanche. Il entend les rassurer : malgré les apparences, la C.F.P. joue toujours la solidarité.

Pendant ce temps, à Paris, c'est l'agitation. A l'Élysée, à Matignon, au Quai d'Orsay et rue de Grenelle, on prépare fébrilement la prochaine visite officielle de Saddam Hussein (du 14 au 17 juin). Paris a conscience de jouer une partie délicate. Bagdad vient de resserrer ses liens avec Moscou en signant un traité d'amitié, et la nationalisation de l'I.P.C. frappe l'Occident à son talon d'Achille, le pétrole.

L'art de la diplomatie va atteindre un de ses sommets dans cette affaire. Politiciens, diplomates et pétroliers français vont parler pendant huit mois un double, triple, quadruple langage destiné à apaiser à la fois leurs partenaires occidentaux, les Irakiens et l'opinion publique.

Des représentants des États-Unis, de la Grande-Bretagne, des Pays-Bas et de la France — les quatre pays concernés par la nationalisation de l'I.P.C. — se rencontrent le 12 juin au Quai d'Orsay pour faire le point. Le Hollandais est farouchement hostile à ce que la C.F.P. accepte un traitement privilégié. Anglais et Américains restent circonspects.

Le même jour, un comité interministériel est consacré à la préparation des entretiens avec Saddam Hussein. L'un des participants explique : « Le rôle d'arbitre de la C.F.P. est accepté par ses partenaires. Granier de Lilliac a obtenu carte blanche pendant trois mois pour négocier le règlement de la nationalisation. Mais le patron de la C.F.P. souhaite le silence le plus absolu, car il entend mener une négociation parallèle pour son propre compte et obtenir un droit au brut irakien. » Le ministre des Finances, Valéry Giscard d'Estaing, se montre, lui, très réservé sur une augmentation trop rapide des exportations françaises vers l'Irak, assorties de garanties financières officielles. Maurice Schumann, le ministre des Affaires étrangères, est, de son côté, très hostile à la livraison de matériels militaires réclamés par Bagdad. Finalement, Georges Pompidou dira *non* aux Mirages, *oui* aux hécicoptères, et *peut-être* aux matériels terrestres. Le lien entre armes et pétrole est encore ténu : le gouvernement n'entend pas perdre son âme pour quelques barils de plus... « Ne pas créer de déséquilibres dans le golfe Persique », disent en chœur le Président Pompidou et son ministre des Affaires étrangères.

Dès son arrivée à Paris, Saddam Hussein met la France en position délicate. Il déclare le 14 juin, lors d'un dîner offert par le Premier ministre, Jacques Chaban-Delmas : « Nous avons claqué notre porte à la face des Américains, à celle des Anglais et à celle de tous ceux qui n'avaient pas respecté notre dignité. Nous savons que la France, et son histoire le prouve, respectera notre dignité. Aussi vous proposons-nous de collaborer avec nous dans les mêmes conditions que nous collaborons avec notre meilleure amie : l'Union soviétique. » Quelques jours plus tard, le numéro deux irakien ajoute : « Toute tentative de léser les intérêts français serait considérée comme un acte d'hostilité contre l'Irak lui-même. Nous ne tolérerons pas que le cartel pétrolier inflige un tort quelconque à la France. »

Finalement, les deux gouvernements signent le 18 juin un accord qui assure le maintien et la pérennité pendant dix ans des intérêts français. La C.F.P. pourra acheter autant de pétrole qu'elle aurait pu en enlever s'il n'y avait eu la nationalisation, aux conditions financières antérieures. Granier de Lilliac a insisté à plusieurs reprises auprès des négociateurs français et irakiens sur un point : que la C.F.P. n'enlèverait pas de brut irakien en Méditerranée avant un accord complet entre Bagdad et l'I.P.C. — ajoutant qu'il « attachait une grande importance à la médiation en tant que première étape vers une solution du conflit ». Le président de la C.F.P. se rend à Londres, le 19 juin, pour informer ses partenaires de la teneur de l'accord de Paris, et les « Majors » de l'I.P.C. finissent par s'entendre avec l'Irak grâce à la médiation de la C.F.P.

Paris et Bagdad se sont si bien rapprochés, à partir de 1972, que chacun est devenu en quelque sorte l'otage de l'autre. L'Irak est sans doute, à cause de son alliance avec l'U.R.S.S., dans une meilleure position de négociation que la France, qui a toujours eu dans cette affaire l'ambition de le détacher de l'orbite soviétique. Or, pour Bagdad, la seule façon de contrebalancer l'influence de Moscou consiste à diversifier ses sources d'approvisionnement en armements...

L'envolée des prix du pétrole et la volonté d'enrayer l'hémorragie de devises qui en découle, font sauter tous les verrous de la sagesse. La C.F.P. obtient fin 1973 un rendez-vous à Matignon, chez le chef de cabinet de Pierre Messmer, pour le gendre du maréchal Bakr, le numéro un irakien. Ce monsieur s'occupe d'achats d'armes. Cette fois, Paris ouvre toutes grandes les portes de ses arsenaux. Dès 1974, Thomson-C.S.F. signe un contrat de couverture aérienne radar pour 1 764 millions de francs.

L'arrivée de Jacques Chirac à Matignon accélère encore cette interdépendance. Le nouveau Premier ministre « séduit » littéralement Saddam Hussein, l'homme fort irakien, notamment par ses façons de « perdre » du temps et de jouer avec ses enfants à genoux sur les tapis... Mais Jacques Chirac perd quelque peu le sens des réalités au pays des Mille et Une Nuits : en décembre 1974, il annonce à Bagdad 15 milliards de contrats signés par les entreprises françaises ! C'est évidemment un chiffre beaucoup trop élevé. Il n'en est pas moins vrai que les filières entre les deux pays se multiplient et se consolident... y compris une filière de financement pour le R.P.R. ! Plusieurs hommes émergent alors et deviennent indispensables pour réaliser les beaux « coups » avec Bagdad : grands projets, armes et pétrole. William Akofian, Sadoun Chaker, Sarkis et Nadim Pachachi, l'ancien secrétaire général de l'O.P.E.P., sont les intermédiaires les plus connus à Paris. Les trois premiers ont la bénédiction des services secrets irakiens.

L'importance des affaires entre les deux pays entraîne la création d'un véritable lobby pro-irakien à Paris, comprenant au premier chef de hauts responsables des sociétés Thomson, Dassault, Matra, Snias... Ce lobby exercera toujours sa vigilance quand les responsables politiques seront tentés de diminuer le poids de Bagdad dans les relations entre la France et les pays du Moyen-Orient. Mais c'est la construction de la centrale nucléaire de Tamuz qui reflète mieux que de longs discours l'étendue de l'engagement de Paris aux côtés de l'Irak.

Malgré une infrastructure scientifique quasi inexistante et des réserves de pétrole qui le laissent, au moins pour un siècle, à l'abri des problèmes énergétiques, l'Irak décide en 1975 d'acheter des centrales nucléaires et d'accéder ainsi à l'une des technologies modernes les plus complexes. Fort de ses dollars, de son pétrole et de ses « relations privilégiées » avec Paris, Saddam Hussein, aidé par la Compagnie française des Pétroles et certains intermédiaires, multiplie les approches pour obtenir davantage d'armes et, surtout, l'accès au nucléaire. Les impératifs commerciaux, aggravés par l'hémorragie de devises due au quadruplement des prix du pétrole, conduisent les responsables français à fermer les yeux sur les graves implications politiques d'un pareil engagement.

Bagdad commence par négocier l'acquisition d'un réacteur de 500 mégawatts électriques de la filière graphite-gaz, fonctionnant à l'uranium naturel. Cette pile qui produit du plutonium — produit royal pour la fabrication des bombes — pourrait ainsi être approvisionnée sans aucun contrôle, puisque l'uranium naturel est en vente libre. Mais Paris refuse de vendre un réacteur de cette filière, abandonnée depuis quelques années déjà par la France.

Jacques Chirac, Premier ministre, qui a initié cette affaire dès 1974, signe finalement à Paris avec Saddam Hussein, le 18 novembre 1975, un accord de coopération « pour l'utilisation de l'énergie nucléaire à des fins pacifiques ». Peu après, l'homme fort de l'Irak évoque dans une interview au magazine libanais *Al Usbue al Arabia* « la première tentative arabe en vue d'obtenir l'armement nucléaire ».

Le 11 septembre 1976, un échange de lettres vient compléter l'accord de novembre 1975 entre la France et l'Irak. Les garanties d'utilisation pacifique des matériels que la France pourrait livrer seront mises en œuvre par l'Agence Internationale de l'Énergie Atomique (A.I.E.A.) dans le cadre du Traité de Non-Prolifération que l'Irak a ratifié en octobre 1969. Un accord commercial de 1,45 milliard de francs, entre l'Irak et Technicatome, est alors signé. Il prévoit la livraison « clés en mains » d'un centre de recherches nucléaires comprenant un réacteur de 70 mégawatts, appelé Tamuz 1, et d'un autre tout petit (800 kilowatts), Tamuz 2, qui est une « maquette critique » de Tamuz 1 permettant de réduire au minimum le temps d'immobilisation du gros réacteur.

A supposer que les contrôles soient inefficaces, si Bagdad voulait construire la bombe, les ingénieurs irakiens disposeraient de deux moyens d'y parvenir. Le plus simple : utiliser l'uranium enrichi destiné aux réacteurs ; une charge de 13 kilos suffit pour fabriquer une bombe. L'autre méthode consisterait à utiliser Osirak pour produire du plutonium, longtemps considéré par les militaires comme la seule voie permettant de fabriquer la bombe.

Le contrat signé en novembre 1975 n'est révélé qu'un an plus tard. Le temps pour Technicatome, la C.N.I.M., Bouygues, Saint-Gobain nucléaire (la société qui a fait les plans de l'usine de Dimona destinée à la fabrication de la bombe israélienne), Comsip Entreprise (qui a terminé clandestinement l'usine d'extraction du plutonium de Dimona) et d'autres sociétés françaises qui se partagent la construction d'Osirak, d'entamer la réalisation du projet.

Mais Israël n'en veut à aucun prix ! Il remettrait en cause l'avantage atomique que Paris, en d'autres temps, lui a permis d'obtenir. Jérusalem refuse d'accepter cet « équilibre » qui, estime-t-il, le condamnerait à terme. L'exiguïté de son territoire lui interdit d'entrer dans la logique de l'équilibre de la terreur. Les dirigeants israéliens sont décidés, dès le lancement d'Osirak, d'empêcher sa réalisation. Le Mossad entre alors en scène.

Le 9 avril 1979, les deux cuves de Tamuz 1 et Tamuz 2 doivent être embarquées pour Bagdad. Elles ont été entreposées, en attendant le jour J, au chantier naval de la Seyne-sur-Mer, par les Constructions Navales et Industrielles de la Méditerranée (C.N.I.M.). Dans la nuit du 5 au 6, des saboteurs n'hésitent pas entre les trois hangars identiques : tels de tranquilles promeneurs, ils se dirigent vers le « bon » hangar, ouvrent la porte, débranchent l'alarme, sélectionnent rapidement les pièces essentielles des réacteurs et y posent des machines infernales très sophistiquées (mise à feu par condensation). Puis ils repartent comme ils sont venus, discrètement. Aucun témoin... La C.N.I.M. n'a plus qu'à reconstruire d'autres réacteurs.

Israël, accusé, nie mais ne cache pas sa satisfaction.

Le 14 juin 1980, un homme est assassiné à l'hôtel Méridien à Paris. A première vue, crime crapuleux. L'identité du mort trouble cependant les enquêteurs. Yahia El Meshad était un spécialiste égyptien des réacteurs nucléaires, diplômé de l'université d'Alexandrie et titulaire d'un doctorat d'ingénierie nucléaire. Yahia El Meshad a effectué une partie de ses recherches à l'Institut de l'énergie de Moscou, avant de devenir chef du département d'ingénierie des réacteurs de l'établissement atomique du Caire. A ce titre, il a travaillé sur la physique des réacteurs, les problèmes d'instrumentation et de cinétique des réactions nucléaires. Après les accords de Camp David, il a quitté l'Égypte. Sollicité par Tripoli et Bagdad, il a choisi l'Irak et est entré à la Commission atomique irakienne. Il est arrivé le 6 juin au Centre d'études atomiques de Fontenay-aux-Roses, pour vérifier la qualité de l'uranium enrichi livré à l'Irak.

La police française piétine... Et voici que le seul témoin dont elle dispose meurt « accidentellement » !

Quelques jours avant la mort du savant arabe, le chef du service de renseignements militaires israélien, le général Yeoshoua Saguy, avait déclaré dans une interview : « L'Irak aura probablement l'arme atomique vers le milieu des années 80, ce qui créera une situation tout à fait nouvelle dans la région. » Le 18 juin, quatre jours après l'assassinat de Yahia El Meshad, la radio israélienne affirme « qu'il sera très difficile à l'Irak de poursuivre ses efforts pour la production d'une arme nucléaire... La victime était l'un des rares Arabes faisant autorité dans le domaine de l'énergie nucléaire... Sa mort va retarder d'au moins deux ans la mise au point d'un armement atomique projeté par l'Irak. » Selon la même radio, « les autorités françaises n'écartent ni la possibilité que l'attentat ait été commis par des hommes des services secrets libyens, jaloux des progrès réalisés par l'Irak, ni la possibilité qu'il s'agisse d'une opération israélienne ».

Moins de deux mois plus tard, à Paris, le général israélien Yeshua Saguy, patron du service de renseignements militaires, qui s'était déjà exprimé quatre jours avant la mort du savant atomiste égyptien, conseille aux Iraniens de bombarder Tamuz. Deux jours plus tard, il est entendu : deux Phantoms non identifiés bombardent le site. Mais ratent leur cible...

Accusés, les Iraniens démentent. Les Israéliens, en revanche, fournissent de nombreux détails sur le nouveau coup de force contre Tamuz, qui « retarde d'un an le programme ». Le 3 octobre, trois jours après cette attaque, le même général « conseille » à Téhéran de détruire intégralement le site !

De son côté, Saddam Hussein rassure immédiatement l'ayatollah Khomeiny sur ses intentions : « Le peuple iranien n'a rien à craindre du réacteur nucléaire irakien. Nous n'avons pas l'intention de nous en servir contre l'Iran, mais contre l'ennemi sioniste », déclare-t-il au journal de Bagdad *Al Thawra*. Phrase qui sera reprise par Menahem Begin pour justifier le futur raid sur Tamuz. Et qui justifie de fait tous les efforts d'Israël pour empêcher la construction d'Osirak.

Au cours de cette année 80, Tel Aviv n'emploie pas que la manière forte. Tous les amis d'Israël sont amplement informés de l'avancement d'Osirak, et des objectifs prêtés à Bagdad. Finalement, fin juillet, le Quai d'Orsay, cédant sous le flot des attaques, s'étonne, dans un communiqué, des affirmations qu'il qualifie de « fantaisistes » au sujet de la coopération nucléaire entre la France et l'Irak, mais souligne que l'Irak a le droit, comme tout pays, aux usages pacifiques de l'énergie nucléaire. Il indique que le gouvernement « ne voit pas en quoi la fourniture d'uranium enrichi pour un réacteur de recherche constituerait un élément nouveau ».

La polémique se développe. Elle laisse Saddam Hussein indifférent. Le 23 juin, devant son Conseil des ministres, il appelle « tous les États épris de paix et de sécurité à aider les Arabes à faire l'acquisition de la bombe atomique, afin de faire face à celle qu'Israël possède déjà... Le réacteur de Tamuz sera reconstruit demain... Nulle force ne peut empêcher l'Irak d'acquérir sa force nucléaire. »

L'Irak attaque l'Iran le 22 septembre 1980, avec des armes soviétiques pour les deux tiers de son arsenal, françaises pour le reste. Un an auparavant, une note interne de Thomson-C.S.F. précisait : « L'Irak est pour nous un client actuel et potentiel extrêmement important. Le chiffre d'affaires réalisé jusqu'à ce jour est de 4,2 milliards de francs. Le marché potentiel est de l'ordre de 10 milliards. » Des prévisions qui n'incluaient pas la guerre...

La cadence des livraisons de munitions, de missiles, d'hélicoptères (Alouettes, Gazelles, Pumas, Super-Frelons), de Mirages F1 s'accélère à la fin de 1980. Le 21 mai 1981, jour de la passation de pouvoirs entre Valéry Giscard d'Estaing et François Mitterrand, le G.I.A.T. (groupement industriel des armements terrestres) signe à Saint-Cloud avec un émissaire irakien un protocole d'accord portant sur la livraison d'un important lot d'armes, notamment de canons de 155 mm, commande présentée ce jour-là comme un simple hors-d'œuvre...

Beaucoup plus discrètement, Israël achemine depuis la fin de 1980 des armes de fabrication américaine et des pièces détachées à l'armée de l'ayatollah Khomeiny qui ne manque pourtant pas une occasion d'apostropher le « Grand Satan ».

7 juin 1981 : la date — veille de la Pentecôte juive et jour anniversaire de la guerre des Six Jours — a été choisie par celui que l'on appelait le « terroriste n° 1 », à la fin des années 30, dans l'organisation secrète paramilitaire de l'Irgoun, et qui est mieux connu aujourd'hui sous le nom de Menahem Begin. A 16 heures 40, huit bombardiers américains F 16, escortés de six F 15, décollent de la base d'Etzion, à l'est du Sinaï, au fond du golfe d'Akaba. Ils longent la frontière

jordanienne, en territoire saoudien, sans affoler les écrans des avions de contrôle Awacs qui survolent le royaume, pénètrent dans l'espace aérien irakien et, cinquante minutes après leur décollage, arrivent en vue de la coupole qui abrite le réacteur de recherche Osirak. Les avions israéliens vident leurs soutes et atteignent leur but : Osirak est pulvérisé. Avec lui, c'est un contrat d'une valeur de 1,5 milliard de francs qui part en fumée.

L'explication officielle de cet acte de piraterie est simple. Il s'agit purement et simplement de « légitime défense ». « Un holocauste ? Jamais plus, jamais plus », lance Menahem Begin qui se présente fin juin devant ses électeurs.

Le Premier ministre israélien ne manque pas d'arguments : « Bagdad s'apprêtait à produire des bombes atomiques. L'objectif de ces bombes était Israël. En conséquence, le gouvernement israélien a décidé d'agir sans plus attendre pour garantir la sécurité de notre peuple. » Et, pour justifier la date du 7 juin, le Premier ministre israélien déclare, au lendemain de l'attaque réussie contre Osirak : « Des sources incontestables nous ont communiqué deux dates pour l'achèvement du réacteur, la première début juin 1981, la seconde début septembre de cette même année. A bref délai, le réacteur irakien aurait été opérationnel. Dans de telles conditions, aucun gouvernement israélien n'aurait pu décider de le faire sauter. En effet, une telle initiative aurait engendré une énorme radioactivité sur Bagdad et nui à sa population innocente. » Logique imparable si on limite l'argumentation aux éléments fournis par Begin.

La survie vaut toutes les messes. Noires y compris. Et, sûr de son bon droit, le chef du Likoud apostrophe violemment l'Italie et la France qui, elle aussi, se trouve encore en période électorale après la victoire de François Mitterrand aux présidentielles :

« Deux gouvernements européens ont aidé le dictateur irakien, en échange de pétrole, à fabriquer des armes nucléaires. Une fois de plus, nous leur demandons d'y renoncer. En aucun cas nous ne permettrons à un ennemi de mettre au point des armes de destruction massive dirigées contre le peuple d'Israël. Nous défendrons les citoyens d'Israël en temps voulu et avec tous les moyens à notre disposition. »

A bon entendeur, salut !

Cette affaire est le premier nuage à assombrir le septennat naissant de François Mitterrand, lui qui a toujours été considéré comme un ami d'Israël, et qui l'est... Même si son vieux camarade Shimon Pérès a obtenu que le bombardement d'Osirak n'ait pas lieu le 10 mai, jour des présidentielles (date initialement retenue), François Mitterrand se trouve dans la position difficile de devoir réagir à un événement motivé par « l'échec des démarches diplomatiques » entreprises par Begin auprès du gouvernement précédent pour qu'il mette fin à son assistance nucléaire à l'Irak. Comble de l'ironie, sa première prise de position officielle en politique extérieure sera une amère réprimande à l'égard d'un pays avec lequel, précisément, les relations de la France devaient logiquement se détendre. « Il est dommage que le premier geste de M. Begin ait altéré notre capital de confiance », déclare le nouveau Président au *Washington Post*, le 18 juin 1981.

CHAPITRE V

LA CO-BELLIGÉRANCE (1981-1983)

L'arrivée de François Mitterrand à l'Élysée promet un infléchissement sensible de la politique française dans le golfe Persique. Ses déclarations sur le sujet ne manquent pas. Il a toujours été opposé au régime impérial et a maintes fois reproché aux gouvernements Chirac et Barre de « caresser le Shah », tout comme il avait déjà reproché à Georges Pompidou, au moment des grandes fêtes d'Ispahan commémorant les 2 500 ans de l'Empire perse, d'être obligé « d'éviter les flaques de sang ». Alors que le vieil ayatollah se trouve encore à Neauphle-le-Château, un projet de rencontre est même envisagé. Mais, après l'exécution de l'ancien Premier ministre du Shah, Amir Abbas Hoveida, François Mitterrand s'insurge contre les méthodes de Khomeiny. Il voit pourtant encore dans le mouvement religieux une « incarnation des poussées nationalistes » marquant les luttes de libération des peuples. Le calvaire des otages américains le révulse. Le chef de l'opposition estime que rien ne saurait justifier une pareille action... Cette prise de distances vis-à-vis de la révolution iranienne ne se traduit pas pour autant par un rapprochement avec l'Irak, qu'il considère également comme un régime sanguinaire. En avril 1980, il s'en prend violemment à la coopération militaire de la France avec Bagdad : « Prétendre favoriser les progrès de la paix dans cette zone et contribuer en même temps à l'accumulation des charges et des explosifs ne nous paraît pas très logique », déclare-t-il à l'Assemblée Nationale. A la surprise des dirigeants et des militants du P.S., il approuve l'expédition de Tabass montée par Carter pour récupérer les otages américains.

Dès le lendemain de l'attaque irakienne contre l'Iran, François Mitterrand déclare que les « deux Grands ont dans cette région des intérêts convergents mais suspects... Sur le plan territorial, cette guerre ne peut aller très loin ». Le 29 octobre, le Bureau exécutif de son parti stigmatise la « politique mercantile irresponsable de la France dans le Golfe ». Quelques semaines plus tard — le 3 décembre —, le Parti socialiste se prononce pour un embargo total sur les armes à destination de la région. Dans la même ligne, le P.S. critique très durement le gouvernement de Raymond Barre pour le livraison à l'Irak de 60 Mirages, qui fait suite à celle de grandes quantités d'armements. « Je ne suis pas de ceux qui accablent les Iraniens et qui fournissent des armes à leurs adversaires », dit François Mitterrand dans une de ses dernières déclarations sur le sujet avant de prendre à l'Élysée la succession de Valéry Giscard d'Estaing.

Quelques événements importants ont lieu peu après le 10 mai 1981 :

— Le 25 mai, François Mitterrand adresse un message à Saddam Hussein, dans lequel il se prononce pour le développement de la coopération entre les deux pays.

— Le voyage du roi Khaled à Paris, venu chercher des assurances sur la nouvelle politique de la France au Moyen-Orient, sur son attitude à l'égard de l'U.R.S.S. et sur le problème des armes. Le nouveau Président insiste sur la « continuité » de la politique française, sur le respect de la parole donnée et des contrats. Le chef de la dynastie wahabite, qui a mis l'accent sur l'importance du soutien de Paris à Bagdad, repart rassuré à Ryad.

— En bombardant le site nucléaire de Tamuz, Israël sort le Président français d'un dilemme. Dès son arrivée à l'Élysée, fidèle aux promesses qu'il a faites à son ami Shimon Pérès, il a en effet donné pour instruction au quai d'Orsay de renforcer les contrôles visant à éviter que la France ne porte la responsabilité de la construction d'une bombe par l'Irak. Le bombardement à la fois l'irrite et le soulage. Les contrôles sont désormais inutiles. Il sait qu'en revanche, ses amis israéliens ne s'opposent pas à la livraison d'armes classiques à l'Irak. D'une façon générale, l'approche mitterrandienne des problèmes du Moyen-Orient passe par un souci primordial : le rapprochement franco-israélien.

Pourtant, par un curieux enchaînement, certains faits pesant fortement sur les choix présidentiels, la France socialiste, de juillet 1981 à fin 1983, non seulement va entériner l'héritage, mais va renforcer considérablement l'axe Paris-Bagdad, brisant du même coup les liens ténus qu'elle entretenait encore avec l'Iran. Cet infléchissement politique inattendu permet de mieux comprendre la guerre secrète menée par Khomeiny contre les militaires, puis contre les civils français au Liban, qui va bientôt se prolonger en France même.

Le 29 juillet 1981 à 4 heures 30 du matin, un Boeing 707 atterrit sur la base militaire d'Évreux. A l'intérieur, l'ancien président de la République islamique, Bani Sadr, et Radjavi, le chef des Moudjahiddin, les deux « bêtes noires » des mollah. Le Président Mitterrand, en voyage à Londres, fait savoir qu'il accepte que les deux hommes restent sur le territoire français, à condition qu'ils « respectent nos propres lois ». Les deux Iraniens gagnent Cachan où les journalistes affluent, une conférence de presse étant annoncée pour 16 heures.

Paul Depis, sous-directeur du quai d'Orsay, est dépêché pour empêcher les deux opposants iraniens de parler. Il doit patienter longtemps avant de se faire recevoir. Quand enfin il peut rencontrer les deux hommes, il les menace d'une expulsion dans les 24 heures s'ils font la moindre déclaration. Furieux, Bani Sadr et Radjavi annulent leur conférence de presse...

L'arrivée du Boeing est connue à Téhéran et déclenche l'ire des mollah. Le 30 juillet, une manifestation se déroule sous les fenêtres de l'ambassade de France. Les autorités iraniennes réclament l'extradition des deux hommes dont la présence en France embarrasse de plus en plus Paris. Tournant l'interdiction qui leur est faite d'émettre des déclarations sur le territoire français, Bani Sadr et Radjavi multiplient les interviews à des médias étrangers : la B.B.C., le *Sunday Times*, le *Spiegel*... Le 31 juillet, une nouvelle manifestation contre la France rassemble 5 000 personnes à Téhéran. Un membre important du cabinet de Khomeiny, Cheikoleslam, explique à l'ambassadeur de France, Guy Georgy, combien Paris court de risques à continuer d'héberger Bani Sadr et Radjavi : « C'est encore plus grave que d'accueillir le Shah, car cela souligne nos contradictions internes... »

Le message est reçu 5 sur 5 par la France qui sait que Cheikholeslam a été le meneur des Étudiants de la « ligne de l'Imam » qui occupèrent naguère l'ambassade américaine. François Mitterrand est obsédé par cette affaire. Il sollicite l'avis de ses proches et du Quai.

Nouveau coup dur : deux membres de l'équipage du 707 iranien demandent à leur tour l'asile politique. Le 1er août, une rencontre est organisée au Quai d'Orsay entre les deux pilotes et un représentant de l'ambassade d'Iran à Paris qui tente de convaincre ses compatriotes de regagner Téhéran, sans succès. Le lendemain, de Mexico, Claude Cheysson exige qu'une menace d'expulsion soit envoyée par lettre recommandée avec accusé de réception à Radjavi au cas où il recommencerait à s'exprimer publiquement...

Le 3 août, pour mettre un peu de baume sur les blessures, François Mitterrand adresse un message de félicitations au Président de la République islamique. Mais, le lendemain, à l'issue d'une réunion de travail avec Pierre Mauroy, le Président français prend la décision d'inviter les Français séjournant en Iran à rentrer en France, et Guy Georgy à prendre lui aussi l'avion pour Paris « pour consultations ».

Téhéran ne l'entend pas de cette oreille, et, le 6 août, bloque le retour des 62 Français. Une cellule de crise se réunit à l'Élysée pendant cinq heures.

Bruno Delaye, brillant conseiller de Cheysson pour le Proche et le Moyen-Orient, se rend à Auvers-sur-Oise, où est installé Radjavi, pour lui communiquer un message du Président français. Si le droit d'asile est sacré, lui dit-il en substance, la situation exige qu'il soit coupé du monde tant que les Français n'auront pas été autorisés à quitter l'Iran. Le courrier de Radjavi fait désormais l'objet d'un contrôle...

Le 7 août, à Beyrouth, a lieu le premier attentat d'inspiration iranienne contre des intérêts français. Il est revendiqué par une organisation chiite se réclamant du « khomeinisme ».

Finalement, les Français d'Iran peuvent quitter Téhéran les 10 et 12 août.

Mais Paris joue décidément de malchance : le 13, une des trois vedettes lance-missiles achetées par le Shah et qui ont quitté Cherbourg à destination de l'Iran quelques jours auparavant, est abordée par un commando monarchiste au large des côtes espagnoles. Téhéran accuse immédiatement la France de « complicité avec les terroristes ».

Le 19 août, Tarek Aziz, vice-Premier ministre irakien, est reçu à l'Élysée. Il est porteur d'un message de Saddam Hussein dans lequel le numéro un irakien demande le maintien de la coopération franco-irakienne et la reconstruction de Tamuz.

François Mitterrand se montre très réservé à l'égard des demandes de Bagdad, l'ennemi de ses amis israéliens. Pourtant, ses réserves ne résisteront guère aux efforts conjugués d'un clan socialiste pro-irakien (Joxe, Chevènement, Cheysson) et du lobby militaro-industriel (Dassault, Matra, la S.N.I.A.S., Thomson et les « grands » des Travaux publics). Le ministre des Relations extérieures soutient avec flamme que l'aide à l'Irak constitue un élément déterminant de la politique arabe de la France, et que tous les pays arabes du Golfe comptent sur ce soutien vital. Le Président cède sans enthousiasme. L'axe Paris-Bagdad est rétabli. Tarek Aziz, qui a rencontré tous les ministres importants les 19 et 20 août, a toutes les raisons de se réjouir.

Le 4 septembre, l'ambassadeur de France au Liban, Louis Delamare, est assassiné. Personne alors n'émet le moindre rapprochement entre ce meurtre et l'attitude politique de la France à l'égard de l'Iran ; il est pourtant probable que le diplomate en a été la première victime. Selon les informations que nous avons pu recueillir, il aurait en fait été tué « par erreur » : l'objectif était de l'enlever et d'en faire un otage, mais l'ambassadeur aurait résisté en actionnant le système de verrouillage de sa voiture. Les Libanais chargés de l'opération se seraient affolés et auraient abattu Louis Delamare. Dans l'esprit des commanditaires du rapt, il aurait dû servir de monnaie d'échange pour exiger du gouvernement français l'expulsion de Bani Sadr et de Radjavi. L'opération aurait été menée à l'instigation ou avec la complicité de Damas, et son résultat devait servir à son tour de monnaie d'échange avec le régime de Khomeiny : tout au long des années suivantes, la Syrie mettra ainsi à profit la crise entre Paris et Téhéran pour conforter ses propres intérêts en s'appuyant tantôt sur l'un, tantôt sur l'autre...

Dans le courant d'octobre, un homme aussi discret qu'important fait son apparition sur la scène franco-iranienne. Journaliste libanais de confession chiite, Assad Haidar écrit dans *Al Moustakbal.* Avocat de formation, issu d'une grosse famille du Liban, c'est un fin observateur de la conjoncture agitée du Proche et du Moyen Orient. Il entretient d'excellentes relations avec nombre de personnages-clés en Iran, notamment Rafigh Doust, chef des Pasdarans, et Mohamed Sadek. De son passage chez les communistes, il a gardé une certaine sensibilité de gauche. A l'automne, les Iraniens lui demandent de trouver un « contact » à Sadek pour régler le problème du « commando Bakhtiar ». Haidar n'est pas très introduit auprès des socialistes français ; il parvient néanmoins à organiser un rendez-vous avec un responsable du P.S., Alain Chenal. Sadek lui raconte une bien étrange histoire :

Rafigh Doust et le Palestinien Hani el Hassan avaient conçu le projet de tuer le « traître » à Paris. A l'époque, les

Palestiniens soutenaient la Révolution islamique : quelques milliers d'entre eux se battaient d'ailleurs sur le front irakien. Doust, faute de logistique en France, demanda l'assistance palestinienne. Entre temps, il soumettait son projet à Khomeiny qui prenait une *fatwa*, c'est-à-dire une loi coranique légalisant l'opération. Hassan eut recours au Fatah, à Beyrouth, qui prêta des hommes pour exécuter la *fatwa*...

On connaît la suite : les cinq hommes ratent Bakhtiar, mais tuent deux personnes — un policier et une femme — à Neuilly, le 18 juillet 1980. Arrêtés, ils sont condamnés à de lourdes peines de prison. Ils sont très rapidement réclamés par Téhéran qui ne voit en eux que des héros n'ayant fait qu'appliquer une loi coranique. Le régime iranien fera de leur libération une de ses exigences constantes.

Chenal est abasourdi. La *realpolitik* n'est pas (ou pas encore) son affaire. Mais il n'est pas au bout de ses surprises. Sadek, en effet, est venu lui proposer un marché :

— Nous savons qu'ils (les hommes du commando) doivent rester un peu en prison, mais nous souhaiterions les récupérer rapidement. Nous vous proposons également d'indemniser les familles des victimes.

— Mais ce n'est pas possible ! Nous sommes dans un État de droit...

— Les Irakiens qui abattirent deux policiers en juillet 1978 ont été libérés au terme de négociations...

Chenal objecte que leur cas était différent : les tueurs n'avaient pas encore été jugés...

Avant de poursuivre, le lecteur curieux voudra peut-être connaître quelques détails sur cette curieuse négociation de 1978. Qu'il sache donc que, supervisées par Victor Chapot — Monsieur « Affaires secrètes » du Président Giscard d'Estaing —, de complexes tractations se déroulèrent alors entre un avocat, Me Haffner, un syndicat de policiers, et un autre avocat représentant les familles des policiers abattus, notamment la compagne enceinte de l'un d'eux. Il en coûta finalement deux millions de francs à l'Irak (dont quelques centaines de milliers de francs versés au syndicat de policiers).

Le chef des Pasdarans souhaite régler la libération des membres du commando Bakhtiar de manière analogue. Sadek suggère une somme d'un million et demi de francs comme base de discussion. Il insiste sur l'importance que revêt le sort de Naccache aux yeux de Rafigh Doust, mais aussi à ceux de l'ayatollah Khomeiny que le chef du commando avait naguère le privilège de rencontrer régulièrement.

— Après quoi nous renouerons de très bonnes relations avec la France. C'est quelque chose qui compte beaucoup pour nous...

Il semble que le message contenu dans cette démarche se soit alors perdu. Ou que, sur le moment, il n'ait pas été apprécié à sa juste valeur...

En 1981-1982, la position de la France vis-à-vis des deux belligérants du Golfe se fige jusqu'à la caricature. Dans le discours socialiste, l'Iran devient progressivement un épouvantail d'autant plus menaçant que ses attaques visent le port de Bassorah : d'agresseur, l'Irak devient alors l'agressé, puisque l'Iran ne respecte plus les frontières définies par le traité d'Alger[1] de 1975. Avec une parfaite bonne conscience — s'appuyant sur les solides traditions de la politique arabe de la France et écoutant la pression des pays arabes amis, effrayés par Téhéran —, la France peut donc accroître ses livraisons d'armes à Bagdad pour l'aider à résister à son « assaillant ». Paris signe ainsi avec l'Irak un accord secret portant sur la livraison de Mirages F 1.

Cependant que l'Iran dénonce les fournitures massives d'armes françaises à Bagdad (14,5 milliards de francs en 1981, 13 milliards en 1982), Paris va très vite toucher les premiers

1. Signé, rappelons-le, entre le Shah d'Iran et Saddam Hussein grâce aux bons offices du Président Houari Boumediene.

dévidendes du renforcement de son engagement aux côtés de l'Irak : l'Arabie Saoudite prête 4 milliards de dollars à la France qui traverse, à la fin de 1982, une grave crise de trésorerie.

Au printemps de 1982 se déroule au Liban un événement grave qui va priver la France, sur place, de ses « yeux » et de ses « oreilles » pendant de longs mois : le 15 avril, Guy et Caroline Cavallot sont assassinés à Beyrouth-Ouest. Guy Cavallot est officiellement chiffreur. En réalité, c'est un agent de la D.G.S.E. Cette mort sème aussitôt la panique parmi les informateurs des services secrets français et entraîne le départ de Beyrouth-Ouest des agents français qui ne se sentent plus en sécurité dans le secteur musulman. La D.G.S.E. estimera que la C.I.A. et le Mossad israélien ne sont pas étrangers à cet épisode.

Tarek Aziz revient à Paris le 4 janvier 1983. Sa mission est claire : renforcer encore les liens avec Paris afin de tenter de desserrer l'étau iranien, mais solliciter également le rééchelonnement de la dette irakienne, Bagdad se trouvant quasiment en cessation de paiement. Trois jours durant, contacts et rencontres se multiplient dans un climat d'amitié euphorique. Le 5 au soir, un grand dîner a lieu au Quai d'Orsay pour sceller cette amitié.

— Que peut-on faire de plus pour vous ? demande Claude Cheysson à Tarek Aziz en fin de repas.

— Que vous me vendiez des Super-Étendards pour pouvoir utiliser des Exocet contre le complexe pétrolier de Kharg, répond en substance Tarez Aziz. Privé de sa source de devises, Khomeiny sera bien obligé de quémander un arrêt des hostilités.

Accompagné de Tarek Aziz, Claude Cheysson, qui a approuvé et repris à son compte les propos du dirigeant irakien, se dirige vers la table où finit de dîner Charles Hernu :

— Charles, peux-tu faire quelque chose de plus pour nos amis irakiens ? Nous avons tout un monde arabe à gagner...

— On va voir, répond le ministre de la Défense après avoir prêté l'oreille aux arguments de son collègue du Quai.

Tarek Aziz parti, l'affaire des Super-Étendards n'est pas réglée pour autant. La chaîne de fabrication de ces appareils est arrêtée. La seule possibilité consisterait à les prélever sur les propres stocks de l'armée française. Décision très grave sur le plan diplomatique, puisqu'elle achèverait de faire voler en éclats la fiction de la « neutralité » française dans le conflit Iran-Irak. D'autant que se trouve déjà amorcée la livraison de Mirages F 1, en application de l'accord secret de 1982.

Une fois de plus, François Mitterrand se montre très réservé à l'idée que la France puisse prêter cinq Super-Étendards à l'Irak. Il est parfaitement conscient des conséquences d'une telle décision. Le Président manifeste même son mécontentement à Charles Hernu, lui reprochant d'avoir entamé des négociations sur ce délicat sujet avant même de lui en avoir parlé. Il est également en désaccord avec Claude Cheysson, et le dit. Mais, finalement, il accepte ce prêt le 26 mai. En attendant la mise au point des modalités de livraison, des pilotes irakiens viennent s'entraîner à Landivisiau, près de Brest...

En mai également, un accord sur le rééchelonnement de la dette irakienne est entériné. De ce fait, la France est prise dans un cercle vicieux : condamnée à livrer sans cesse davantage pour ne pas perdre toutes chances de récupérer ses énormes créances (35 milliards de francs).

Au cours de la visite de Tarek Aziz, un événement a fait encore monter d'un cran la colère des Iraniens : non seulement le vice-Premier ministre irakien a été très bien reçu à Paris, mais il a de surcroît rencontré Radjavi, l'opposant en exil, financé par l'Irak ! Le Premier ministre iranien a aussitôt tonné, appelant à la « disparition presque complète de la France dans cette région »...

Enfin, Tarek Aziz a une nouvelle fois réclamé la reconstruction de la centrale de Tamuz. Les Français y mettent des conditions : que le centre ne soit pas exclusivement irakien, mais inter-arabe ; qu'un programme commun de recherches soit défini, de sorte que des chercheurs français soient toujours sur le site (surveillant donc l'utilisation du centre) ; que le combustible « caramel » (à utilisation exclusivement civile) soit loué et non pas vendu, afin de laisser à la France la possibilité d'arrêter à tout moment sa coopération. A la surprise de leurs interlocuteurs, les Irakiens acceptent ces conditions.

Un autre problème délicat a été réglé au tout début de 1983. Aux termes d'un accord secret passé naguère par le gouvernement de Raymond Barre, la France avait vendu à l'Irak six chargements d'uranium enrichi. Un seul avait été livré avant mai 1981. Les Irakiens réclamaient la livraison des cinq autres. Bagdad accepte finalement de ne pas réclamer cette livraison, contre la promesse secrète d'un développement de la coopération militaire et celle d'un accord sur le rééchelonnement de la dette — promesses tenues durant l'année 1983.

Fort logiquement, le discours politique traduit bien cet engagement de plus en plus poussé aux côtés de l'Irak, induisant des divergences croissantes avec l'Iran. Pierre Mauroy va jusqu'à voir dans le khomeinisme la cause principale des problèmes de la France avec ses immigrés. Claude Cheysson parle du « symbole que représente la révolution khomeiniste, symbole que l'on retrouve dans de nombreuses tentatives de déstabilisation ».

De fait, à Téhéran, on projette de déclencher contre la France des actions terroristes plus graves encore que celle qui, à Bagdad, vient de dévaster le bureau d'Air France et a fait un mort. En juillet 1983, le gouvernement iranien parle de Paris comme de la « capitale de la contre-révolution et du terrorisme intérieur. » Il ferme le consulat français d'Ispahan et l'Institut culturel de Téhéran.

La D.G.S.E. note à la mi-juillet que Khameini, Moussavi et Rafsanjani se sont réunis le 9 pour planifier des attaques contre les intérêts français en Iran, au Liban, au Tchad, et... en France même, « en soutenant des groupes extrémistes corses » ! Un Boeing d'Air France est détourné sur l'aéroport de Téhéran à la fin août. Les pirates réclament le retrait de la France du Liban, l'arrêt de l'aide militaire à l'Irak et la libération des prisonniers libanais en France. Les « services » identifient les auteurs du détournement : ils appartiennent au mouvement encore largement inconnu « Amal islamique », dirigé par Hussein Moussaoui. Un « cocktail » qui va amplement refaire parler de lui au cours des années suivantes. Pour cette fois, tout finit bien : les pirates se rendent aux autorités...

Pourtant, Paris s'apprête à commettre ce qui sera considéré comme l'irréparable : la livraison des 5 Super-Étendards. L'Arabie Saoudite, l'Égypte, le Koweit et, implicitement, l'Algérie elle-même encouragent le gouvernement socialiste à honorer sa promesse. Mais Washington, effrayé des conséquences prévisibles d'une telle livraison, mène alors une campagne discrète mais énergique pour l'empêcher. Le raisonnement américain est simple : la livraison des appareils français aura tôt fait de se traduire par la destruction du terminal pétrolier de Kharg, qui entraînera une flambée des cours du pétrole et, probablement, la fermeture du détroit d'Ormuz. Les États-Unis veulent à tout prix éviter une pareille issue.

La France apprend l'existence d'un mémoire américain consacré à cette question et transmis aux émirs du Golfe. Mais, le 15 septembre, le Président égyptien Moubarak encourage la France du « fond du cœur », et même l'O.L.P. félicite par anticipation Paris de sa décision. François Mitterrand hésite néanmoins encore. Une véritable offensive psychologique se déroule autour de cette affaire. Le dimanche 18 septembre, à l'Université de Téhéran, pour la fête de l'Aïd el Ada, le Président iranien lance un avertissement : « Plus une seule goutte de pétrole ne sortira du golfe Persique si une arme ou quelque moyen menaçant le pétrole iranien et son exportation y est introduit. » La veille, déjà, l'Iran a envoyé deux « messages » en direction de la France. Radio-Téhéran a annoncé que l'armée iranienne avait déclenché une offensive dans le Kurdistan vers la ville irakienne de Kirkouk, autrement dit contre l'oléoduc Irak-Turquie, unique débouché du pétrole irakien depuis la paralysie du terminal de Bassorah et la fermeture de l'oléoduc traversant la Syrie. D'après les communiqués iraniens, l'offensive aurait permis d'occuper des « dizaines de kilomètres carrés » de territoire irakien et de mettre hors de combat « des centaines » de soldats.

Les tergiversations françaises continuent encore quelques semaines. Il est vrai que le gouvernement a eu connaissance de renseignements précis sur les activités de réseaux iraniens en France et sur des listes de « cibles » qu'ils auraient établies. La menace est prise très au sérieux. Elle a été transmise par un homme discret, Nicolas Lang, ancien collaborateur de la revue *Est-Ouest*, devenu conseiller à la banque Worms et spécialiste des questions du golfe Persique, qui sert lui aussi de « pont » entre l'Iran de Khomeiny et le Quai d'Orsay. Ami d'Hani el Hassan, membre éminent de l'O.L.P., devenu proche de l'iman, Lang connaît grâce à lui des dignitaires de Téhéran, notamment Mohamed Sadek, l'adjoint de Rafigh Doust, le chef des Pasdarans.

Il transmettra par la suite, comme le journaliste Assad Haidar, bien d'autres messages, comme ceux par lesquels Téhéran réclame avec insistance l'élargissement de ses cinq héros. En septembre, il rend compte des menaces de Rafigh Doust : « ... attentats contre des bâtiments publics, des grands magasins, contre le T.G.V., contre des avions d'Air France et d'Air Inter... »

Après maintes hésitations et un « feu orange » du Secrétaire d'État américain Shultz, François Mitterrand n'en laisse pas moins partir les Super-Étendards équipés d'Exocet. Selon une dépêche de l'A.F.P., ceux-ci arrivent à Bagdad le 9 octobre.

Abreuvés de déclarations évasives, de rumeurs suivies de démentis, les Français, dans cette affaire, ne savent plus démêler le vrai du faux. C'est alors que Claude Cheysson, avec la complicité d'un chef d'État étranger, Saddam Hussein, monte une extraordinaire manipulation médiatique : trente-deux journalistes sont invités, le 13 octobre, à Bagdad pour entendre le numéro un irakien se plaindre amèrement des tergiversations de la France à propos de la livraison des Super-Étendards... Téhéran n'est pas dupe et crie encore plus violemment : « Mort à la France ! » C'est la guerre.

A 5 heures 30 du matin, le dimanche 23 octobre, le téléphone sonne rue de Bièvre, au domicile privé de François Mitterrand. L'interlocuteur du Président au ministère de la Défense annonce la catastrophe : deux camions kamikazes piégés ont été lancés simultanément contre l'immeuble français Drakkar et contre le Q.G. des Marines à Beyrouth. Il y a de nombreux morts. On apprendra peu après que 58 Français et 242 Américains ont été tués. La France et l'Amérique sont traumatisées.

Une nouvelle fois, une cellule de crise se réunit à l'Élysée. Il y a là le Président, Pierre Mauroy, Claude Cheysson, Charles Hernu et leurs plus proches collaborateurs. Hernu est envoyé immédiatement au Liban. La décision est également prise que le Président se rendra lui-même à Beyrouth le lendemain. Il téléphone au Président américain qui ne juge pas utile de faire lui-même le voyage.

C'est en pleine nuit, le lundi à 2 heures du matin, que le Président Mitterrand embarque à bord d'un avion du G.L.A.M. (Groupe de liaisons interministériel). A la première heure, le Président français, accompagné de son conseiller et envoyé spécial au Liban, François de Grossouvre, de Hubert Védrine, conseiller pour les Affaires étrangères, du général Jean Saulnier et de l'ambassadeur de France, Fernand Wybaux, atterrit à l'aéroport international de Beyrouth. Il n'est pas encore 7 heures du matin en France (8 heures au Liban), et la nouvelle fera la « une » de toutes les radios, réveillant les Français encore engourdis par l'annonce de la catastrophe.

C'est la première fois qu'un chef d'État français se rend au Liban indépendant depuis 1947. Sur la piste de l'aéroport, un hélicoptère attend le chef de l'État pour l'emmener à la Résidence des Pins, Q.G. des forces françaises à Beyrouth. Le

Président français se recueille alors aussitôt dans la chapelle ardente installée dans le parc.

Le ministre de la Défense, Charles Hernu, et le général Cann, commandant du contingent français, lui exposent ensuite ce qu'ils savent des circonstances de l'attentat, des pistes éventuelles et de l'avancement des travaux de sauvetage des militaires encore enfouis sous les décombres. Il est alors rejoint par le Président libanais, Amine Gemayel, avec lequel il s'entretient en tête-à-tête pendant trois quarts d'heure. Les deux présidents quittent ensemble le Q.G. français. Il est 9 heures 30 (heure locale).

L'hélicoptère se pose à nouveau à l'aéroport international, le temps pour François Mitterrand de voir les blessés en partance pour la France et de se recueillir devant les victimes américaines. L'hélicoptère redécolle : le Président va se rendre compte, sur place, de l'horreur de l'effondrement d'un immeuble de onze étages où dormaient soixante-dix personnes. Il parcourt à pied les ruines enchevêtrées de ferraille et de pierre. Deux parents d'une famille libanaise de cinq personnes, toujours enfouies sous la masse de l'immeuble, attendent et pleurent. François Mitterrand s'arrête et les salue. Il poursuit sa marche dans les ruines tandis que les pelleteuses soulèvent les amas de gravats. Dans la nuit, on a pu ainsi dégager deux parachutistes enterrés. Le visage fermé, les traits tirés, le Président français ne fera là aucune déclaration.

Cette fois, des dispositifs de sécurité imposants bloquent les routes qui mènent au lieu de l'attentat. Il est midi à Beyrouth. Après avoir encouragé les hommes sur le porte-avions *Clemenceau* qui mouille devant Beyrouth, François Mitterrand retrouvera le Président Gemayel à son palais de Baabda, puis à la résidence des Pins.

Sept heures à Beyrouth pour regonfler le moral des 2 000 parachutistes volontaires pour le Liban, pour rassurer le gouvernement d'Amine Gemayel, pour prouver à l'opinion française qu'il ne reste pas inactif devant un tel attentat et, bien entendu, faire un geste de sympathie à l'égard des familles des victimes... A 15 heures 15, l'avion de François Mitterrand quitte le Liban.

A son retour, le Président dit que la France restera « fidèle à son histoire et à ses engagements ». Il emploie un ton conciliant à l'adresse de l'Iran, tout en menaçant les terroristes. Le 26 octobre, il affirme : « Nous ne sommes pas du tout les ennemis de l'Iran » ; refusant que « la livraison d'armes soit assimilée à un acte d'agression », il répète que « la France n'a pas choisi son camp : il se trouve qu'elle a une amitié, elle ne veut pas avoir d'ennemi ». Le discours n'a pas varié.

Or, c'est ce même discours qui explique l'affrontement entre Paris et Téhéran. Car, pour l'Iran, au contraire, la livraison d'armes vaut acte d'agression. Dans cette guerre non conventionnelle, les signes sont importants : au prêt des Super-Étendards par l'armée française a répondu une attaque dirigée contre des militaires français...

Le 27 octobre, Claude Cheysson reçoit les chefs des missions diplomatiques des États-Unis, de la Grande-Bretagne et de l'Italie. Objet de la rencontre : les suites à donner aux deux attentats de Beyrouth. La discussion est confuse, comme l'est l'analyse de l'événement. Cheysson affirme en effet n'avoir « que des indices et des soupçons ». Il ne dispose pas, semble-t-il, des précisions recueillies par son collègue Charles Hernu.

Tous les services de renseignements travaillent avec acharnement. Charles Hernu a reçu un rapport de la C.I.A. : c'est le mouvement « Amal islamique », selon la centrale américaine, qui a commis le double attentat. Les explosifs étaient d'origine syrienne. Des complicités des forces spéciales de Rifaat el Assad, frère du Président syrien, sont apparues. Enfin les Américains affirment que d'autres attentats sont en préparation.

L'ambassadeur américain à Paris fournit bientôt quelques précisions supplémentaires au ministre français de la Défense : le K.G.B. était au courant, les Syriens ont laissé faire, mais *les véritables responsables des attentats sont les Iraniens qui contrôlent le mouvement « Amal islamique »*.

La D.G.S.E. fournit elle aussi sa contribution. Les informations brutes dont dispose la « Piscine » sont excellentes, même si ses analyses le sont moins. Les services français disposent alors d'une « taupe » au sein du mouvement « Amal islamique », si bien que lors d'une réunion du C.E.R.M. (Centre d'Évaluation des Renseignements militaires), le 26 octobre, les officiers évoquent le rôle du Hezbollah libanais et d'Amal islamique... Mais les espions français dissertent aussi longuement sur un parti qui n'est pas encore créé, « Al Dawa », et sur le rôle du Cheik Faldallah. Ils font une véritable fixation sur l'O.A.C.L., un groupuscule dissident du P.C. libanais, et vont jusqu'à faire de lui un « cheval de Troie du K.G.B. » ! La D.G.S.E. tient à faire entrer les informations qu'elle récolte dans une grille préétablie : le terrorisme international a un seul chef d'orchestre, situé à Moscou. La « Piscine » innocente du même coup les services spéciaux iraniens...

Informateurs, agents et « taupes » fournissent des « infos » à jet continu. Une huitaine de jours après les deux attentats, la D.G.S.E. — c'est vrai aussi de la C.I.A. — sait à peu près tout sur leurs auteurs et leurs commanditaires. L'organisateur des deux opérations est Hussein Moussaoui, chef du mouvement Amal islamique, celui-là même qui accomplit le détournement de l'appareil d'Air France, deux mois auparavant. La D.G.S.E. connaît l'identité des quatre Libanais et des deux Iraniens qui les ont exécutées. Une dépêche envoyée de Téhéran par l'ambassade de France fournit même un indice supplémentaire sur la « connexion iranienne » : huit jours avant les attentats, Hussein Moussaoui séjournait à Téhéran...

La « Piscine », décidément très active, prévient le 6 novembre que l'ambassade d'Iran à Beyrouth prépare un attentat contre Gilles Vidal, officiellement 2e conseiller à l'ambassade de France au Liban. Elle glane et « traite » nombre de données : par exemple, les dossiers de l'ambassade est-allemande, remis par la Force multinationale qui les a « trouvés » après un bombardement ; les archives de l'O.L.P., récupérées dans une grotte. Depuis quelques mois, le service « Action » n'est pas resté non plus les bras croisés face aux attaques dirigées contre la France : il a réglé ses comptes avec la Syrie, considérée comme responsable du meurtre du couple Cavallot ; trois opérations « homo » (homicides) ont été montées et... réussies.

Après avoir percé les intentions iraniennes contre leur ami Gilles Vidal, les hommes de la D.G.S.E. décident de monter une « riposte préventive » contre l'ambassade d'Iran à Beyrouth. Une opération analogue — mais, cette fois, réussie — à celle que la C.I.A. réalisera le 8 mars 1985 contre le Cheik Fadlallah, chef spirituel du Hezbollah, qui fera 75 morts mais manquera sa cible principale. Ou encore à l'action punitive — imputée à Beyrouth aux services français — contre les Syriens, qui fit 60 morts, le 29 novembre 1981, en riposte à l'assassinat de Louis Delamare, ambassadeur de France à Beyrouth.

Le service « Action » prend donc une jeep militaire française arborant l'emblème de la Croix-Rouge et la bourre de 500 kilos d'explosifs, la gare contre le mur d'enceinte de l'ambassade d'Iran, à Jnah, dans la banlieue sud de Beyrouth, puis amorce le système qui doit faire exploser cette énorme bombe placée en pleine rue... Mais la jeep est découverte, et la bombe désamorcée. Tous les indices désignent la France. La police libanaise tente de voler au secours de Paris en affirmant que la « jeep a été récemment volée », mais les militaires français interrogés répondent que leur « parc de véhicules est au complet ».

Quelque temps après la découverte de la jeep, Jean Perrin, chargé d'affaires français à Téhéran, est convoqué au ministère iranien des Affaires étrangères. Une note accusatrice lui est remise. Le Quai estime que ces accusations sont « inconvenantes et dérisoires ». Le lendemain, 8 novembre, le Président de l'Assemblée nationale iranienne prononce un violent réquisitoire contre la France. La représentation commerciale française à Téhéran est fermée. A Paris, on est très ennuyé par cette « sale histoire de barbouzes ». Le secrétaire général du

Quai d'Orsay demande au chargé d'affaires iranien de passer l'éponge sur cette rocambolesque affaire de jeep à Beyrouth...

Dans le même temps — mais le Quai d'Orsay n'est pas au courant —, les militaires français s'affairent autour des préparatifs de l'opération « Brochet ». Un raid dirigé contre la caserne Cheik Abdallah (appelée aussi caserne de l'iman Ali) doit punir le mouvement Amal islamique et le Hezbollah pour l'attentat perpétré contre le « Drakkar ». Il y a là environ 2 000 personnes. La caserne, située en dehors de Baalbek, est entourée de mines. En haut des tours, une cinquantaine de miliciens veillent, prêts à mettre en action des canons de 132 mm.

L'étroite collaboration entre la C.I.A., le Mossad et la D.G.S.E. se trouve renforcée par une assistance logistique du Pentagone, notamment pour le brouillage des systèmes de détection syriens et par la mise sur pied d'un plan de sauvetage des pilotes français en cas d'échec de l'opération. Le 16 novembre, un raid israélien contre la caserne Cheik Abdallah fait une trentaine de morts parmi les membres du mouvement Amal islamique. Le même jour, le Président Mitterrand donne le feu vert à l'opération « Brochet ». Le soir, il passe à *l'Heure de Vérité* et déclare : « Le crime (l'attentat qui a coûté la vie à 58 Français) ne restera pas impuni. » Juste après cette émission, le chef suprême des armées descend dans le bunker situé sous l'Élysée (le poste de commandement Jupiter) avec son chef d'état-major particulier, le général Saulnier, et Charles Hernu. Des cartes de la vallée de la Bekaa sont déployées. L'« alerte noire » est donnée à toutes les forces françaises au Liban. Claude Cheysson n'est pas prévenu...

Dans l'après-midi du 17, huit Super-Étendards et deux appareils intercepteurs décollent du porte-avion *Clemenceau* naviguant au large des côtes libanaises. Sur les 34 bombes larguées, deux touchent leur objectif, mais la caserne est vide (selon des rumeurs persistantes, Moussaoui aurait été prévenu du raid par une fuite volontaire ou involontaire arrivée jusqu'à lui par une succession de ricochets...). Un berger est tué : voilà pour le bilan officiel. Plus grave : la « taupe » française infiltrée au sein du mouvement, et qui alimentait la D.G.S.E., est démasquée et exécutée.

Les explications qui suivent le raid de Baalbek sont hésitantes. Le 17, Charles Hernu parle d'une action « préventive ». Le 19, elle est devenue « punitive ». Au Liban, les réactions sont très sévères : tous les chiites condamnent l'action française, le cheik Chamseddine annule son projet de voyage à Paris. Des tirs nourris sont dirigés contre la Force multinationale dont le rôle et la présence au Liban posent des problèmes de plus en plus aigus à Paris. Dans une note récente, le général Imbot, patron de l'Armée de terre, affirme que les casques bleus sont en insécurité permanente, et que les moyens d'y changer quoi que ce soit sont pour ainsi dire nuls... Le 8 décembre, Claude Cheysson demande au Secrétaire général de l'O.N.U. de réintégrer les 482 casques bleus dans la F.I.N.U.L.

Après le raid de Baalbek, dans la guerre limitée que se livrent la France et l'Iran, les coups suivants ne peuvent venir que de Téhéran. Avec une logique implacable, le 12 décembre, six explosions ont lieu au Koweit, visant la France et les États-Unis. Bilan : cinq tués.

Quotidiennement, le contingent français est la cible des partisans de Khomeiny. Le 13, trois véhicules français sont visés (un mort). Le 15, une sentinelle française est assassinée avec un pistolet silencieux. Le 21, un camion piégé est lancé contre un poste français ; bilan : un Français et 14 Libanais tués. Tous ces actes sont revendiqués par le Jihad islamique, nom de guerre utilisé depuis le printemps 1983 par la « nébuleuse » irano-libanaise pour revendiquer les attentats contre les deux « Satans », le français et l'américain.

Le 21, après le dernier gros attentat, le Jihad islamique donne dix jours à la France pour quitter le Liban...

François Mitterrand envoie Charles Hernu passer Noël à Beyrouth pour y réconforter « nos p'tits gars ». Dans la nuit de la Saint-Sylvestre, à l'expiration de l'ultimatum, le Jihad islamique tient ses promesses : deux attentats sont commis, à la gare Saint-Charles à Marseille et dans le T.G.V. Paris-Marseille : 4 morts. Le choix de Marseille n'est évidemment pas fortuit : c'est la ville de Gaston Defferre, ministre de l'Intérieur, qui traque les terroristes et désigne les « khomeinistes » à la vindicte populaire. A Paris, les responsables ont compris que derrière cette vague de violences se profile le vieil ayatollah. Les messages acheminés par Nicolas Lang étaient malheureusement exacts.

Aux premiers jours de l'année 1984, les relations entre la France et l'Iran sont au plus mal. Le 23 décembre précédent, six Iraniens soupçonnés de se livrer à des activités non conformes à leur statut diplomatique ont été expulsés de France. En riposte, Téhéran a expulsé trois diplomates français et le président de l'Assemblée, Rafsanjani, a lancé un véritable appel au meurtre : « Qu'un soldat américain soit tué au Liban nous est de plus de profit que la liquidation de deux cents phalangistes ; que le peuple musulman frappe d'une balle un soldat français nous profite plus que le largage d'une bombe à hydrogène par l'un ou l'autre des prétendus pays islamiques... »

L'appel est entendu : le 3 janvier, le chauffeur du consul de France à Beyrouth est assassiné ; le 9, un soldat français est tué, deux autres blessés ; le 14, l'épouse du directeur du Centre culturel est blessée. A Paris, le 7 janvier, le Jihad revendique l'assassinat de l'ex-général Oveissi, responsable de la répression sanglante du Vendredi noir (le 8 septembre 1978). Le lendemain, c'est l'ambassadeur à Paris des Émirats Arabes unis qui est abattu...

Plus que jamais, la guerre terroriste fait rage.

Néanmoins [illegible] attentats sont connus, à la gare Saint-Charles à Marseille et dans le TGV Paris-Marseille [illegible] de Marseille [illegible] pas [illegible] ville [illegible] l'attentat [illegible] et désigne [illegible] à la [illegible] propagande. À Paris, les [illegible] compris que [illegible] [illegible].

[illegible] deux premiers mois de l'année 1984, les relations entre la France et l'Iran sont au plus mal. Le 23 [illegible] [illegible].

[illegible] deux autres [illegible] à Paris [illegible] (1982). [illegible] est [illegible].

[illegible]

CHAPITRE VI

CARTON, FONTAINE, KAUFFMANN, SEURAT...

Toujours méfiant à l'égard de Bagdad, le Président Mitterrand, en ce début de 1984, voit l'Irak comme un allié encombrant. Cette réserve se manifeste les 28 et 29 février : le vice-Premier ministre irakien n'est pas reçu à l'Élysée alors qu'il est chaleureusement accueilli dans la plupart des ministères.

C'est que l'Irak est décidément peu fréquentable. En mars, la Croix-Rouge et le Département d'État accusent Bagdad d'utiliser des gaz dans son combat contre l'Iran. La France est dénoncée (entre autres pays) pour avoir aidé l'Irak à fabriquer de telles armes. Le Quai d'Orsay dément aussitôt, mais, quelque temps plus tard, la D.S.T. citera dans les couloirs du pouvoir le nom d'un militaire français en rupture de ban comme celui du conseiller ès-gaz de l'état-major de Bagdad...

L'Irak se signale également par ses attaques contre les tankers qui sillonnent le golfe Persique. François Mitterrand redoute une internationalisation du conflit Irak-Iran. Il a écrit à Pierre Mauroy pour que le gouvernement amorce un rééquilibrage de la politique française et ne mette plus tous ses œufs dans le même panier. Il souhaite ne plus laisser la bride sur le cou à Cheysson et à Hernu.

Le départ de Beyrouth, fin mars, des 1 250 soldats français

de la Force multinationale d'interposition pourrait détendre les relations entre Paris et Téhéran. Depuis février, la capitale du Liban est coupée en deux. La désintégration du pays s'est accélérée. Après l'invasion israélienne, la Syrie est revenue en force, mais les portraits de Khomeiny sont de plus en plus nombreux dans la vallée de la Bekaa et dans la banlieue sud de la capitale. Le départ du Liban de Yasser Arafat et de 4 000 Palestiniens (grâce à l'aide de la France), celui des soldats français et américains laissent le champ libre à de nouveaux affrontements.

Le rythme des attentats contre nos ressortissants diminue après une flambée en mars, juste avant le départ des soldats français. Un « observateur français » est encore tué à Beyrouth le 25 mai, un autre le 6 juin.

Laurent Fabius remplace Pierre Mauroy le 19 juillet. Douze jours plus tard, il est directement confronté à la « guerre » livrée par l'Iran à la France. Un Airbus d'Air France assurant la liaison Francfort-Téhéran est occupé par des Gardiens de la Révolution. Ceux-ci gardent en otages une soixantaine de passagers après l'atterrissage de l'appareil à Téhéran. Les Pasdarans menacent d'exécuter un Français toutes les heures si les membres du commando chargé de tuer Chapour Bakhtiar ne sont pas libérés par Paris.

Le ministre des Pasdarans, Rafigh Doust, a utilisé ses propres hommes pour monter cette opération visant à récupérer les hommes impliqués dans une autre action montée par lui en 1980. Il tient d'autant plus à faire sortir ces cinq prisonniers des geôles françaises que l'un d'eux, Anis Naccache, est l'un de ses amis. Rafigh Doust ne comprend pas les arguments avancés par les autorités françaises pour s'opposer à leur élargissement. A ses yeux, il s'agit là d'une affaire purement iranienne. En ce qui concerne les familles des deux Français qui ont trouvé la mort dans la tentative d'attentat, des propositions d'indemnisation ont été faites depuis octobre 1981... Puisque les Français sont restés sourds aux messages transmis par divers canaux, et notamment par Assad Haidar et Nicolas Lang, le ministre des Pasdarans va les obliger cette fois à négocier.

Une cellule de crise est convoquée par le secrétaire général du Quai d'Orsay (Claude Cheysson est alors absent de Paris). Dans la nuit, les nouvelles de Téhéran sont mauvaises. Laurent Fabius est réveillé à 4 heures du matin. Il charge Roland Dumas, ministre des Affaires européennes, de ce délicat problème. Ami du Président, bon négociateur et branché directement sur le « Château », il est l'homme de la situation. S'il ne connaît pas à fond le dossier « Iran », il est l'un des rares ministres à avoir, en tant que journaliste, « couvert » ce pays dans les années 1950. Il a également accompagné François Mitterrand, en 1961, quand ce dernier a visité ce pays pour la première fois.

Roland Dumas prend aussitôt contact avec le chargé d'affaires iranien à Paris, Ali Velyati, qui débarque en pleine nuit au Quai d'Orsay dans une tenue si négligée que les huissiers refusent d'abord de lui ouvrir la porte. Ainsi s'amorcent les premiers pourparlers visant à normaliser les relations entre les deux pays.

Dans son *Histoire secrète du terrorisme*, Charles Villeneuve raconte le déroulement de cette affaire dans des termes que notre propre enquête nous a permis de confirmer. D'entrée de jeu, Velyati affirme que son gouvernement n'est pour rien dans le piratage de l'avion d'Air France, mais, dans le même temps, il demande à Dumas de comprendre les Pasdarans qui souhaitent récupérer leurs cinq camarades du commando Bakhtiar. Il ajoute que les Gardiens de la Révolution ne sont pas contents de la France qui donne asile aux « traîtres » Bani Sadr et Radjavi. Pas contents non plus que Paris refuse de rembourser le prêt Eurodif, soit un milliard de dollars, sans compter les intérêts. Ces motifs de mécontentement reviendront désormais constamment dans la bouche des Iraniens. En fin de matinée du mercredi 1er août, Roland Dumas reçoit à nouveau Velyati dans son bureau et lui tient à peu près ce langage :

— ... Il existe certaines possibilités en ce qui concerne les cinq prisonniers... La loi française permet d'entrevoir un certain nombre d'aménagements possibles. Car nous ne pouvons que rester dans le cadre strict de nos lois...

Le ministre des Affaires européennes énumère les différentes possibilités d'« aménagements » prévus par la loi (cumul de procédures, grâce présidentielle, remises de peine...). Velyati a du mal à comprendre ce jargon juridique. Il est comme tous les Iraniens qui, d'une façon ou d'une autre, auront à traiter de ce dossier : à leurs yeux, si le gouvernement français *veut* vraiment libérer leurs amis, il le peut. D'autant qu'ils savent, par exemple, que le Palestinien Abou Daoud, arrêté par la D.S.T. le 7 janvier 1977, malgré les lourdes charges qui pesaient sur lui, a été remis en liberté quatre jours plus tard, et que les auteurs de la prise d'otages de l'ambassade d'Irak du 31 juillet 1978, en dépit de la mort de deux policiers français, ont pu quitter libres le territoire français. Bref, quand Roland Dumas parle de l'« autorité de la chose jugée », c'est pour l'Iranien... de l'hébreu ! Velyati préfère ne retenir de ces arguties juridiques que l'engagement du ministre français de rechercher toutes les solutions « possibles dans le cadre de la loi française ». Un engagement qui est formalisé par un télégramme diplomatique envoyé à Jean Perrin, chargé d'affaires français à Téhéran. Rafigh Doust, à qui est transmis le contenu du télégramme, comprend que la France accède à ses demandes. Si bien qu'il donne l'ordre à ses Pasdarans, dès le lendemain 2 août, de libérer les otages de l'Airbus. Avant de quitter l'avion, les Gardiens de la Révolution font toutefois exploser son poste de pilotage.

Dans cette affaire, Roland Dumas a été aidé par le ministre des Affaires étrangères de R.F.A., Hans Dietrich Genscher, qui entretient de bonnes relations avec Téhéran, par les Algériens ainsi que par l'O.L.P. Mais il faut peut-être également voir dans ce succès une retombée des reproches présidentiels adressés à Charles Hernu dans le cadre d'une autre affaire, celle des Super-Étendards...

Jean-Louis Dubos, éminence grise de « Charles », qui a la haute main sur les services secrets militaires et le commerce des armes, a lui aussi enregistré la volonté présidentielle de rééquilibrage de la politique française dans le golfe Persique. Quand des marchands d'armes français ont demandé discrètement, au début de 1984, de continuer à approvisionner l'Iran, il ne s'y est pas opposé. Luchaire avait ainsi toutes raisons de se sentir « couvert ». Mais cette politique n'a jamais été explicitée. La D.G.S.E., comme la D.P.S.D., ainsi qu'on l'a vu, n'en ont pas été informées et continuent d'enquêter sur les trafics d'armes à destination de Téhéran. Claude Cheysson, de son côté, continue de faire de Bagdad le pivot de la politique arabe de la France : Paris doit aider l'Irak à gagner sa guerre contre l'Iran. Le puissant « lobby irakien » existant en France ne peut qu'encourager de telles convictions. En revanche, au Parti socialiste, Lionel Jospin et les responsables des problèmes internationaux poussent quant à eux au rééquilibrage...

Quand, le 21 mai 1984, l'amiral Lacoste, patron des services spéciaux, parle au Président de l'affaire Luchaire, François Mitterrand lui répond :

— Voyez cela avec mon ministre...

Le ministre sait, mais ne bloque rien. Au contraire, les 3 et 4 juillet, un adjoint de l'ingénieur général René-Pierre Audran, patron de la D.A.I. (la Direction des Affaires industrielles, fer de lance des exportations de matériel militaire au ministère de la Défense), se rend dans le plus grand secret en Iran pour examiner les demandes de ce pays en matière d'armements. Deux hommes, à Téhéran, poussent à la normalisation des relations avec Paris : Rafsanjani et son « bras séculier », Rafigh Doust. Quand, à la fin de juillet, Roland Dumas entame sa négociation avec Velyati en vue de libérer les otages de l'Airbus, il n'est pas au courant du voyage à Téhéran de l'adjoint d'Audran (qu'on appelle « Monsieur Irak », car c'est lui qui a organisé le pont aérien destiné à acheminer les armes françaises à ce pays...). On retrouvera presque constamment ce type de contradictions, à l'intérieur de l'appareil de l'État français, pour ce qui est de la politique à mener à l'égard de l'Iran. Ces divergences, Téhéran saura à merveille les aviver et les exploiter.

Un second émissaire français — du cabinet de Charles Hernu — se rend à Téhéran au début de septembre 1984. Il rencontre Rafigh Doust et l'interroge sur ses besoins. L'Iranien est méfiant. Il ne croit pas encore à un véritable revirement de la France. Pour tester la valeur des promesses du militaire, il lui commande des piles destinées à équiper du matériel de communication, pour quelques millions de francs.

Quelques jours plus tard, W..., de l'équipe dirigeante des Pasdarans, débarque à Orly. Il espère rencontrer militaires et industriels, mais voici que la police l'arrête. Les heures passent. W... moisit toujours dans les locaux de la P.A.F. L'Iranien réussit néanmoins à prévenir son ministre, Rafigh Doust, qui entre dans une rage folle et fait savoir au gouvernement français que si W... n'est pas libéré sur-le-champ, il réagira dans les six heures, et que ce sera une « *catastrophe* ». Le message est entendu. W... est libéré et autorisé à regagner Téhéran.

Tout s'arrête là. Après l'affaire de l'Airbus, les Iraniens avaient cru à un changement réel de la politique française. Même Hernu y avait cru. Rééquilibrage, oui ; fournitures d'armes, non. Du moins pas par les canaux officiels : François Mitterrand n'a jamais voulu que les arsenaux français approvisionnent *aussi* l'ayatollah Khomeiny.

La déception du tandem Rafsanjani-Doust est aisément imaginable. Les cinq prisonniers du commando Bakhtiar sont toujours emprisonnés. Les Iraniens se sentent « trahis » par Roland Dumas et par Paris. Par le canal des Palestiniens et de Nicolas Lang, ils parlent maintenant de nouvelles représailles anti-françaises, et plus particulièrement « *d'assassinats de personnalités civiles et militaires françaises, d'enlèvements et de prises d'otages en France et au Liban*[1] ».

1. Rapporté par Charles Villeneuve et vérifié par l'auteur.

Le mystérieux Lang transmet immédiatement l'information — dès octobre 1984 — au cabinet de Claude Cheysson.

Mais une chose est d'amorcer un rééquilibrage, une autre de plier sous la menace. Aucun geste n'est donc fait en direction de Téhéran. Pourtant, certains avertissements précis inquiètent les responsables français. Ainsi, Abou Iyad, numéro deux de l'O.L.P., fait savoir que les « Iraniens sont prêts à faire exploser un avion en plein vol au-dessus de Paris »...

Malgré ses réticences vis-à-vis du régime de Damas dont l'attitude à l'égard de la France n'a pas été des plus claires au cours des dernières années, François Mitterrand se rend en Syrie en visite officielle à la fin novembre 1984. Il espère qu'Hafez el Assad jouera un rôle modérateur auprès de Téhéran. De son côté, le numéro un syrien plaide en faveur de l'Iran auprès du Président français. Ce dernier prononce quelques phrases sur le terrorisme : « Je suis hostile à toute forme de terrorisme qui atteint — ce qui est le cas le plus général — des innocents. Le reste est affaire militaire, et chacun sait que la France — cela a été rappelé — l'a pratiqué en son temps. Tout ce qui est d'ordre militaire peut être compris... » Est-ce là un message ?

Pour la communauté du renseignement, il ne fait aucun doute que l'assassinat de René-Pierre Audran, le 25 janvier 1985, devant sa maison de la Celle-Saint-Cloud, a été planifié à Téhéran par les Gardiens de la Révolution. Audran, on l'a vu, était un symbole pour les Iraniens, « Monsieur Irak » aidant leur ennemi mortel Saddam Hussein. La revendication du meurtre par « Action Directe » ne change rien à la conviction des services français ou de ceux qui suivent le dossier « Iran ».

Roland Dumas a remplacé Claude Cheysson en décembre 1984. C'est lui qui, avec l'Élysée, suit désormais cet épineux dossier. Il a reçu deux instructions précises du Président : *régler* le contentieux Eurodif, et *revoir* la politique avec l'Iran. « J'ai commencé à petits pas », explique Roland Dumas. Des pas suffisamment visibles, néanmoins, pour que José Garçon, dans *Libération*, consacre une page et demie à ce qui est perçu comme une « tentative de rapprochement » avec Téhéran. Le titre de l'article est clair : « La France lorgne vers l'Iran ».

Comme à chaque ralentissement des livraisons d'armes à Bagdad, l'Irak fomente alors, avec les membres du puissant lobby pro-irakien, une campagne sur le thème : « La France change de politique ». Une vive discussion au sein de la haute administration française oppose les partisans de la poursuite d'une « politique irakienne qui garantit de bons rapports avec les pays du Golfe », et les tenants d'un réajustement en faveur de l'Iran, explique *Libération*.

L'arrivée de Roland Dumas au Quai d'Orsay a incontestablement accéléré le cours de choses. Bien que le ministre des Relations extérieures garde le silence sur toute cette affaire — y compris devant les membres de son cabinet —, on sait qu'il considère l'Iran comme un « partenaire qui existe » et qu'il accorde à cette question une importance « fondamentale ». On observe que l'Iran n'a « que des partenaires économiques » — Japon, Grande-Bretagne et R.F.A. —, et on s'interroge sur la « possibilité d'en faire un partenaire politique ». Forte de ses bons rapports avec l'Irak, la France ambitionne visiblement, en jetant un pont vers Téhéran, de devenir un interlocuteur des deux belligérants. Le nouveau responsable de la diplomatie française n'a d'ailleurs pas cessé de rencontrer des émissaires iraniens depuis son arrivée au Quai d'Orsay.

Mais comme à chaque fois qu'un rapprochement entre l'Iran et un pays occidental s'esquisse, une révélation, un attentat ou une prise d'otages viennent bloquer la mécanique. Est-ce là l'action d'un clan de « durs » contre un clan de « modérés », comme le croient la plupart des spécialistes ? ou bien une manifestation de machiavélisme, comme le suggèrent d'autres ?

Le 22 mars 1985, à Beyrouth-Ouest, trois Français, le vice-consul Marcel Fontaine, un attaché de l'ambassade chargé du protocole, Marcel Carton, et sa fille Dominique Pérez, secrétaire au service culturel, sont enlevés. Quelques heures plus tard, le rapt est revendiqué par le Jihad islamique. Une voix anonyme a dicté les conditions des ravisseurs à une agence de presse :

> « La libération des otages français est conditionnée par l'annulation du contrat franco-saoudien de troc d'avions Mirages français contre du pétrole saoudien et l'arrêt de l'intervention directe et indirecte de la France dans la guerre entre la République islamique (d'Iran) et le régime de Saddam Hussein (le président irakien). Alors, tout reprendra son cours normal. A bon entendeur, salut. »

Avant ces revendications, se présentant au nom du Jihad islamique, la voix avait déclaré : « Ces enlèvements traduisent notre mécontentement des relations douteuses qu'a nouées la France avec les pays de l'axe Irak-Arabie saoudite-Jordanie-Égypte. » Le message précisait enfin que les trois otages ne se trouvaient plus à Beyrouth-Ouest et étaient bien traités.

Cet enlèvement par le Jihad islamique — déjà responsable de l'attentat d'octobre 1983 contre l'immeuble Drakkar, qui avait fait 58 morts — intervient au moment où l'Irak, grâce en particulier aux armes françaises, a repoussé une offensive iranienne de grande envergure.

Les barbouzes officielles ou officieuses et les diplomates sont mis en alerte pour glaner de la bonne information. Pour leur épargner de trop longues recherches, Téhéran ne va pas tarder à fournir la clé de l'énigme. Le chargé d'affaires français à Téhéran est reçu par Rafsanjani quelques jours après l'enlèvement. L'Iranien lui tient en substance ce langage : « Nous ne sommes pour rien dans cette prise d'otages, mais nous comprenons, connaissons et pouvons avoir de l'influence sur les ravisseurs. Et pour montrer notre bonne volonté, nous interviendrons en vue de faire libérer très rapidement la fille de Marcel Carton. » Rafsanjani en profite pour exposer les demandes de l'Iran à la France, qui sont les mêmes que celles du Jihad islamique. Dominique Pérez est libérée le 31 mars...

Les diplomates traditionnels, généralement issus de l'E.N.A., ne savent trop par quel bout prendre ce problème des otages.

Ils se méfient des services secrets, mais aussi des gens du « cadre d'Orient », arabisants ou « persisants » qu'ils considèrent souvent avec quelque mépris. La gestion de l'irrationnel n'est pas encore enseignée rue de l'Université, et Dieu (Allah) sait à quel point la Raison ne trouve point son compte dans une pareille affaire.

Trois hommes vont s'organiser pour gérer au quotidien ce problème : Jean-Louis Bianco, secrétaire général de l'Élysée, l'homme-pivot du « Château », Hubert Védrine, conseiller diplomatique de l'Élysée, et Jean-Claude Cousseran, du cabinet de Roland Dumas. Le trio travaille évidemment en liaison permanente avec le Président et son ami Roland Dumas.

Malgré les différents messages de Téhéran, malgré la revendication du Jihad islamique, malgré la condition principale mise à la libération des otages et visant l'implication de la France dans le conflit Irak-Iran, et malgré de nombreuses autres indications, Paris hésite à conclure qu'un État, même s'il s'agit de l'Iran, puisse planifier de tels actes. L'affaire de l'enlèvement de Gilles Peyrolles à Tripoli (Liban) au lendemain de celui des diplomates, va brouiller encore davantage le jugement des responsables français. Et jusqu'en mars 1986, l'hypothèse d'une affaire strictement libanaise ne sera pas totalement exclue. Tout logiquement, les collaborateurs du Président de la République et ceux de Roland Dumas sont persuadés qu'Hafez el Assad peut obtenir la libération des otages français. Ils vont axer tous leurs efforts, pendant quelques mois, sur Damas. Pourquoi ?

La cellule dite « antiterroriste » de l'Élysée (les hommes de Christian Prouteau) va conforter le choix de la piste syrienne. Dès le lendemain de l'enlèvement, le lieutenant-colonel Jean-Louis Esquivier retrouve à Genève un de ses contacts libanais, ami de Nabi Berri, le ministre chiite libanais et chef du mouvement Amal. Quelques heures plus tard, Esquivier transmet à Jean-Louis Bianco la teneur du message de Nabi Berri : « Cet enlèvement est une erreur... J'ai remis les choses en ordre et les ravisseurs vont rendre immédiatement les otages. »

Il faudra attendre quatre jours pour qu'Esquivier acquière la conviction que Berri, contrairement à ses dires, ne peut rien pour Carton et Fontaine.

Le 28 mars, Esquivier part pour Damas, via Munich. Il prend une chambre à l'hôtel Sheraton et, grâce à Samir Traboulsi, un intermédiaire syrien proche d'Akram Ojjeh, mais aussi des services de renseignement de Damas, il obtient un rendez-vous avec le général Tlass, ministre syrien de la Défense. Ce militaire amoureux des décorations a un profil peu ordinaire : poète, il adore les vieux livres, les roses et les femmes. Mais s'il a la tête dans les nuages, le général Tlass, malgré sa réputation de dilettante, dispose d'un réel pouvoir et a tissé des liens étroits avec certains personnages-clés à Téhéran. Il joue notamment un rôle déterminant dans l'achat et l'acheminement des armes à destination de l'Iran...

Dès le 29, soit une semaine après l'enlèvement, Tlass se dit disposé à aider le Président Mitterrand à récupérer les otages français. Il déclare à Esquivier qu'il a prié Hussein Moussaoui, chef militaire du Hezbollah de la région de Baalbek, de « monter à Damas ». Il promet d'écrire à Téhéran pour obtenir l'appui de l'Iran dans la libération des otages...

Pendant que l'envoyé secret de l'Élysée se trouve à Damas, d'autres Français, dans le plus grand secret, frappent à toutes les portes... et s'installent parfois dans les mêmes fauteuils ! C'est ainsi que le lieutenant-colonel Esquivier est venu prendre la place encore chaude, dans le bureau de Tlass, de l'amiral Lacoste, patron des services spéciaux français...

Le 30 mars, Tlass promet à Esquivier de libérer par la force les otages si ses hommes parviennent à les repérer. Un discours qui sera souvent tenu par les Syriens, mais qui n'est guère crédible, car leurs infractructures militaires dans la vallée de la Bekaa sont telles qu'elles leur permettent d'être en réalité au courant de tout. Pour preuve de sa détermination et de son influence, Tlass affirme néanmoins à l'envoyé de l'Élysée que « la Syrie a permis la libération des deux premiers otages — Gilles Peyrolles et Dominique Pérez ; la solution des deux autres cas dépend maintenant de l'Iran. Nous demanderons à l'Iran un geste comparable ».

Peyrolles avait été kidnappé à Tripoli (Liban), le 23 mars, par des membres des F.A.R.L. en vue d'obtenir la libération d'Ibrahim Abdallah, incarcéré en France. Sa libération avait été négociée, *via* les Algériens, par le patron de la D.S.T., Yves Bonnet. Quant à Mme Pérez, on l'a vu, Rafsanjani s'est lui aussi attribué la paternité de sa libération... Quoi qu'il en soit, Esquivier est convaincu que « la solution est à Téhéran ».

Le 4 avril, soit deux semaines après l'enlèvement, un envoyé de François Mitterrand rencontre à Damas le chef des Pasdarans, Rafigh Doust, en présence et au domicile du général Tlass. L'Iranien veut d'abord savoir à qui il a affaire, et notamment la position d'Esquivier par rapport à François de Grossouvre, qui est, d'après ce qu'il en sait, le collaborateur du Président en charge du dossier « Iran »... Une fois les présentations faites, l'homme de la « cellule » élyséenne s'emploie à jouer les diplomates pour expliquer la position du Président : « Ne pas favoriser un des deux camps dans le conflit... Le Président est favorable au dialogue... » Une fois de plus, Doust énumère en réponse les revendications iraniennes. Le chef des Pasdarans se plaint de l'attitude hostile de la France à l'égard de l'Iran, il s'irrite de la livraison de Mirages à l'Irak :

— Faux. Hernu a démenti. C'est une information d'origine anglaise, dit l'homme de Prouteau.

Doust reprend sa litanie. Réclame la libération du commando Bakhtiar et propose, comme l'avait fait dès octobre 1981 Mohammed Sadek, une indemnisation des familles des victimes françaises tombées lors de l'attentat. Il réclame enfin son dû : le milliard de dollars d'Eurodif.

— Nous avons exposé tout cela à Jean Perrin, votre chargé d'affaires à Téhéran, conclut Rafigh Doust.

Effectivement, le Quai, *via* Perrin, a déjà tous les éléments qui permettent d'apprécier la situation. Téhéran a régulièrement transmis par divers canaux ses exigences, ses menaces, ses conditions à un rétablissement de relations normales entre les deux pays. Ce n'est pas sa faute si le gouvernement français a préféré garder le silence...

La discussion a lieu dans une pièce austère (avant l'arrivée de l'Iranien, Tlass en a fait disparaître les tableaux ou photos représentant des femmes non voilées, les bouteilles d'alcool...), ce qui n'empêche pas Rafigh Doust de plaisanter sur la bêtise des Irakiens qui ne savent même pas se servir des Exocet qu'on leur livre. Le chef des Pasdarans évoque aussi de manière détendue la reconnaissance qu'il doit à la France pour lui avoir permis naguère de se réfugier, avec sa famille, à l'ambassade et d'échapper ainsi à la police du Shah. Toute cette conversation est prise en notes par deux barbus qui n'ouvrent pas la bouche. On ne sait jamais : si, quelque jour, Téhéran décide de publier toutes les notes prises lors de ces multiples pourparlers avec les émissaires français successifs...

Les deux scribes ont également enregistré les contorsions verbales de Doust pour expliquer ce qui, aux yeux d'Esquivier, est l'essentiel : l'Iran n'est pas responsable de la prise d'otages, mais le chef des Gardiens de la Révolution reconnaît qu'*il peut intervenir pour leur libération*. Il propose aussi d'acheter des armes en payant en « dollars, cash ». Enfin, Doust manifeste sa satisfaction au sujet du remplacement de Claude Cheysson par Roland Dumas...

Bref, dans l'après-midi du 4 avril, Esquivier transmet une confirmation de ce que le Quai sait déjà : la clé de la libération des otages se trouve d'abord à Téhéran. Rafigh Doust a fourni la combinaison de la serrure. Mais « savoir » ne signifie pas pour autant « assimiler ». Le Président, son ministre des Relations extérieures, Jean-Louis Bianco, Hubert Védrine, Jean-Claude Cousseran ont du mal à croire l'incroyable.

Esquivier rentre à Paris, le 21 avril, mission accomplie.

Dumas, quelques jours après l'enlèvement des deux diplomates français, avait déclaré qu'il était prêt à « tirer toutes les sonnettes pour essayer de récupérer nos compatriotes... en utilisant au Liban même et dans la région les canaux les plus officiels et les plus officieux ». De fait, Esquivier, Lacoste, mais aussi, sur le terrain, des gens de la D.S.T., de la D.G.S.E., sans compter nombre d'intermédiaires de tous poils, le plus souvent automandatés, se mettent alors à « tirer les sonnettes ». Un exemple parmi d'autres : celui d'un marchand d'armes qui a préféré s'abriter derrière le pseudonyme qu'il utilisait jadis dans la « guerre de l'ombre ». Une histoire qui commence comme celle de l'Irangate et qui aurait pu se développer de façon identique :

Fin mars, les noms des otages français ne sont pas encore connus du grand public. A Genève, dans un immeuble moderne, à deux pas de la gare et du lac, deux personnages aux allures bizarres prennent l'ascenseur, s'arrêtent au troisième étage et sonnent. Un homme leur ouvre et les conduit dans le bureau d'Antoine Herera, marchand d'armes français bien connu aux quatre coins de la planète. Depuis quelques mois, estimant que les douanes françaises le persécutent, il a préféré abandonner sa résidence parisienne. Les deux hommes ne sont pas arrivés là par hasard. Ils sont persuadés qu'ils trouveront à se procurer auprès de Herera des armements sophistiqués : des missiles TOW et du matériel français. L'un d'eux est Iranien. Son accompagnateur, un Français, le présente comme un homme important lié à Rafigh Doust, le patron des Pasdarans. Il détient la « deuxième clé » donnant accès à un compte ouvert au Crédit Suisse et fort bien approvisionné. Ali est réfugié politique à Genève, ce qui laisserait supposer que c'est un opposant, mais un Occidental ne peut rien comprendre aux arabesques relationnelles du Bazar. Lors de cette première rencontre, il lui faut faire bonne impression sur Herera, qui en a vu d'autres. Il exhibe une lettre ou plutôt un ordre de mission qui lui donne toute latitude d'action. C'est le Français qui le dit, car Antoine Herera ne lit évidemment pas le farsi. Bref, Ali a le profil type des intermédiaires qui circulent depuis 1980 en quête d'armes pour le compte de l'Iran.

Dans le cours de la conversation, il glisse même qu'il serait en mesure de vendre quelques chars soviétiques T 72, pris dans les combats aux Irakiens. Un modèle qui intéresse au plus haut point les Américains et qui vaut très cher. Un nouveau rendez-vous est pris pour les jours qui suivent, le temps, pour la société d'Herera, de connaître un peu mieux Ali et les gens qui l'entourent. Ceux-ci ont pignon sur rue (rue des Alpes), un téléphone, et administrent quelques sociétés (Support Service Co, Genesis...). Outre Ali, l'homme important paraît être Jean-Pierre Lalanne. C'est lui qui détient l'autre clé du compte ouvert au Crédit Suisse. Il a en main une lettre accréditive à en-tête du gouvernement de la République islamique et signée de Khomeiny.

Lalanne est le fils d'un ancien des commandos Delta (D comme Degueldre), fondateur du Bureau central de Renseignements de l'O.A.S. Après l'Algérie, Alicante, il a retrouvé au Paraguay un groupe d'anciens du 2e R.E.P. Par l'intermédiaire d'un ancien de ce régiment, Derick Lacroix, Lalanne a connu puis épousé une Iranienne appartenant à la famille de Rafigh Doust, et a vécu un an et demi à Téhéran avant de devenir « chargé de mission » de la famille Doust, cautionné par Ali pour certaines affaires. Lalanne s'est installé à Londres dans les bureaux d'une société d'affrètement et vit dans un manoir de la grande banlieue londonienne. Depuis qu'il travaille pour Téhéran, Lalanne s'est entouré de ses anciens copains du 2e R.E.P., tous ex-membres des commandos « Delta ». Parmi eux : Derick Lacroix, qui le suit comme son ombre, possède une maison à Saint-Barthélémy, dans les Caraïbes, et un commerce à Paris où il se rend tous les mois ; Michel Paré, dont le curriculum vitae ressemble comme un frère à celui du précédent, mais qui vit le plus souvent en Amérique latine et possède lui aussi une maison à Saint-Barth ; Hans, d'origine allemande, tient le bureau de la rue des Alpes où sont domiciliées les sociétés écrans ; toujours armé, il est responsable, avec Lacroix, de la sécurité du groupe.

L'Iranien et les anciens paras sont des hommes de Rafigh

Doust. Ils viennent souvent au siège de la société d'Herera. Quelques jours après la première prise d'otages, l'Iranien et un frère de Rafigh Doust proposent d'échanger des TOW et des matériels militaires français contre des chars tusses T 72 et les... otages français !

Herera se démène comme un beau diable pour obtenir des missiles anti-chars TOW. D'abord en s'appuyant sur l'antenne madrilène de la C.I.A., sans succès ; puis en sollicitant Sarkis, grand intermédiaire pour la livraison de matériels militaires à l'Irak (il est notamment l'agent de la S.O.F.M.A. pour l'Irak). Cet ancien « H.C. » du S.D.E.C.E. vit à présent à Miami. On le dit désormais plus proche de la C.I.A. que des services français. Il accepte de revendre des TOW pris par l'Irak à l'Iran. Un avion est même affrété à la société Aeroleasing pour la modique somme de 36 000 dollars, afin d'expédier à Téhéran quatre TOW à titre d'échantillons de missiles anti-chars. Leur bonne réception doit amorcer le processus de libération des otages. L'avion et son équipage attendent huit jours à l'aéroport de Genève, en vain : Sarkis n'a pas livré ses TOW. Tout au moins pas par cette filière, puisque la rumeur court parmi les marchands de canons qu'il aurait fait l'opération pour son propre compte... en banque.

La même équipe aurait envisagé de troquer des chars T 72 contre des TOW auprès de généraux américains — sans succès. La proposition d'échange armes/otages aurait été acheminée par un émissaire jusqu'à l'Élysée. Le général Saulnier aurait alors pris contact avec les Américains, la requête des amis de Doust concernant essentiellement du matériel d'outre-Atlantique dont la France ne dispose pas. Puis l'affaire s'enlise...

Il est intéressant de noter qu'à la même époque, un marché quasi identique est proposé, *via* Ghorbanifar, aux émissaires américains... Paris demande alors à Herera, courant août, de passer l'éponge sur toute cette affaire.

Au cours de ce printemps dramatique, tout se passe donc comme si on ne voulait pas savoir que Téhéran est responsable de l'enlèvement des otages. De part et d'autre, par les canaux officiels, des messages de bonne volonté sont envoyés. La publication des entretiens Rafsanjani-Perrin (lors de la rencontre que nous avons déjà évoquée) par l'agence officielle de Téhéran, l'I.R.N.A., montre que la prise d'otages s'inscrit paradoxalement dans un processus de volonté de normalisation. « Dites à Monsieur Roland Dumas qu'en raison du bref séjour de l'Imam Khomeiny à Neauphle-le-Château, nous sommes prêts à tirer un trait », déclare le dirigeant iranien. Perrin, de son côté, affirme que le gouvernement français s'efforce de « limiter autant que possible les activités des opposants iraniens » basés à Paris. On apprend également, à la lecture du communiqué final, que « Roland Dumas a récemment envoyé des messages aux dirigeants iraniens faisant part de sa volonté d'améliorer les relations avec Téhéran ».

Roland Dumas multiplie effectivement les missions secrètes auprès des responsables iraniens. Un de ses amis d'enfance, Pierre François, a commencé une mission exploratoire pour débrouiller le contentieux Eurodif. François est un financier installé à Genève qui a fondé sa propre banque (la Banque Romande), puis, après quelques difficultés, il a continué à faire des affaires aux quatre coins du monde, notamment avec deux pays de prédilection, la Chine et l'Iran. Il est marié à la fille du général Amini, frère d'un ancien Premier ministre iranien. François connaît également le Président Mitterrand : c'est lui qui lui arrangea sa première visite à Téhéran en janvier 1961...

Pierre François entreprend cette mission à Berne par l'intermédiaire de l'ambassade d'Iran. Si l'imbroglio de l'affaire Eurodif constitue l'objet essentiel des discussions, le sort des otages est également abordé. Deux hommes souffrent au Liban, mais, « à part cela », tout semble aller mieux entre Paris et Téhéran. Mais voici que, le 22 mai, le journaliste de *L'Événement du Jeudi* Jean-Paul Kauffmann et Michel Seurat, du

C.N.R.S., sont enlevés à leur tour à Beyrouth. Consternation à Paris : toutes ces sonnettes tirées pour rien ! tous ces efforts pour normaliser déployés en vain ! Un sentiment de rage et d'impuissance submerge ceux qui suivent ce dossier aussi bien au Quai d'Orsay qu'à l'Élysée et dans les « services ».

Cette rage impuissante va s'exacerber encore après l'affaire du détournement de l'avion de la T.W.A. et de la prise d'otages américains. La France a en effet conclu un marché de dupes avec Nabi Berri. Elle a aidé au bon dénouement de cette affaire, et obtenu la promesse de libération du journaliste et du chercheur français. Les otages américains ont été libérés, 300 prisonniers chiites sont sortis de la prison israélienne d'Atlit, mais les otages français, eux, sont toujours détenus. Berri n'a pas tenu sa promesse. On apprendra plus tard que si c'est bien un groupe Amal qui a enlevé Kauffmann et Seurat, c'est-à-dire des hommes qui, officiellement, dépendent de Berri, ce groupe est aussitôt entré en dissidence pour se rapprocher du Hezbollah et des Iraniens...

Les services secrets français, américains et israéliens savent en fait déjà tout sur les ravisseurs, le Hezbollah, leurs liens avec les Pasdarans et l'Iran. Ils connaissent les caches. Un homme est désigné dans tous les rapports comme la « cheville ouvrière », l'« opérationel », « Monsieur Ravisseur » : Imad Moughnieh. C'est lui aussi qui a dirigé l'opération contre l'avion de la T.W.A. Dès juillet, la C.I.A. entend le kidnapper (les services américains seront furieux d'apprendre que Moughnieh a rencontré à Paris, à la fin 1985, des gens de la D.G.S.E. ; ce contact, organisé par un diplomate français et Mokfar Beidoun, n'aura pas de suites...).

A la Piscine comme à la « cellule » de l'Élysée, on gamberge pour monter des opérations de commando destinées à récupérer les otages. On prétend, dans les milieux du renseignement, que la révélation de l'affaire Greenpeace, à la mi-juillet, oblige la D.G.S.E. à stopper son service « Action » qui s'apprêtait à lancer un coup. Une autre opération secrète, amorcée début août par un jeune de l'équipe Prouteau, et appuyée par des membres de la D.G.S.E., aurait également été arrêtée. Un attaché-case rempli de petites vignettes vertes a fait ainsi un étrange voyage Paris-Chypre-Beyrouth, puis retour sur Paris...

Dans le même temps que sont tentées ces actions souterraines et que la diplomatie traditionnelle poursuit ses efforts, l'Élysée s'obstine de plus en plus à penser que le salut ne peut venir que de Damas. Le 30 juin, Esquivier repart en Syrie et est immédiatement reçu par le général Tlass. L'adjoint de Prouteau veut cette fois se rendre au Liban pour « tâter le terrain », toujours dans le même objectif : récupérer les otages. Ses interlocuteurs laissent entendre à l'envoyé de l'Élysée qu'« étant au centre des approvisionnements en armes de l'Iran, la Syrie fera pression, en agissant sur la bonne marche d'une commande en cours, pour obtenir la libération de Fontaine et de Carton ». Esquivier apprend également que le général Tlass souhaiterait « faire payer par les États-Unis une rançon couvrant les deux otages français ». Incidente qui rappelle étrangement la revendication par laquelle le National Security Council, en novembre 1986, se targuait d'avoir fait libérer « au moins deux otages français »...

Il apparaît en tout cas que les Syriens, et notamment le général Tlass, entretiennent des relations très étroites avec Téhéran. Les petits cadeaux, on le sait, entretiennent l'amitié. L'ayatollah Khomeiny a ainsi envoyé au général Tlass de précieux ouvrages récupérés dans la bibliothèque du Shah. L'un d'eux, fort licencieux, a même été dédicacé par le vieil Imam qui souhaite au poète Tlass d'« en faire bon usage »... Les Syriens pourraient à l'évidence aider Paris. Le veulent-ils vraiment ?

Le général Tlass décide que Ryad Raad sera le mentor d'Esquivier au cours de son voyage au Liban. Lecteurs, retenez bien ce nom : c'est un Libanais qui a pour fonctions officielles d'assurer les relations extérieures du P.S.P. (Parti Socialiste progressiste) du druze Walid Joumblatt, mais qui est surtout connu pour ses sentiments pro-syriens. Vivant à Damas, proche à la fois d'Hafez el Assad et de Tlass, il séjourne souvent à

Paris où il entretient de nombreuses relations, notamment au sein du Parti socialiste.

Esquivier et Raad font donc un tour au Liban du 4 au 9 juillet. Sans résultat tangible. Ce qui n'empêche pas Esquivier, quand il repart pour Paris, le 9, de croire ses amis syriens qui l'ont assuré qu'une libération était possible pour le 14 juillet. Elle n'aura pas lieu.

Le 22 juillet, deux diplomates français, l'un de l'Élysée (Hubert Védrine), l'autre du Quai d'Orsay (Jean-Claude Cousseran), arrivent à Damas, porteurs d'une lettre du Président Mitterrand à Hafez el Assad, lui demandant officiellemment son aide pour obtenir la libération des quatre otages. Le Président syrien reçoit deux heures durant, dans sa maison de campagne, le conseiller de François Mitterrand et lui affirme être à peu près sûr d'y arriver. L'entourage d'Assad est quant à lui surexcité : la libération est pour lui imminente. « En ce qui concerne les Français et autres étrangers enlevés au Liban, le président Hafez el Assad a donné des ordres pour que tout soit mis en œuvre afin qu'ils puissent être retrouvés et libérés », déclare quelques jours plus tard le général Moustapha Tlass, vice-Premier ministre et ministre de la Défense. Dès le retour des diplomates, François Mitterrand s'entretient par téléphone avec Hafez el Assad. C'est presque l'idylle.

Tandis qu'elle se noue, trois des otages français envoient des lettres à leur famille. Seurat annonce qu'il est mieux traité. D'une chambre étroite et sombre, Kauffmann et lui ont été transférés dans une grande pièce beaucoup plus agréable. Ils reçoivent la presse libanaise et française et notamment *Le Monde*, ainsi que des livres d'auteurs comme le marquis de Sade et André Malraux.

Le 10 août, le général Tlass arrive à Nice. Il est hébergé chez son gendre, le riche marchand d'armes Akram Ojjeh, à Saint-Jean-Cap-Ferrat. Il est en vacances, mais affirme se tenir quotidiennement au courant de l'évolution du problème des otages. Le 17, il a de bonnes nouvelles de Damas. Une fois de plus, la libération des otages est annoncée comme proche. Il a des informations qu'il serait heureux de communiquer à une personnalité du gouvernement français. Le nom de Roland Dumas est avancé. Puis, finalement, le poète Tlass fait savoir qu'il serait très honoré de rencontrer le Président Mitterrand en personne... Le 18, l'Élysée accepte. Un avion du G.L.A.M. est mobilisé. Il part de Paris, fait escale à Nantes pour prendre à son bord le super-gendarme Prouteau, en vacances en Vendée, récupère Tlass et sa fille à Nice, fait escale à Bordeaux pour prendre Roland Dumas, et atterrit à Pau. Tout le monde se dirige en voiture vers Latché. Déjeuner. Ambiance chaleureuse. Tlass parle de la libération prochaine de deux otages. Le processus de leur libération est même étudié. C'est Roland Dumas qui devrait aller à Damas les récupérer.

En pure perte. Carton, Fontaine, Kauffmann et Seurat restent toujours détenus au Liban.

CHAPITRE VII

LE BON DOCTEUR

Pendant huit mois, un homme va bouleverser cet ordonnancement en fin de compte assez classique où chacun joue son rôle, même si le texte en semble parfois un peu décousu. Tout au long de cette période, les feux de la rampe seront braqués sur lui. Timidement d'abord, il grimpera les marches de la renommée, et, selon la place d'où le spectateur le verra, il apparaîtra tantôt en Ariane dans le labyrinthe, tantôt en Rastignac, pour finir, le 16 mars, par disparaître sous les attaques publiques d'un autre premier rôle...

Razah Raad, 43 ans, est français d'origine libanaise, plus précisément du village de Beit Nayel, près de Baalbek. Sa famille est chiite, mais il a fait ses études chez les Frères des écoles chrétiennes, puis chez les Jésuites au Liban, avant d'émigrer à Caen pour faire sa médecine puis se spécialiser dans l'angéiologie. C'est en Normandie qu'il connaît celle qui est devenue sa femme, la fille d'un commerçant de l'Orne. Son diplôme en poche, Raad s'installe à Argentan et prend la nationalité française. Ses affaires sont suffisamment florissantes pour qu'en 1981, il emménage avec ses cinq enfants au château de Cui, belle demeure de la fin du XVIIe siècle construite par le duc de Choiseul, repris par la famille de Broglie avant d'être recueillie par un des membres du clan Raad.

Jovial, chaleureux, tout réussit à cet homme bien intégré à la vie française. Hormis son nom, rien ne ferait penser chez lui à quelque attachement à l'Islam dur. Sa cave n'est pas constituée de bouteilles de Vittel ou de Badoit, et le Pommerol que nous avons partagé avec lui était excellent, alcoolisé à souhait. Son intégration a eu tôt fait de recouvrir chez lui l'intégrisme héréditaire. Sa table est ouverte à ses nombreux amis et à un large cercle de relations normandes. Razah Raad qui, s'il était resté au Liban, aurait occupé une place de choix dans le clan familial, a très vite contracté le virus de la politique. Après un échec aux cantonnales en 1982, il est élu en 1983 maire-adjoint R.P.R. d'Argentan, mais, en 1986, il se présentera sur sa propre liste d'« Union de l'Orne » et sera d'ailleurs largement battu, avec seulement 5,8 % des voix, le 16 mars.

En juillet 1985, celui qui n'est encore que maire-adjoint d'Argentan a décidé de « faire quelque chose pour les otages ». C'est en regardant la télévision en famille, explique-t-il, que sa décision est prise. « Pour rendre service à mon pays », dit-il en désignant par là la France. Il prend contact avec le sous-préfet d'Argentan pour lui faire part de sa volonté d'aider le gouvernement. Le sous-préfet, qui a reçu le notable d'Argentan, transmet l'offre par la voie hiérarchique. Le ministère de l'Intérieur fait redescendre la réponse : « Ça dépend du Quai d'Orsay et de l'Élysée, mais le gouvernement ne s'oppose pas à ce que vous partiez pour... recueillir des nouvelles qui lui font cruellement défaut. » Des centaines de Libanais ont déjà eu la même idée, mais bien peu sont allés plus loin.

J'ai essayé à plusieurs reprises de savoir si cette version idyllique ne comportait pas quelque omission. Par exemple, si le bon docteur n'a pas eu quelque contact avec le Liban avant la scène familiale de prise de conscience devant son poste de télévision... Razah Raad a défendu avec acharnement sa version de l'histoire.

Et pourtant, un contact paraît bien avoir eu lieu. Avec Ryad Raad, un cousin, celui-là même qui, début juillet, a chaperonné l'envoyé de l'Élysée, Esquivier, au Liban. Il est d'ailleurs troublant de constater que ce contact pourrait avoir eu lieu quelques jours seulement après l'achèvement de cette mission. Je n'étais pas sous la table lors des entretiens, mais il n'est pas exclu que le docteur d'Argentan ait alors demandé à son cousin de l'aider à contribuer à la libération des otages, en lui remontrant que la réussite d'une telle mission l'aiderait grandement lui-même à gagner les prochaines élections. Il pourrait alors devenir le premier député libanais au Parlement français et constituer un lobby destiné à faire entendre la voix des Chiites... Ryad Raad aurait accepté de lui prêter main-forte. Il faut dire que le docteur d'Argentan sait convaincre.

Avec le feu orange du gouvernement pour obtenir des nouvelles des otages, et probablement cette promesse d'aide de Ryad Raad, l'« homme des Syriens » proche d'Ali Douba, tout-puissant patron des services spéciaux de Damas, l'adjoint au maire d'Argentan se dirige vers l'ambassade de Syrie à Paris. Il explique les raisons de son voyage. Raad cherche dès le départ à se couvrir : il sait — son cousin a dû le lui répéter — qu'il n'est guère prudent d'effectuer des démarches aussi délicates au Liban sans le *nihil obstat* de Damas. Première étape de son voyage : la capitale syrienne, le 8 août. Il y rencontre le 10 août l'homme en charge du problème « otages ». Raad constate que le Syrien est plutôt en retrait :

— C'est une affaire qui ne nous concerne pas, mais on comprend que vous vous en occupiez... Ce sont des gens (les ravisseurs) avec qui on ne peut pas discuter.

On sent incontestablement un malaise. Récent, car depuis le 22 mars, on peut dire que Hafez el Assad, Tlass et les services secrets syriens se sont beaucoup démenés autour de ce problème. Ce que le docteur d'Argentan ignore ou ne sait pas encore, c'est que le 9 août, une réunion s'est déroulée dans la capitale syrienne entre le colonel Ali Hammoud — des services syriens —, des Pasdarans et des Hezbollahi. Elle s'est mal passée. Le Syrien a menacé ceux qu'il sait être les ravisseurs ou leurs représentants, notamment Hussein Khalil, Hussein Chahade et Hussein Abbas, trois responsables de la sécurité du Hezbollah, de fermer les installations militaires des

Gardiens de la Révolution de la région de Baalbek s'ils ne restituaient pas les otages... C'est le moment où l'Élysée a fait du forcing auprès du numéro un syrien. François Mitterrand a même appelé son homologue à Damas quelques jours auparavant. Il est probable que la fermeté de Damas est une conséquence directe de ces démarches. Mais la menace syrienne proférée contre les ravisseurs a pour principal effet de renforcer les liens déjà étroits entre les Hezbollahi et la Révolution islamique. Une réunion aura d'ailleurs lieu à Téhéran, au ministère des Affaires étrangères, le 18 août, entre les trois Hezbollahi cités plus haut, le cheik Toufaili et Hussein Moussaoui, la fine fleur du Hezbollah, et Hussein Cheikolislam, l'ex-étudiant de la ligne de l'Imam, principal responsable de la prise d'otages américains en 1979, un de ceux qui s'occupent de la question des otages à Téhéran. L'ambassadeur de Syrie à Téhéran, Ibrahim Younes, assistera également à cette réunion. Finalement, Hussein Cheikolislam, responsable des affaires politiques au ministère des Affaires étrangères, transmet à Damas un message sans équivoque : *Ne cherchez pas à libérer les otages par la force, mais essayez plutôt d'aider les ravisseurs à obtenir satisfaction dans leurs exigences qui sont aussi les nôtres.*

La menace syrienne sur les ravisseurs, conséquence des démarches de Paris, a donc pour effet de donner une plus grande marge de manœuvre au Hezbollah. Dès lors, l'Iran refusera de recevoir les envoyés secrets français ou syriens sur la question des otages. Si bien que la « clé syrienne » ne peut plus — si tant est qu'elle l'ait jamais pu — ouvrir la porte de la geôle libanaise où sont retenus captifs Carton, Fontaine, Kauffmann et Seurat. Mais elle peut encore les empêcher d'en sortir, puisque l'armée syrienne contrôle les zones où évoluent le Hezbollah et les Pasdarans.

A ce stade d'une affaire on ne peut plus compliquée — et nous prions le lecteur de nous excuser de ne point l'avoir simplifiée pour le plaisir de lui offrir un tableau aussi lumineux qu'illusoire, tout en ayant conscience d'avoir parfois caricaturé la réalité à seule fin de la rendre compréhensible, notamment pour ce qui concerne les rapports interrégionaux, la situation au Liban, le rôle respectif d'Israël, de la Syrie, des Palestiniens... —, il est intéressant de savoir ce qu'on dit à Beyrouth, dans les milieux chiites, des liens entre Téhéran et les ravisseurs.

C'est une cellule opérationnelle basée à Téhéran qui a décidé la prise d'otages français (nous limitons notre étude aux Français). On y trouve le député Djelal, Edinfarsi, Rafigh Doust, Hussein Cheikolislam. Le chef en serait Abou Charif (information formellement contestée par Bani Sadr). Une fois l'opération décidée, elle a été soumise à Khomeiny qui a pris une *fatwa* pour lui donner force de loi. Puis elle a été transmise pour information au Conseil de Défense. La cellule a ensuite envoyé ses ordres au Liban, *via* le commandant des Pasdarans à Baalbek, le représentant personnel de Khomeiny en Syrie et au Liban, le chargé d'affaires iranien au Liban, Mahmoud Nourani, et quelques autres. De là, l'ordre a été répercuté sur Imad Moughnieh, déjà cité. Les recherches et surveillances ont alors commencé. Le choix s'est porté sur Carton et Fontaine. Un homme a accompli des tâches subalternes : Hassan Raad. Pour ce qui concerne Kauffmann et Seurat, on l'a vu, la cellule opérationnelle les aurait « récupérés » auprès d'un groupe dissident d'Amal...

Le docteur d'Argentan, venant de Damas, se retrouve donc au Liban à un moment où la clé de la libération des otages semble se situer dans ce pays. Hasard ?

Raad n'a pas de grandes difficultés à approcher les gens dont dépend le sort de Carton et de ses compagnons. Il rencontre un fonctionnaire des postes, Hassan Raad, son lointain cousin : le petit postier a la particularité d'être un proche du cheik Fadlallah, et, comme on l'a dit, il a joué un rôle secondaire dans le rapt des deux premiers otages français. Hassan connaît bien Imad Moughnieh, Hussein Chahadé (l'homme qui était à Damas le 9 août), entre beaucoup d'autres... Le maire-adjoint d'Argentan rencontre le cheik Kienj, un « dur » de la banlieue sud de Beyrouth, proche du milieu des ravisseurs, un des douze membres de la Choura (conseil) du Hezbollah. La femme du religieux est une cousine éloignée de Rezah Raad. Il pourra ainsi discuter, au cours de ses différentes missions, avec le cheik Fadlallah, chef spirituel du Hezbollah, les cheik Hussein Khalil, El Amine, Touffaili, mais aussi avec le chef militaire Hussein Moussaoui, avec Nasrallah... Fabuleux contacts pour un médecin normand !

A tous, d'après les Libanais, il tient le même discours. Un discours très gaulliste. Il rappelle la main tendue du général aux Arabes en 1967, sa phrase sur le peuple d'Israël, « sûr de lui et dominateur », il trace un portrait flatteur de lui-même, affirme avoir de bonnes et solides relations dans le monde politique français, se dit convaincu de pouvoir créer un lobby chiite en France, mais explique que les preneurs d'otages sont très impopulaires : « Aidez-moi à faire sortir les otages, et je pourrai vous aider à mon tour... »

Par la suite, le docteur d'Argentan niera tout à fait avoir tenu pareil discours : il ne parlera quant à lui que de « mission humanitaire ».

Les Pasdarans installés au Liban sont saisis par le clan Raad et ses amis de la demande de médiation formulée par celui qui n'est encore que maire-adjoint R.P.R. d'une sous-préfecture de l'Orne. Le 26 août, la réponse arrive : Téhéran donne le feu vert aux ravisseurs pour discuter avec lui. L'arrière-pensée du Hezbollah et des Iraniens est clairement affirmée : il s'agit de faire de Raad la tête de pont d'un lobby islamique en France. De son côté, le docteur Raad se serait engagé sur divers points :

— ne jamais divulguer les noms des ravisseurs des otages français ;

— faire construire des hôpitaux dans la banlieue sud de Beyrouth, faire augmenter le nombre des bourses attribuées en France aux Chiites libanais, multiplier les cartes de séjour aux Chiites libanais, iraniens et irakiens (opposants) ;

— plus généralement, aider à la diffusion de la cause chiite en France en facilitant par exemple la création de centres chiites.

Raad a rapidement le sentiment d'être devenu quelqu'un d'important sur l'échiquier politique international, mais un problème se pose : comment va-t-il convaincre le gouvernement français de l'aider et devenir ainsi l'intermédiaire obligé entre Paris et les ravisseurs ? Il lui faut une (ou des) preuve(s) irréfutables(s) de son entregent auprès des preneurs d'otages. Les hommes du Hezbollah, en ce mois d'août, sentent tout le parti qu'ils peuvent tirer de Raad. Le 30 août, un émissaire lui remet deux lettres rédigées par les diplomates français Carton et Fontaine, et une autre destinée au gouvernement français : « Voilà des nouvelles des otages... Vous les transmettez à leurs destinataires, devant la presse, pour appuyer nos revendications. »

Raad précisera que l'émissaire a beaucoup insisté sur l'aspect « médiatique » de sa mission. Cette remise des lettres devant la presse était une condition *sine qua non* de la poursuite de cette mission. A partir de là, quelles que soient l'origine et les motivations de l'initiative du docteur Raad, celui-ci devenait de fait, à compter du 30 août, le *porte-parole des ravisseurs* en France.

La lettre destinée au gouvernement énumère une nouvelle fois les conditions déjà connues mises à la libération des otages :

— arrêt du soutien français à l'Irak,
— fin des activités des opposants iraniens en France,
— règlement de la dette Eurodif,
— libération du commando Bakhtiar.

Les ravisseurs exigent également que Raad soit reconnu comme médiateur par Paris. Il semblerait enfin que le médecin ait versé de l'argent aux intermédiaires lors de la remise des lettres.

Raad rentre donc dans sa bonne ville d'Argentan, le 1er septembre, et se rend chez le sous-préfet à qui il expose sommairement le résultat de sa mission. Il lui laisse la lettre destinée au gouvernement et lui confie en dépôt celles de Carton et Fontaine. Raad déclare vouloir les remettre lui-même à leurs destinataires...

« Des gens de Paris se sont alors déplacés chez le sous-préfet pour authentifier les lettres », raconte Raad. Ces « gens » rendent compte immédiatement. Aucun doute possible sur l'origine des missives. On imagine aisément l'agitation suscitée dans les hautes sphères par la nouvelle : mais qui est donc et d'où sort ce singulier docteur Raad ?

Cousseran, l'homme du cabinet de Roland Dumas chargé de suivre le dossier « otages », et Pierre Blouin, un diplomate, prennent rapidement la route d'Argentan. « C'est la première fois que nous avons des nouvelles de nos otages... Nous avons besoin de vous », disent les diplomates au médecin. Raad se déclare tout fier d'avoir fait cela pour la France, pays qui est désormais le sien. Les deux fonctionnaires s'en retournent à toute allure à Paris pour décrire à qui de droit l'oiseau rare...

Le 8 septembre, Raad convoque donc la presse, place de la Bourse, près du siège de l'A.F.P., pour remettre à Simone El Khoury, la fille de Marcel Carton, et à Mme Fontaine, les deux lettres qui leur sont destinées. La remise est mitraillée par les photographes. Raad a rempli la condition mise par l'« émissaire » à la poursuite de sa mission. Il évoque alors les « conditions spécifiques » des preneurs d'otages qui figurent dans la lettre adressée au gouvernement. « Mais, affirme-t-il, les intermédiaires des ravisseurs m'ont transmis oralement leurs "conditions générales". Si la France, pour des raisons économiques, livre des armes à l'Irak, il n'y a aucune raison qu'elle n'en livre pas à l'Iran. » Le docteur Raad rappelle enfin que la préoccupation essentielle des ravisseurs, outre la détention des Chiites au Koweit, est la défense de l'Iran dans le conflit qui l'oppose à l'Irak. Mission accomplie.

José Garçon, spécialiste à *Libération* des problèmes du Moyen-Orient, analyse bien le problème auquel se trouve désormais confronté le gouvernement :

> L'irruption du docteur Razah Raad dans cet imbroglio risque en fait de créer une situation plus nouvelle qu'on veut bien le reconnaître à Paris. Et pas seulement parce que la remise des lettres de Marcel Carton et Marcel Fontaine par ce médecin franco-libanais relance l'affaire des otages dans l'opinion publique, provoquant un regain d'intérêt des médias. En « authentifiant » son rapport avec les ravisseurs par deux lettres et des revendications précises — la libération des membres du commando qui a tenté de tuer Chapour Bakhtiar et une démarche de la France auprès du Koweit afin qu'il libère certains prisonniers chiites figurent parmi ces demandes — le docteur Raad pose un problème que les responsables français ont tenté depuis le début de contourner : celui du rapport direct avec les ravisseurs.

Le Quai d'Orsay et l'Élysée ne peuvent se permettre de perdre la carte Raad, malgré une grande méfiance à l'égard du médecin — méfiance qui ne se démentira jamais. Mais il faut sauvegarder les apparences. Officiellement, il repartira pour Beyrouth pour des raisons humanitaires : fournir des médicaments et du matériel sanitaire aux déshérités de la banlieue sud. Raad remettra ces fournitures au cheik Kienj. Une partie sera vendue à un hôpital en construction, l'autre sera délivrée à des dispensaires.

Hubert Védrine et Jean-Claude Cousseran se téléphonent « au moins vingt fois par jour » pour échanger leurs informations sur l'affaire des otages qui préoccupe tant le Président. Plusieurs fois par semaine, ils se retrouvent vers 23 heures ou minuit, le plus souvent au Quai d'Orsay, avec de temps à autre Roland Dumas, son directeur de cabinet, parfois aussi avec Jean-Louis Bianco. Enfin, une réunion de coordination a lieu chaque semaine au Quai entre les responsables des services de renseignement et les diplomates pour faire le point.

Le 16 septembre, le journaliste libanais Haidar téléphone de Téhéran à l'ambassadeur de France à Tunis, Éric Rouleau, pour lui proposer de venir en Iran régler le problème des quatre otages français en satisfaisant à « une requête du gouvernement islamique ». Le message émane en réalité du chef des Pasdarans, Rafigh Doust. Celui-ci exige une réponse avant le 20 septembre. Rouleau envoie au Quai d'Orsay un télégramme confidentiel qui ne semble pas susciter alors grand intérêt.

Un envoyé spécial du Président syrien, le docteur Iskandar Louka, rencontre le Président français le 24 septembre. Pour la première fois, François Mitterrand évoque la possibilité d'acorder la grâce à Anis Naccache contre la libération des quatre otages français. Pour les autres membres du commando, le Président évoque la possibilité d'une libération anticipée à la fin de son septennat. A l'issue de cette visite, tous ceux qui suivent la douloureuse affaire des otages se remettent à espérer.

Raad repart donc à la fin septembre, rencontre les cheiks et autres hezbollahi qui détiennent la clé ou une des clés de la prison des otages. Ceux-ci reformulent leurs exigences : chaque otage sera libéré en échange d'un prisonnier du commando Bakhtiar. Ils parlent fournitures d'armes... Le docteur Raad rend également visite aux ambassades d'Iran à Beyrouth et à Damas. Les nouveaux amis du médecin lui ont en effet, prétend-il aujourd'hui, désigné l'Iran comme interlocuteur officiel de la France dans l'affaire des otages. Ils exigent enfin que Raad, pour sa prochaine mission, soit mandaté officiellement ou accompagné d'un représentant officiel du gouvernement français.

Raad revient à Paris, rend compte et se prépare bientôt pour une troisième mission, du 19 au 29 novembre. Cette fois, un diplomate officiel l'accompagnera pour essayer de le « contrôler » : Pierre Blouin.

Le 22 novembre, Blouin et Raad rencontrent dans la

banlieue sud de Beyrouth Hassan Raad et le Cheik Kienj. Les Libanais réclament l'arrêt du soutien français à l'Irak, ou, si la France refuse, qu'elle livre également des armes à l'Iran. Une demande précise aurait même été, dit-on à Beyrouth, formulée à cette occasion :

— 10 Mirages,
— 10 F 1,
— 50 AMX 30,
— une vingtaine d'hélicoptères Gazelle munis de missiles Hot,
— des missiles anti-chars Milan,
— une trentaine d'Exocet.

« Pourquoi ne vous adressez-vous pas au marché parallèle ? » aurait demandé Blouin.

« Les armes coûtent 50 % plus cher, et ce marché est beaucoup trop surveillé », répond Kienj.

Un incident révèle une fois de plus les ambiguïtés de cette mission et celles du comportement du docteur Raad. L'A.F.P. diffuse alors la dépêche suivante :

> *Beyrouth (A.F.P.) :* « M. Marcel Carton est en bonne santé », a annoncé ce vendredi M. Razah Raad, médecin français d'origine libanaise, qui a affirmé avoir rendu visite au diplomate français enlevé le 22 mars dernier à Beyrouth-Ouest. « Je l'ai vu, il va bien, il est en bonne santé, j'ai des documents pour faire les analyses (médicales) », a-t-il indiqué dans une brève déclaration faite aux journalistes dans un hôtel de Beyrouth-Ouest. « Je vais rentrer à Paris où je tiendrai une conférence de presse », a-t-il conclu, refusant de fournir de plus amples détails. M. Razah Raad, accompagné d'un diplomate français, M. Blouin, est arrivé à Beyrouth le 19 novembre dernier dans le cadre d'une « mission humanitaire » envoyée par le Quai d'Orsay.

Lors de sa conférence de presse à Paris, Raad reconnaîtra qu'il n'a pas vu Carton, mais qu'il a pu s'entretenir avec des médecins hezbollahi qui l'avaient examiné. Prétendre avoir vu un otage constituait en effet une belle gaffe, révélant une bien curieuse intimité avec les ravisseurs !

Tout semble aller une fois de plus vers un dénouement heureux. Raad se déclare « très optimiste ». Comme il le déclare dans sa conférence de presse : « Maintenant, on connaît tout sur l'affaire des otages. Presque tout. Le Quai d'Orsay est en train d'analyser le dossier et il faut laisser aux responsables politiques le soin de traiter cette affaire. »

La réalité n'est pas si rose. Pierre Blouin n'a d'ailleurs pas pu la cerner, car il n'a pas suivi comme il l'aurait souhaité le docteur Raad dans toutes ses pérégrinations à travers la banlieue Sud. Il s'est contenté de l'attendre à l'ambassade de France à Beyrouth. « Les ravisseurs sont prêts à libérer *tous les otages* en échange de la libération d'Anis Naccache », dit Raad. « Les ravisseurs sont prêts à libérer *un seul otage* — Carton ou Fontaine — en échange de la libération du groupe Naccache tout entier », dit au même moment le cheik Kienj à ses proches. De cette mission, il semble également que Raad, d'après ses propres dires, ait ramené le nom de Rafigh Doust comme celui de l'homme qui, à Téhéran, est à même de négocier le problème des otages. Une information qui n'est pas vraiment un « scoop ».

Tandis que se déroulait la mission Raad-Blouin, des experts discutaient à Téhéran pour faire progresser le dossier Eurodif. Un dossier toujours aussi complexe. Les tiraillements entre le Quai d'Orsay d'un côté, la rue de Rivoli, le C.E.A., Framatome et quelques autres sociétés de l'autre, ne facilitent guère un règlement. Le vendredi 29 novembre, ces tiraillements apparaissent au grand jour à l'Assemblée Nationale. Jean-Marie Daillet, député U.D.F. de la Manche, préparait depuis quelques semaines un voyage à Téhéran en compagnie de députés U.D.F. et R.P.R. dans le but avoué de faire quelque chose pour les otages. Il avait pris, croyait-il, tous les contacts nécessaires. Avec Roland Dumas, qui soutenait son initiative, il avait mis au point une question orale portant sur l'affaire Eurodif, espérant une réponse conciliante du gouvernement avant de débarquer lui-même à Téhéran. Las, Charles Josselin, au nom du gouvernement, explique devant les députés que le règlement de cette affaire reviendra à un « tribunal international ». Une réponse qui constitue un véritable recul et qui ne peut qu'être mal interprétée par l'Iran...

Roland Dumas tente de réparer cette nouvelle gaffe. Le 5 décembre, il nomme Jacques Martin, un diplomate chevronné, ancien secrétaire général adjoint du Quai d'Orsay, pour « assumer les responsabilités des contacts avec les autorités iraniennes sur les différents dossiers économiques en instance avec Téhéran ». Le même jour, il reçoit Daillet et convainc le député U.D.F. d'inclure dans sa mission deux députés socialistes, Yves Tavernier et Guy Vadepied.

La mission parlementaire, comprenant finalement 2 U.D.F. et 2 P.S., se rend en Iran du 14 au 16 décembre. Elle est accompagnée d'un jeune interprète, un certain Wahid Gordji, qui témoigne aux députés une attention et une sympathie toutes particulières. Le voyage ne donnera finalement aucun résultat concret, et ne sera que l'occasion d'entendre confirmer les réclamations usuelles des mollah.

Le lendemain de l'arrivée des quatre parlementaires à Téhéran, le docteur Raad repart avec Pierre Blouin pour Beyrouth avec plusieurs tonnes de médicaments et des lettres destinées aux otages. Dès son arrivée, il exprime son espoir de rencontrer les quatre otages français. Il explique aux ravisseurs les détails juridiques de l'affaire du « commando Bakhtiar ». Et s'il souligne alors n'être porteur d'aucune proposition, ses interlocuteurs comprennent qu'il promet au nom de la France la libération de Naccache en échange de tous les otages. La caution du Président syrien Hafez el Assad est proposée par Raad et Blouin pour dissiper les inquiétudes des ravisseurs qui disent n'avoir aucune confiance dans la parole du gouvernement français depuis l'affaire Peyroles (le fils de l'écrivain Gilles Perrault avait été libéré contre la promesse, non suivie d'effet, de la libération d'Abdallah).

Le 23 décembre, avant de quitter le Liban, Raad déclare :

« Ma mission est maintenant terminée. J'apporte au gouvernement français les demandes précises des ravisseurs. La décision lui revient désormais. Il faut lui laisser le temps d'y réfléchir. »

Une fois de plus, Blouin et le Quai d'Orsay ne connaissent de cette mission que ce que Raad a bien voulu leur en confier. Les ravisseurs ont en effet manifesté une grande méfiance à l'égard du médecin d'Argentan qui, selon certains, parle un « double langage ». « C'est un chrétien », disent les uns. « Il faut le tuer, selon la loi islamique, car un musulman qui quitte la voie de l'Islam est un infidèle », aurait même dit le Cheik El Amine. D'autres, avec les cousins de Raad, sont néanmoins convaincus que le docteur a fait de son mieux.

L'Iran a tranché en faveur du clan pro-Raad. Et la Syrie a confirmé qu'elle garantissait la parole de la France. Mais, pour elle, c'est Naccache contre Carton et Fontaine. Raad, lui, parle des quatre otages en échange du commando Bakhtiar. Le docteur rentre à Argentan. Pendant quelques semaines, il s'occupe, sans être dérangé, des artères de ses clients.

C'est du moins ce qu'on croit à Paris... La libération des otages paraît imminente. Les négociations se développent tous azimuts. L'Iran semble disposé à régler le problème. La Syrie fait pression sur les ravisseurs, menaçant même de les interpeller si les deux Français — Carton et Fontaine — ne sont pas libérés avant la fin janvier 1986.

Les ravisseurs acceptent l'échange, en l'assortissant d'une condition supplémentaire : le départ des « casques bleus » de Beyrouth. L'Iran appuie cette nouvelle condition par l'intermédiaire de son ambassadeur à Damas, Ali Akhtari. Téhéran sait que Damas est également d'accord sur cette revendication.

Tandis qu'officiellement, Raad ne s'occupe plus que de ses malades, Cousseran s'agite au Quai d'Orsay pour finaliser l'accord avec Téhéran. Un homme joue alors un rôle-clé : Assad Haidar, le journaliste libanais chiite qui a l'oreille de Mohammed Sadek, chef de la Sécurité des Pasdarans, adjoint de Rafigh Doust. Il sert alors de « pont » entre Téhéran et le Quai d'Orsay.

La sempiternelle question de la libération du commando Bakhtiar vient d'ébranler la cohésion du gouvernement. Au nom des principes, Joxe et Fabius sont contre l'idée de gracier les membres du commando. Dumas et Quilès sont pour, au nom du réalisme. Le Président tranche une nouvelle fois : oui à la grâce du seul Naccache ; et un engagement — non formel — de revoir le problème des autres membres du commando avant la fin du septennat. Haidar joue les télégraphistes. Rafigh Doust décide d'en finir avec cette question, il souhaite que l'Iran se réconcilie avec la France. Fin décembre, début janvier, tout s'emballe. Le 30 décembre, Paris reçoit un message du ministre syrien des Affaires étrangères : il a, dit-il, rencontré Rafigh Doust, le chef des Pasdarans. Le Syrien a rappelé à son interlocuteur la promesse d'Hafez el Assad d'aider François Mitterrand à libérer les otages. Le chef des Pasdarans s'est déclaré lui-même prêt à aider la France et a promis d'organiser un contact avec le Hezbollah libanais. A quelles conditions ? Dans le contexte de cette affaire, aucune condition, transmet le Syrien au gouvernement français. Dès lors, tout va s'accélérer.

Jacques Martin, ancien secrétaire général adjoint du Quai d'Orsay, met au point, dans les premiers jours de janvier, l'accord avec l'Iran. Il porte sur quatre points, ainsi que l'a révélé *Le Matin* :

1° Mise en route de la procédure de règlement du contentieux financier d'Eurodif ;

2° Grâce présidentielle accordée à Anis Naccache ;

3° Engagement moral pour une libération des quatre autres membres du commando Bakhtiar avant la fin du septennat ;

4° Mise en sourdine de l'activisme politique des réfugiés iraniens en France.

Sans qu'il figure dans l'accord, le problème des livraisons

d'armes à l'Iran a été abordé. Selon les Iraniens, l'émissaire du gouvernement n'a pas complètement fermé la porte.

> « Deux autres revendications émises par les représentants de Khomeiny avaient été déclarées "non négociables" par le gouvernement français :
> — pas question d'expulser Massoud Radjavi et ses partisans en raison du droit — sacré — d'asile politique ;
> — pas question de revenir sur les contrats militaires passés par les gouvernements précédents avec l'Irak (notamment par Chirac en 1976), car la parole de la France doit être tenue. »

Robert Badinter prépare le départ de Naccache. Un incident imprévu survient : Naccache refuse de quitter seul la Centrale de Claivaux. Sadek est mobilisé. Il vient secrètement à Paris. Une rencontre est organisée dans la prison entre l'Iranien et Naccache, une autre entre Naccache et le chef du commando, une troisième enfin entre Sadek et le chef du commando. Sadek explique à Naccache qu'il doit accepter de partir seul, car tel est l'ordre de l'Imam. Une fois convaincu, Naccache tente de convaincre le chef du commando d'accepter ce marché au nom des intérêts supérieurs de la Révolution islamique.

Un calendrier de l'échange est mis au point entre Sadek et Jean-Claude Cousseran. Tout doit être terminé le 20 janvier. Dumas est prêt à s'envoler à tout moment pour Damas. Sadek peut repartir pour Téhéran. Il quitte le Sofitel Bourbon et regagne Orly en compagnie de Cousseran. Les adieux sont chaleureux. Cousseran repart sur Paris.

Avant de monter à bord de l'avion, Sadek appelle Téhéran. Il parvient à obtenir Rafigh Doust au téléphone. Celui-ci lui fait savoir que tout est fini, que l'accord est remis en question. Le ciel tombe sur la tête de Sadek qui n'a pas ménagé ses efforts pour normaliser les rapports de son pays avec la France.

« Dites aux Français que les ravisseurs ne sont pas d'accord pour échanger les otages contre la seule libération de Naccache. Ils veulent un échange sur la base de 4 contre 5. »

Rafigh Doust lui expose alors les vraies raisons de cette

rupture. Avant de regagner l'Iran, Sadek veut avoir une nouvelle discussion avec Cousseran. Il reprend un taxi pour Paris et s'en revient au Sofitel Bourbon. L'Iranien appelle Cousseran qui, comme chaque soir, reste tard à son bureau. Il lui déballe ce qu'il vient d'apprendre : « *A Beyrouth, des représentants de votre opposition ont proposé mieux aux ravisseurs. Ceux-ci en ont rendu compte à Téhéran...* » Cousseran, comme tous ceux qui s'occupent alors du problème des otages, ne peut croire à une pareille éventualité.

Sadek repart le lendemain pour l'Iran.

Un télégramme chiffré en provenance de Téhéran, signé de Lafrance, chargé d'affaires français dans la capitale iranienne, arrive au Quai d'Orsay le 30 janvier. Il porte le numéro 82 :

> J'ai rencontré hier longuement M. Mohammad Sadek.
>
> Il poursuivait, m'a-t-il dit, ses efforts mais rencontrait beaucoup de résistance tant en Iran que du côté du Hezbollah libanais. D'après lui, trois éléments principaux concourraient à aggraver les inerties et les méfiances face aux solutions proposées.
>
> 1° Le Dr Raad avait « troublé le jeu ». Ses interlocuteurs (directs ou indirects) avaient gardé l'impression qu'il pouvait obtenir des autorités françaises un échange immédiat de « quatre contre cinq » selon un scénario précis se déroulant principalement en mer, au large des côtes libanaises[1]. Mon interlocuteur se demandait si le Dr Raad ne poursuivait pas, à la dérobée, ses contacts en vue de l'aboutissement d'une telle solution, laquelle rendait, par comparaison, nos propositions peu engageantes.
>
> 2° Des rumeurs fantaisistes circulaient au sein du Hezbollah tant iranien que libanais sur un engagement du « futur chef du gourvernement français » à mettre en œuvre immédiatement la solution de l'échange « 4 contre 5 » à un moment où aucun groupe politique important n'oserait formuler encore de critique contre un gouvernement de « cohabitation » ou de « coalition ».
>
> 3° Les Iraniens avaient été d'autant plus disposés à œuvrer

1. L'échange se serait déroulé à bord du porte-avions *Clemenceau*.

à la libération des otages qu'ils pensaient qu'un tel événement semblait devoir marquer un tournant dans les relations entre les deux pays. Or, beaucoup d'entre eux « déchantaient actuellement ». La nouvelle se répandait en effet que les attaques aériennes de l'Irak contre les navires pétroliers ne se faisaient plus au moyen d'Exocets mais d'un autre matériel français beaucoup plus efficace et précis. Tous ses interlocuteurs iraniens l'interrogeaient à ce sujet sur un ton presque accusateur, ce qui ne facilitait pas sa tâche. On désespérait en effet de voir la France infléchir sa politique dans la région autrement qu'en apparence.

4° Il ne parvenait pas à faire admettre aux Iraniens et surtout aux Libanais que notre scénario était exempt de tout « piège » tant en ce qui concernait Abou Mazen[1] que ses co-détenus. On lui demandait toujours plus de garanties malgré la solidité de celles déjà offertes. Seul un gage de bonne volonté de notre part dissiperait à coup sûr les méfiances. « Mettez Abou Mazen quelque part à notre disposition et je me charge de faire libérer les Français dans les heures qui viennent », lui aurait dit successivement le Président du Parlement et le Premier Ministre.

M. Sadek se sentait bien seul pour « défaire les idées toutes faites » et apaiser les irréductibles méfiances. De plus, il avait l'impression qu'à l'heure actuelle plus personne ni en Syrie, ni au Liban, ni en Iran, ni peut-être même en France, n'était pressé de voir l'affaire réglée, à l'exception bien entendu de quelques hommes de bonne volonté (parmi lesquels il se comptait) et les familles des prisonniers.

Il restait que les pourparlers se poursuivaient inlassablement. L'émissaire syrien était toujours à Téhéran et, de concert avec lui, on s'ingénait à trouver des arrangements acceptables par tous.

Une proposition d'« amélioration du scénario » se dessinait sur laquelle on souhaitait vivement connaître notre sentiment :

— On organiserait l'échange entre « Abou Mazen » et un otage sur la base de la simultanéité, avec comme condition complémentaire l'engagement formel et écrit du Président

1. Anis Naccache.

Assad et celui oral d'une haute personnalité iranienne, comme le Président Rafsandjani, de la libération des trois autres otages à une date précise qui pourrait être très proche. Ainsi serait préservé un certain parallélisme entre les situations de ces trois otages et des autres détenus restants.

— Pour mieux faire avancer les choses et aboutir à un scénario bien minuté et débarrassé de toute ambiguïté, des émissaires français, syrien, iranien et peut-être libanais se réuniraient à Damas en comité très restreint et très secret, le plus tôt possible, et veilleraient au bon déroulement des opérations.

Compte tenu de la mauvaise conjoncture et de la nécessité d'entretenir à tout prix le dialogue à un moment où il se relâchait, M. Sadek pensait qu'une réponse circonstanciée de notre part était urgente.

Mon interlocuteur a longuement insisté au cours de l'entretien sur la notion de « gage concret de bonne volonté ». Dans toutes les négociations en cours, on reprochait à la France de ne pas vouloir en donner. Certes, il n'y avait aucun lien entre l'affaire Eurodif et celle des otages, mais il avait le sentiment que si dans l'une quelconque de ces négociations nous acceptions de donner une marque de confiance aux Iraniens (versement d'un « accompte provisionnel même petit » sur ce prêt au CEA, libération anticipée — fût-ce de quelques heures — d'Abou Mazen), un « autre climat » s'instaurerait. Il donnait ces indications à titre personnel et tenait à ce qu'elles ne fussent pas interprétées comme des demandes iraniennes formelles.

J'espère obtenir samedi de rencontrer M. Rafigh Doust.

Signé : Lafrance

Informations on ne peut plus troublantes. Le docteur Raad nie pour sa part avoir poursuivi ses contacts : « Ce n'est pas possible, en janvier, je ne suis pas allé à Beyrouth », dit-il pour sa défense. Il est exact qu'il ne s'est pas rendu alors au Liban. Mais nous avons eu confirmation, au cours de notre enquête, que les Iraniens étaient « enragés » contre Raad en ce mois de janvier 1986. Omrane Adham, homme d'affaires syrien qui, deux mois plus tard, jouera les émissaires de François Mitterrand auprès du numéro un syrien, affirme que Rafsanjani lui-même expliqua à Hafez el Assad que Raad avait fait alors de *meilleures* propositions aux ravisseurs.

Si le docteur Raad a ainsi « troublé le jeu », pour le compte de qui l'a-t-il fait ? Pour le R.P.R., lui, le maire-adjoint R.P.R. d'Argentan ? Possible, probable ? Rien ne permet de l'affirmer. On ne saurait exclure une intoxication iranienne. On ne saurait non plus exclure que Raad ait eu dans l'idée de négocier *a posteriori* cette surenchère avec le R.P.R. lui-même.

Une certitude : à deux mois des élections de mars 1986, les cartes ont été brouillées au moment même où Rafigh Doust et donc Rafsanjani souhaitaient régler le problème des otages, et, plus généralement, le contentieux entre Téhéran et le gouvernement français.

Pourtant, ni à l'Elysée, ni à Matignon, ni au Quai, on ne semble attacher d'importance au contenu de ce télégramme n° 82.

CHAPITRE VIII

LA SURPRISE DE MARS

Depuis quelques semaines, la D.S.T. a engrangé de précieux renseignements sur ce qu'on appelle encore le « milieu intégriste ». Il y a le feu, car l'opinion s'inquiète après les attentats de décembre 1985 contre les Galeries Lafayette et le Printemps, qui ont fait 41 blessés légers ; après celui du 3 février 1986, sur les Champs-Élysées (8 blessés) ; celui du 4 février, contre la librairie Gibert ; celui du 5, enfin, au Forum des Halles. Tous ces attentats ont été revendiqués par le Comité de Solidarité avec les prisonniers politiques arabes et du Moyen-Orient (C.S.P.P.A.), qui réclame notamment la libération du commando d'Anis Naccache, d'Abdallah et d'un terroriste arménien.

Le même 5 février, le gouvernement socialiste élimine une des causes possibles de « troubles » en élargissant Hathem Hosni et Kayed Assad, incarcérés à la centrale de Muret. Les deux meurtriers d'Ezzedine Kalak et Adnan Admed, représentants de l'O.L.P. à Paris en 1978, sont réclamés avec insistance par Abou Nidal. Le fameux terroriste, dont la D.S.T. semblait avoir obtenu qu'il se retienne d'agir sur notre territoire, se fait à nouveau très menaçant. Et comme les élections approchent...

Le 12 février, commissaires et inspecteurs du contre-espionnage déclenchent une grande rafle contre une soixantaine d'intégristes chiites soupçonnés d'avoir des activités terroristes ou d'être proches des terroristes. Interrogatoires, libérations, emprisonnements ou expulsions. La routine. Lotfi, un Tunisien que nous retrouverons un an plus tard, est relâché. Hamza Fawzi et Hassan Kheireddine, deux opposants irakiens, sont particulièrement dans le collimateur de la D.S.T. : une procédure d'expulsion les concernant est entamée.

Les amis des deux opposants à Saddam Hussein déclenchent aussitôt une campagne visant à arrêter cette procédure d'expulsion. L'un des deux Irakiens, Fawsi, est très populaire dans les milieux intégristes libanais et iraniens, et entretient de bonnes relations avec les cheiks chiites Fadlallah et Chamseddine.

« Compte tenu de leurs options politiques, un retour dans leur pays d'origine est exclu... Les autorités françaises ont parfaitement admis qu'il était hors de question de les renvoyer en Irak et cherchent actuellement un pays susceptible de les accueillir », déclare-t-on à Paris. Les expulser vers l'Irak serait en effet les envoyer à une mort certaine. Saddam Hussein ne passe pas pour un inconditionnel de la Déclaration des Droits de l'Homme. Contactés par les amis de Hassan Kheireddine, les policiers confirment : « Ne vous inquiétez pas, il va partir pour l'Uruguay. »

Le 19 février, pourtant, les deux opposants irakiens sont conduits à Roissy. Quand ils s'aperçoivent qu'on les expédie sur Bagdad, ils s'insurgent, tempêtent. Ils sont maîtrisés, emmenés à l'infirmerie, drogués par piqûre et embarqués, menottés, à bord de l'avion... Une affaire scandaleuse, indigne, qui laisse un goût amer...

Quelques semaines plus tard, le ministre de l'Intérieur présente sa démission au Président de la République, qui la refuse. Aujourd'hui, il assume la responsabilité de cette « bavure », tout en ne paraissant pas complètement convaincu de l'innocence de toute son ancienne administration.

Les déclarations officielles du Quai d'Orsay et du ministère de l'Intérieur viennent ensuite compliquer encore la situation. « Les services de police n'ont commis aucune faute... Les deux hommes n'ont protesté qu'au moment de monter dans l'avion...

Le gouvernement irakien nous avait donné des assurances sur leur sécurité. » Les premiers commentaires de Roland Dumas relatifs à l'expulsion des deux opposants irakiens ne font que mettre en relief les contradictions accumulées depuis plusieurs jours. Le ministre des Relations extérieures prétend avoir reçu de Bagdad des « assurances » sur le sort des expulsés. Mais l'ambassadeur d'Irak en France, Mohamad Al-Machatt, a démenti par avance cette affirmation en déclarant n'avoir eu « à donner aucune assurance sur leur sort, puisqu'on m'a affirmé qu'ils étaient d'accord pour regagner l'Irak »... Roland Dumas s'emporte alors contre son homologue irakien. Après avoir émis le couplet d'usage sur l'indépendance de son pays, ce dernier revient à une attitude plus compréhensive après que l'ami du Président l'eut menacé de ne pas honorer certains contrats de fourniture d'armes...

Cette singulière « bavure » va réintroduire le docteur Raad dans le « circuit » et faire apparaître un nouveau *deus ex machina* en la personne du Syrien Omrane Adham...

Peu après que la nouvelle de l'expulsion est connue, le docteur Raad reçoit en effet un coup de téléphone d'un « proche » des ravisseurs : « Il faut que vous veniez très vite. Ce qui vient de se passer est très grave pour la vie des otages », dit la voix qui appelle du Liban, raconte aujourd'hui Raad.

Cet appel montre une fois de plus les rapports de « proximité » du médecin d'Argentan avec les preneurs d'otages. Il indique également que le gouvernement français est très vite prévenu des conséquences de la bavure de Joxe. Raad avertit en effet immédiatement Jean-Claude Cousseran, au Quai d'Orsay, de l'urgence du problème. Il prévient aussi Jean-Louis Esquivier, à l'Élysée. Le docteur Raad ne cessera plus, dès lors, de faire part des appels incessants des ravisseurs.

Le 27 février, Amnesty International croit devoir annoncer l'exécution à Bagdad d'un des deux expulsés.

C'est ici qu'intervient le personnage d'Omrane Adham, Syrien de confession sunnite ; il a quitté Damas peu avant l'arrivée du parti Baas au pouvoir, et s'est dans un premier temps installé à Bagdad où il aurait noué des relations étroites avec les services de renseignement irakiens. Paris devient ensuite la base principale de ses activités de négoce international : Adham y vend des matériaux de construction, des denrées alimentaires, des usines clés en main. C'était, dit-on, un agent important de la Thomson en Irak. Puis Omrane Adham étend ses affaires à l'Algérie, au Sud-Yémen, à la Libye. Opposant déclaré à Hafez el Assad, il renoue néanmoins avec le numéro un syrien par l'intermédiaire d'Hamadani, responsable de la Sécurité extérieure syrienne, et de Fouad Absi. Adham connaît également Pierre Mutin, qui travaille pour Edgar Pisani à l'Élysée, contact qu'il a noué grâce à Georgina Dufoix.

« J'ai été appelé à l'Élysée pour intervenir auprès de Saddam Hussein afin de faire libérer les deux Irakiens », affirme aujourd'hui Adham dans ses superbes bureaux sis près du parc Monceau. « Je suis resté pendant quelques jours quasi constamment à l'Élysée où avait été constituée une cellule de crise, avec notamment Hubert Védrine et Jean-Louis Bianco. » Le jour où Amnesty International a annoncé l'exécution d'un des deux opposants irakiens, Adham affirme avoir téléphoné à Saddam Hussein, qu'il a réussi à joindre sur le front : « Je ne l'ai pas exécuté. Je ne les exécuterai pas », promet le numéro un irakien.

Fort de ce premier succès, l'Élysée lui demande de partir pour Bagdad afin d'en ramener les deux expulsés. Adham refuse et suggère l'envoi d'émissaires officiels. « D'où, dit-il, la mission de l'ambassadeur Morizet et de Cousseran » — deux diplomates du Quai d'Orsay dépêchés à Bagdad pour récupérer les deux opposants irakiens et rattraper l'incroyable « bavure ».

Mais il est déjà trop tard. L'engrenage de la violence s'est remis en marche, inexorable. D'autant plus que l'échéance électorale se rapproche...

Dans le même temps qu'Omrane Adham prend de l'importance dans l'esprit de quelques conseillers de l'Élysée, la cellule de Prouteau préconise un nouveau recours au docteur Raad,

« le seul à pouvoir approcher les gens du Hezbollah ». Jean-Louis Bianco et Hubert Védrine ne partagent pas ce point de vue. Ils se méfient de Raad, surtout à la vieille des élections, et refusent donc, le 1er mars, de recourir aux services du bon docteur.

Le lendemain, l'équipe Prouteau n'en relance pas moins les têtes pensantes du « Château » : « Les ravisseurs sont ouverts à tous contacts... Toutes nos sources le confirment. Or, il n'y a qu'un seul homme qui, compte tenu de la brièveté des délais (avant les élections), puisse entrer directement en relation avec eux : c'est Raad. Si nous tardons trop, le Hezbollah va réclamer lui-même un émissaire, et peut-être Raad en personne... » Bianco répond de nouveau par la négative. La méfiance vis-à-vis de Raad est trop forte. La pression exercée par les ravisseurs et par Raad lui-même pour imposer une négociation dans le contexte fiévreux des élections reste sans effet...

Le film des événements prend alors une tournure aussi dramatique que sordide :

Mercredi 5 mars à 20 h 11 : le Jihad islamique annonce l'exécution de Michel Seurat, accusé d'avoir fourni à « deux services de renseignement français des études et des analyses sur le Proche-Orient et sur les mouvements islamiques au Liban ». Mais l'élément principal du dossier à charge porte sur l'expulsion vers Bagdad, le 19 février, des deux opposants irakiens, Hamza Hadi Fawzi et Hassan Kheireddine. Le Jihad islamique affirme que l'un des deux expulsés a été exécuté dès son arrivée en Irak, comme l'avait rapporté l'organisation de défense des droits de l'homme, Amnesty International.

Jeudi 6 mars : Roland Dumas déclare n'avoir reçu « *aucune confirmation* » de la mort de Michel Seurat. La traduction de la formule « *nous annonçons l'exécution* » est interprétée de manière diverse.

19 h 18 : Mme Seurat déclare avoir le sentiment que son mari est bien mort.

19 h 53 : « *Michel Seurat n'a pas été exécuté, il est toujours vivant* », déclare à Beyrouth à la télévision française le Cheik Salman Al Khalil, haut responsable du Hezbollah (parti de Dieu, pro-iranien).

Vendredi 7 mars : Le Cheik Salman Al Khalil « *parle sous sa propre responsabilité* », déclare le Hezbollah, qui affirme que son parti n'a « *pas de liens* » avec l'affaire des otages français. Dans la même matinée, réunion de plusieurs ministres à Matignon. Roland Dumas affirme avoir reçu des autorités irakiennes « *l'assurance* » que les deux Irakiens expulsés sont en vie. La France « *est déterminée à tout faire pour que la raison puisse prévaloir sur le chantage et la haine* ».

Mme Seurat se déclare désormais « *convaincue à 95 %* » que son mari, dont le corps n'a pas été livré, est mort.

Le Jihad islamique réclame désormais un négociateur : le docteur Raad. Après la manière douce, la forte. Les ravisseurs imposent à la fois une négociation et *leur* négociateur à neuf jours des élections ! Un homme entre à son tour dans le « circuit » qui s'occupe des otages : Eric Rouleau, ancien journaliste du *Monde* devenu, grâce à François Mitterrand, ambassadeur de France à Tunis. Le Président le contacte régulièrement pour l'entendre brosser devant lui de grandes fresques sur le Moyen-Orient. Le vendredi 7 mars, Rouleau dîne à Tunis chez des amis. Le téléphone sonne. Une voix demande à parler à l'ambassadeur de France : c'est le Président de la République. François Mitterrand est traumatisé par l'annonce de la mort de Seurat et « scandalisé » par l'expulsion des deux opposants irakiens. Il chargera d'ailleurs ultérieurement son interlocuteur de faire part de son indignation aux autorités iraniennes. François Mitterrand suggère à Éric Rouleau de faire une démarche auprès des Palestiniens, afin qu'ils assurent la sécurité des quatre otages français, et d'entreprendre tout ce qui lui semblera possible et utile en faveur de ces derniers.

A l'Élysée comme au Quai d'Orsay, tout le monde redoute le pire avant les élections. D'autant que Pierre Lafrance rend compte, ce mardi 7 mars, dans un télégramme, d'un entretien avec Sadek qui lui a affirmé que depuis un mois, « l'affaire lui échappait des mains et devenait sujette à des développements imprévisibles et inquiétants ». Or Sadek est le seul qui semble vraiment décidé à aider Paris.

Tôt le matin, le *samedi 8 mars*, un correspondant anonyme parlant au nom du Jihad islamique menace d'exécuter un autre otage français, Marcel Carton ou Marcel Fontaine. La pression devient de plus en plus forte. Le docteur Raad se dit « angoissé » et estime que les négociations doivent être « reprises à zéro ». Dans la journée de ce samedi, le Quai d'Orsay et l'Élysée, toujours avec la même méfiance, décident d'envoyer Raad à Beyrouth, « couvert » par Esquivier.

Roland Dumas déclare qu'on peut prendre des vies en otages, mais qu'« on ne prendra pas la démocratie en otage ». Découragement, en revanche, de Mme Kauffmann qui affirme : « La France n'a pas à faire la fière, maintenant... »

A Tunis, en cette matinée du samedi, Éric Rouleau rencontre Yasser Arafat. Il lui demande d'intervenir auprès de Bagdad pour obtenir la libération des deux opposants irakiens, et auprès des mouvements chiites libanais pour les calmer. Le chef de l'O.L.P. décide sur le champ d'envoyer un émissaire en Irak et un autre au Liban. Un troisième est chargé par le chef palestinien de prendre contact avec Rafigh Doust. Arafat suggère que l'échange des otages contre les prisonniers du commando Bakhtiar se fasse à Tunis.

Ce même samedi 8 mars, Rouleau demande à l'attaché militaire de l'ambassade, le colonel Yvan de Lignières, ancien du S.D.E.C.E., de prendre contact avec Aboul Hol, chef des services de renseignement du Fath, pour que les « taupes » palestiniennes infiltrées dans le Hezbollah depuis 1982 veillent à la sécurité des otages.

L'après-midi, Rouleau rencontre également Abou Iyad, numéro deux de l'O.L.P., qui le décourage de s'occuper des otages avant les élections du 16 mars : « Un accord de principe sur leur sort a été conclu entre un représentant de l'opposition en France et l'un des hauts responsables chiites », lui dit le Palestinien. Affirmation que le Palestinien déclamera sur tous les tons dans le monde arabe comme à Paris auprès de nombreux interlocuteurs. A certains, il donnera même le nom dudit responsable libanais — le cheik Khalil — et même celui de son interlocuteur français...

Alors qu'une nouvelle mécanique s'est ainsi mise en branle, à l'initiative de Téhéran, en vue de libérer Carton, Fontaine, Kauffmann (et Seurat ?), retenus depuis bientôt un an, une équipe d'Antenne 2 comprenant Philippe Rochot, Georges Hansen, Aurel Cornéa et Jean-Louis Normandin, est enlevée après avoir « couvert » une manifestation du Hezbollah à la mosquée Bir el Abed, dans la banlieue sud de Beyrouth. Manifestation destinée à commémorer l'attentat perpétré par la C.I.A. contre le domicile du cheik Fadlallah, le guide spirituel du Hezbollah, qui avait fait 75 victimes. Lors de ce rassemblement, auquel assistait un diplomate de l'ambassade d'Iran au Liban, les différents orateurs s'en sont pris avec virulence à la France, aux États-Unis et à Israël. *« Si un Français, ou même un chien français ou un chat américain, meurt dans la rue aux États-Unis ou au Liban, ils remuent ciel et terre, mais ils ne réagissent pas lorsque des massacres sont commis contre le peuple des opprimés »*, a déclaré devant la foule Cheik Ibrahim el Amine, chef du Hezbollah à Beyrouth.

Au cours de cette même soirée, le Quai d'Orsay envoie une voiture chercher le docteur Raad qui tient une réunion électorale à Laigle (Orne). Il n'a pas le temps de repasser chez lui et fonce sur Paris.

Le *dimanche 9 mars*, peu avant une heure du matin, le

Premier ministre Laurent Fabius convoque plusieurs de ses ministres à Matignon et déclare : *« Les informations sont assez inquiétantes (...), cela prend mauvaise tournure. »*

A 7 h 50, un interlocuteur anonyme se réclamant du Jihad islamique revendique l'enlèvement des quatre journalistes et lance un ultimatum d'une semaine pour récupérer les deux opposants irakiens.

Esquivier, Cousseran et Raad mettent au point la mission de ce dernier. Le médecin devra enquêter sur le sort de Seurat, car des informations contradictoires circulent à propos du chercheur du C.N.R.S. ; il devra se renseigner sur l'état de santé des otages, et naturellement essayer à tout prix de les ramener. Si les ravisseurs réclament de l'argent, il aura la possibilité de monter « jusqu'à dix millions de francs » ; la somme sera prélevée sur les fonds secrets du Quai... Il est important de souligner qu'en ce dimanche, à l'Élysée comme au Quai, personne alors ne croit plus à la possibilité d'une libération des otages avant le 16 mars.

Esquivier se rend à l'aéroport de son côté, Raad et Cousseran du leur. Les billets de Raad et de son chaperon n'ont été ni réservés, ni payés ; Esquivier règle les deux avec sa carte de crédit : une première classe pour l'adjoint au maire d'Argentan, une « touriste » pour lui-même.

Raad n'est pas chaud pour s'arrêter à Damas, mais il serait imprudent de s'aliéner les Syriens qui ont les moyens d'empêcher la libération des otages. A une semaine des élections, tout raté serait catastrophique. D'autant que les mauvaises nouvelles se sont accumulées ces derniers jours.

Juste avant que les deux envoyés de la dernière chance ne s'envolent, un communiqué officiel en annonce enfin une bonne : Maurice Courage, ambassadeur de France en Irak, a rencontré les deux opposants irakiens expulsés qui se trouvent « l'un et l'autre en bonne santé ». Ce même jour, le gouvernement français décide d'envoyer trois émissaires officiels à Beyrouth, Damas et Téhéran. A 20 heures, Fabius déclare en direct à la télévision :

Alors que quatre de nos compatriotes sont, depuis de longs mois, otages au Liban, voici qu'une équipe d'Antenne 2 vient d'être enlevée par des hommes en armes. Notre première pensée va à nos compatriotes, bien sûr, dont le sort bouleverse chacun de nous, et à leurs familles qui sont si cruellement éprouvées.

Il s'agit, à travers ces enlèvements et les conditions posées, d'exercer un chantage sur la politique de notre pays au Moyen-Orient, sur l'action du Président de la République et sur celle du gouvernement.

Les ravisseurs doivent savoir que nous n'y céderons pas.

La France est une puissance indépendante et une puissance de paix. Nous avons multiplié et nous multiplions les contacts, par tous les moyens possibles. Nos émissaires poursuivent sur le terrain une action qui, depuis des mois, ne s'est pas relâchée.

Nous n'avons jamais refusé la discussion avec ceux qui sont de bonne foi, mais céder au chantage, d'ailleurs exercé sur d'autres grandes nations, signifierait mettre en péril des Français partout dans le monde, car ils risqueraient alors d'être à leur tour pris en otages par des groupes qui exploitent l'angoisse des familles pour faire triompher le fanatisme.

Mon devoir est de vous dire qu'une nouvelle escalade de la violence est même possible, puisqu'il s'agit, précisément au moment où la France est dans une période électorale, d'exercer des pressions sur son gouvernement et sur son peuple.

Nous gardons espoir que la raison l'emporte. Nous agissons par tous les canaux disponibles pour libérer les otages, mais nous ne céderons pas au chantage.

Je demande à tous les Français de comprendre que, dans l'épreuve que nous traversons, la réponse d'une démocratie comme la nôtre doit être une totale fermeté et une totale unité.

Le *lundi 10 mars*, à Tunis, Éric Rouleau reçoit un message de Rafigh Doust lui renouvelant son invitation à se rendre à Téhéran, alors que la veille, l'envoyé officiel du Quai d'Orsay, Marc Bonnefous, était resté bloqué à Paris, les autorités iraniennes ayant fait connaître leur refus de le recevoir.

L'ambassadeur de France en Tunisie téléphone à Roland Dumas qui lui demande de faire aussitôt ses valises. Éric Rouleau avait déjà reçu, on l'a vu, le 16 septembre 1985, une invitation du chef des Pasdarans, transmise par Assad Haidar, à venir à Téhéran « résoudre dans les vingt-quatre heures » le problème des otages. Rafigh Doust souhaitait alors obtenir la libération immédiate de Naccache et celle, échelonnée, des quatre autres prisonniers du commando Bakhtiar en échange de celle de tous les otages. Rouleau avait immédiatement rendu compte au Quai d'Orsay dans un message ultra-confidentiel destiné à son ministre et au Président de la République, mais, paradoxalement, on l'a dit, ce dernier n'en apprit l'existence, semble-t-il, qu'en ... mars 1986 !

Avant de prendre l'avion pour Paris, Éric Rouleau retourne voir Yasser Arafat pour mettre au point avec lui le scénario de la libération des otages à Tunis en échange de celle des prisonniers du commando Bakhtiar. Une chose tracasse l'ambassadeur : depuis près de quarante-huit heures, il a demandé à plusieurs reprises audience au Premier ministre tunisien, Mzali, en signalant que c'était pour l'entretenir d'une affaire de la plus haute importance suivie directement par François Mitterrand. Mzali fait répondre qu'il n'a pas le temps de le recevoir. Bizarre ! Jusqu'alors, chaque demande d'audience de Rouleau était acceptée avec chaleur et empressement dans l'heure qui suivait...

A Damas, le docteur Raad quitte l'hôtel Sheraton pour se rendre à l'ambassade d'Iran. Entre-temps, Esquivier revoit une vieille connaissance, le général Tlass, qui se déclare prêt à apporter toute son aide à la mission Raad. Il propose une voiture avec chauffeur — un Chiite libanais qui a toute sa confiance — pour transporter le docteur Raad jusqu'à Beyrouth. Il conseille au colonel Esquivier de ne pas aller lui-même plus loin que Zahlé : « Après, c'est trop dangereux... »

A midi, Esquivier et Raad déjeunent à l'ambassade de France avec l'ambassadeur Pierre Grenier et un des trois émissaires officiels, Henri Servant, pour une ultime mise au point de la mission Raad.

Esquivier et Raad quittent Damas à 17 heures et arrivent à Zahlé deux heures plus tard. Les deux hommes passent une heure dans le bureau de l'adjoint de Ganaan, patron des services de renseignement syriens au Liban. Celui-ci s'assure que tout est en ordre. A 20 heures, Esquivier revient sur Damas. Le docteur Raad s'enfonce dans la nuit. A son arrivée à Beyrouth, à l'hôtel Summerland, il confie au correspondant de l'A.F.P. : « On aurait pu éviter ce qui s'est passé si on avait agi beaucoup plus tôt », et parle de « mission de la dernière chance ».

Le *mardi 11 mars*, à Paris, Éric Rouleau se prépare à partir pour l'Iran et prend ses dernières instructions auprès de son ministre et du Président de la République. Un télégramme diplomatique arrive de Téhéran, confirmant que Rouleau est attendu comme « émissaire confidentiel ». Son visa d'entrée lui sera délivré dès son arrivée à Téhéran. Pierre Lafrance, chargé d'affaires français en Iran, rend compte dans son télégramme d'une rencontre avec Rafigh Doust. Le chef des Pasdarans reconnaît que l'Iran exerce une influence sur le Hezbollah et « peut même donner des instructions à Hussein Moussaoui, au cheik Kienj et à El Amine », trois hommes qui, précise-t-il, n'assument pas de responsabilité directe dans le sort des otages. Ces trois noms sont intéressants, car ils désignent les trois personnages sur lesquels s'appuie Raad, ce qui signifie que le docteur d'Argentan a non seulement l'aval des ravisseurs, mais probablement celui de Téhéran. Et que ce n'est pas un hasard si, à Damas d'abord, puis à Beyrouth, ses pas le conduisent naturellement à l'ambassade d'Iran.

Rafigh Doust a également confié à Lafrance qu'après une conversation téléphonique avec Anis Naccache dans sa prison de Clairvaux, il avait tenté de convaincre les ravisseurs d'accepter les nouvelles propositions françaises. Mais voilà :

les ravisseurs résistent. Doust suggère que « la France ouvre le jeu : libérez d'abord Naccache, prenez ce risque... »

Au Liban, tôt le matin, le docteur Raad a quitté le Summerland, une petite valise à la main. Plus loin, une voiture l'attendait. Il s'est enfoncé dans la banlieue sud et n'a plus donné aucune nouvelle de lui...

Le mardi soir, Éric Rouleau prend l'avion d'Iranair en compagnie d'Assad Haidar, le journaliste libanais devenu au fil du temps un habitué du Quai d'Orsay, et qui est de surcroît un vieil ami de Rouleau.

Le *mercredi 12 mars*, les deux hommes débarquent à Téhéran à 6 heures du matin. Lafrance confie alors à Rouleau — qui en rendra compte plus tard au Quai d'Orsay — qu'il détient des renseignements selon lesquels l'opposition aurait prodigué certaines promesses aux autorités iraniennes pour régler le contentieux *après le 16 mars*. Le chargé d'affaires a estimé « superflu » d'en avertir Paris. Prudence diplomatique ?

Rouleau est conduit chez son ami Mohammed Sadek, adjoint de Rafigh Doust, qui était à Paris en janvier pour rendre visite à Naccache dans sa prison. Après un confortable petit déjeuner, l'ambassadeur se retrouve face à face avec le chef des Pasdarans. L'ambiance est tendue.

— Nous ne pouvons plus rien faire, dit Rafigh Doust.

Et Rouleau d'entendre la même chanson qu'à Tunis. Il ne baisse pas les bras pour autant et évoque la « catastrophe », la « bavure » — l'expulsion des deux Irakiens :

— Le gouvernement fait le nécessaire pour qu'ils reviennent à Paris. Nous ne le faisons pas pour vous, mais pour nous. La France a une tradition depuis 1789, c'est un pays d'asile...

Rafigh Doust paraît sensible à ces mots. Et quand l'émissaire français ajoute : « Je ne viens pas pour les otages, mais pour normaliser les relations entre nos deux pays », il sent qu'il a visé juste. La négociation peut alors reprendre.

Doust demande que le retour des deux Irakiens, pourtant présenté comme un préalable par Rouleau, figure dans l'accord.

— Quand seront-ils à Paris ?

— Je le saurai cet après-midi, répond Rouleau.

Avant de partir pour Téhéran, il avait reçu des instructions précises de Roland Dumas. Deux points n'étaient toujours pas négociables : la France continuerait à respecter ses contrats avec l'Irak ; les opposants iraniens ne seraient pas expulsés.

La discussion porte bientôt, précisément, sur les opposants iraniens installés en France. Doust se montre très dur sur le sujet. Le rappel des principes de 1789 ne lui fait pas avaler pour autant le traitement spécial réservé à Radjavi. Et de rappeler le nombre de gendarmes chargés de sa protection à Auvers-sur-Oise, les moyens dont il dispose pour mener une intense propagande contre le régime de Téhéran, mais surtout la facilité avec laquelle il organise puis revendique des attentats sanglants perpétrés sur le territoire iranien. Rouleau concède que Radjavi viole probablement les règles du droit d'asile, et promet de s'employer à les lui faire respecter...

L'éternel problème de la dette française d'Eurodif devient alors le centre de la discussion. Rouleau n'a pas sur ce sujet d'instructions spéciales, sauf d'accélérer dans la mesure du possible le processus pouvant conduire à un accord. Une fois de plus, l'Iranien montre une vive irritation en rappelant que les tribunaux français ont donné raison à Téhéran et que, malgré cela, ils se retrouvent obligés de négocier leur dû...

Énervement aussi à propos de la mauvaise foi de la partie française qui persite à lier l'aspect inter-étatique du problème de la dette Eurodif et le contentieux avec des sociétés privées...

Pour finir, Doust aborde le problème des otages. Il redoute que les ravisseurs ne réclament un échange des otages et des prisonniers sur la base d'un contre un[1]. Rendez-vous est pris pour 16 heures.

Éric Rouleau quitte Doust et regagne l'ambassade de France. Il envoie un message secret à Roland Dumas qui lui donne le feu vert pour dissocier le problème de la dette Eurodif de

1. Télégramme diplomatique n° 213.

celui des impayés des sociétés privées. Le ministre dit également s'occuper du retour des deux opposants irakiens.

Nouvelle entrevue chez Doust. L'ambiance est beaucoup plus détendue que le matin. Le chef des Pasdarans a pris ses instructions auprès de Rafsanjani, président d'une commission *ad hoc* chargée de s'occuper de la normalisation des rapports avec la France. Cette normalisation est un objectif stratégique pour l'Iran qui entend mener une politique indépendante des deux blocs. Elle est, en cette fin d'après-midi du 12 mars, en bonne voie. Rouleau est optimiste. Il fait part des bonnes nouvelles concernant les deux opposants irakiens et de l'accord de la France pour dissocier le problème Eurodif de celui des sociétés privées dans le cadre « d'un règlement global et définitif ». Le sourire de Doust ne l'empêche pas de demander à son interlocuteur un engagement écrit sur ce règlement du contentieux financier.

Une fois de plus, le chef des Pasdarans revient sur le problème du « rééquilibrage ». Il veut des armes. Rouleau reprend le discours classique : « La France a un ami, l'Irak ; elle a signé des contrats avec lui, elle respecte sa parole... mais... »

Doust sourit :

— Mais enfin, vous nous livrez quand même des armes !

— Quoi ?... Qui cela ?

Rouleau tombe des nues.

— Oui, la société Luchaire...

— Alors, de quoi vous plaignez-vous ?

— Je me plains parce qu'on me facture trois fois le prix normal... Je veux tout simplement des prix normaux... Quel genre d'État êtes-vous ?

Lafrance, qui assiste à la rencontre, a l'air tout aussi interloqué que Rouleau.

Malgré le refus de la délégation française de parler de livraisons d'armes et d'expulsion des opposants iraniens séjournant en France, Rafigh Doust accepte, ce mercredi après-midi, d'intervenir auprès des ravisseurs pour faire libérer les otages, tout en soulignant que « l'Iran n'est pas impliqué » dans cette affaire[1].

Le scénario de la libération est mis au point dans ses moindres détails. Un avion partira de Paris avec à son bord Naccache, son avocat Me Antoine Comte et un représentant de l'autorité judiciaire. Direction Genève. Là, les trois hommes attendront le message de Damas annonçant que la Syrie a récupéré les otages français. Dès qu'il arrivera, le magistrat remettra le décret de grâce présidentielle à l'avocat qui s'envolera alors avec son client à destination du Moyen-Orient.

En sortant de chez Doust, ce soir-là, les deux diplomates sont convaincus que la solution au problème des otages est enfin sur les rails...

Le *jeudi 13 mars*, Rouleau et Lafrance se rendent une fois de plus au bureau de Rafigh Doust. Changement complet d'atmosphère. Le chef des Pasdarans arbore un visage fermé : « C'est terminé ». Et Doust se lance dans un violent réquisitoire contre la politique des socialistes, évoquant notamment le renforcement de l'alliance française avec l'Irak. Rouleau essaie en vain de renouer le dialogue. L'ancien vendeur de légumes du Bazar ne veut plus marchander.

Les deux diplomates français remontent en voiture en compagnie de Mohammed Sadek. Celui-ci leur explique les raisons du revirement de son patron. Elles ont à voir avec la promesse qu'aurait faite un émissaire de l'opposition d'un « règlement beaucoup plus avantageux ». Lisons plutôt, sur ce point controversé, le télégramme rédigé conjointement par Rouleau et Lafrance, reçu à 19 h 57 au Quai d'Orsay, tel qu'il a été publié dans *Le Matin* :

> *Télégramme diplomatique enregistré sous le numéro 217, parvenu le 13 mars 1986, à 19 h 57, au ministère des Relations extérieures :*
>
> Le ministre des Pasdarans m'a signifié cet après-midi qu'il

1. Télégramme diplomatique n° 215.

ne pouvait rien entreprendre pour obtenir la libération de nos otages. Plutôt bien disposé à notre égard dans la journée d'hier (mon message nº 215 du 12 mars), son attitude a changé du tout au tout. Pour toute explication, il s'est livré à un sévère réquisitoire contre la politique française depuis mai 1981. Ses griefs portent essentiellement sur notre « alliance » avec l'Irak qui aurait été « renforcée » depuis l'avènement au pouvoir de la présente majorité.

Mohsen Rafigh Doust n'a formulé aucune contre-proposition, aucune suggestion pour régler le problème des otages. Au cours de deux conversations, l'une avant, l'autre après ma rencontre avec le ministre, son homme de confiance chargé des « missions spéciales », Mohammed Sadek, m'a fourni les indications suivantes :

1° C'est un « consensus » au plus haut niveau de l'État qui a interdit à Rafigh Doust d'intervenir auprès des ravisseurs pour qu'un règlement intervienne tel que nous le souhaitions.

2° Compte tenu du rapport de forces, nos propositions ont été jugées trop modestes et trop tardives. « *La bourse des valeurs a atteint son zénith* », remarque Mohammed Sadek en se référant à des propositions émanant de l'opposition. Cette dernière, selon lui, entretient des relations suivies depuis trois mois avec les ravisseurs et, dit-on encore, avec des milieux proches du gouvernement iranien, en leur promettant un règlement beaucoup plus avantageux que celui élaboré par l'actuel gouvernement. L'opposition aurait encore mis en garde les intéressés contre tout accord qui valoriserait l'actuelle majorité aux yeux de l'opinion française à la veille des élections législatives.

3° A cela est venu s'ajouter l'article du *Monde* faisant état d'une éventuelle démission du Président de la République, article qui a bénéficié d'une large publicité dans les médias de la région. Je serais reconnaissant au département de me faire savoir s'il juge utile, malgré tout, de prolonger mon séjour à Téhéran.

Signé : Rouleau. Fin de citation.

Lafrance.

Ce télégramme se passe de commentaires.

Dans la nuit du 12 au 13 mars, un émissaire secret, se présentant comme mandaté par Jacques Chirac, aurait fait, selon les Iraniens, des contre-propositions à Téhéran en offrant pour commencer la libération de tous les prisonniers du commando Bakhtiar, alors qu'Éric Rouleau n'a proposé que celle de l'un d'entre eux ; en promettant ensuite un versement de 750 millions de dollars aussitôt après les élections, alors que Rouleau n'a donné qu'un accord de principe à un règlement à négocier ultérieurement ; enfin, et toujours selon une affirmation faite plus tard parmi le clan Rafsanjani-Doust, en promettant d'expulser ou de fermer les yeux sur l'enlèvement par un commando de Rafjavi et de Bani Sadr.

Dans cette même nuit fatidique, Afshar, chef-adjoint des Pasdarans, apprend que son représentant à Beyrouth a reçu une offre bien supérieure à celle du gouvernement français en place. L'information a été transmise immédiatement à Rafsanjani, patron du groupe chargé de la normalisation des relations avec la France, qui a conclu : « Je ne veux plus entendre parler d'un émissaire français avant le 16 mars ».

Marquons ici une pause, le temps de nous rappeler que le docteur Raad se trouve alors au Liban et n'a donné, entre le mardi matin et le jeudi soir, aucune information, sauf deux coups de téléphone anodins : à l'ambassade de France à Beyrouth et à Esquivier, à l'hôtel Sheraton de Damas. Pendant plus de vingt-quatre heures, le docteur Raad a même été considéré comme disparu.

Or le voici qui resurgit à l'hôtel Sheraton, ce même jeudi soir. Les journalistes l'attendent. Grâce à la complicité de la direction de l'hôtel, il est happé et, sans passer par le « lobby », est conduit directement dans les étages. Trois hommes vont s'employer, pendant quelques jours, à le *débriefer* : Pierre Grenier, Henri Servant et Jean-Louis Esquivier.

Dans un premier temps, les deux diplomates essaient seulement de savoir si le médecin d'Argentan a bien rencontré les ravisseurs et si les otages vont être libérés. Raad élude les questions et part dans des considérations oiseuses. Servant et Grenier le harcèlent ; le Franco-Libanais esquive. Par bribes, ils tentent néanmoins de reconstituer la longue mission de Raad et de connaître les propositions de ceux qu'il a rencontrés, en espérant qu'il s'agit bien de gens proches des ravisseurs. D'après ce qu'ils apprennent, ceux-ci exigent d'échanger les otages contre les membres du commando Bakhtiar sur la base d'« un contre un » ; ils veulent l'arrêt de l'aide française à l'Irak ; ils manifestent une vive haine du gouvernement socialiste, au point de refuser de négocier avec lui ; ils ont bel et bien *l'intention déclarée de peser sur le résultat des élections françaises : les ravisseurs préféreraient un gouvernement de droite... Israël a infiltré le P.S.... Ce sont les « fourriers du sionisme »*[1]. Toujours selon Raad, les ravisseurs soulignent le rôle prépondérant de l'Iran dans la solution du problème des otages. Et ils se refusent à parler des otages d'Antenne 2.

Les diplomates et l'envoyé de l'Élysée comprennent que pour résoudre le problème, il faudrait désormais, d'après Raad, réunir trois conditions :

1° que le docteur Raad soit envoyé à Téhéran ;

2° que des représentants du Hezbollah se rendent concomittamment à Téhéran ;

3° que des discussions entre Raad, le Hezbollah et les Iraniens se déroulent *secrètement* dans la capitale iranienne.

Le secret est en effet nécessaire, dit Raad, puisque l'Iran refuse officiellement de parler des otages.

Ce jeudi 13 mars au soir, Rouleau à Téhéran, Servant et Grenier à Damas constatent qu'à quarante-huit heures de la clôture de la campagne électorale, les chances de libérer les otages avant le 16 mars sont désormais à peu près nulles. Pour Rouleau et Lafrance, les Iraniens imputent la responsabilité de l'échec à la surenchère à laquelle s'est livrée l'opposition : « La bourse des valeurs est à son zénith », a dit Sadek. Quant

1. Phrases extraites des notes prises par l'un des trois témoins de ce *débriefing*.

à Servant, Grenier et Esquivier, ils ont eux aussi entendu que les ravisseurs, d'après Raad, préféreraient traiter avec Jacques Chirac et un gouvernement de droite plutôt qu'avec des « fourriers du sionisme ».

La séance de l'hôtel Sheraton prend fin. Esquivier annonce l'arrivée prochaine à Damas du Syrien Omrane Adham. Cette nouvelle a le don d'exciter le docteur Raad :

— Il vient récupérer les otages... Je vais essayer de les récupérer avant lui.

Le *vendredi 14 mars* au petit matin, le docteur Raad quitte l'hôtel Sheraton de Damas. Direction : Baalbek.

A Téhéran, Rouleau fait ses valises et s'apprête à regagner Paris. Sadek lui rend alors visite. La discussion reprend. L'Iran n'obtiendra pas de meilleures conditions de la nouvelle équipe qui prendra éventuellement le pouvoir après le 16 mars, explique Rouleau. Sadek en est convaincu et apprend à son interlocuteur que les autorités iraniennes sont divisées sur l'attitude à adopter vis-à-vis des offres françaises. Tous deux se retrouvent chez Doust. Rouleau prend sur lui de faire une nouvelle offre. Doust paraît ébranlé : il balance entre l'engagement ferme d'un Président au pouvoir, dont les adversaires disent néanmoins qu'il démissionnera en cas d'échec de sa majorité, et celui qui est censé être émis pour le compte d'un chef de l'opposition qui sera peut-être demain chef du gouvernement à Paris...

— Ajournez votre départ de vingt-quatre heures, le temps d'aller à Qôm voir Rafsanjani.

Doust revient de Qôm en fin d'après-midi.

— Rafsanjani a été convaincu, nous traitons avec vous, dit-il à Rouleau.

Mais il pose immédiatement une condition que l'ambassadeur de France à Tunis sait inacceptable : la promesse d'un élargissement de *tous* les membres du commando Bakhtiar par le Président de la République. Éric Rouleau entre en communication (protégée) avec Roland Dumas qui, à son tour, contacte François Mitterrand. Le ministre des Relations extérieures envoie un télégramme chiffré qui tombe comme un couperet : c'est *non*.

Paradoxalement, ce refus au nom des principes, formulé par le Président de la République, ne bloque pas la discussion entre Rouleau et Doust. Au contraire, un accord est rapidement mis au point. Il reprend pour l'essentiel les termes de celui de l'avant-veille :

> 1° Reconnaissance de la dette Eurodif et dissociation de ce problème de celui des impayés ;
>
> 2° Normalisation par étapes des relations entre la France et l'Iran ;
>
> 3° Engagement de faire revenir à Paris les deux opposants irakiens avant le 15 mars au soir [engagement que Rouleau est convaincu de pouvoir tenir, puisqu'au cours d'un contact qu'il a eu dans la journée avec Paris, il lui a été affirmé que Saddam Hussein avait donné lui-même sa parole dans l'après-midi, à la suite des interventions conjointes d'Omrane Adham, de Jean-Claude Cousseran et de l'ambassadeur Morizet — NdA] ;
>
> 4° Le scénario de l'échange de Naccache contre tous les otages est décrit dans ses moindres détails : Naccache doit partir par avion régulier pour Genève, avec son avocat Me Comte et un représentant de la Justice, et attendre là l'arrivée des otages à Damas, qui doit en principe avoir lieu le 15 mars à midi. Le représentant du Garde des Sceaux remettra alors la grâce présidentielle...
>
> 5° L'accord a reçu la caution du Président Hafez el Assad à la suite d'un échange téléphonique entre le Président syrien et le Président français.

Des contacts téléphoniques « protégés » ont lieu à plusieurs reprises, dans le cours de la discussion, entre Paris et Téhéran. Éric Rouleau appose enfin sa signature au bas du protocole d'accord.

De son côté, Omrane Adham, l'homme d'affaires syrien, a été lui aussi sacré « émissaire » par François Mitterrand. L'Élysée lui a remis une lettre officielle de recommandation le consacrant envoyé spécial et le présentant en ces termes : un « ami de la France comme de la Syrie ». Jean-Louis Bianco, secrétaire général de l'Élysée, lui a signé un ordre de mission en bonne et due forme et a fait le nécessaire pour lui obtenir un avion du G.L.A.M. Tandis que l'appareil volait vers Damas, François Mitterrand a téléphoné au numéro un syrien. Tout semble encore bien marcher : les otages seront libérés quelques heures avant les élections.

Preuve de la bonne volonté de Rafigh Doust, en ce 14 mars : un Falcon est parti pour Beyrouth avec à son bord sept personnes, dont deux religieux et deux fonctionnaires du ministère des Affaires étrangères. Objectif : faire pression sur les ravisseurs pour qu'ils libèrent les otages. Ce sera chose faite à quelques heures du scrutin. L'ambassadeur Rouleau prévient Paris, puis se rend chez le chargé d'affaires syrien à Téhéran. Il lui montre l'accord signé. Le Syrien tombe des nues :

— Je croyais que c'était déjà réglé avec l'opposition, qui a émis une proposition largement supérieure à la vôtre !

Comme il dispose d'un télex protégé qui le relie directement à la Présidence syrienne, il fait part à Hafez el Assad des grandes lignes de l'accord que lui a montré Éric Rouleau.

Deux heures plus tard, Sadek contacte Rouleau :

— Vous avez entendu la radio ?

— Non.

— Les deux Irakiens ne veulent pas quitter Bagdad...

Les deux hommes ont compris : Saddam Hussein, ami « personnel » de Jacques Chirac, vient de lâcher le gouvernement socialiste. « On » lui aurait demandé comme un service de retarder de quelques jours le retour en France des deux opposants. C'est en effet seulement après le départ pour Paris des envoyés du gouvernement, Jacques Morizet et Jean-Claude Cousseran, que les deux opposants irakiens ont fait savoir qu'ils ne souhaitaient pas rentrer en France « pour le moment », prétextant des visites à rendre à leur famille. La troisième clause de l'accord paraphé par Rouleau est d'ores et déjà violée.

Un émissaire aurait, selon les Iraniens, alors insisté une nouvelle fois sur l'information contenue dans l'article du *Monde* — la démission du Président Mitterrand en cas d'échec de sa majorité aux législatives — et sur l'impossibilité qui en résultait, pour le gouvernement socialiste, de garantir la libération anticipée des membres du commando Bakhtiar.

— S'*il* n'a pas démissionné, on *le* débarquera dans les quinze jours, aurait ajouté lourdement le même émissaire.

Dans la soirée du 14 mars, Rafsanjani téléphone à Hafez el Assad et lui annonce — selon Omrane Adham — que les otages ne seront pas libérés, « à cause de la concurrence entre les deux grands partis ». Adham affirme que le numéro un syrien fut alors pris d'une grande colère contre les Français qui avaient ruiné tous les efforts qu'il avait déployés.

Le même soir, ce 14 mars, le docteur Raad arrive au Sheraton et déclare à Esquivier que tout est fini :

— Les représentants des ravisseurs m'ont dit : comment voulez-vous qu'on traite avec vous quand vous proposez *un*, et d'autres *dix* ?

La suite est connue. Le docteur Raad espère rentrer à bord de l'appareil du G.L.A.M. qui avait conduit Omrane Adham à Damas, mais celui-ci refuse. Il parvient néanmoins à trouver un avion privé qui lui permet de regagner Paris le samedi, juste à temps pour rallier l'Orne avant le scrutin du 16 mars où il réalise un très mauvais score. Très mauvaise journée pour lui, puisqu'à son retour de Damas, Omrane Adham le désigne publiquement comme le responsable — ou l'un des responsables — de l'échec des négociations sur la libération des otages.

L'espace de quelques jours, il s'ensuit une indécente cacophonie entre les deux émissaires gouvernementaux, s'accusant mutuellement des pires vilenies, cependant que là-bas, au Liban, Carton, Fontaine, Kauffmann (Seurat ?) et l'équipe d'*Antenne 2* souffrent toujours au fond de la geôle où les retiennent leurs ravisseurs.

Le compte rendu de cette folle semaine laisse un goût amer. A l'évidence, Téhéran et les ravisseurs ont imposé une négociation dans l'intention délibérée de peser sur les élections et de se servir du clivage entre la gauche et la droite françaises pour obtenir des concessions plus importantes.

Une vive polémique s'est développée à la suite de la publication par *Le Matin* d'articles mettant en cause la responsabilité de Jacques Chirac et de ses amis dans l'échec des négociations sur les otages avant le 16 mars 1986. La chronologie des pourparlers, on vient de le voir, suggère — le terme est faible — en effet que des « manœuvres » ont eu lieu.

Rappelons néanmoins que Matignon a démenti de la façon la plus catégorique la présence d'émissaires du R.P.R. à Téhéran, et à plus forte raison la réalité d'une négociation destinée à contrecarrer celle du gouvernement précédent.

Avant d'essayer de prendre parti dans cette polémique, il est important de rappeler certains faits et d'apporter des éléments d'enquête complémentaires.

Quelques faits et indices convergents :

— Jacques Chirac lui-même a reconnu, le 6 janvier 1987, dans le cadre de l'émission « Découvertes », sur *Europe 1* : « J'ai essayé d'apporter ma petite contribution avant même d'être au gouvernement » ;

— Jean Bernard Raimond, ministre des Affaires étrangères du gouvernement Chirac, qui s'est fait communiquer l'important dossier « otages », avec notamment les nombreux télex envoyés de Téhéran, Tunis, Bagdad, Beyrouth et Damas, a reconnu : « Il est tout à fait exact que le gouvernement précédent a été sur le point d'aboutir en janvier et mars 1986 » ;

— En sus des télégrammes diplomatiques qui s'appuient

tous sur des déclarations de responsables iraniens, il convient de retenir : les déclarations de responsables palestiniens sur l'existence d'un accord entre l'opposition et les Iraniens ; les déclarations d'Omrane Adham, s'appuyant sur les confidences d'Hafez el Assad ; les déclarations iraniennes (encore et toujours) sur le sujet, dont l'interview de Rafsanjani à *Jeune Afrique*, et l'article publié dans le journal *Etelaat* le 19 juillet 1987 :

A la question du journaliste de *Jeune Afrique* : « Vous avez déclaré à un journal iranien que l'actuel Premier ministre français, M. Jacques Chirac, avait contacté des responsables de la République islamique, du temps où il était dans l'opposition, pour leur demander de geler les relations franco-iraniennes jusqu'à son retour au pouvoir. Lui le dément formellement et vous met au défi d'en apporter des preuves. Comment donc les choses se sont-elles passées réellement ? », Rafsanjani répond : « Je n'ai jamais dit que M. Jacques Chirac avait personnellement entrepris cette démarche ; j'ai simplement dit qu'elle émanait du parti qui se trouve aujourd'hui au pouvoir en France. Et je confirme que la droite française nous avait bel et bien dépêché une personnalité à Téhéran pour négocier avec nous. Il faut préciser que je n'avais évoqué cette démarche que dans un contexte très particulier, où il était question des gens qui placent les intérêts de leur parti avant ceux de leur nation. Mais notre intention n'a jamais été de provoquer une crise entre responsables français. Nous avons d'autant moins de raisons de vouloir leur nuire que nous abordons une voie qui va peut-être nous permettre, au contraire, de résoudre nos difficultés avec la France. Toutefois, si ces faits devaient continuer à être niés, nous pourrions être amenés à produire les documents relatifs à cette démarche, que nous avons conservés... »

Le journaliste relance : « Vous voulez dire que vous pourriez provoquer un nouvel "Irangate", mais cette fois en version française ? »

Et l'Iranien de menacer : « Ça, c'est l'affaire des responsables français ! S'ils tiennent à en arriver là, les choses risquent d'atteindre un tel stade. Nous, nous ne souhaitons pas qu'elles y parviennent... »

Dans *Etelaat*, un proche de Rafsanjani écrit enfin :

> Avant d'arriver au pouvoir, ceux qui gouvernent aujourd'hui la France nous ont fait parvenir un message. Ils disaient, par exemple, que telle affaire à tel endroit ne devait pas se faire dans l'immédiat. Attendez que nous arrivions au pouvoir et les affaires du Liban, notamment, seront résolues (disaient-ils). Ils nous ont envoyé le message suivant : « *Réglez le problème après et c'est avec nous que vous normaliserez les relations franco-iraniennes.* »
>
> Cette équipe est arrivée au pouvoir et les choses se sont déroulées comme elle nous l'avait dit : l'affaire n'avait pas été réglée avant (les élections législatives, *ndlr*), et après son arrivée au pouvoir, les otages ont commencé à être libérés. Au fur et à mesure. Cette équipe nous a montré sa volonté de normalisation avec l'Iran.

— Dans une note du 22 septembre 1986, le lieutenant colonel North écrit à l'amiral Poindexter[1] : « *Il* (le fils de Rafsanjani) *s'est plaint amèrement de l'effort français qui avait pour objectif exclusif de sortir les otages pour faire élire Chirac.* »

— Dans la *Lettre de la Nation*, on peut lire en janvier 1987 : « Celui (Éric Rouleau) qui était alors l'envoyé officieux du pouvoir socialiste auprès de Khomeiny écrit que l'opposition (R.P.R.-U.D.F.) entretenait des relations suivies avec les ravisseurs. Relevons d'abord que cela signifierait que les Iraniens estimaient plus crédibles les responsables de l'opposition d'alors que les membres du gouvernement Fabius et l'hôte de l'Élysée ; relevons ensuite que Jacques Chirac ne s'est jamais caché d'avoir, avant le 16 mars, multiplié ses efforts pour parvenir à la libération des otages. Qui pourrait lui en faire grief ? »

— Quelques jours après son arrivée à Matignon, Jacques

1. Cf. *Tower Commission Report.*

Chirac est reçu à l'Élysée avec Jean-Bernard Raimond, son ministre des Affaires étrangères : « Nous avons débrouillé le dossier "otages", pris des contacts et sommes en mesure d'obtenir la libération des otages, mais il faut que les cinq prisonniers du commando contre Bakhtiar soient graciés, dit Jacques Chirac. — Vous ne m'apprenez rien, Monsieur le Premier ministre. Déjà votre prédécesseur m'avait formulé la même demande, et je la lui avais refusée », répond François Mitterrand. Le Président explique alors à Jacques Chirac qu'un État démocratique ne saurait échanger des assassins contre des innocents. Seule la libération de Naccache pourrait être envisagée, à condition que le gouvernement en fasse la demande dans les formes requises... La demande formulée par le Premier ministre ressemble en tout cas étrangement à la promesse faite — d'après les Iraniens — par l'opposition avant le 16 mars 1986 ;

— Il est intéressant de noter que les deux personnes — en dehors de Lafrance — mêlées pour le compte du gouvernement Fabius à la folle semaine de Téhéran, Éric Rouleau et Haidar, ont connu quelques problèmes après l'arrivée de Jacques Chirac à Matignon. Le premier a fait l'objet de la vindicte du nouveau Premier ministre qui a aussitôt demandé sa « tête » au Président Mitterrand. Le second a reçu au lever du jour la visite « musclée » d'une dizaine d'agents de la D.S.T. Après une perquisition en règle de son appartement, Haidar a été conduit rue Nelaton où, après une longue attente, il fut interrogé trois heures durant. Les gens du contre-espionnage semblaient surtout soucieux de savoir dans quelle mesure il avait travaillé pour le compte du gouvernement socialiste.

Éléments complémentaires pour comprendre le rôle du docteur Raad :

- *La disparition du docteur :*

Il est difficile de savoir avec précision ce qu'a fait le médecin à Beyrouth entre le mardi 11 mars au matin et le soir du jeudi 13. Il affirme avoir rencontré le cheik Fadlallah, le cheik

Kienj (chez qui il aurait couché deux nuits), le chargé d'affaires iranien au Liban, Hourani... Aujourd'hui, il jure que « les ravisseurs ont accepté les propositions françaises à cause de *l'ouverture politico-militaire* » qu'il a faite au nom de Dumas. Raad affirme être parti pour Damas le jeudi soir afin de « mettre au point les modalités de l'accord ». Ces affirmations sont contraires à celles de Grenier, Servant, Esquivier, tout comme à celles du cabinet de Roland Dumas pour ce qui est de « l'ouverture politico-militaire ».

En ce qui concerne ses déclarations du jeudi 13 mars 1986 à l'hôtel Sheraton, exprimant le souhait des ravisseurs de traiter de préférence avec Chirac plutôt qu'avec les socialistes, « fourriers du sionisme », il est intéressant de les confronter à celles de Chiites libanais que nous avons rencontrés. D'après ceux-ci, le docteur Raad aurait tenu pendant les trois jours de sa pérégrination dans la banlieue sud de Beyrouth le discours suivant : « Roland Dumas et le gouvernement socialiste sont trop sionistes... Ils refusent de vous livrer des armes... Attendez, et jouez la carte Chirac... » A aucun moment, selon les mêmes sources, le docteur Raad n'aurait esquissé la moindre volonté de ramener les otages avant le 16 mars. Ce qui pourrait expliquer au moins en partie la résistance des ravisseurs telle qu'elle fut perçue à Téhéran par les Pasdarans, à laquelle fait allusion Pierre Lafrance dans ses télégrammes diplomatiques.

• *Pour qui « roulait » le docteur Raad ?*

D'abord pour lui-même. Ensuite pour Jacques Chirac, sans qu'il ait été, semble-t-il, expressément mandaté ni par le maire de Paris ni par son parti. Six semaines avant les élections, Raad se démenait comme un beau diable pour obtenir un tête-à-tête avec le leader du R.P.R. Il affirmait alors ne pas vouloir faire le jeu des socialistes en ramenant les otages à la veille des élections. A notre connaissance, il ne réussit pas, à l'époque, à obtenir son rendez-vous avec Jacques Chirac. Non plus qu'avec Jacques Toubon.

• *Des rumeurs proches de quasi-certitudes.*

Tout Paris bruit de rumeurs sur les noms des « émissaires

de Jacques Chirac » à Téhéran et à Beyrouth. Celui qui revient le plus souvent est celui de Michel Roussin, ancien chef de cabinet d'Alexandre de Marenches, comme étant « l'émissaire de l'opposition » à Téhéran. A l'Assemblée nationale, François Loncle a cité lui aussi le nom de Michel Roussin, mais également ceux de Naftalski et de Lux. Au cours de notre enquête, des proches de Jacques Chirac n'ont fait aucun effort pour nous dissuader de citer le nom de Michel Roussin. Au contraire, nous semble-t-il.

• *Conclusions :*

Face aux accusations ou aux insinuations, Jacques Chirac s'est exclamé d'un ton offusqué : « Je mets au défi quiconque d'apporter la moindre preuve ! » Depuis, fidèles à leur tactique, les Iraniens jouent au chat et à la souris avec le nouveau Premier ministre. Celui-ci a raison : il n'existe pas de preuves des faits au sens où l'entend la Justice. Il n'existe pas d'engagement écrit signé du « Maire de Paris à l'adresse de Rafsanjani ». Et pour apporter de l'eau au moulin de Jacques Chirac, nous pouvons confirmer que dans les semaines précédant le 16 mars 1986, lui-même recommanda à son entourage — ou au moins à une partie de celui-ci — de *ne plus rien faire* à propos des otages. Pourtant, nombre d'éléments donnent à penser que des manœuvres de l'opposition ont bel et bien suivi leur cours.

Il convient d'abord de se rappeler que l'Élysée, malgré ses très vives réticences, avait accepté Raad et une négociation biaisée, et que Téhéran avait refusé l'entremise de Bonnefous et choisi Éric Rouleau. Exploitant le désir du gouvernement socialiste de libérer les otages avant le 16 mars, Téhéran et les ravisseurs distribuèrent eux-mêmes les cartes et fixèrent les règles du jeu. Il n'est pas exclu qu'ils aient alors également réclamé des émissaires au maire de Paris afin de préparer la libération des otages sitôt après le 16 mars, les poussant ensuite à la surenchère...

Robert Pandraud, ministre de la Sécurité, ex-directeur de cabinet du maire de Paris, reconnaît l'existence de contacts entre l'opposition et les Iraniens avant le 16 mars : « Ceux-ci voulaient savoir si on tiendrait les promesses des socialistes. » Mais Pandraud ajoute : « On ne pouvait pas répondre, puisqu'on ne connaissait pas les promesses. Je ne voulais pas tirer de chèque en blanc. »

Beaucoup d'éléments — mais essentiellement d'origine iranienne, il est vrai — laissent néanmoins penser que dans la concurrence organisée par Téhéran, l'équipe de Jacques Chirac — ou une fraction de celle-ci — a voulu à tout prix gagner, sur ce terrain si sensible, contre celle de François Mitterrand, préférant une livraison à terme des otages à une libération immédiate qui aurait bénéficié à l'autre camp.

Sauf que François Mitterrand, en tant que Président, représentait la France légale. Pas Jacques Chirac.

Ou alors, il faudrait croire à une gigantesque et inextricable manipulation de Téhéran organisant dès janvier 1986 l'intoxication, l'imposant aux Syriens, aux Palestiniens, simulant une négociation d'abord en janvier, puis en mars en faisant venir Éric Rouleau, en donnant un accord, en s'inventant des alibis pour le repousser, en renégociant, etc... Les Iraniens usent et abusent, certes, de la désinformation, mais celle-ci nous semblerait trop embrouillée pour être plausible.

En attendant l'éventuelle livraison des « preuves » annoncées sur le ton du chantage par Téhéran, nous laisserons au lecteur le soin de forger à son tour sa propre conviction sur cette très grave affaire.

CHAPITRE IX

LA FILIÈRE IVOIRIENNE

Trois semaines après sa nomination à la tête du gouvernement, le 12 avril 1986, Jacques Chirac, accompagné par Jacques Foccart, se rend, pour son premier voyage officiel à l'étranger, en Côte-d'Ivoire. Un voyage-éclair symbolique, officiellement destiné à rendre hommage au « vieux sage » de l'Afrique, le Président Houphouët-Boigny. Mais, au cours de son bref séjour à Yamoussoukro, capitale du pays, Jacques Chirac a le temps de s'entretenir dans le plus grand secret avec un homme d'affaires libanais chiite, Nagib Zaher, vice-président de l'influente communauté libanaise de Côte-d'Ivoire et de l'Union libanaise culturelle mondiale. Le Premier ministre le connaît pour l'avoir rencontré en compagnie d'un autre homme d'affaires libanais chiite, Ibrahim Baroud, lors d'un précédent voyage privé à Abidjan. A l'époque, Jacques Chirac n'était que maire de Paris, mais ses relations avec les deux hommes étaient si cordiales que ceux-ci l'avaient alors raccompagné à l'aéroport au moment où il devait reprendre l'avion pour Paris.

Ce 12 avril, redevenu Premier ministre de la France, Jacques Chirac est en position de prendre des décisions. Libanais chiite, Zaher se dit indigné par le sort réservé aux otages français au Liban. Les deux hommes d'affaires ont apparemment réussi à entrer en contact avec des ravisseurs. Zaher propose donc à Chirac d'aller de l'avant pour tenter de débloquer la situation. Le Premier ministre donne son feu vert...

Avant de poursuivre notre récit, il convient ici de faire un bref retour en arrière et de lier connaissance avec un autre homme : Robert Bourgi. Né à Dakar d'une famille libanaise originaire de Tyr, docteur d'État en sciences politiques, auteur d'une thèse sur la politique africaine du général de Gaulle, professeur de droit à l'université d'Abidjan, celui-ci était, avant mars 1986, chargé de mission au R.P.R. pour les relations avec les pays de l'Afrique sub-saharienne. Après avoir fait partie de la section du R.P.R. des Français de Côte-d'Ivoire — où il était chargé d'alimenter les caisses en faisant appel à la générosité des Libanais installés dans ce pays —, il s'est retrouvé président du « Club 89 » d'Abidjan : club présidé par Michel Aurillac, ministre de la Coopération de Jacques Chirac, et dont l'un des hommes clés n'est autre que le colonel Maurice Robert, ex-ambassadeur au Gabon et surtout ex-« Monsieur Afrique » du S.D.E.C.E., proche de Jacques Foccart[1]. Bourgi était devenu l'intermédiaire entre la communauté chiite libanaise en Afrique et le R.P.R. Rôle d'autant plus important que Foccart et Robert, comme tous les spécialistes de l'Afrique, sont très sensibilisés à la menace que risque de constituer pour les intérêts français cette importante communauté « travaillée par le Hezbollah et les Iraniens ».

Les responsables des chiites d'Afrique, Nagib Zaher, ami personnel du président ivoirien Houphouët-Boigny, Fouad Ganhour et Ahmed Traboulsi, ont rencontré dans le courant de décembre 1985 des proches de Jacques Chirac. Objet de ces discussions : un rééquilibrage de la politique française — traditionnellement favorable aux chrétiens — en faveur de la communauté chiite. La France, dirent les représentants de celle-ci, devrait tenir compte des transformations démographiques et contribuer à améliorer, par son aide, les conditions économiques et sociales de leur communauté. Les amis du maire de Paris écoutèrent ces revendications d'une oreille compréhensive. Cette « compréhension » fut transmise aux

1. Lire à ce sujet *Affaires Africaines*, du même auteur.

chiites de Côte-d'Ivoire, du Gabon, du Congo, du Nigéria et de Sierra Leone. Si bien que lorsque Robert Bourgi ou certains de ses amis demandèrent à leur tour à la communauté chiite de faire montre de « compréhension » financière pour aider Jacques Chirac à remporter les élections de mars 1986, ils furent entendus. Sur les bords de l'Estuaire, à Libreville, au Congo, à Brazzaville, dans les couloirs de l'hôtel Ivoire, tout le monde s'accorde à peu de chose près sur le montant des fonds recueillis : 30 millions de francs.

La victoire du camp de Jacques Chirac est saluée avec joie par les chiites d'Afrique. Mais ceux-ci n'ignorent pas ce qui préoccupe le nouveau Premier ministre dès son arrivée à Matignon : le problème des otages. Un problème qui a pris de l'ampleur au cours de la campagne électorale puisque, le 8 mars, juste avant la consultation, une équipe d'Antenne 2 a été à son tour enlevée. Le rapt de ces quatre nouveaux otages a été revendiqué d'abord par le Jihad islamique, puis par une mystérieuse « Organisation de la Justice révolutionnaire ». Rien de plus normal que les chiites d'Afrique tentent alors d'aider leur « poulain » et nouveau « protecteur » à récupérer les otages en se servant de Bourgi qui, dès la formation du gouvernement, a été nommé conseiller technique de Michel Aurillac, successeur de Christian Nucci au ministère de la Coopération. L'intégration de Bourgi au cabinet du ministre a posé d'autant moins de problèmes qu'outre son appartenance au « Club 89 », son rôle de collecteur de fonds, le soutien dont il bénéficie de la part de la communauté chiite, son gaullisme africain, le professeur d'Université peut au surplus se prévaloir de deux puissantes protections à Matignon. La première s'appelle tout simplement Foccart, qui a connu son père Roger pendant la guerre ; la seconde n'est autre que Maurice Ulrich, directeur du cabinet de Jacques Chirac, dont la fille est une familière de Bourgi.

C'est ainsi que la visite à Yamoussoukro est promptement organisée, moitié pour saluer l'ami fidèle, le vieux Président ivoirien, moitié pour prendre langue avec les chefs de la communauté chiite, en reconnaissance de leur contribution au succès et, au-delà, de leur identité. Zaher et ses amis conseillent au Premier ministre d'inviter à Paris les chefs modérés des chiites du Liban, comme Nabi Berri et Cheik Chamseddine, ce que fera d'ailleurs Chirac à son retour. Ils lui demandent également d'apporter un appui économique aux chiites libanais pour les soustraire à l'influence de plus en plus grande de Téhéran (aux dires de ces riches commerçants d'Afrique, l'Iran vient alors de leur octroyer une aide de 100 millions de francs).

Le feu vert de Chirac obtenu ce 12 avril en Côte-d'Ivoire, Zaher, Gandhour et Fouad partent immédiatement au Liban pour rencontrer tous les chefs de la communauté chiite. Objectif : jeter les ponts d'une coopération entre la France et les chiites en échange de leur intervention en faveur des otages. Telle est du moins l'interprétation qu'ont faite ces commerçants des propos échangés avec Jacques Chirac et ses proches. Nos mousquetaires libanais rencontrent d'abord Cheik Fadlallah, chef spirituel du Hezbollah, et Cheik Chamseddine, vice-président du Conseil supérieur du Liban, au domicile de ce dernier.

« La clé de votre problème est en Iran », déclinent sur tous les tons les deux religieux. Ils promettent néanmoins aux amis de Jacques Chirac de rencontrer des proches des ravisseurs sur lesquels ils pensent pouvoir exercer une certaine influence. Rendez-vous est pris pour le surlendemain.

Comme convenu, toujours au domicile de Chamseddine, la délégation d'Afrique se retrouve face aux deux cheiks libanais, auxquels se sont joints deux cheiks irakiens de l'Aamal islamique, l'opposition islamique au régime de Saddam Hussein. Pourquoi des Irakiens ? Il faut se rappeler que le Jihad islamique revendique les enlèvements de Carton, Fontaine, Seurat et Kauffmann, mais qu'il a en revanche nié toute participation à celui de l'équipe d'Antenne 2. C'est en réalité l'O.J.R. (Organisation de la Justice révolutionnaire) qui a affirmé (en en apportant les preuves) détenir Hansen, Rochot, Normandin et Cornéa. L'O.J.R. n'était, semble-t-il, rien d'autre qu'un paravent cachant des membres de l'opposition irakienne du courant Aamal islamique, désireux de se venger de la France pour son attitude à l'égard de deux des leurs, Hamza Fawzi et Hassan Kheireddine, embarqués de force dans un avion en partance pour Bagdad le 19 février 1986...

Dès lors, la discussion entre la délégation d'Afrique et les cheiks porte exclusivement sur la libération de l'équipe d'Antenne 2, détenue par des opposants irakiens qui, tout en étant proches du Hezbollah, ont des structures et des objectifs différents. L'Aamal islamique, comme le Hezbollah, est en revanche sous la dépendance des autorités de Téhéran. L'intérêt des Libano-Africains pour les otages d'Antenne 2 — une fois encore à l'exclusion de Carton, Fontaine, Seurat et Kauffmann — semble motivé par deux raisons : les connexions libanaises des marchands d'Afrique ; le « prix » des otages d'Antenne 2, moins élevé que celui des quatre premiers.

Les deux religieux irakiens téléphonent donc à Téhéran et obtiennent Azari Qomi, un des adjoints de Khomeiny. Celui-ci se montre d'emblée favorable à la démarche des marchands d'Afrique et décide de dépêcher un émissaire au Liban pour faciliter le règlement de cette question.

Ces bonnes dispositions de l'entourage du vieil imam ont une explication claire : dès son arrivée à Matignon, Jacques Chirac a fait part aux autorités iraniennes de son désir de normaliser les relations entre les deux pays. Des contacts ont aussitôt été pris à cette fin avec Téhéran.

L'émissaire de l'Ayatollah, Cheik Shabastari, arrive à Beyrouth et rencontre les marchands d'Afrique et les deux cheiks irakiens. Tous les éléments paraissent réunis pour qu'une issue soit trouvée. Sauf un : l'Iranien ne veut pas négocier avec des gens qui ne sont pas mandatés par le gouvernement français. Nagib Zaher a beau se dire l'ami de Jacques Chirac, rien n'y fait. Tout le monde tombe d'accord pour se revoir. Les Libanais d'Afrique décident alors de se rendre à Paris et reçoivent des cheiks irakiens des lettres des otages d'Antenne 2, destinées à asseoir leur crédibilité. En signe de bonne volonté, les marchands libanais ont demandé aux cheiks de « transmettre » la somme de 5 millions de livres libanaises (500 000 francs).

Le mercredi matin 16 avril, Jean Drucker, patron d'Antenne 2, est convoqué à Matignon où lui sont remises quatre lettres manuscrites dans lesquelles Rochot, Hansen, Cornéa et Normandin ont écrit : « Nous sommes en bonne santé ». Le soir même, les lettres sont montrées au Journal télévisé.

Des discussions ont alors lieu à Paris, dont le chef d'orchestre est Michel Roussin, chef de cabinet de Jacques Chirac. Ancien adjoint d'Alexandre de Marenches au S.C.E.C.E., il est l'homme de la situation. Habitué aux négociations secrètes et compliquées, Roussin assurera la coordination des négociations menées parallèlement avec Téhéran, avec Damas (qui a la capacité de tout bloquer) et avec les ravisseurs, et tiendra informé Jacques Chirac.

C'est lors de ces rencontres secrètes qu'est décidée l'entrée dans le jeu de Robert Bourgi, qui sera « piloté » de Beyrouth ou de Paris par Michel Roussin. Le 25 avril, Zaher, accompagné de Bourgi, rencontre une nouvelle fois Abou Ahmad et Abou Haidar, les deux cheiks irakiens. Bourgi est présenté comme l'émissaire français. Nous ignorons grâce à quels papiers ou documents il en apporte la preuve. Il peut pour le moins exhiber sa carte bleu-blanc-rouge de conseiller technique du ministre de la Coopération. La négociation peut alors véritablement commencer.

Les Irakiens font part de leurs exigences : l'arrêt du soutien français à Saddam Hussein ; la reconnaissance par la France d'Aamal islamique comme principale force d'opposition au régime irakien ; l'établissement de relations avec l'Aamal islamique pour faciliter les liens entre la France et le futur régime irakien (car, disent-ils, en cas de renversement de Saddam Hussein par l'opposition irakienne, la France perdrait sur tous les tableaux) ; l'engagement de Paris de faciliter les activités des opposants irakiens ; la garantie française que les deux opposants irakiens expulsés en Irak avant les élections de mars sont vivants ; une aide financière d'urgence (l'Iran, selon eux, ayant diminué son appui financier).

Bourgi ne fait qu'écouter, pour rendre compte le plus fidèlement possible... Nous ne savons pas comment, matériellement, la liaison de Bourgi avec Roussin s'est articulée jusqu'à la libération de Hansen et Rochot. Nous savons en revanche que Roussin a fait plusieurs séjours à Beyrouth et à Damas, dont l'un d'une dizaine de jours. Il a, semble-t-il, rencontré le vice-ministre des Affaires étrangères iranien, Becharati, à l'ambassade d'Iran à Beyrouth. Il a également tenté d'entrer en contact avec le Cheik Fadlallah, « guide spirituel » du Hezbollah, par l'intermédiaire de l'« agent de liaison » entre ce parti et le régime syrien ; mais la rencontre n'a pas eu lieu.

Pendant ces semaines déterminantes, Roussin est en liaison fréquente avec Matignon, via Bujon de l'Estang ou Ulrich, afin de savoir jusqu'où Bourgi peut aller. Dès que leurs premières requêtes ont été formulées par les opposants irakiens, le gouvernement français a fait quelques gestes dans leur direction : les assignations à résidence de certains Irakiens ont été annulées, quelques permis de séjour leur ont été délivrés, leurs possibilités d'expression ont été étendues, enfin certains opposants ont obtenu des visas leur permettant de se déplacer.

Le 12 mai, Zaher, Bourgi et les deux cheiks irakiens se retrouvent dans un immeuble appartenant au Libano-Ivoirien dans la banlieue sud de Beyrouth. Cette fois, la négociation s'ouvre pour de bon. Bourgi demande la libération immédiate des quatres membres de l'équipe d'Antenne 2 en échange d'une rançon et d'un engagement verbal à « coopérer » avec l'organisation des opposants irakiens. C'est du moins ce que comprennent les cheiks.

Le langage de ces derniers est simple : « Vous avez intérêt à nous reconnaître, car Saddam Hussein n'est ni immortel, ni installé définitivement à la tête de l'Irak. Que deviendraient les intérêts français si, d'une façon ou d'une autre, il venait à disparaître de la scène ? »

La bonne volonté du gouvernement français n'est pas

récompensée : les Irakiens refusent d'emblée la libération de tous les otages. Ils proposent un plan en quatre étapes (un otage par étape), et exigent un engagement écrit du gouvernement français, cautionné par la Syrie. Les représentants des ravisseurs insistent également sur l'arrêt de tout soutien français au gouvernement de Bagdad. Puis, après ces considérations politiques, ils abordent l'aspect financier des tractations en réclamant dix millions de francs par otage. Pour atténuer l'effet de cette revendication sordide, ils promettent de fournir dans les plus brefs délais des photos et des lettres des otages.

Les quatre négociateurs se retrouvent le lendemain au domicile du responsable de la communauté chiite, Cheik Chamseddine, en la présence de celui-ci. Un sixième homme s'est joint à eux : Cheik Shabastani, l'envoyé du bureau de Khomeiny. Cette présence est tout de suite perçue par les Français comme un signe de bon augure. L'Iranien propose la libération en deux fois deux otages, à condition que la France adopte une attitude plus conciliante sur le dossier Eurodif et sur les livraisons d'armes à l'Iran.

Concernant Eurodif, Bourgi n'a nul besoin d'en référer à Paris : il sait que dans la capitale française, Chirac se prépare à recevoir le vice-Premier ministre iranien. Le directeur de cabinet de Balladur, Trichet, et les gens du Trésor ont travaillé sur le contentieux financier franco-iranien ; des messages de bonne volonté ont déjà été transmis par plusieurs canaux à Téhéran.

Sur le problème des armes, en revanche, Bourgi ne peut qu'éluder :

— Nous allons l'étudier dans les plus brefs délais... Mais, pour faciliter mes démarches, il faudrait libérer toute l'équipe d'Antenne 2. Paris serait très sensible à un tel geste.

Le 14 mai, les quatre otages d'Antenne 2 sont pris en photo par leurs ravisseurs, lisant le journal libanais en langue française *L'Orient-Le Jour* daté du jour même. En première page s'étale la nouvelle de l'enlèvement de Camille Sontag. Chacun écrit une très brève lettre pour dire qu'il est « en bonne santé ». Lettres et photos sont remises par les cheiks irakiens à Robert Bourgi qui revient à Paris. Elles ne seront transmises au patron d'Antenne 2 que le vendredi 23 mai.

A Matignon, c'est le branle-bas de combat depuis le retour de Bourgi (Zaher est parti de son côté collecter des fonds en Afrique pour — officiellement — « aider au développement des régions chiites au Liban »). Le 22 mai, le Premier ministre a reçu son homologue iranien (accompagné de Gordji comme interprète...). Si on ne peut encore parler de ciel bleu dans les relations entre Paris et Téhéran, pour la première fois depuis longtemps se manifeste une réelle éclaircie.

Évoquant quelques jours plus tard devant les sénateurs l'entrevue entre les dirigeants français et iranien, le ministre des Affaires étrangères reconnaîtra que les entretiens ont notamment porté sur les otages. La France, déclarera-t-il, attend du gouvernement de Téhéran qu'il « nous aide à régler des problèmes dont il n'est pas directement responsable, mais à la solution desquels il peut, grâce à son influence, contribuer » — allusion on ne peut plus claire à l'affaire des otages de Beyrouth.

Le jour même où il accueille son homologue iranien, Jacques Chirac reçoit la presse diplomatique. Il adresse un coup de chapeau à la Syrie et aux musulmans libanais pro-syriens. Après avoir rappelé que la France n'entend pas se dégager de la F.I.N.U.L., il relève que « puisqu'il n'y a pas de solution au drame du Liban contre la Syrie, il faut bien la trouver avec elle ». Il estime d'autre part que le projet d'accord tripartite mis au point par les Syriens en décembre 1985 a peut-être été « rejeté un peu rapidement » (par le camp chrétien). Des mots qui ne peuvent qu'aller droit au cœur d'Hafez el Assad, le numéro un syrien, sollicité par Paris depuis quelques jours, aussitôt après que Bourgi a transmis la demande de l'Iranien Shabatani exigeant que Damas cautionne les engagements de Paris.

Tous ces va-et-vient qui se voulaient secrets n'ont pu qu'attirer l'attention des journalistes et des espions installés à

Beyrouth. Tous savent, dès la mi-mai, que des marchandages avec les ravisseurs sont en cours et en bonne voie. A partir du 21, les journalistes commencent à parler d'une proche libération de deux otages d'Antenne 2 et du versement de rançons. On apprend bientôt que Chirac a passé un coup de fil à Hafez el Assad et qu'Omrane Adham — l'homme d'affaires syrien qui, deux mois auparavant, a porté un message du président François Mitterrand au numéro un syrien — s'est envolé une nouvelle fois pour Damas le samedi 24 mai.

Le dispositif est en effet *grosso modo* le même que celui mis en place quelques mois plus tôt : négociations avec les ravisseurs au Liban, contacts parallèles avec Téhéran, présence d'Omrane Adham à Damas pour cautionner la parole de la France, et négociations-pressions menées par Hafez el Assad directement ou par ses émissaires.

Dans une interview organisée par le colonel Esquivier, Catherine Nay et Charles Villeneuve obtiennent d'ailleurs pour *Europe 1* les confidences du ministre syrien de la Défense, le général Moustapha Tlass : « Des négociations ont lieu entre Damas et le groupe qui détient les otages » ; le Président syrien Hafez el Assad a « parlé avec le Président iranien Ali Khamenei pour qu'il exerce toutes les pressions possibles pour libérer les otages. » « Nous n'avons pas seulement l'espoir, mais la certitude de les libérer », ajoute-t-il, affirmant que si la Syrie savait où se trouvent les otages, elles les aurait déjà libérés, « même de force ». Déclarations qui ont aussi pour objet de rappeler à ceux qui se sont engagés dans des marchandages qu'ils ne doivent pas oublier que Damas demeure un partenaire obligé...

Toujours fin mai, un émissaire de l'ayatollah Azari Qomi (l'homme qui s'occupe auprès de Khomeiny de l'opposition irakienne) arrive au Liban. Cette fois, c'est un diplomate de l'ambassade d'Iran en Italie qui remplit cette mission. Il a reçu des instructions très précises pour que deux otages soient libérés rapidement. La visite de Moayeri à Paris a porté ses fruits. Téhéran a décidé d'encourager la bonne volonté du gouvernement de Jacques Chirac.

Le diplomate rencontre les ravisseurs de l'Aamal islamique, leur fait part des « désirs » de l'ayatollah Khomeiny. Il leur demande de négocier aussi avec la Syrie... Les deux cheiks irakiens reprennent du service et transmettent aux émissaires français la nouvelle exigence iranienne : ne pas oublier la Syrie.

Quelques jours avant cette demande, des contacts avaient été pris avec le président libanais Amine Gemayel afin de lui demander son aide pour l'évacuation des otages, au cas où... Amine Gemayel se serait engagé à faire passer les deux journalistes à Beyrouth-Est, puis au port de Jounieh où un hélicoptère les transporterait jusqu'au port chypriote de Larnaca. Les affaires paraissaient suffisamment avancées pour qu'un avion du G.L.A.M. s'envole pour Chypre et y attende l'arrivée des deux otages. Cette présence de l'avion spécial français sur l'aéroport de Larnaca indiquait à elle seule que Paris tentait d'obtenir la libération de Rochot et Hansen en court-circuitant Damas. Mais le service syrien d'écoutes avait intercepté les conversations fixant le détail de ces dispositions. Hafez el Assad ne pouvait que prendre ombrage d'une procédure qui négligeait le rôle personnel qu'il avait toujours voulu jouer dans cette affaire, qu'il jugeait décisive pour ses propres relations avec la France.

Le dimanche 15 juin, les deux cheiks irakiens rencontrent les négociateurs français en présence cette fois du colonel syrien Abdel Selem Dagastani (numéro 2 des services de renseignement de Damas). Ils mettent au point les modalités de paiement de la rançon en vue de la libération de deux otages choisis par les ravisseurs. Cette rançon est, comme le souhaitaient les Iraniens, « modeste » : environ 10 millions de francs ; la quasi-totalité sera réunie grâce aux bons soins des marchands d'Afrique. Cet argent doit être versé sur le compte du Conseil supérieur chiite au Liban à la filiale libanaise de l'Arab Bank Ltd, dont le siège, depuis la guerre, a été transféré en Suisse. Les négociateurs conviennent, après la libération de

Hansen et Rochot, dit-on à Beyrouth, de poursuivre les discussions sur les livraisons d'armes à l'Iran et sur l'arrêt du soutien français à Bagdad dans le cadre d'une libération de *tous* les otages encore détenus.

Le lundi 16 juin, nouvelle rencontre entre l'espion syrien, deux nouveaux représentants des ravisseurs et des Français de l'ambassade, pour mettre au point les modalités de la libération, prévue pour le vendredi soir suivant. Après une réunion plus restreinte avec le Syrien Dagastani et les deux Irakiens, l'heure de la libération est fixée : « à partir de 22 heures ».

L'argent est versé à l'Arab Bank par Zaher, Traboulsi, Baroud et Gandhour. Les marchands peuvent rentrer en Côte-d'Ivoire, mission accomplie. Les Syriens font parvenir aux Français un message les prévenant que la libération des deux otages se fera à l'hôtel Beaurivage, le Q.G. des « observateurs » militaires syriens, le vendredi 20 juin vers 19 heures.

Le matin, Jacques Chirac, qui suit heure par heure l'évolution de la négociation, est cette fois convaincu que le calvaire de Hansen et Rochot se termine. Il dit à Michel Roussin de « se préparer à toute éventualité ». A 14 heures 30, il lui téléphone et lui demande de contacter immédiatement François Bujon de l'Estang. Ce dernier déjeune à la maison de l'Amérique latine et se rend immédiatement à Matignon. « J'ai demandé à ma secrétaire d'annuler tous mes rendez-vous. Je suis allé chercher mon passeport et je n'ai dit à personne où je me rendais », expliquera plus tard à l'A.F.P. Bujon de l'Estang.

Dans le même temps, le Premier ministre contacte le ministre des Affaires étrangères, Jean-Bernard Raimond, pour l'informer du but de la mission. A 15 heures 15, Roussin et Bujon se rendent à l'aéroport militaire de Villacoublay en amenant avec eux Eric Desmarest, directeur du cabinet du ministre des Affaires étrangères. Auparavant, Michel Roussin s'est adressé à l'hôpital militaire du Val-de-Grâce et a demandé au médecin-aspirant Ludot de se rendre immédiatement à l'aéroport de Villacoublay.

A 16 heures, le FM 0011 décolle vers Larnaca (Chypre). Après une escale à Athènes, l'avion atterrit à Chypre à 22 heures 30, heure locale (19 heures 30 G.M.T.).

Entre-temps, comme convenu, peu avant 19 heures, arrivent à l'hôtel Beaurivage l'ambassadeur d'Algérie au Liban, Christian Graeff, ambassadeur de France à Beyrouth, et le chargé d'affaires iranien.

Dix-neuf heures... vingt heures... La tension est à son comble au Q.G. syrien. Un étrange ballet de voitures a lieu à proximité de l'hôtel. Les diplomates, las d'attendre, partent.

Soudain, plus tard dans la soirée, le responsable de la sécurité syrienne annonce que les deux otages français ont été libérés. Information rapidement démentie tant par l'ambassade de France à Beyrouth qu'à l'hôtel Matignon à Paris. Ce n'était donc qu'un faux espoir ? Pas tout à fait, peut-être : un interlocuteur anonyme se réclamant des ravisseurs « *certifie* », dans un bref appel à une agence de presse occidentale à Beyrouth, que son organisation va effectivement relâcher deux des membres de l'équipe d'Antenne 2 dans la soirée.

Effectivement, vers 22 heures, les ravisseurs préviennent Hansen et Rochot qu'ils vont être libérés. Le temps pour leurs gardiens de leur dire qu'ils n'ont rien contre le peuple français, on les emmène en voiture jusqu'à la corniche Mazraa. Hansen et Rochot font ensuite une centaine de mètres à pied, observés par les Syriens, avant d'entrer dans le hall de l'hôtel Beaurivage où ils sont accueillis par des officiers syriens et des journalistes.

Philippe Rochot, épuisé mais heureux, raconte à l'A.F.P. :

> « On avait trois repas par jour, un bon petit déjeuner avec fromage et confiture, du thé et tout ce qu'il fallait comme pain. Un déjeuner à midi, genre purée de pois-chiches et assez souvent de la viande, et un petit dîner... On avait des livres. Par exemple, moi j'ai lu trois fois le Lagarde et Michard du XIXe siècle... Des petites histoires d'amour et quelques romans policiers... On ne parlait pas avec les gens qui nous détenaient. Nos rapports étaient quand même bons : ils nous apportaient

la nourriture, on était autorisés aussi à prendre une douche tous les jours, à se raser... »

Les deux otages prennent ensuite leur premier repas d'hommes libres, mais, dès le lendemain, ils sont emmenés en voiture vers Damas, accompagnés de leurs mentors syriens. Arrivés au ministère des Affaires étrangères, ils ont le temps de se reposer. Roussin et Bujon de l'Estang, qui ont veillé toute la nuit, en contact permanent avec Paris et Damas, ont été prévenus qu'ils pouvaient partir de Larnaca pour la capitale syrienne. Le temps de préparer un plan de vol et de prévenir Jacques Chirac, les deux hommes décollent vers 11 heures. Laissons parler le conseiller diplomatique du Premier ministre devant Samy Ketz, journaliste de l'A.F.P., à bord du Mystère 20 qui ramène les deux otages vers Paris :

> « La délégation s'est rendue au ministère syrien des Affaires étrangères où elle a été reçue par le chef de la diplomatie syrienne, Farouk Al Chareh. Nous étions accompagnés par l'ambassadeur de France et quand nous nous sommes assis dans la salle, M. Chareh nous a précisé : "Laissez ces deux places. Elles sont pour les otages". Nous avons su alors qu'ils étaient bel et bien libres. Je crois que cette libération est principalement due au fait que nous avons utilisé les canaux officiels de notre diplomatie pour réussir. Par ailleurs, nous avons misé, dans cette opération, sur une discrétion totale, ce qui nous a permis d'avancer. La libération de MM. Rochot et Hansen est le début d'un processus qui doit, je l'espère, permettre à tous les otages français qui se trouvent à Beyrouth de recouvrer la liberté. »

Le conseiller diplomatique l'a bien affirmé : « Cette libération est principalement due au fait que nous avons utilisé les canaux officiels... » Sous-entendu : sans passer par des émissaires, comme le faisaient les socialistes. L'affirmation de François Bujon de l'Estang a du moins le mérite d'être conforme aux déclarations constantes de Jacques Chirac. La vérité, nous venons de le voir, est beaucoup plus subtile : si

MM. Roussin et Bourgi sont bien en effet des représentants officiels du gouvernement, les marchands de Côte-d'Ivoire le sont moins, et, à notre connaissance, le versement de rançons n'est pas un procédé usuel de la diplomatie française...

Quand, le 12 décembre 1986, nous avons publié dans *Libération* une partie de l'histoire de la filière ivoirienne, le démenti est tombé, catégorique : « Tout cela est complètement bidon. Il n'y a rien d'exact », nous a répondu à ce sujet le principal protagoniste de l'affaire, Michel Roussin. Et son supérieur, Maurice Ulrich, directeur du cabinet de Jacques Chirac, de surenchérir : « Michel Roussin n'a participé à aucune activité parallèle au Moyen-Orient. Il n'est pas intervenu dans cette affaire, sauf pour me seconder à Paris. Il s'est rendu deux fois à Damas, comme l'a déclaré le Premier ministre, pour rapatrier les otages. Et j'espère qu'il s'y rendra bientôt une troisième fois. »

De nouveaux démentis tomberont lors de la publication de ce livre. Nous confirmons d'avance notre version.

Dans les jours qui ont suivi, la plupart des observateurs ont conclu que la libération des deux otages avait été obtenue uniquement en échange de deux gestes « politiques » en faveur de l'Iran : l'expulsion de Radjavi et l'amorce d'une « normalisation » des relations entre Paris et Téhéran. Dans l'une de ses interventions au cours de l'émission *Questions à domicile*, Jacques Chirac n'a pas vraiment démenti cet « échange », mais il en a dissocié les termes. Il a dit : « Un certain nombre d'Iraniens étaient installés à Paris et faisaient de la propagande armée, ce qui est contraire au droit international ; nous les avons fait partir. » Et aussi : « Nous avons engagé un processus de normalisation, il se déroule. Il se déroulera jusqu'à son terme, de telle sorte que nous puissions rétablir des relations normales. »

En fait, à Paris comme à Téhéran, l'important est de sauver la face. Le régime islamique ne supporte pas d'être considéré comme « complice » des preneurs d'otages, mais admet qu'il jouit d'une « certaine influence » sur eux. Chirac ne supporte pas que l'on parle de « négociations » ou d'« échange », mais admet volontiers qu'il a quelque peu modifié la politique française vis-à-dis de l'Iran et effectué quelques « gestes » en sa faveur, en espérant que « cette confiance se manifeste de façon claire par un certain nombre de gestes » en retour. Nuances.

CHAPITRE X

LES TROIS CLÉS DE CHIRAC

Avant le 16 mars, Jacques Chirac suit personnellement le dossier « otages ». Quand il arrive à Matignon, le 22, il entend régler au plus vite le problème. Il n'ignore rien des conditions de ce règlement. La première est la libération de tous les prisonniers du « commando Bakhtiar », mais celle-ci dépend du Président de la République, toujours en place à l'Élysée. Jacques Chirac et son ministre des Affaires étrangères s'y rendent donc, comme on l'a vu, pour demander, début avril, la grâce des prisonniers. Le Président refuse. Les tractations d'avant le 16 mars, si elles ont bien eu lieu, n'auront servi à rien.

Tout est alors à recommencer. Et ce n'est donc pas un hasard si les pourparlers avec Téhéran reprennent sur le seul cas des otages d'Antenne 2, enlevés le 15 mars et qui ne faisaient pas l'objet des négociations antérieures. De surcroît, l'équipe de télévision est en principe plus facile à libérer, puisqu'elle a été kidnappée à la seule initiative d'opposants irakiens, en réplique à la « bavure » de Pierre Joxe...

Tout repart donc à zéro — ou presque.

Le Premier ministre connaît les trois clés et les quatre conditions qui permettront de faire libérer les otages. Les trois clés doivent ouvrir simultanément les verrous de Téhéran, de Damas et du Liban. Les quatre conditions sont toujours les mêmes : le règlement du contentieux Eurodif, le départ des opposants iraniens de France, la libération du commando Bakhtiar et le rééquilibrage des relations de la France avec l'Irak et l'Iran en guerre.

Jacques Chirac est un ami de l'Irak et n'entend d'aucune manière remettre en cause cette relation priviligiée, mais il s'estime capable de « normaliser » les rapports franco-iraniens sans « rééquilibrer ». Il confie à Jean-Bernard Raimond, le nouveau ministre des Affaires étrangères, qui vient de quitter l'ambassade de Moscou pour rejoindre le Quai d'Orsay, le soin de mener à bien et rapidement cette normalisation. Celle-ci, dans son esprit, devrait entraîner *ipso facto* la libération des otages.

Eric Desmarest est, au cabinet de Jean-Bernard Raimond, l'homme chargé de suivre les relations avec l'Iran. Il aura des rapports avec trois hommes de Matignon qui, à des degrés divers, suivront ce dossier prioritaire : Maurice Ulrich, en tant que directeur du cabinet du Premier ministre, assurera la coordination des différents volets de cette délicate négociation, notamment entre le plan financier, dépendant de Jean-Claude Trichet, directeur de cabinet d'Édouard Balladur, et le plan diplomatique dépendant de François Bujon de l'Estang, conseiller diplomatique de Jacques Chirac. Enfin, Michel Roussin, préfet, qui n'oublie pas qu'il a été le numéro 2 de la « Piscine » aux côtés d'Alexandre de Marenches, et qui a gardé de solides amitiés dans ce milieu, suivra le volet secret, celui qui n'a ni n'aura jamais d'existence officielle, tout comme les pourparlers d'émissaires officiels ou officieux avec les intermédiaires des ravisseurs.

Officiellement, Jacques Chirac a en effet rompu avec la politique des émissaires non diplomates, comme Raad ou Adham. Tout doit se faire « au grand jour », dira-t-il plus tard à Pierre-Luc Séguillon (le 30 novembre 1986). Et il est vrai que, dans un premier temps, la diplomatie traditionnelle est remise à l'honneur, à la grande satisfaction des professionnels du Quai d'Orsay.

Le 9 avril, le secrétaire général du Quai, André Ross,

accompagné de Marc Bonnefous, directeur pour l'Afrique du Nord et le Moyen-Orient, partent pour Téhéran. Alors qu'un mois plus tôt, Bonnefous n'avait pas obtenu l'autorisation de sortir de l'aéroport de la capitale iranienne, Ross et lui sont cette fois reçus avec égards, voire même avec chaleur. D'un côté comme de l'autre, on souhaite « normaliser ». Et on parle d'entrée de jeu de ce qui est considéré comme un préalable par l'Iran : le règlement du contentieux financier. Les deux diplomates marquent sur ce sujet une « volonté politique d'aboutir » (comme le confirmera Jacques Chirac devant la presse diplomatique, le 22 mai 1986). Une fois de plus, les Iraniens demandent que le problème du prêt Eurodif, qui concerne les deux États, soit disjoint de celui du dédommagement des sociétés privées. S'agissant des otages, la langue est toujours de bois : « Ce n'est pas nous, mais on peut certes influencer les ravisseurs... » Le cadre des négociations est ainsi défini dans une ambiance plutôt détendue.

La preuve de cette détente est fournie quelques semaines plus tard quand le vice-Premier ministre iranien Moayeri arrive à Paris et est reçu par Jacques Chirac, le 21 mai, à Matignon. Les deux hommes laissent aux « experts » le soin de régler le problème financier. Ils ont des choses plus importantes à se dire. Deux sujets retiennent respectivement l'attention de l'un et de l'autre : d'un côté la liberté accordée par la France aux opposants iraniens résidant sur son sol, la question des otages de l'autre. Jacque Chirac reconnaît qu'effectivement, certains réfugiés ne respectent pas la neutralité qui s'impose lorsqu'on demande asile dans un pays comme la France. Pour ce qui concerne le problème des otages, laissons la parole au Premier ministre qui, au lendemain de cette rencontre, en fait le récit devant la presse diplomatique :

> « ... J'ai également appelé l'attention du vice-Premier ministre iranien sur le fait qu'une nation qui a les responsabilités historiques et géographiques potentielles de l'Iran et qui doit légitimement pouvoir compter parmi les nations respectées

> dans le monde se doit bien entendu d'être exempte de toute espèce de soupçons à l'égard de quelque connivence que ce soit avec quelque action terroriste que ce soit et bien entendu avec des prises d'otages, et chacun connaissant ou soupçonnant la nature des groupes terroristes qui retiennent actuellement les otages français et les autres au Liban, j'ai indiqué à mon interlocuteur que le préalable à toute normalisation était la respectabilité de l'Iran, qui ne pouvait être démontrée que par le fait que les autorités de ce pays fassent tout ce qui est en leur pouvoir, dans un contexte difficile, pour participer au règlement du problème des otages français pour lesquels, et notamment en ce 22 mai, nous avons une pensée particulière... »

Charles Pasqua ne reste pas les deux pieds dans le même sabot. Il convoque par trois fois Radjavi, qui ne vient pas. Il donne alors l'ordre d'investir le camp retranché d'Auvers-sur-Oise. Après quelques tractations, le chef des Moudjahidin accepte, le 7 juin, de rejoindre l'Irak. Les autorités iraniennes se réjouissent d'avoir parié sur Chirac. La normalisation a l'air d'être bien partie. Les bonnes dispositions de Téhéran trouvent une traduction immédiate dans la médiation des commerçants libano-africains. La « filière ivoirienne » n'aurait sans doute jamais fonctionné sans ce dégel des relations entre Paris et Téhéran. Treize jours après le départ de Radjavi, les journalistes d'Antenne 2, Philippe Rochot et Georges Hansen, débarquent à Orly.

A Paris, c'est l'euphorie. Trichet, directeur de cabinet d'Édouard Balladur, qui connaît bien le dossier Eurodif pour en avoir traité sous la houlette de Roland Dumas, reçoit des instructions de flexibilité. A partir du début juillet, les Iraniens — les interlocuteurs du Quai d'Orsay comme ceux de la rue de Rivoli — n'hésitent plus à laisser entendre qu'ils peuvent tout faire en faveur des otages. Ce n'est d'ailleurs pas là le simple effet d'une soudaine bonté d'âme, mais plutôt, semble-t-il, la crainte de ne plus être en position de monopole pour traiter le sujet. Les ravisseurs, dit-on, se raidissent, car ils savent que leur sécurité risque de ne plus être assurée dès lors qu'ils n'auront plus d'otages entre leurs mains.

Si les Iraniens reconnaissent être en mesure de « tout faire » pour libérer les otages, ils reparlent avec d'autant plus d'insistance du problème majeur que constituent à leurs yeux les livraisons d'armes françaises à l'Irak.

— Ce n'est pas négociable, font observer en chœur les Français. Cette question relève de notre souveraineté...

— Nous comprenons, répondent finalement les Iraniens. Alors fournissez-nous la même chose qu'aux Irakiens !

Imperceptiblement, le charme s'évapore, car pour les dirigeants de Téhéran, au bout du compte, seul importe vraiment ce problème de leur approvisionnement en armes afin de gagner la guerre et de renverser Saddam Hussein.

Les négociations sur Eurodif, et plus généralement sur le contentieux financier franco-iranien, continuent néanmoins pendant l'été. Le 22 août, Jean-Bernard Raimond adresse un message à son homologue iranien, Velayati. La réponse n'arrive que le 22 septembre, par l'intermédiaire du chargé d'affaires à Paris, Hadadi.

C'est la quatrième conversation entre les deux hommes depuis un mois et demi. Les choses traînent. Le principe d'une rencontre entre les deux ministres des Affaires étrangères, dans une ville autre que Téhéran, est accepté par les deux parties. A condition, dit Raimond, que cette rencontre mette définitivement au point la normalisation. Les deux ministres se voient finalement à New York, fin septembre, pendant huit heures. « Cet entretien n'aurait dû durer qu'une demi-heure », constate un proche de Jacques Chirac qui a compris que la « machine est grippée ».

Le 17 septembre a eu lieu l'attentat devant le magasin Tati, rue de Rennes, à Paris. Les Français sont traumatisés par la vague de terrorisme qui submerge leur pays. Police et services secrets ne savent pas qui sont les auteurs de l'attentat, mais la revendication émise par le C.S.P.P.A., qui réclame la libération de trois prisonniers, dont Anis Naccache, ne permet pas d'exclure la piste iranienne, au contraire. Même si, pour calmer l'opinion publique et ne pas compromettre les pourparlers en cours, on privilégie alors la piste Abdallah...

Le 18 septembre, autre signe de mauvais augure : l'assassinat de l'attaché militaire français à Beyrouth, Gouttière, qui n'est autre que le chef d'antenne de la « Piscine » au Liban. De part et d'autre, le ton se durcit, mais personne ne paraît souhaiter créer l'irréparable.

Le 1er octobre, à Vittel, devant le R.P.R., Jacques Chirac déclare :

> « ... J'entends ici ou là dire "mais il doit y avoir tel ou tel pays" ; gardons notre sang-froid. Les relations extérieures d'une grande nation ne doivent pas être soumises aux pulsions sentimentales ou émotionnelles qui peuvent être ailleurs les nôtres et que je comprends très bien, mais quand on assume la responsabilité, on doit se garder de ces excès. Rien aujourd'hui ne nous permet d'accuser tel ou tel pays d'être complice des attentats dont nous avons été victimes, rien. Oh, je ne suis pas pour autant naïf, c'est vrai que nous soupçonnons, mais le soupçon n'est pas une preuve, nous soupçonnons largement ceux qui sont cités, d'autres qui ne le sont pas. Tout ce que je veux dire, c'est que si d'aventure, — et nous finirons bien par en avoir, si toutefois le terrorisme devait encore se développer —, si d'aventure, au-delà des sanctions, naturellement, contre les terroristes eux-mêmes, nous étions amenés à avoir des preuves suffisantes qui nous désigneraient ceux qui manipulent les terroristes, alors il faut savoir que, quels qu'ils soient, je dis bien quels qu'ils soient, nous engagerions à leur égard des rétorsions de différentes natures, politiques, économiques et qui seraient lourdes de conséquences pour ces pays. »

Il est important, à ce stade, de laisser la parole à Bani Sadr, ancien Président de la République iranienne, qui bénéficie toujours de bonnes informations, ce qui ne signifie pas pour autant que ce qu'il a révélé dans *Enghelab Eslami*, le 14 septembre 1986, doive être reçu sans réserves. Selon lui, un accord entre la France et l'Iran serait intervenu au début de l'été 1986, aux termes duquel la France aurait reconnu une dette sur Eurodif d'un montant total de 2 milliards de dollars (correspondant à peu près à la somme réclamée par Téhéran pour le capital et les intérêts) ; mais Téhéran aurait accepté de ne recevoir que 750 millions de dollars pour solde de tout compte, en échange d'un certain nombre d'engagements français (ce chiffre de 750 millions de dollars correspondrait exactement à celui qui, selon les Iraniens, aurait été proposé par un émissaire du R.P.R. à Téhéran dans la semaine précédant les élections de mars). Les engagements souscrits du côté français auraient été les suivants :

— le problème des créances des sociétés françaises serait dissocié de celui du contentieux Eurodif ;

— le gouvernement français se chargerait d'étouffer l'affaire Heidari, toujours pendante devant la Justice et qui empoisonne les autorités iraniennes, puisqu'elle démontre la corruption existant au sommet de l'État iranien ;

— les opposants en France seraient neutralisés ;

— un rééquilibrage des relations entre la France et les deux ennemis, Iran et Irak, serait envisagé à terme.

Évidemment, en vertu de cet accord, tous les otages français auraient été libérés.

Cette révélation par le journal de Bani Sadr aurait créé à Téhéran certaines complications dont auraient pâti les partisans d'un accord avec Paris. Une demande d'aval du Parlement serait alors devenue nécessaire. Un communiqué d'organisations étudiantes se serait violemment opposé à la conclusion d'un tel accord. C'est l'opposition à Rafsanjani qui l'a emporté, dit aujourd'hui Bani Sadr. Un accord de portée plus modeste serait néanmoins intervenu.

Cette bataille entre « modérés » et « durs » pourrait à la fois expliquer les atermoiements iraniens et la soudaine fixation des négociateurs (depuis le début juillet) sur la demande d'armes, seule potion susceptible de calmer les « durs ».

Les experts de la rue de Rivoli n'en continuent pas moins à

travailler sous la direction de Trichet. Finalement, un accord intervient le 27 octobre entre le directeur de cabinet d'Édouard Balladur et Mehdi Navab. Deux jours plus tard, le Quai, de manière embarrassée, révèle « qu'un pas vers un accord » a été accompli et que celui-ci sera « signé ultérieurement à un niveau politique. »

Paris a donné son accord au versement d'un milliard de dollars. Le remboursement du capital se fera en trois fois. Décision est prise de verser sur le champ le premier acompte. Le Quai d'Orsay n'évoque que l'acceptation de ce premier paiement. Le reste, une fois de plus, reste dans l'ombre. Il paraît hors de question de dire la vérité : que les versements sont liés au sort des otages et que le paiement du solde est prévu pour coïncider avec la libération des derniers prisonniers français.

·

Parallèlement à ces efforts pour faire sauter le verrou iranien, le gouvernement de Jacques Chirac multiplie les initiatives pour faire sauter également le verrou syrien. Malgré les dénégations officielles du Premier ministre, des émissaires secrets sont largement utilisés, Damas étant alors amplement suspecté, notamment par Londres, d'avoir directement trempé dans la préparation d'actions terroristes.

Parmi ces émissaires secrets, il en est un qu'on ne présente plus. Son livre écrit en collaboration avec Christine Ockrent a fait une vedette médiatique de cet homme qui fut pendant onze ans l'homme le plus secret de France, ou tout au moins celui qui connaissait le plus de secrets. Ami de Georges Pompidou, en délicatesse avec Valéry Giscard d'Estaing, apprécié par François Mitterrand, il aspire toujours à jouer un grand rôle à l'échelle mondiale. Résoudre le délicat et lancinant problème des otages lui a paru un enjeu à sa mesure.

Le docteur Raad est alors hors circuit ; de ce fait, le contact avec les otages Carton, Fontaine, Kauffmann (et Seurat ?) est rompu. Michel Roussin, chargé de suivre le volet secret du dossier « otages », n'a de contact, *via* les marchands d'armes d'Afrique et Bourgi, qu'avec les ravisseurs de l'équipe d'Antenne 2.

Alexandre de Marenches a donc décidé, vers la fin d'avril 1986, de mettre son impressionnant carnet d'adresses au service de la France. S'est-il alors concerté avec Michel Roussin, chef de cabinet de Jacques Chirac, qui fut naguère son propre second au S.D.E.C.E. ? Nul ne le saura. Toujours est-il que nous retrouvons l'ancien directeur de la « Piscine » à Damas, début mai, où il rencontre des responsables du renseignement, notamment le colonel Ali Hammoud. Le Syrien est flatté, honoré de rendre service à celui qu'on reconnaît comme l'un des cinq grands patrons de services spéciaux de réputation mondiale. Il l'emmène à Anjar, dans la vallée de la Bekaa, et lui fait rencontrer des chiites, présentés à la fois comme des Gardiens de la Révolution et comme proches des ravisseurs. Lui, Alexandre de Marenches, se présente comme un « grand responsable français ».

Le récit de ces pérégrinations nous a été fait par un chiite libanais « bien informé », et ces rencontres confirmées de plusieurs sources.

Lors de la première, la discussion porte sur des généralités. Les ravisseurs jugent la politique française hostile aux chiites du Liban et de l'Iran. Ils évoquent le bombardement de Baalbek, la présence des opposants iraniens en France, le soutien français à Saddam Hussein. Bref, les thèmes classiques. Alexandre de Marenches n'est pas homme à plier, même pour ramener des otages :

— La France ne fait que répondre à l'intégrisme iranien qui constitue une menace pour elle au Liban et dans le monde, réplique-t-il en substance.

Conversation très résumée ici, puisqu'elle a duré en fait quatre heures... Décision est prise de se revoir le 15 mai.

A la mi-mai, les ravisseurs énoncent leurs exigences devant l'ancien patron de la « Piscine » :

— Arrêt du soutien militaire français à l'Irak, ou bien livraison d'armes à l'Iran pour un montant d'un milliard de dollars ;

— Libération d'Anis Naccache et de ses camarades ;

— Expulsion des opposants iraniens en France et limitation des activités de leurs mouvements.

Alexandre de Marenches n'est pas vraiment surpris, mais fait immédiatement une contre-proposition :

— La libération de Carton contre celle de Kara (un des membres du commando Bakhtiar) et l'expulsion de Bani Sadr et Radjavi ;

— Dans un second temps, les ravisseurs libéreront Fontaine contre un deuxième membre du groupe Naccache. L'engagement sera pris par écrit de libérer Naccache un peu plus tard ;

— Enfin, dans un troisième temps, libération de Kauffmann et Seurat, contre l'engagement de livrer pour 500 millions de dollars d'armes, la France ayant toute liberté de choisir le type de ces armes...

Paris s'engagerait enfin à poursuivre les négociations sur le contentieux Eurodif, Alexandre de Marenches rappelant au passage que les pertes des entreprises françaises devront également être prises en compte.

Avant de clore ce deuxième entretien, l'ancien patron des services spéciaux s'enquiert du sort de Seurat.

— Il est vivant, mais il a été jugé. Si les négociations n'aboutissaient pas, il serait exécuté ainsi que la sentence le prévoit, lui répond-on.

Depuis le début, des gens « bien informés » prétendent que Seurat est bien vivant et que sa « mort » n'a été qu'une mise en scène — organisée par un docteur du Hezbollah — pour faire pression sur le gouvernement français avant les élections de mars.

Les ravisseurs demandent trois semaines pour étudier le projet de Marenches et surtout pour le faire examiner à Téhéran.

Le 9 juin, « Porthos » retrouve ses interlocuteurs au Liban. Ceux-ci refusent de laisser à la France le soin de définir la nature des armes qu'elle fournira. Ils ont dressé une liste de fournitures pour 50 millions de dollars seulement. Ils exigent en revanche le remboursement rapide du prêt Eurodif, les intérêts devant faire l'objet d'une autre négociation. Le dédommagement des entreprises — que les ravisseurs fixent au maximum à 200 millions de dollars — s'imputerait sur ces intérêts. Sur les autres points, les ravisseurs sont d'accord avec le plan de Marenches. Une nouvelle rencontre est prévue pour le 19 juin.

En signe de bonne volonté du côté français — c'est du moins ce que fait savoir l'ex-patron des services spéciaux —, Radjavi est alors expulsé. Les ravisseurs, de leur côté, ne font aucun signe de ce genre : ils ne libèrent pas Marcel Carton, mais, au contraire, transmettent une nouvelle exigence : l'arrêt pendant six mois des livraisons d'armes à l'Irak. Alexandre de Marenches répond aux ravisseurs par le truchement du colonel Hammoud : cette condition est inacceptable.

Une simple observation pour conclure le récit libanais de cette mission : si celle-ci avait abouti, comment Alexandre de Marenches se serait-il débrouillé pour faire libérer les membres du commando Naccache quand on sait que seul le Président de la République avait la possibilité de les grâcier ?

Deux autres émissaires spéciaux ont été vus à plusieurs reprises dans la capitale syrienne : Iskandar Safa, Libanais de nationalité française et de confession chrétienne, proche du R.P.R. — et, ce qui n'est pas incompatible, financier fort aisé — ; Jean-Charles Marchiani, proche de Charles Pasqua, ancien du S.A.C. et ancien du S.D.E.C.E. reconverti dans les affaires.

Les deux compères se sont rendus à Damas, via Francfort, le 30 mai, le 12 juin et à la fin de septembre. Chaque fois, ils ont séjourné à Damas plusieurs jours. Ce ne sont d'ailleurs pas des personnages à passer inaperçus, surtout quand eux-mêmes s'estiment mandatés par le Premier ministre. Mandat au demeurant confirmé, n'en déplaise à Jacques Chirac, par l'ambassadeur de France en Syrie, et, téléphoniquement, par le cabinet du Premier ministre...

Malgré ces sésames, le président Hafez el Assad, le vice-président Khaddam et le ministre des Affaires étrangères, Al Charah, échaudés par les aléas de la diplomatie secrète, refusent de recevoir les envoyés très spéciaux du gouvernement français. Finalement, Marchiani se réjouit d'être admis à rencontrer le général Hamadani, proche du Président, chargé des problèmes de sécurité.

Le général Hamadani, qui ne passe pas pour un homme qu'on choque facilement, trouve néanmoins les propos de l'ex-barbouze corse un peu musclés, bien peu conformes aux usages de la diplomatie. Le message que lui transmet son interlocuteur est en substance on ne peut plus clair : l'expérience de gauche est terminée, le Président de la République française n'a plus aucun pouvoir ; tous les pouvoirs sont entre les mains de Jacques Chirac qui peut même, s'il le souhaite, couper du jour au lendemain l'eau et l'électricité à l'Élysée ; dans l'affaire des otages, le Président Hafez el Assad doit donc cesser de coopérer avec le Président de la République, pour la simple raison que l'avenir de la France est à droite, avec Jacques Chirac pour Président...

Marchiani participe — avec d'autres, fort heureusement — aux pourparlers visant à rapprocher Paris et Damas. Beaucoup plus officielle est ainsi la visite impromptue dans la capitale syrienne, le 23 septembre, du ministre de la Coopération, Michel Aurillac. Six jours après l'attentat de la rue de Rennes, l'envoyé de Jacques Chirac souhaite une discussion franche avec le vice-président Khaddam. Ferme, voire menaçante si Damas a quelque chose à voir dans la vague de terrorisme qui est en train de submerger la France ; cordiale et conciliante dans le cas contraire.

Pour tester la bonne volonté de Damas, Aurillac propose une coopération active entre les deux pays dans la lutte contre le terrorisme. Proposition acceptée par les Syriens qui reçoivent, trois jours plus tard, la visite de Bernard Gérard, le dynamique patron de la D.S.T. Le général El Khouly, patron des services de renseignement de l'Armée de l'air syrienne, promet à Gérard d'entreprendre des démarches auprès de tous les groupes terroristes de la région pour que cessent les actions perpétrées contre la France.

Gérard pose également certaines questions précises au général, et du 9 au 12 octobre, Clair, patron de la lutte antiterroriste à la D.S.T., et Philippe Rondot, expert au service de contre-espionnage, écoutent les réponses que leur font de leur côté le général Ghazi Ganaan, chef des services spéciaux syriens au Liban, et le général Ali Douba, responsable des services de renseignements militaires...

Lors de son séjour à Damas, Aurillac relance d'autre part l'idée d'une aide économique de Paris. Matignon considère en effet que ce second verrou est d'or : il redoute par-dessus tout les conséquences d'une éventuelle déstabilisation de la Syrie, coincée entre le soutien soviétique et la pression iranienne.

Le 23 octobre, *Libération* révèle l'ampleur de la négociation. A la grande colère du Premier ministre, Jean Guisnel écrit :

> « La France négocie actuellement l'exportation d'armements vers la Syrie. Selon nos informations, il s'agirait, entre autres, de divers systèmes de blindage, de matériels d'artillerie sol-sol et d'équipements de visée nocturne. Plusieurs industriels sont concernés, dont le Groupement industriel des armements terrestres (G.I.A.T.), dépendant du ministère de la Défense. Les discussions se déroulent sous l'égide de la Société française de matériels d'armement (S.O.F.M.A), dont les activités sont étroitement contrôlées par l'État, via la délégation aux relations internationales, l'une des directions de la Délégation générale pour l'armement...
>
> L'un des principaux problèmes soulevés par les ventes d'armes à ce pays, surtout dans le contexte actuel, réside dans la destination finale des équipements. Rien n'empêche en effet un pays acheteur de rétrocéder ensuite les armes à un pays

tiers, et, à Paris, certains experts craignent que les armes actuellement négociées entre la France et la Syrie ne soient finalement dirigées vers l'armée iranienne qui a d'énormes besoins... »

La France se dit également prête à aider financièrement l'économie syrienne dans le domaine de l'agriculture et celui des infrastructures.

Une crise entre le gouvernement de Londres et celui de Damas — le premier accusant le second de « terrorisme » —, suspend momentanément ce grand rapprochement. Mais Hafez el Assad a néanmoins clairement compris le message de Paris : le 11 novembre, il rend les deux « otages » Sontag et Coudari, dont l'affaire relève en fait du grand banditisme en territoire contrôlé par la Syrie, et n'a strictement rien à voir avec celle de Carton, Fontaine, Kauffmann et Seurat, non plus qu'avec celle de l'équipe d'*Antenne 2*.

Un chèque de 330 millions de dollars est encaissé par l'Iran au cours de la dernière semaine de novembre. A la mi-décembre, Jean-Claude Trichet arrive à Téhéran à la tête d'une délégation officiellement chargée de mettre la dernière main au règlement du contentieux Eurodif, et est surtout porteur d'un « message verbal du gouvernement français » qu'il remet au ministre des Affaires étrangères, Ali Akbar Velayati. Trichet est de retour à Paris le 23 décembre.

Le mercredi 24 à 17 heures 55, une Mercedes noire dépose l'otage Aurel Cornéa à deux cents mètres de l'hôtel Beaurivage, siège des observateurs syriens dans la banlieue sud de Beyrouth. Deux personnes le reconnaissent et l'emmènent à l'hôtel où journalistes et photographes se précipitent sur lui. D'après le dernier communiqué de l'Organisation de la Justice révolutionnaire (O.J.R.) publié la veille, cette libération devait intervenir une heure plus tôt. Hagard et barbu, le preneur de son d'Antenne 2 — qui avait été enlevé le 8 mars précédent avec ses collègues Philippe Rochot et Georges Hansen (libérés le 20 juin) et Jean-Louis Normandin (encore détenu) — est immédiatement pris en charge par des agents de sécurité français. Il a juste eu le temps de crier aux journalistes qu'il va « *bien* » avant de monter dans l'une des deux voitures blindées de l'ambassade de France stationnées devant l'hôtel. Des gardes du corps français et syriens entourent immédiatement le véhicule. Le convoi des deux voitures démarre aussitôt, puis entre dans l'enceinte du quartier général des Forces spéciales (unités d'élite) de l'armée syrienne, qui se trouve à cent mètres à l'ouest de l'hôtel. Les soldats syriens interdisent aux journalistes d'y pénétrer. Le convoi repart ensuite vers l'annexe de l'ambassade de France à Beyrouth-Ouest d'où, après une étape d'un quart d'heure, il se rend à l'ambassade, dans le secteur chrétien de la capitale libanaise.

Aurel Cornéa ne fera pas l'étape de Damas. Il s'envolera directement de Beyrouth vers Nicosie où l'attend le Mystère 50 du G.L.A.M. avec, à son bord, François Bujon de l'Estang et Marc Bonnefous, secrétaire adjoint du Quai d'Orsay.

L'O.J.R. — l'organisation des opposants irakiens — présente cette libération comme « une réponse à certaines modifications dans la politique étrangère française » et souligne « les efforts sérieux du gouvernement de M. Jacques Chirac », décidé, selon elle, « à corriger les erreurs commises dans les domaines politiques et économiques par ceux qui l'ont précédé au pouvoir ». Elle exprime également l'espoir de voir la France adopter une attitude conduisant à la libération de « tous les otages français » qu'elle détient.

Avant l'arrivée d'Aurel Cornéa, Jacques Chirac remercie les Algériens et les Palestiniens pour leur « important effort », les Syriens pour avoir « beaucoup facilité les choses », ainsi que les Libanais. Les Iraniens sont oubliés dans la distribution. En diplomatie, l'oubli n'existe pas. C'est que Téhéran, contrairement aux promesses, n'a rien fait après le versement des 330 millions de dollars. Mais rien fait non plus, il est vrai, pour empêcher la libération de Cornéa...

Le mouvement d'opposition irakien « Aamal islamique » entretient certes des liens avec Téhéran, notamment par Azari Qomi qui fait partie de l'entourage de Khomeiny, mais il dispose d'une certaine marge de manœuvre et ses objectifs ne recouvrent pas tout à fait ceux des autorités iraniennes. En cas de changement politique en Irak, « Aamal » sait par exemple que les ayatollah d'Iran ne soutiendront pas leur chef, l'ayatollah Chirazi, pour succéder à Saddam Hussein, mais plutôt le président du Conseil supérieur de la Révolution, Bakr Hakim. « Aamal » cherche donc une reconnaissance et des appuis extérieurs. Il a noué de bons rapports avec les Palestiniens, les Algériens, les Libyens et les Syriens. Ce qui explique que les deux premiers aient pu intervenir avec efficacité pour la libération de Cornéa.

Une sérieuse « gaffe » aurait pourtant été commise lors du rapatriement du caméraman d'Antenne 2. L'ambassadeur de France, Christian Graef, aurait refusé que l'ex-otage transite par Damas, malgré l'insistance d'Ali Hammoud, le responsable syrien qui l'avait récupéré. Le passage direct de Cornéa en zone chrétienne est pris comme une insulte par Hafez el Assad. Dans les heures qui suivent, Jacques Chirac doit téléphoner au numéro un syrien pour apaiser son ire. Certaines sources prétendent que la non-libération de Jean-Louis Normandin s'expliquerait par l'irritation de Damas, qui entretient par ailleurs de bonnes relations avec l'ayatollah Chirazi...

Les Américains revendiquent eux aussi la paternité de la libération « d'au moins deux otages français ». C'est ce qui ressort d'un document interne du National Security Council rédigé au début novembre.

Un marchand d'armes, Ignatiev, est lui aussi convaincu d'avoir joué un rôle dans les libérations intervenues en novembre et décembre 1986. En juillet, un marchand d'armes britannique l'a contacté et lui a demandé d'entrer en relation avec un Syrien, Al Kassar, résidant à... Marbella et lui aussi marchand d'armes, spécialisé dans la fourniture de matériels des pays de l'Est au Tiers monde (c'est ainsi que, pendant l'opération Manta, au Tchad, il avait pu obtenir en cinq jours des minutions fabriquées en Pologne...). Son palais de Marbella et l'importance de ses comptes en banque n'apaisent pas sa frustation de ne plus pouvoir venir jouer les nababs à Paris. En effet, la France lui est fermée depuis qu'il a été condamné par défaut à une peine de huit ans de prison pour complicité dans des actes de terrorisme, dans le trafic d'armes et de drogue. Il est venu une idée à Al Kassar : troquer l'oubli de cette condamnation contre la libération de deux ou trois otages français. Le Syrien croit avoir les moyens de réaliser ce marché, grâce à ses amis haut placés à Damas. C'est ce qu'il dit à Ignatiev, les 7 et 8 juillet.

De retour à Paris, Ignatiev prend des contacts. Il a rendez-vous avec Me François Gibault, lui demande de devenir l'avocat d'Al Kassar, disant que cette opération est « couverte » par Matignon. Me Gibault, intéressé par ce dossier, tente sans succès d'obtenir un rendez-vous avec Michel Roussin. L'avocat se retourne alors vers Ignatiev qui, revenant sur ses dires, prétend maintenant que, par prudence, la « couverture » a été donnée par le R.P.R. François Gibault téléphone rue de Lille. Là, bien qu'il semble qu'au moins un membre éminent de ce parti ait alors été contacté, tout le monde paraît se dérober. Finalement, Me Gibault se rend avec le marchand d'armes dans le somptueux palais d'Al Kassar, le 22 août. Surprise : Nabi Berri est là ! Il se dit capable de faire libérer Cornéa et Normandin. Sitôt que Berri a le dos tourné, de sordides tractations ont lieu avec Al Kassar qui non seulement veut se refaire une virginité judiciaire en France, mais exige de l'argent. « Pour Berri », dit-il. Nabi Berri affirme pour sa part que l'opération sera menée par des « Irakiens pro-iraniens infiltrés par mes hommes ».

Des contacts sont pris par Ignatiev avec le commissaire Clair, de la D.S.T., avant qu'il ne s'envole pour Damas avec Al Kassar et un Libanais, Sami Bouez. Le marchand d'armes d'origine russe rencontre là-bas Ali Douba, patron des services de renseignement. « Nous pouvons faire quelque chose », dit celui-ci avant de le faire accompagner d'un colonel adjoint de Ghazi Ganaan, responsable syrien du renseignement au Liban. Ignatiev se retrouve chez Berri...

Début novembre, Ignatiev est prévenu que la libération des otages est proche. Puis, dans la journée du 10, on le cherche : c'est pour le soir même. Sontag et Coudari sont libérés. Ce ne sont pas pas ceux qu'Ignatiev attendait. Quand, quelque temps plus tard, il téléphone à Matignon pour rappeler qu'on n'oublie pas de régler le « problème personnel » d'Al Kassar, il s'entend répondre : « Ça n'est pas vous. »

« La Syrie, dit un ami d'Ignatiev, estime qu'on n'a pas tenu les promesses faites à Al Kassar, et il faut savoir que Berri, lui, avait promis Normandin et Cornéa avant Noël... »

Le mardi 6 mars 1987, l'émissaire de Charles Pasqua, Jean-Charles Marchiani, devenu sur son passeport Alex Stefani, prend contact avec Khatimi Mohammed Hussein à Vienne, en Autriche. Khatimi est un collaborateur de Ghorbanifar, le fameux « Ghorba », l'homme-clé de l'Irangate. L'objet de ce contact est tout simplement d'entrer en négociations avec les ravisseurs des otages français détenus au Liban et de définir les « contreparties » d'une éventuelle libération.

Fort de ce contact, Marchiani convainc Pasqua de l'utilité d'un nouveau voyage à Damas, qu'il effectue en compagnie du général Imbot, patron de la D.G.S.E., de Ghorbanifar et d'Omrane Addam, l'ex-émissaire de François Mitterrand, le dimanche 8 mars, à bord d'un appareil du G.L.A.M. Malheureusement, cette mission est si secrète qu'elle n'est même pas connue du ministre de la Défense. Giraud ne la découvrira qu'après coup et piquera, dit-on, une très vive colère à l'encontre de son collègue de la Place Beauvau.

Les Syriens sont fort surpris de voir arriver ce curieux équipage. Marchiani et le général Imbot n'auraient pas hésité, en l'occurrence, à se faire passer pour des émissaires mandatés par le Président de la République. De quoi rendre les Syriens plutôt perplexes, mais ceux-ci ont déjà reçu tellement de visiteurs, depuis deux ans, qu'ils feignent de se satisfaire de cette explication. Le résultat des pourparlers conduits par cette équipe de spécialistes est au demeurant, à ce qu'il semble, des plus maigres...

L'histoire ne s'arrête pas avec le retour à Paris de l'avion du G.L.A.M. Le contact de Marchiani, alias Alex Stefani, Mohammed Khatimi, se rend ultérieurement au Liban et est à son tour enlevé dans la plaine de la Bekaa. Par qui ? Les ravisseurs des otages avec lesquels il était en contact ? Certains « services spéciaux » ?

Le pauvre Marchiani sera obligé de retourner une nouvelle fois à Damas, cette fois pour récupérer son intermédiaire, devenu otage. C'est ainsi que les Syriens verront à nouveau débarquer Marchiani à la fin d'avril...

« Nous n'exportons aucune arme, ni en Iran, ni en Syrie », répète à l'envi et sur tous les tons Jacques Chirac. Le Premier ministre aurait donné, le 23 juin 1986, l'ordre formel à la Direction des Affaires internationales d'éviter et d'arrêter toutes exportations à destination de l'Iran. « Tout ce qui est contrôlable est contrôlé », affirme un proche de Jacques Chirac, précisant qu'au début, Matignon a même stoppé des livraisons correspondant à des « contrats datant du temps des socialistes ». Est-ce aussi simple ?

Reconnaissons que nous sommes dans l'incapacité d'apporter la preuve que des sociétés françaises approvisionnent encore l'Iran en armes depuis mars 1986. Nous en avons pourtant l'intime conviction. Tous les marchands d'armes que nous avons rencontrés ont largement souri lorsque nous avons émis devant eux l'hypothèse que la France pouvait ne plus livrer de munitions ou de matériels militaires à ce pays. Contentons-nous donc de rapporter ce que nous avons entendu, en précisant encore une fois qu'il s'agit là d'informations plausibles, mais invérifiables ou invérifiées.

Bani Sadr affirme pour sa part que :

— Matra aurait livré des radars de guidage de missiles ;
— Luchaire continuerait à livrer des munitions (de l'usine de Bourges, nous dit un marchand d'armes, et achetées par sa filiale italienne S.E.A...) ;
— Thomson livrerait du matériel sophistiqué ;
— Manhurin aurait passé un contrat secret.

Des intermédiaires citent abondamment la société Gemat pour des livraisons de canons de 155 et de munitions utilisant des *end users* (certificats précisant une destination de complaisance) délivrés par le Sierra Leone, Abou Dhabi et le Burkina-Faso. D'autres parlent aussi d'Akram Ojjeh, le gendre du ministre syrien de la Défense.

Le nom d'Ignatiev circule beaucoup à propos de la fourniture d'obus de 155, voire de missiles, *via* la Syrie. Celui de la C.E.P.P.I. revient souvent à propos de la livraison de missiles. Un contrat de 200 caméras pour chasseurs F4 (vision de nuit) serait en cours d'exécution en France. La S.N.I.A.S. aurait été prête à vendre des hélicoptères et des pièces détachées à l'Iran, *via* l'Indonésie. Les Iraniens ne comprenaient pas très bien les raisons d'un pareil détour...

Un ex-pilote de chasse, Joseph-Jean Floch, est sans doute la seule personne en France qui ne cache pas ses activités commerciales avec l'Iran. Il a d'ailleurs été le seul Français à poursuivre tranquillement ses négociations à Téhéran au moment où se déroulait la guerre des ambassades ! Il cherche à devenir l'intermédiaire obligé des relations industrielles entre Paris et Téhéran. Il serait associé avec Nassar, un banquier libanais, et le baron Empain[1]. Pour éviter tout problème, le « groupe Floch-Nassar » a établi la plaque tournante des

1. Son nom revient très souvent dans l'évocation des approches faites pour vendre des armes à l'Iran et au Hezbollah. Il semble que le baron ait même contacté à un certain moment le docteur Raad pour lui demander des introductions...

relations entre Paris et Téhéran à Beyrouth. Il utilise l'aéroport privé du secteur chrétien avec l'accord du Président libanais Amine Gemayel et la bénédiction des Iraniens.

Floch a emporté des marchés de maintenance dans l'aviation civile et militaire iranienne en utilisant des ateliers français de sous-traitance. Des pièces d'avions F4 seraient ainsi usinées dans la France profonde pour donner une seconde vie à des avions de Khomeiny. « Invité » par un conseiller technique de Matignon à mettre fin à ce type d'activités, Floch, en s'appuyant sur une interview d'André Giraud, ministre de la Défense nationale, se serait borné à répondre : « Laissez-moi faire mon métier... ».

CHAPITRE XI

LOFTI

A la mi-février, officiellement, la piste Abdallah est encore celle qui doit conduire tous les limiers de France à découvrir les auteurs des attentats de la rue de Rennes. Pourtant, magistrats aussi bien que policiers — à l'exception de quelques fonctionnaires de l'équipe de Clair, patron de la lutte anti-terroriste à la D.S.T. — préfèrent l'oublier. Pour le juge Michel Legrand, les témoignages de passants ayant cru reconnaître un frère Abdallah quelques instants avant l'explosion d'un engin jeté dans une poubelle devant le magasin Tati, ou celui d'une hôtesse de l'air certaine d'avoir vu embarquer dans la soirée ce même frère Abdallah, ne sont pas, en effet, convaincants. Et ce, pour plusieurs raisons dues à la fragilité même du récit de ces témoins interrogés dans un moment de grande émotion, et aux conclusions négatives des enquêtes diligentées après ces témoignages. Les policiers continuent à chercher, mais ne savent plus trop à quel marabout se vouer...

Le 17 février, un honorable fonctionnaire de l'antenne tourangelle de la D.S.T. voit débarquer un homme jeune et brun, plutôt fébrile, à l'évidence ravi et pressé de se « mettre à table ». L'affaire paraît d'emblée suffisamment « sensible » pour qu'on fasse appel à un spécialiste de Paris qui descend sans tarder. En tout juste huit heures, la D.S.T. va, ce jour-là, apprendre davantage sur l'ennemi qu'elle traque qu'en des mois d'une enquête parsemée de fausses pistes. Face au policier, l'homme parle sans désemparer.

Nom : ......, dit Lofti
Age : 32 ans
Nationalité : tunisienne
Situation familiale : marié (à une Française), deux enfants
Profession : révolutionnaire islamique en rupture de ban...

Le curriculum vitae détaillé convainc bien vite la D.S.T. qu'elle a touché l'« oiseau rare ». Né sunnite dans la Tunisie de Bourguiba, le jeune Lofti a très tôt prêté l'oreille aux prêches intégristes. Et quand, en Iran, « l'Islam a triomphé de la dictature du Shah », il n'a plus hésité. Sunnite, chiite, qu'importe, c'est là-bas qu'au nom d'Allah se prépare le combat des « justes » contre l'« Occident corrompu ».

Dès 1979, Lofti débarque à Qôm, ville sainte entre toutes, berceau de la « révolution ». Ses innombrables écoles forment, sous la férule d'un régiment de mollah, les nouveaux prosélytes de l'Islam conquérant. Au programme, inextricablement mêlés, les saints versets du Coran et l'abécédaire du terrorisme.

Nanti d'une bourse, Lofti suit les cours de l'école Hojjatieh qui accueille les étrangers originaires d'Europe, d'Amérique, d'Asie et d'Afrique. Cinq ans d'études marquées par un dévouement sans faille à la République islamique : la « norme » en quelque sorte, à peine entachée par la fréquentation un peu douteuse d'un professeur d'origine irakienne qui ne semble pas (ou plus) éprouver la vénération naturellement due en ces lieux à la « ligne de l'Imam ».

En 1984, au terme de son cycle d'« études », Lofti s'installe en France, à Tours précisément. Sa mission : amener ses compatriotes maghrébins à la vérité de l'Islam, version khomeiniste. Pour cela, il touche 30 000 dollars par an (environ 180 000 francs) qui lui parviennent via les États-Unis et le Liban. Il fréquente régulièrement le foyer Ahl el Beit, animé au Kremlin-Bicêtre par des militants intégristes, monte une petite école coranique, le tout pour trier les meilleurs éléments et les orienter à leur tour vers les saintes écoles de Qôm.

A cette époque, il ne passe pas tout à fait inaperçu. La D.S.T., déjà, l'a repéré. Lofti a même été appréhendé en février 1986 avec d'autres intégristes comme lui. Il a eu plus de chance que beaucoup d'entre eux, puisqu'il a pu s'en retourner, libre, auprès de sa femme et de ses deux enfants.

Au policier qui l'écoute, ce 17 février 1987, Lofti explique pourtant que c'est au cours de ce séjour tourangeau qu'il a commencé à « douter ». Influence d'une correspondance suivie avec son professeur irakien de l'école Hojjatieh ? Et si les prêches enflammés de ses bons maîtres ne cachaient finalement que la vieille haine des Perses envers les Arabes ?...

Lofti n'en retourne pas moins à Qôm, avec sa famille. Le directeur de l'école lui propose alors de diriger le département d'études islamiques pour les ressortissants du Maghreb. L'objectif n'a pas changé : gagner de nouvelles âmes à la « ligne de l'Imam » et propager son message. L'ayatollah Montazeri, dauphin de Khomeiny et « patron » officiel de l'exportation de la révolution islamique, exerce sur l'école une influence déterminante. C'est d'ailleurs au cours de ce second séjour que Lofti affirme avoir pris connaissance d'un « rapport secret » dudit Montazeri, consacré aux attentats parisiens de 1986. Organisés par un ancien de Qôm, ces attentats auraient, selon le rapport, permis à la République islamique de contraindre la France à changer de politique.

Influence renouvelée du « professeur irakien » retrouvé dans l'enceinte de l'école ? Effroi soudain devant les « travaux pratiques » dérivés de la pédagogie de Qôm ? Recherche d'un gain toujours possible à négocier pour un « repenti » bien informé ? Jeu beaucoup plus trouble au bénéfice de l'Irak ? ou d'un clan iranien opposé à Montazeri, comme semblent le penser ses interlocuteurs de la D.S.T. ? Ou bien Lofti serait-il une « taupe » envoyée par les services algériens, comme paraissent le croire les opposants iraniens en France ? ou, mieux encore, un agent manipulé par la C.I.A., comme l'affirment certains Libanais chiites ?

Impossible, aujourd'hui encore, de démêler le vrai du faux,

le vraisemblable du douteux. Une seule chose semble sûre : c'est en cette fin de l'année 1986, à Qôm, que Lofti se retourne contre ses maîtres et troque les oripeaux du dévôt contre un masque d'agent double. Le « soldat d'Allah » a décidé de se faire taupe.

Et revenu à Tours, il parle, ce 17 février 1987, à un policier français passablement éberlué. Ce qu'il propose vaut de l'or, mais tient en peu de mots : il livrera le réseau qui a terrorisé Paris six mois plus tôt en échange d'un pactole — cinq millions de francs —, de la nationalité française, d'un refuge discret en Amérique et, en prime philanthropique, de l'asile politique pour le bon professeur irakien de l'école Hojjatieh.

En gage de sérieux et de « bonne foi », Lofti a déjà donné le chef du réseau, Fouad Ali Saleh. Tunisien comme lui, il l'a connu à Qôm. Pour le reste, tout le reste, Lofti propose un montage audacieux : « Louez-moi un appartement, j'y monterai une école coranique. Truffez-le de micros et écoutez... »

Les responsables de la D.S.T. hésitent. Crainte de manipulation ? Doutes sur la « couverture » politique ? Le « deal » proposé par Lofti reste en suspens. Mais ce qu'il a révélé n'est peut-être pas pour rien dans la bien surprenante déposition de Raymond Nart, sous-directeur de la D.S.T., au procès de Georges Ibrahim Abdallah. Contre toute attente, ce 25 février, soit huit jours après la confession de Lofti, le contre-espionnage français semble presque vouloir blanchir le chef présumé des F.A.R.L.

Nart explique en effet : « On parle de lui en disant que c'est un chef, je récuse le terme de chef, ce n'est même pas un petit chef puisqu'il s'est fait prendre... C'est une sorte d'officier support. »

Me Georges Kiejman, l'avocat des parties civiles américaines, s'énerve : « Comment pouvez-vous dire cela ? L'un de vos subordonnés affirme dans un rapport qu'Abdallah est bien le chef des F.A.R.L. et qu'à ce titre, il a directement organisé par l'intermédiaire de son réseau les attentats réalisés en France... »

Raymond Nart tient bon : « Je ne dirai pas que c'est le chef des F.A.R.L. Je ne crois pas que c'est le cas... J'ai quelques idées sur le véritable chef des F.A.R.L., ce n'est pas Abdallah. Lui, c'est un petit chef, il a des responsabilités, c'est sûr, mais c'est un petit chef... Vous savez, les F.A.R.L., c'est un sous-produit. Une dissidence de la dissidence. Il y a d'abord eu le F.P.L.P. de Georges Habache, puis une première scission avec sa branche militaire commandée par Wadi Hadad, puis encore d'autres scissions. Abdallah, c'est l'aboutissement de tout cela. »

« Était-il bien le responsable des F.A.R.L. en France ? » demande Me Kiejman.

« C'est possible, ce n'est pas prouvé, poursuit Nart ; *c'est quelqu'un qui a fabriqué de petits commandos, c'est tout... »*

« Des petits commandos qui sont responsables de quatre assassinats ! » tonne Me Kiejman.

Finalement, début mars, la D.S.T. accepte le « montage » de Lofti pour démanteler le réseau de Fouad Ali Saleh, sans s'engager pour autant à satisfaire toutes les exigences de la taupe. Lofti installe au 44 *bis* de la rue de la Voulte une école coranique que les policiers s'empressent de « sonoriser ». Ainsi entendront-ils Fouad, dit Ali le Tunisien, venu sans méfiance, raconter par le menu les activités de son réseau. Ainsi apprendront-ils aussi que de nouveaux explosifs, liquides, doivent être prochainement livrés.

C'est cette dernière « confidence » qui amènera Robert Pandraud, ministre délégué à la Sécurité, dûment informé, à précipiter le démantèlement du réseau pour ne point risquer de nouveaux attentats. De fait, le 22 mars, les policiers de la D.S.T. arrêtent Fouad Ali Saleh et sept de ses comparses, notamment le Tunisien Mohamed Mouhajer, fils d'un cheik réputé et une des figures marquantes du Hezbollah.

Lofti la taupe, contrat rempli, peut légitimement attendre sa « rétribution ». Il touchera alors 250 000 francs. Bien peu, il est vrai, eu égard au magot espéré. Mais il ne barguigne pas encore : il peut, il veut donner davantage et propose d'attirer en France les Libanais du Hezbollah qui servent d'« exécuteurs » au réseau parisien. L'opération est jugée plus que sulfureuse par les patrons de la D.S.T. qui commencent à trouver leur taupe un peu encombrante et estiment urgent de l'« exfiltrer ».

Pour Lofti, qui pensait en avoir terminé de ses aventures, commence alors un épilogue des plus confus, entre le sordide et le dérisoire, genre polar de série B en quête de point final. Ses rapports avec ses « protecteurs » tournent bientôt au vinaigre : Lofti exige son pactole et son « bon de sortie » ; la D.S.T. les lui refuse, car elle estime que les vérifications de ses informations ne sont pas terminées, puis lui fait quelques vagues promesses... pour plus tard. Deux phrases, lues dans *Le Point* du 30 mars, rendent soudain Lofti fou de rage : « Tout commence par un indicateur, autrement dit un indic, révèle l'hebdomadaire. Il est Maghrébin, sympathisant de la cause intégriste... » La fuite tape juste. Lofti se sent trahi et en danger.

Il décide alors de contre-attaquer en allant lui-même s'expliquer à *l'Événement du Jeudi* (qui publiera son interview le 11 juin). Le coup prend au dépourvu les policiers de la D.S.T. qui semblent un brin coincés. Ils craignent maintenant un scandale déclenché par un Lofti aux abois.

Côté « bon de sortie », la D.S.T. obtient de ses collègues américains, tenus constamment informés, une garantie d'hébergement. Mais côté magot, les choses traînent. Des tractations sonnantes et trébuchantes, révélées le 3 juin par *Le Canard enchaîné*, se déroulent sans trop de résultats. Mais Lofti a gardé des « biscuits » et propose derechef de les lâcher pour obtenir enfin ce que l'on tarde tant à lui accorder. Contre la récompense promise par le ministère de l'Intérieur — via ses affiches — à tout bon informateur, il veut bien échanger les noms de deux Marocains qui entreposaient les explosifs du réseau. Il livre les noms des artificiers — Badaoui et Agnaou — avant même l'acceptation de sa proposition financière. Les deux Marocains tombent le 19 avril. Après de nouvelles difficultés, les agents du contre-espionnage donnent leur accord de principe à une récompense en espèces qui sera entreposée dans un coffre dont l'accès nécessitera deux signatures : la sienne et celle d'un policier de la D.S.T...

Les jours passent ; l'exploitation de Lofti continue. Les agents de la rue Nélaton tentent de contenir sa nervosité croissante. Il leur arrive de coucher dans la même chambre d'hôtel. Le dénouement est sans cesse différé. La taupe ne sait plus à quel saint se vouer, passe de la rage à la déprime, mais finit par donner à ses cerbères, comme en prime, une longue liste de noms, tous présumés dangereux, mais contre lesquels rien de précis ne peut être retenu.

Avant que ne soient exploitées ces nouvelles informations, les policiers trouvent, le 26 mai, des explosifs et de l'héroïne dans la forêt de Fontainebleau. Le service de contre-espionnage est satisfait de cette découverte essentielle.

Le 3 juin, la police interpelle 57 personnes, dont une bonne partie sur les indications du Tunisien. Vingt-deux seront expulsées. Un homme échappera à la rafle : Wahid Gordji, l'« interprète » de l'ambassade d'Iran à Paris.

Ce même 3 juin, *Le Canard enchaîné* évoque l'histoire de Lofti, taupe providentielle, « envolé depuis quelques semaines vers d'autres cieux, riche et en bonne santé ». L'histoire est bien réelle, mais le *happy end* a, pour le moins, brûlé les étapes. Ce jour-là, en effet, Lofti se morfond dans une chambre d'un hôtel Ibis de la région parisienne, protégé par une escouade de policiers. Bientôt sa situation se gâte encore. On le ramène à Tours, on le garde menottes aux mains, parce que son agitation est telle que les policiers craignent le pire. Il entame une grève de la faim, vite interrompue après la visite d'Américains qui lui confirment son prochain départ pour les États-Unis.

Les ultimes péripéties sont de plus en plus confuses. Le 17 juin, pris de malaises, Lofti est soigné par un médecin militaire. Dehors, son épouse s'agite. Le lendemain, il est rapatrié sur Paris, logé avec sa famille dans un hôtel Mercure. Le départ est imminent. Il aura lieu le 19 juin : vol direct pour

Washington où il est accueilli par des gens de la C.I.A.. Lofti a finalement touché un peu moins d'un million de nouveaux francs.

Lofti a donc permis de neutraliser un réseau terroriste maghrébin chargé de stocker, entre autres, 12 litres d'explosif liquide. Prise importante, car elle démontre d'abord l'enracinement ancien, sur le sol français, des protagonistes appréhendés, mais aussi et surtout la triple connexion de ce « réseau dormant » avec la branche tunisienne des Frères musulmans, le Hezbollah libanais et la structure iranienne chargée de planifier les menées subversives à l'étranger.

L'enracinement des membres du réseau ressort soit du lieu de naissance, soit de la volonté de naturalisation, soit d'une activité professionnelle exercée de longue date en France : Fouad Ali Saleh, né à Paris en 1958, est parti tôt en Tunisie avec ses parents. Après un séjour à Qôm, il est revenu s'installer en 1985 dans la Région parisienne et a épousé la même année une Française, Karima Ferahi. Fouad obtient en 1986 une carte de résident délivrée par la préfecture de Créteil. Son ami Mohammed Mouhadjer, né à Baalbek et fils d'un cheik réputé, est très officiellement libraire rue des Trois-Couronnes, à Paris, où il vend des vêtements et des cassettes religieuses. Il a obtenu la nationalité française par mariage. Mohammed Aïssa, lui, avait pignon sur rue. Il tenait le restaurant « Spécialités Orientales » dans le quartier de la Goutte-d'Or. *Libération* raconte comment la nouvelle de son arrestation a laissé ses amis pantois :

> La nouvelle en fait rigoler plus d'un devant le restaurant tunisien « Spécialités Orientales » de la rue de Chartres : « C'est le genre de type à qui tu peux confier ta femme toute nue et partir l'esprit tranquille. Un garçon calme, sans histoire. On ne comprend rien. Il doit y avoir une erreur ! » Mohamed Aïssa impliqué dans le trafic d'explosif ? Le quartier n'y croit pas...
>
> Marié, trois enfants, une femme institutrice à Tunis, Moha-

med Aïssa menait une vie tranquille. Et pour cause. Monté avec plusieurs associés vivant en Tunisie, le restaurant ne marchait pas fort. Pas d'alcool, mais ambiance musicale garantie : « Il n'arrêtait pas de passer des cassettes de musique religieuse. Des chansons coraniques qui te disaient qu'il fallait vivre dans la droiture, etc. » Tout le monde s'accorde à présenter Mohamed Aïssa comme un religieux imbattable : « Tous les jours il allait à la Mosquée faire sa prière. Il lisait régulièrement le Coran. Et il a essayé d'en convertir plus d'un. Dans la rue, comme ça, il pouvait te parler d'Allah. Il t'en parlait en étant très doux. C'était son truc. Il était vraiment très religieux et s'infligeait une discipline de fer ». Était-il pour autant un « Fou de Dieu » ? « Il n'y avait aucune photo de Khomeiny et il ne nous parlait pas d'Iran », confirment ses proches qui s'étonnent avec une naïveté désarmante : « Il ne peut pas être terroriste. En vingt ans, il n'a jamais participé à une bagarre de café ! D'ailleurs, il n'allait jamais au café. »

Qui pourrait de même soupçonner le Marocain Abdel Hamid Badaoui, l'étudiant sérieux qui préparait un doctorat de mathématiques à Paris VII, ou encore Hassen Aroua, chauffeurs de taxi à Paris ?

Et pourtant, tous ces gens tranquilles ont entreposé, manié, transporté des explosifs, accueilli, logé, aidé Bassam, l'homme clé, le poseur de bombes, arrivé par avion juste avant les attentats et qui s'en retourna ensuite, mission accomplie, grâce à l'appui du réseau.

Ainsi ont été probablement « montées » les explosions de la galerie Point-Show sur les Champs-Élysées (deux morts), du T.G.V. Paris-Lyon (dix blessés), l'attentat manqué dans le R.E.R. à la station Gare de Lyon, ceux du Pub Renault (deux morts), de la préfecture de Police, et enfin celui de la rue de Rennes, devant le magasin Tati (sept morts et soixante blessés)... Ainsi les membres du réseau n'étaient ni des exclus de la société, ni des marginaux, mais menaient au contraire une vie bien tranquille.

Les Tunisiens du groupe dirigé par Fouad Ali Saleh se

rattachaient au Mouvement de la Tendance Islamique (M.T.I.) dans lequel le gouvernement tunisien voit une émanation pure et simple du Jihad islamique. Dès l'arrestation du réseau pro-iranien, la Tunisie rompt d'ailleurs aussitôt ses relations diplomatiques avec l'Iran. Selon le communiqué des Affaires étrangères de Tunis, cette décision a été prise à la suite « d'agissements contraires aux règles diplomatiques » de la part de l'ambassade d'Iran à Tunis, et notamment de ses tentatives de « recrutement d'extrémistes tunisiens à l'étranger pour des actions subversives ». Il est reproché également à l'ambassade iranienne des actions visant « à semer la discorde confessionnelle en Tunisie ». Le communiqué officiel ajoute qu'il « s'est avéré que ces actions étaient axées sur l'établissement de relations entre des organismes iraniens et des groupuscules extrémistes (tunisiens), ainsi que certains individus attirés par la propagande iranienne et l'appât financier pour mener une campagne de subversion » en Tunisie. Ces relations, précise-t-il, étaient organisées par l'intermédiaire de l'ambassade d'Iran à Tunis. Ces activités visaient également « à nuire aux bonnes relations de Tunis avec d'autres pays amis », indique le communiqué tout en ne mentionnant pas les noms de ces pays.

Le 27 mars, au lendemain de la diffusion de ce communiqué, un « réseau khomeiniste » tunisien est arrêté à Tunis. Selon les autorités, il avait pour objectif de mettre sur pied des noyaux révolutionnaires sur le modèle iranien afin d'instaurer un État théocratique à Tunis.

L'enquête menée par la D.S.T. à la suite des confidences de Lofti a permis d'établir que Fouad Ali Saleh, le chef du « réseau dormant », travaillait directement avec le Hezbollah libanais pour le compte de l'Iran. Dans le cadre de ses activités, Saleh s'était rendu au Liban en octobre 1986. Son bras droit dans cette affaire, Fethi Bourguiba, gérant d'une société de parfum à Chennevières (Val-de-Marne), était entré en relations avec deux Libanais (dont l'un s'appelle Mohammed Medhi Diab) qui avaient fourni les explosifs saisis le 21 mars 1987.

Le ministre de l'Intérieur est par ailleurs convaincu que Fouad Ali Saleh a été en contact avec Taghrid Ramadan, qui était probablement l'entremetteur entre les agents du Hezbollah liés au réseau « français » et des « éléments iraniens ».

Ce n'est donc pas un hasard si le « Parti de Dieu » a réagi aussi violemment à l'arrestation du réseau intégriste en accusant la France de « prendre des otages musulmans ». Son communiqué « met en garde les autorités françaises » qu'il accuse « d'intentions agressives à l'encontre des Musulmans ». Il voit dans la « volonté du pouvoir français de prendre des otages musulmans et d'impliquer le Hezbollah, une attitude provocatrice fondée sur des raisons dilatoires... Nous sommes attentifs à tout acte déraisonnable qui pourrait pousser notre peuple à défendre sa juste cause et ses intérêts par les moyens appropriés », ajoute le communiqué.

Plus encore que les liaisons avec le Hezbollah et le M.T.I., la confession de Lofti a permis de déceler la trace de l'Iran dans cette affaire. Le rapport de la D.S.T. rédigé au terme de l'enquête et transmis à Robert Pandraud, puis à Jacques Chirac, n'hésite pas à affirmer : « Rien n'a pu être décidé, s'agissant de l'implication de la filière libanaise détectée dans cette affaire, sans l'aval soit du président du Parlement iranien, Rafsanjani, soit de l'ayatollah Montazeri. » Cette grave accusation va se révéler déterminante dans le raidissement de l'attitude de la France vis-à-vis de Téhéran...

Faute de recoupements suffisants, la D.S.T. n'a pas voulu, dans son rapport officiel, reprendre la description de la mécanique des attentats décrite par Lofti à partir, disait-il, d'un dossier classifié de Montazeri et qu'il aurait eu loisir de parcourir. Ce dossier, selon lui, désignait Fouad Ali Saleh comme le coordinateur des attentats de Paris. Lofti a enfin brossé de l'université de Qôm une image bien différente de celle qu'en donnent les orientalistes et autres iranologues qui ne voient en elle qu'un centre de rayonnement de l'Islam chiite au même titre que Najjaf en Irak.

C'est le Conseil islamique, composé du Président de la République, Ali Khamenei, de Montazeri, du Premier ministre, Mir Hussein Moussavi, du ministre de l'Information et de quelques conseillers, qui propose les « actions » susceptibles d'atteindre les objectifs de la République islamique. Les propositions sont alors soumises à l'imam Khomeiny qui, en cas d'acceptation, prend une *fatwa*, une décision coranique qui a force de loi et autorise l'emploi de la violence, y compris le meurtre. Toujours selon Lofti, dès réception de la *fatwa*, le Conseil islamique se réunit à nouveau pour prendre les mesures concrètes de réalisation de l'action terroriste. Le Conseil prend alors contact avec le Conseil libanais (la *Choura*) et ses représentants : Moussaoui, Nasrallah et Toufailli. Ordre lui est donné de prendre les dispositions destinées à mener à bien l'action envisagée. A son tour, la Choura se met en relation avec le Hezbollah qui charge du dossier le responsable du pays où doit se dérouler le (ou les) attentat(s).

Le responsable hezbollah — pour les attentats en France du printemps et de l'été 1986, le Libanais « Bassam » — prend alors contact avec le chef du « réseau dormant » (Fouad Ali Saleh à Paris). Celui-ci « réactive » son réseau, identifie les cibles et les moyens de les atteindre, et envoie son dossier aux hezbollahi qui, à leur tour, le font remonter à la Choura, laquelle l'achemine pour acceptation jusqu'au Conseil islamique. Le « feu vert » redescend alors en cascade jusqu'au patron du réseau. Celui-ci — Fouad — est alors prêt à agir. Il peut demander argent, armes, explosifs, papiers et hommes à son contact libanais — Bassam — qui les lui fournit.

Toute cette activité est directement ou indirectement contrôlée par l'ambassade d'Iran dans le pays concerné. Pour la France, Mouhadjer jouait le rôle d'intermédiaire entre le chef du réseau terroriste Fouad Ali Saleh et Walid Gordji.

Transfuge « déçu du khomeinisme », le Tunisien Lofti, qui a passé huit ans à l'Université islamique de Qôm, a également fourni des indications précieuses sur le rôle de cet établissement dans l'exportation de la révolution et du terrorisme. Située à environ 150 kilomètres de Téhéran, Qôm est une ville d'environ 350 000 habitants. L'Université, dirigée par un conseil de six responsables, regroupe quelque 3 000 étudiants répartis en deux grands départements : l'un est réservé aux Iraniens, l'autre aux étrangers. Ce dernier, qui intéresse plus particulièrement la France, est dirigé par le docteur Ibrahini.

Le recrutement des étudiants du département étranger est devenu très sophistiqué. La détection des bons futurs défenseurs de l'Iran peut se faire soit par les ambassades de la République islamique, soit par des « agents » de Qôm, par exemple en France par des gens du foyer (aujourd'hui fermé) d'Ahl el Beit. Le postulant rencontre successivement un responsable à la propagande et un représentant des services spéciaux. S'il est accepté, l'ambassade lui fait parvenir un billet d'avion pour l'Iran et un visa (sur un feuillet détachable, de sorte qu'il soit impossible, à l'examen du passeport, de détecter le passage par l'Université de Qôm). Dans les deux types de recrutement, un dossier sur l'étudiant est acheminé à Téhéran.

A son arrivée à Qôm, l'étudiant subit d'abord un interrogatoire complet par des responsables des services secrets et du ministère de l'Information. Il s'entretient ensuite avec un notable de l'Université, puis est placé sous l'autorité du responsable à Qôm de son pays d'origine. Si les Libanais, les Pakistanais, les Indiens, les Koweitiens, les Saoudiens sont regroupés dans des écoles spécifiques, les Européens, les Américains, les Asiatiques et les Africains fréquentent l'école Hojjatieh. Les étudiants y suivent des cours de littérature arabe, de persan, d'analyse du Coran, d'histoire, de logique, de philosophie et de politique. Des contrôles de connaissances ont lieu tous les six mois. En réalité, les autorités universitaires vérifient avant tout la force de l'attachement des étudiants à la République islamique. Montazeri suit de très près ce qui se passe à l'école Hojjatieh où la surveillance des étrangers est très étroite et où chacun est invité à dénoncer les « déviants ».

L'Université de Qôm a pour rôle de former des cadres qui soutiendront sans faillir, à l'intérieur comme à l'extérieur, le régime de Téhéran. Ces cadres pourront devenir soit des « agents d'influence », soit des exécuteurs des basses œuvres de la République islamique.

L'Université a également ouvert de véritables succursales dans un certain nombre de pays : Thaïlande, Syrie, Liban, Allemagne, Japon, Cachemire, Sierra Leone, Pakistan, Inde et Colombie. Montazeri dispose d'un budget de 60 millions de *tomans* par an pour recruter.

L'école du Liban, qui abrite une quarantaine d'étudiants, est exemplaire. Après une formation « classique » de trois ans, l'école dispense des cours de formation militaire, de « pyrotechnie », de guérilla urbaine, pour fabriquer des terroristes. Les écoles des autres pays forment des espions ou des agents d'influence. L'Université de Qôm peut pousser les élèves les plus brillants à s'inscrire dans les universités des pays concernés afin qu'ils y occupent à terme des postes de responsabilité.

La durée des études à Qôm varie de trois à dix ans. Avant d'être affecté à sa mission, définie par les instances de Qôm, l'étudiant devra être testé. Il devra surveiller ses « amis » étudiants, les professeurs, et fournir des fiches. Il s'occupera ensuite des affaires administratives et politiques de l'école, où son comportement sera étudié. S'il est déclaré apte, il rejoindra son poste en Iran ou à l'étranger.

En mission à l'étranger, il peut être affecté à une mission d'espionnage, notamment auprès de la colonie iranienne. Il peut être chargé de déstabiliser le milieu musulman. Avant de partir, il recevra une formation particulière. Le plus souvent, il fera un stage au Liban, chez les Hezbollahi. Une fois arrivé à destination finale, l'étudiant s'occupera d'une école coranique ou préparera un « réseau dormant » qui servira de support logistique à l'Iran pour ses actions terroristes.

Pourquoi Téhéran dépense-t-il autant d'énergie et d'argent pour sa propagande en Europe, particulièrement en France ? Fouad Ali Saleh a répondu à cette question au cours d'une de ses auditions : le but de la structure dans laquelle s'insère son réseau, a-t-il dit en substance, est de pousser la France, notamment en y développant des actions violentes, à changer de politique vis-à-vis de Téhéran.

La découverte du réseau Fouad Ali Saleh, après celle d'autres cellules en R.F.A. et en Italie, a en effet permis à la police de mieux comprendre l'action menée par Téhéran visant l'Europe. Selon la D.S.T., l'objectif poursuivi est « d'établir une "nation islamique" au sein même de la zone géographique relevant du contrôle de l'O.T.A.N., en formant une "élite" religieuse activiste parmi les musulmans d'origine française ou européenne ou au sein de la population immigrée bien implantée dans nos régions. »

Quelques faits récents paraissent en effet bien troublants :

L'avion de Beyrouth vient d'atterrir à Francfort, ce 13 janvier 1987, quand les douaniers remarquent un jeune homme, qu'ils décriront comme « très nerveux », s'engager dans le couloir réservé aux passagers ayant « quelques chose à déclarer ». Dans ses bagages, ils découvrent trois bouteilles d'arak contenant un explosif liquide très puissant, du nitrate de méthyle, prêtes à exploser au premier choc. Mohamed Ali Hamadé, Libanais chiite, originaire du village de Saouané (Sud-Liban), est arrêté.

Le 26 janvier, un frère de Mohamed Ali, Abbas Hamadé, est arrêté à son tour à l'aéroport de Francfort. Il parle. Les policiers mettent la main sur de nouvelles bouteilles d'arak remplies de nitrate de méthyle.

Or, l'explosif détenu par la cellule de Fouad était aussi du nitrate de méthyle — explosif rarement utilisé — dissimulé également dans des bouteilles d'arak.

Outre ces coïncidences, des liens ont pu être formellement établis entre les réseaux français et allemand : Hamadé disposait en effet des numéros de téléphone en Région parisienne de Saleh et de Bourguiba.

Les enquêteurs du B.K.A. — les services secrets de R.F.A. — ont découvert un autre élément important : Hamadé disposait dans son carnet d'adresses des coordonnées d'un certain Wail Ramadan, figurant aussi dans les papiers du Libanais Bachir Khodr, arrêté à Milan le 12 janvier 1987 (veille de l'arrestation d'Hamadé) alors qu'il transportait 11 kilos de plastic et 36 détonateurs.

Les affaires Khodr, Hamadé et Saleh constituent donc, selon les fonctionnaires de l'Intérieur, les parties visibles de ces structures à vocation terroriste dont les cibles demeurent — pour l'instant — inconnues. Ce qui pouvait s'apparenter à une soudaine offensive ne représenterait en fait que la phase « opératoire » d'un plan occulte savamment orchestré depuis plusieurs années par l'Iran.

Rappelons à ce propos un précédent : en novembre 1984 avaient été interpellés à Ladispoli (Italie) sept Libanais chiites qui préparaient une opération terroriste contre l'ambassade des États-Unis à Rome. L'un eux était en relation avec le centre de Qôm, notamment avec le cheik Ali Korani, chargé de détecter les individus les plus aptes à l'action terroriste. Comme Fouad Ali Saleh...

Dans toutes ces affaires où surgissent des individus vivant depuis des années comme des poissons dans l'eau parmi la population du pays-cible, l'Iran n'apparaît jamais comme l'instigateur direct des opérations. Il demeure dans l'ombre... Les services de renseignement occidentaux ont d'ailleurs les plus grandes difficultés à mettre au jour ces réseaux pro-iraniens, agencés en « système solaire » (alors que le K.G.B. les avaient plutôt habitués à une structure pyramidale...). Ce type d'organisations chargées des menées subversives d'inspiration iranienne est en effet caractérisé par sa souplesse et sa capacité d'adaptation à tous les terrains socio-politiques.

CHAPITRE XII

LA MENACE VUE PAR LA PLACE BEAUVAU

Les morts de la rue de Rennes ont plus fait pour changer la vision gouvernementale de l'Iran que l'affaire des otages. Avec les révélations de Lofti, les premiers constituaient en effet la preuve par neuf que Téhéran, et plus précisément l'Ayatollah Khomeiny, menaçaient l'ordre public sur le territoire national. Le maintien de l'ordre public est une tâche prioritaire dans la vie d'une nation. Dès lors, la gestion de la *menace* revenait prioritairement au ministère de l'Intérieur. Pour gérer, encore faut-il connaître, mais d'une connaissance utile, celle qui permet de prendre les décisions et de se battre sur le terrain de l'adversaire. Cette vision opérationnelle s'est imposée sur celle, plus compréhensive, plus modérée, du Quai d'Orsay. Au printemps de 1987, Jacques Chirac, s'appuyant sur l'ensemble des rapports fournis par la Place Beauvau, transmis par l'équipe Pasqua-Pandraud, a durci le ton. Le Premier ministre a d'autant plus aisément tranché en faveur des « durs » que la « normalisation » des relations entre la France et l'Iran, menée par le Quai d'Orsay, n'avait rien donné...

Cette vision dominante s'est constituée à partir des éléments fournis par toutes les composantes du ministère de l'Intérieur, mais la D.S.T. a joué un rôle déterminant de par la nature même du défi à relever. Le contre-espionnage, qui doit limiter en principe son action au territoire national, laissant à la

D.G.S.E. le soin de s'occuper des menaces extérieures, a, au cours de ces dernières années, élargi son champ d'action. La D.S.T. a réussi à créer une antenne au Liban, principale base arrière des terroristes venant « exercer » sur le sol français, et à développer une étroite coopération avec les services secrets du monde arabe. Personne ne s'étonne aujourd'hui de voir le préfet Gérard — le patron de la D.S.T. — à Damas, Bagdad, Tunis, Alger. La raison en est simple : tous les régimes arabes se sentent aujourd'hui menacés — comme la France — par l'intégrisme chiite exporté par l'Iran. Si bien que Paris est devenu le centre névralgique de la lutte secrète contre l'ayatollah Khomeiny. Le clivage Occident/Orient n'est ici qu'un mythe. Au-delà même des problèmes d'ordre public à résoudre, la France, avec ses trois millions de musulmans, se retrouve confrontée à des menaces de même nature que les pays du Golfe et du sud de la Méditerranée. Finalement, pour préserver ses amitiés dans le monde arabe, la France a d'abord été incitée à un engagement de plus en plus poussé aux côtés de l'Irak, puis à se retrouver à la tête des pays arabes dans la lutte contre Téhéran. La visite de Charles Pasqua à la mosquée de Paris prend tout son sens dans ce contexte.

Avant de décrire la vision « opérationnelle » de la Place Beauvau, il n'est pas inutile de présenter en quelques lignes la vue opposée, celle qui est propre à l'ambassade de France à Téhéran. Une vue d'ailleurs largement corrigée au Quai d'Orsay même, en raison de la « politique arabe » de la France. Voici donc quelques extraits d'une note du 18 novembre 1985 (n° 104/ANMO) signée de Pierre Lafrance, chargé d'affaires à Téhéran, et intitulée « *Où va la Révolution islamique* ? »

> Plutôt que « Guerre jusqu'à la victoire ! », le slogan le plus volontiers répété dans certains rassemblements organisés serait « Guerre jusqu'à la fin du Désordre ! ». Contrairement aux interprétations ironiques des opposants, le dernier mot ne fait nullement allusion au désordre intérieur de l'Iran, aux rivalités de groupes et aux dissidences ethniques potentiellement sanglantes mais refoulées au second plan par la guerre étrangère.

Il désigne le désordre global du monde que l'Islam, singulièrement sous son aspect chiite, a l'ambition séculaire d'abolir...

Par là est rappelée la dimension universelle que s'est donnée la Révolution islamique, née de tensions douloureuses entre un « tiers monde » largement représenté en Iran et un secteur développé mais combien artificiel, créé par les derniers souverains. Elle est d'abord protestation contre la division du monde entre Nord et Sud, division inscrite dans la géographie de Téhéran...

De telles conceptions, dans la mesure où elles se présentent comme des remèdes aux inégalités, aux disparités et aux misères humaines, entendent s'inscrire dans le mouvement révolutionnaire mondial et, à ce titre, ne sauraient être confondues avec une quelconque « réaction cléricale ». Bref, la Révolution islamique est résolument « de gauche », mais prétend aller plus loin que celles qui l'ont précédée en Europe et en Asie. D'ailleurs, elle assume leur héritage philosophique et reprend volontiers à son compte certaines analyses de Hegel, de Marx, de Mao-Tsé-toung, voire de sociologues contemporains, tout en considérant que la pensée critique systématiquement poursuivie conduit à l'aveu de ses propres limites et appelle par là même l'intervention du révélé...

Le peuple

Le peuple iranien, dans sa masse, a trouvé dans le nouveau régime, dont il a été et reste l'un des principaux soutiens, un certain nombre de satisfactions, notamment d'ordre culturel...

De multiples signes sont donc là pour rappeler que le régime est très près du peuple...

Il reste que le peu de bénéfice matériel tiré de la révolution par la petite paysannerie et plus généralement par les classes défavorisées engendre des attitudes de revendication et de contestation...

Les mollah

Encadrant, exhortant, surmontant ce dernier tout en s'efforçant de répondre à ses penchants, les mollah représentent la force religieuse. Organisés selon une hiérarchie très stricte de maître à disciple, ils sont les seuls à pouvoir, en principe, donner une interprétation valide des textes révélés. En fait, leur souplesse d'esprit les rend capables de défendre de façon péremptoire des points de vue très divers et de choisir ceux qui peuvent conforter leur pouvoir actuel...

J'en ai, depuis mon arrivée, rencontré un certain nombre. Tous m'ont paru érudits et intellectuellement alertes. La plupart avaient complété leurs études théologiques traditionnelles par des diplômes — en général des doctorats en sciences humaines — acquis dans des universités « profanes », voire étrangères...

Les mollah, qui seraient au nombre d'environ 200 000, soit un sur deux cents habitants, jouent dans le pays un rôle d'encadrement, de conseil, d'orientation très important. Ils savent toutefois que, malgré les garanties juridiques et théologiques dont ils ont étayé leur pouvoir, celui-ci reste largement dépendant du consensus populaire et de l'assentissement des différentes formations armées. Leur influence dépend donc dans une large mesure et de leur technicité théologique dont ils gardent jalousement l'exclusivité, et de la force de leur parole. Si la première s'appuie sur le révélé et l'intemporel, la seconde est tributaire des mouvements d'opinion, des tendances dominantes, et donc, au total, du courant historique.

La nécessité de cette double référence ou double compétence est patente dans le cas de l'ayatollah Khomeiny...

Le Hezbollah

Si le peuple et les mollah constituent deux sources importantes d'autorité, la force n'est pas entre leurs mains. Elle est détenue par ce qu'on appelle couramment le « Hezbollah ». Perpétuant l'exigence révolutionnaire, c'est-à-dire la colère contre le monde d'ici-bas sous ses formes actuelles, l'ensemble des jeunes militants est désigné communément ici sous ce nom. Une des caractéristiques de la Révolution iranienne est en effet d'avoir été accomplie depuis ses débuts par des gens à peine sortis de l'adolescence. Certains des militants de la première heure sont certes devenus à présent des hommes d'âge moyen, pourvus de titres et de postes importants, tel l'hodjatoleslam Rafsandjani, Président du Parlement. Il reste que la Révolution islamique a conduit dans une très large mesure à écarter les hommes mûrs des responsabilités, des moyens de pression et d'influence, au profit de classes d'âge bien plus nouvelles.

Les jeunes gens du Hezbollah, qu'ils soient en armes au sein des Pasdarans, des Bassij, des Comités révolutionnaires, ou qu'ils exercent des responsabilités administratives ou judiciaires, ont pour caractéristique principale d'avoir peur et de faire peur.

S'ils ne craignent visiblement ni la mort ni les grandes puissances, ils ont peur de voir la révolution s'enliser, manquer à sa mission, se laisser prendre au piège des influences culturelles étrangères. Ils ont peur surtout de la « contre-révolution » armée, celle des Moujahiddin et du Parti Toudeh, dont ils ont mesuré en son temps la force et n'ont pu venir à bout qu'au prix de combats et d'actes de répression sanglants. Ils ont peur de la mollesse ou des réactions revendicatrices du peuple, peur de leurs propres guides, les mollah, dont la souplesse d'esprit, la technicité théologique, les liens avec la bougeoisie et le goût du luxe pourraient les écarter des pratiques combatives.

Les plus déterminés d'entre eux tendent à penser que tout compromis avec les réalités contemporaines contient en germe une trahison, et que seul le combat, si possible armé, est l'attitude qui s'impose. Aussi sont-ils enclins à participer à tous les mouvements révolutionnaires, de préférence ceux qui se réclament de l'Islam, dans l'ensemble du monde et, comme on le sait, au Liban...

Quelles que soient les péripéties des rapports bilatéraux, la révolution islamique ne pourra trouver son accomplissement que dans son élucidation socio-économique. Trop massive dans ses structures pour pouvoir être « balayée », trop agressée et balbutiante pour s'apaiser et s'institutionnaliser, elle ne trouvera de repos qu'une fois reconnue comme voie, parmi d'autres, du progrès humain. Encore devra-t-elle pour cela offrir de l'Islam une image respectable et non, comme c'est encore le cas, redoutable...

A cette vision de l'intérieur de l'Iran s'oppose celle de l'extérieur. La D.S.T. a ainsi délivré au pouvoir politique cinq rapports — celui concernant l'intégrisme musulman en France date de décembre 1986 —, d'inégale longueur :

1. *La menace de l'intégrisme musulman.*
2. *L'influence iranienne au Liban.*
3. *L'Iran, inspirateur de l'intégrisme actif en Europe.*
4. *Les factions en Iran.*
5. *L'Université de Qôm, chiisme, khomeinisme.*

Nous avons largement évoqué le contenu des troisième et cinquième rapports au chapitre précédent. Cet ensemble d'analyses présente au demeurant d'étranges similitudes avec un rapport présenté au Congrès américain le 13 mai 1985 par Adams, responsable de la revue *Sélection du Reader's Digest*, disposant lui-même, à l'évidence, d'informations puisées auprès de « services » américains. Ces textes contiennent certaines répétitions. Nous avons donc choisi d'en présenter une synthèse. S'il fallait les résumer d'une phrase, il faudrait écrire : « *Tout* — l'exportation de la révolution, les prises d'otages, les attentats... — *remonte à Khomeiny.* »

La violente poussée de l'Islam inspire aux commentateurs différentes comparaisons puisées dans l'Histoire : certains croient y retrouver les débuts du communisme au temps de Lénine, d'autres la montée du nazisme. En fait, il s'agit probablement d'un phénomène inédit à la fois dans sa raison d'être — un modèle religieux passablement archaïque — et par ses méthodes, aussi brutales qu'elles peuvent être sophistiquées. Sa propagation semble en revanche d'un type plus classique, procédant par contaminations successives de pays, de régions, voire de continents.

Au centre de ce rayonnement violent, un personnage hors du temps, l'ayatollah Khomeiny. Celui que les Occidentaux, en particulier les Français qui l'hébergèrent voici quelques années dans la région parisienne, prenaient pour quelque inoffensif gourou, est parvenu, en dépit de son âge et de son apparente absence de formation, à réactiver un mouvement dont les ondes de choc n'épargnent pratiquement aucun pays. En effet, si de nombreux mouvements intégristes disséminés à travers le monde continuaient de survivre plus ou moins clandestinement, c'est bien à la fin des années 70 que leur idéologie a trouvé une vigueur nouvelle grâce à l'Iran et à son Ayatollah.

Pour comprendre les différences entre chiisme et sunnisme, il convient de se replacer à l'époque de la mort du prophète Mahomet (632). Celui-ci n'ayant pas désigné de successeur, trois lieutenants du Prophète (les Califes) le remplacent tour à tour à la tête de la nation musulmane. Une guerre de succession survient à la disparition du troisième Calife, mort assassiné. Ali, gendre de Mahomet, l'un des prétendants à son héritage spirituel et temporel, devient alors le nouveau guide de la communauté musulmane. Les rivalités s'accentuant, le courant qui soutient Ali donne naissance au chiisme, cependant que celui qui suit la ligne des Califes relative à la Sunna (tradition du Prophète) aboutit à la fondation du sunnisme. Hussein, fils d'Ali, massacré en 680 à Kerbala (Irak), donnera naissance au mythe du « martyr », vénéré depuis lors par la communauté chiite.

Contrairement au sunnisme, le chiisme n'a pas connu une extension importante, ses adeptes étant toujours considérés par leurs coreligionnaires comme des musulmans à part, des contestataires de sinistre réputation. Devenu religion d'État en Perse aux XVe-XVIIe siècles, il n'a exercé d'influence véritable que dans cette région du monde. Outre l'Iran, il touche principalement le Koweit, Bahrein, le Liban et l'Irak.

Face au sunnisme traditionnel et conservateur, le chiisme se veut la religion des déshérités et des persécutés, menés par un clergé vindicatif jouissant sur eux d'un très fort ascendant. C'est en Irak que sont nés les grands courants de pensée modernes chiites qui s'inspirent du courant intégriste apparu en Égypte en 1928 avec la création des « Frères musulmans ». Le principal est représenté par le parti Al Daawa Al Islamiya, fondé en 1968-1969. La doctrine fondamentaliste de ce parti d'opposition au régime sunnite de Saddam Hussein, dont la direction est d'ailleurs installée à Téhéran, constitue la source d'inspiration de la révolution iranienne au Moyen-Orient. Elle s'appuie sur les thérories de l'ayatollah Al Kouy, rival de l'ayatollah Khomeiny sur le plan religieux.

Dès 1964, date de son exil en Irak, le leader iranien avait donné au chiisme son expression la plus intransigeante. S'attachant à regrouper toutes les tendances intégristes dans un premier projet de révolution islamique, il appelait d'abord à « purifier » le pays en brisant toutes les institutions « sataniques », à extirper l'influence du « Grand Satan » (les États-Unis), à déstabiliser Saddam Hussein, le numéro un irakien, à conquérir les lieux saints de Kerbala (en Irak). En se présentant comme le chef des déshérités après avoir vaincu le Shah, allié des États-Unis, Khomeiny va devenir pour les pauvres, les jeunes et les opposants des pays arabes et musulmans modérés, le symbole de la lutte contre l'impérialisme, les pouvoirs en place et l'injustice. Sa photo se retrouve partout dans les souks, du Maroc au Pakistan, et, en Afrique, jusqu'au Zaïre. Ses discours musclés contre tous les « satans », stigmatisés dans le Tiers Monde comme responsables de la crise économique, n'ont fait qu'accroître la popularité de l'Ayatollah. Ce n'est donc pas un hasard si le chiisme, à partir de 1982, fait place à un khomeinisme offensif qui s'emploie désormais à rassembler tous les déshérités, tant chiites que sunnites. Ses objectifs premiers : la création d'une République islamique au Liban, la déstabilisation des pouvoirs en place en Égypte et dans le Maghreb.

La poursuite et l'âpreté croissante du conflit Irak-Iran, l'aide « unilatérale » des puissances étrangères au régime de Bagdad, le sentiment que le monde entier souhaite la chute de Téhéran, les difficultés économiques et les rivalités internes poussent le régime des mollah dans une fuite en avant et un radicalisme de plus en plus dur. Schématiquement, on peut désormais parler d'une « révolution islamique internationale » visant les objectifs suivants :

— créer en Tunisie et, plus récemment, en Arabie Saoudite les conditions de l'implantation d'une République islamique ;

— s'attaquer aux États européens (notamment à la France), premiers responsables de la survie du régime de Saddam Hussein, en développant la propagande religieuse parmi les minorités nombreuses, sensibles à la crise et au racisme ; en développant le prosélytisme intégriste dans les pays africains francophones ; par la pression violente, en recourant au terrorisme ;

— soutenir toute manifestation intégriste partout dans le monde.

Pour réunir les moyens de leurs ambitions, ou tout au moins une partie d'entre eux[1], les mollah n'entendent pas se limiter aux instruments utilisés communément par les États modernes, comme la guerre classique, la diplomatie, les pressions de toute nature — blocus, mesures de rétorsion économiques et financières, etc. Contre leurs ennemis, ils revendiquent, au nom de l'Islam, le droit de recourir ouvertement à l'action violente et à la désinformation. Si tous les pays pratiquent en sous-main le terrorisme d'État, l'Iran est incontestablement celui qui le pratique à la plus grande échelle et à visage découvert. Dès

1. C'est l'auteur qui prend ici la liberté de « conceptualiser » le terrorisme d'État iranien.

son arrivée au pouvoir, l'Ayatollah, estimant qu'elles avaient été instituées par ceux qui dominaient le jeu depuis toujours, a refusé de se plier aux règles admises par le concert des nations.

Les dirigeants iraniens refusent de reconnaître une différence de nature entre les morts tués dans un attentat et ceux qui sont tombés dans une guerre classique. La communauté internationale ne condamne pas Israël quand ses avions bombardent le Liban, alors qu'elle condamne les preneurs d'otages. Elle ne condamne pas les fournisseurs d'armes qui tuent indirectement les Iraniens par centaines de milliers, mais s'insurge contre les auteurs d'attentats qui ne font que quelques victimes. Bref, pour Téhéran, il n'y a pas de bonnes et de mauvaises armes. Elles sont toutes utilisées, ensemble ou séparément, sans autre souci que celui de l'efficacité.

L'infrastructure du terrorisme d'État

Afin de mener à bien ses opérations « couvertes », l'Iran a créé dès 1979 le Bureau d'Aide aux Mouvements de Libération dans le monde. Cet organisme, dépendant à la fois du ministère iranien des Affaires étrangères et de celui des Gardiens de la Révolution, a été rattaché, à la fin de 1986, aux seules Affaires étrangères. Cette mesure s'est accompagnée d'un changement de direction. Placé de 1980 à octobre 1986 sous la supervision de Mehdi Hashemi Najafabadi, bras droit de l'ayatollah Montazeri, le Bureau est désormais présidé par l'hojjatoleslam Hadi Khosrowshahi, « frère musulman » proche du président de l'Assemblée, Hashemi Rafsanjani.

Téhéran accueille et coordonne plus de vingt-cinq mouvements terroristes et islamiques. Difficile de trouver un ministre qui, d'une façon ou d'une autre, ne contribue pas à soutenir leur action. Au demeurant, rien de secret là-dedans. En septembre 1981, l'Iran a annoncé officiellement qu'il avait créé un organisme baptisé Conseil supérieur de la Révolution islamique pour planifier la stratégie des mouvements terroristes dans le golfe Persique et ailleurs. Ce conseil comprend les grands noms du mollariat, dont Ali Montazeri, successeur désigné de Khomeiny, Rafsanjani, président de l'Assemblée, et Rafigh Doust, patron des Pasdarans. C'est ce conseil qui détermine les actions terroristes les plus significatives avant qu'elles ne soient approuvées par Khomeiny lui-même, seul à donner force de loi à un projet.

> Bani Sadr affirme qu'aujourd'hui, c'est Rafsanjani qui contrôlerait financièrement les mouvements terroristes. Il va jusqu'à dire que « le terrorisme est l'affaire personnelle de Rafsanjani », auquel obéit une grande partie du Hezbollah. Quant à Khomeiny, l'ex-président de la République prétend qu'il ne contrôle plus rien, qu'« il est là pour tout justifier ». Il n'a plus, dit-il, qu'une idée fixe : se présenter comme l'incarnation de Dieu...
>
> Le même Bani Sadr qui, semble-t-il, a conservé de nombreux contacts à l'intérieur de son propre pays, affirme que Téhéran utilise plusieurs relais pour ses actions terroristes. Ceux-ci sont notamment situés au Liban, en R.F.A., en France, un centre mobile existant en outre entre Vienne et Rome.

Les principaux mouvements terroristes dont les activités sont soutenues et coordonnées par le Conseil suprême sont, d'après le ministère de l'Intérieur, les suivants :

— *L'Organisation révolutionnaire islamique dans la Péninsule arabique*, qui cherche à chasser la famille royale d'Arabie Saoudite ;

— *Le Front islamique pour la Libération de Bahrein* ;

— *Da'Awa islamique, Aamal islamique et Mujjahiddin*, trois groupes d'opposants irakiens contrôlés par le Conseil suprême de la Révolution islamique en Irak.

Des mouvements égyptien, malaisien, philippin, entre beaucoup d'autres, entretiennent des liens plus ou moins étroits avec Téhéran.

Les opérations terroristes les plus connues sont celles qui ont été signées du « Jihad islamique » (guerre sainte). Sous cette appellation ont été regroupées les actions les plus violentes, par exemple contre l'ambassade américaine à Beyrouth, contre les Marines et les militaires français... Le Jihad islamique n'est pas un mouvement, mais un nom de guerre utilisé pour conférer une identité et une communauté d'inspiration aux attentats commis par des terroristes basés en Iran ou dans la vallée de la Bekaa. Les structures sont souples et changent à chaque opération. Les actions peuvent être exécutées tantôt par des Pasdarans, tantôt par des Hezbollah, des opposants irakiens ou d'autres groupes ou groupuscules. Chaque opération est en effet conçue, entreprise et réalisée par un groupe *ad hoc*. Nous traiterons plus loin des instruments terroristes libanais de Téhéran.

L'utilisation du terrorisme va de pair avec l'utilisation de techniques performantes, susceptibles de répondre tout à la fois aux attentes du clergé iranien et aux exigences des candidats à la « subversion anti-impérialiste ». Parmi ces techniques, il convient de citer la formation à la fois théologique et militante des activistes de toutes nationalités, la propagande et la désinformation à travers le monde, les activités de renseignement.

En matière de propagande, outre l'action spécifique des ambassades et autres corps constitués, l'institution du pèlerinage de La Mecque joue un rôle essentiel de sensibilisation et de mobilisation des consciences au profit de la cause islamique intégriste. Cette exploitation s'est traduite sur place par trois tentatives avortées de coups d'État contre la dynastie wahhabite (20 novembre 1979, août 1986 et juillet 1987). Jouent également leur rôle les conférences internationales supervisées par Téhéran, les puissantes associations islamiques implantées en Europe (Association des Étudiants islamiques en Europe, ou « U.I.S.A. »), au Canada et aux États-Unis, les amicales coraniques, etc.

Parallèlement, des agents de l'Iran sont chargés de glaner renseignements et analyses de toute nature qu'ils font ensuite traiter à Téhéran. Tel est notamment le rôle assigné par l'Iran à ses étudiants boursiers, à ses fonctionnaires internationaux, à ses banquiers, aux membres de ses ambassades, etc. Une circulaire signée de la main de l'hojjatoleslam Moussavi-Khoeymina — l'un des principaux meneurs des « Étudiants de la Ligne de l'Imam » lors de la prise d'otages américains à Téhéran en 1979-1980, représentant de l'Imam pour les affaires liées au pélerinage (fonctions qu'il a quittées depuis) — intimait l'ordre aux militants khomeinistes de surveiller de près les milieux iraniens d'opposition et de recueillir toute information susceptible « d'assurer la suprématie de l'Islam dans la lutte contre l'Occident et le Sionisme ». Ces efforts conjugués sous-tendent et favorisent une lente pénétration de l'intégrisme d'inspiration iranienne à l'étranger.

Cette action de longue haleine ne saurait être menée sans investissements importants. Le rapport américain déjà cité estime que dans le courant de l'année écoulée, l'Iran avait distribué 12 millions de dollars en France pour l'endoctrinement et le recrutement d'étudiants islamiques du Tiers Monde. Des montants de même importance étaient dépensés en Angleterre et en R.F.A. Les fonds étaient souvent tirés de comptes à numéro ouverts par la République islamique en Suisse et à Jersey. La contribution iranienne à l'effort de subversion, notamment au Liban et en Afrique, est également considérable. Cette aide sert à financer de multiples associations et lieux de cultes situés dans les usines, les arrière-boutiques, les appartements privés. En France, ces lieux sont disséminées à Paris, Nantes, Grenoble, Montpellier, Caen, Nancy, etc.

Quant à l'infiltration, elle s'est opérée dans trois directions différentes : les populations musulmanes autochtones, les milieux immigrés musulmans, les réfugiés politiques.

L'Iran a bien sûr songé à recruter des agents au sein des populations musulmanes autochtones. C'est le cas en Malaisie, en Indonésie, en Thaïlande, mais aussi en Afrique où la Sierra Leone est devenue la plaque tournante des activités « couvertes » de Téhéran, avec pour terrain d'action privilégié le

Sénégal, dont la déstabilisation en profondeur est largement amorcée, et le Nigéria où les intégristes forment un véritable « État dans l'État », comme le souligne un rapport de la D.S.T. daté du printemps 1987.

L'Iran a pénétré d'autres pays encore, comme la Côte-d'Ivoire ou le Zaïre, sans oublier les États africains d'obédience marxiste. Il a joué au Soudan un rôle déterminant dans le renversement du président Nimeyri et dans le renforcement de la branche « frère-musulmane » dans ce pays. Avec l'Égypte existent enfin des liens particuliers, puisque le militantisme de Khomeiny rejoint originellement celui des « Frères musulmans » égyptiens. Une illustration de ces liens et, plus généralement, des relations entre agents iraniens, hezbollahi libanais et frères musulmans d'Égypte, a été la manifestation organisée le 10 janvier 1986 par le Hezbollah libanais devant l'ambassade égyptienne à Beyrouth, à la suite du suicide, dans une prison égyptienne, de Sheiman Khater, responsable de l'assassinat de plusieurs Israéliens du Mont Sinaï. On a pu observer à cette occasion la convergence idéologique entre le Hezbollah, inspiré par l'Iran, et les extrémistes égyptiens intégristes, ainsi que le soutien moral apporté par l'Iran aux « frères » d'Égypte, également partisans de l'action violente pour parvenir à leurs fins (assassinat du président Sadate en 1981). Les Frères musulmans égyptiens se sont récemment renforcés : dans la foulée du referendum réclamant la dissolution du Parlement (survenue le 14 février 1987), ils ont opéré une percée significative lors des élections législatives du 6 avril 1987.

A côté de moyens peu orthodoxes, l'Iran use des instruments traditionnels d'un État. Son réseau d'ambassades est utilisé à la fois pour des actions ouvertes et « couvertes », c'est-à-dire clandestines. C'est le cas notamment des ambassades en Syrie et au Liban, directement reliées au Conseil suprême. Le ministre des Affaires étrangères est donc un personnage clé dans l'acheminement et la remontée des ordres et des informations liés au terrorisme. Son adjoint est souvent chargé de relayer personnellement les ordres de Téhéran, ce qui évite de prendre le risque de communications par téléphone ou par télex...

Il existe aussi, à côté des services de renseignement et des institutions diplomatiques traditionnelles, des organismes à vocation humanitaire, comme le Croissant rouge ou la Fondation des Martyrs, chargés d'aider à combler les besoins sanitaires des populations déshéritées de par le monde. Au Liban, les Iraniens développent une grande activité en ce domaine. Celle-ci sert de couverture à des actions plus secrètes visant à la déstabilisation d'Israël et de ses alliés occidentaux objectifs, dont la France. La Fondation des Martyrs, que dirige l'ayatollah Mehdi Karroubi au nom de l'iman Khomeiny, est le prototype de ces institutions pseudo-humanitaires pouvant être ponctuellement impliquées dans la perpétration d'actes terroristes.

A tous ces moyens s'ajoute enfin une connaissance approfondie du fonctionnement des démocraties occidentales, qui permet une maîtrise diabolique de l'utilisation de l'action violente destinée à les faire plier.

De la même façon que, dans la guerre moderne, on ne parle plus d'armes, mais de systèmes d'armes, dans l'utilisation de la terreur par un État, l'attentat ou la prise d'otages n'est qu'un des éléments d'un système complexe dirigé de l'intérieur de cet État.

Schématiquement[1], on peut décrire comme suit le piège dans lequel se retrouve coincé un pays démocratique au terme d'un « échéancier » dont l'Iran distille les phases successives avec un art consommé :

— Avant l'attentat, l'État terroriste envoie des signaux pour réclamer ce qu'il estime être son dû. Exemples : le remboursement de la dette Eurodif, la libération du commando Bakhtiar, la libération des prisonniers chiites au Koweit, l'arrêt du soutien de la France à l'Irak...

1. Ici encore, cette analyse est propre à l'auteur et non plus à la place Beauvau.

— Il menace de porter atteinte aux intérêts de l'État qui n'obtempère pas.

— L'attentat a lieu. En fonction de l'objectif désiré, il est plus ou moins meurtrier.

— Le gouvernement du pays où s'est déroulé l'attentat est obligé, pour calmer son opinion publique, de proférer des paroles dures qui vont ensuite diminuer sa marge de manœuvre. Exemple : « On ne traite pas avec des terroristes, avec des ravisseurs, mais seulement avec des États. » Ou : « Notre politique étrangère ne peut être prise en otage. »

— Ces paroles — généralement non suivies d'effet — renforcent la crédibilité des terroristes et de leurs commanditaires.

— Le gouvernement est néanmoins contraint d'analyser le message véhiculé par l'attentat lui-même et celui qui est généralement contenu dans sa revendication.

— Il est ensuite contraint d'approcher dans le plus grand secret — à cause des propos intransigeants qu'il a proférés, à l'intention de son opinion publique — les auteurs de l'attentat ou leurs intermédiaires.

— Cette exigence de secret s'oppose au besoin impératif de publicité des terroristes. Les médias sont alors complètement intégrés dans le champ de bataille de ces derniers.

— La publicité fait monter les enchères et rend donc les négociations difficiles, d'autant plus que la menace de révélations de la part des terroristes ajoute au chantage qu'ils exercent.

— Le système complexe et non hiérarchique des organisations qui exécutent les actes terroristes permet de surcroît de « balader » les négociateurs. Exemple : Téhéran ne reconnaît que la possibilité d'exercer une « influence » sur les ravisseurs...

— L'utilisation systématique des faiblesses et des contradictions du système démocratique par les terroristes, l'importance pour les gouvernants de l'enjeu que représentent l'arrêt des attentats et la libération des otages, provoquent inéluctablement une fracture à l'intérieur de la nation visée. Ce qui ne devrait être qu'un défi relevé par tous devient un enjeu politicien.

— A un stade ou à un autre, le secret des négociations est levé par les terroristes...

Ainsi les prises d'otages, les promesses de libération, les libérations, les attentats plus ou moins meurtriers, à Beyrouth ou à Paris, contre des locaux ou des personnes, les négociations officielles, les pourparlers officieux, directs ou par intermédiaires, peuvent être planifiés afin de doser les pressions, de faire plier l'ennemi et de l'amener à récipiscence.

La comparaison des listes et des dates des prises d'otages français et des attentats commis en France en mars 1985 et septembre 1986 est à cet égard instructive, surtout quand on la rapporte à l'état des négociations entre Paris, Téhéran et les ravisseurs des otages.

Dans le système iranien d'exportation de la révolution, le Liban mérite à l'évidence une place spéciale.

« Contrairement aux grandes puissances, l'Iran n'a aucune visée colonialiste à l'égard du Liban. La majorité des Libanais sont de confession musulmane. Nous les avons aidés à résister à l'agression perpétrée contre eux par Israël avec l'appui des puissances occidentales, dont la France. Le but auquel nous voulions parvenir au Liban, c'était d'exporter la culture révolutionnaire islamique. Il est atteint, et nous ne voulons rien d'autre. »

Ces propos sont de Mohsen Rafigh Doust, ministre des Gardiens de la Révolution (Pasdarans), dans un entretien accordé à *L'Express* le 17 octobre 1986.

Exporter la culture révolutionnaire islamique : tel est bien le principal objectif avoué de l'Iran au Liban. Mais si l'objectif est clair, l'histoire et les voies de cette exportation sont plutôt enchevêtrées.

L'influence iranienne au Liban, sous sa forme panislamique, date de la fin des années 1950. Il faut en effet remonter à 1958 pour comprendre comment se sont amorcées les relations entre certains éléments intégristes iraniens et la population libanaise de confession musulmane. Après avoir opéré la liaison avec une fraction de la population chiite et l'avoir dotée d'institutions propres, l'Iran a œuvré dans le sens d'une radicalisation de cette communauté pour la conduire finalement à adopter un panislamisme de plus en plus intransigeant. Cette volonté d'islamiser les États d'Orient date des années 1928-1930, avec la naissance de la confrérie des Frères musulmans. Mais la réalisation de ce plan au Liban n'a connu ses premières ébauches qu'en 1958, date à laquelle Moussa Sadr, jeune théologien iranien, est envoyé dans ce pays sur ordre du Shah et avec l'aval de la hiérarchie cléricale de Qôm où il a achevé ses études. Une fois sur place, il entre aussitôt en contact avec les chiites du Sud, et devient en 1960 « iman de la communauté chiite au Liban ». Il multiplie alors les efforts pour placer la communauté chiite au même rang que celle des sunnites et des chrétiens, toutes deux dotées de conseils. Il y parviendra en 1967, lorsque le gouvernement libanais reconnaîtra la création du Conseil supérieur de la Communauté chiite.

Une fois gagnée cette bataille institutionnelle, l'iman Moussa Sadr s'emploie à radicaliser progressivement ses troupes, aidé en cela par deux facteurs : d'une part, divers éléments de la résistance armée palestinienne, dont la présence au Sud a été légalisée par les accords du Caire de novembre 1969, vont prendre contact avec l'iman et orienter de façon encore plus intransigeante ses vues sur Israël et le sionisme (Moussa Sadr défend dès lors le droit imprescriptible des Sud-Libanais à riposter par les armes aux agressions israéliennes : « Les armes sont la parure des hommes », clame-t-il avec fougue, suivi en cela par un jeune avocat, Nabi Berri) ; d'autre part, des agents iraniens, étudiants ou mollah, animateurs de mouvements « islamiques » d'inspiration intégriste, dispersés aux États-Unis et en Europe, rejoignent Moussa Sadr au Liban et enseignent les techniques de la guérilla aux musulmans libanais. Ce groupe comprend notamment Abolhassan Bani Sadr, Sadegh Qotbzadeh, Moustapha Tchamram, Ibrahim Yazdi. A côté de ces cadres, on peut également signaler d'autres agents plus éloignés de l'O.L.P., mais sympathisants de la Libye du colonel Kadhafi, comme Mehdi Hachemi Najafabadi et Mohammed Ali Montazeri, proches de l'ayatollah Hosseyn Ali Montazeri, l'un étant son disciple, l'autre son fils, tous deux marqués par une idéologie particulièrement extrémiste.

Grâce à l'aide des Palestiniens révolutionnaires et des Iraniens islamiques, Moussa Sadr proclame le 29 mars 1975 la naissance d'« Amal », bras armé des Chiites et aile militaire du mouvement des Déshérités, créé en juin 1973. Le sigle *A.Ma.L.* a une triple signification :

— en arabe, il signifie « Brigades de la Résistance libanaise » ;

— en persan, « Association des Musulmans du Liban » ;

— et le sigle lui-même, « Amal », signifie phonétiquement « espoir » en arabe — espoir de la communauté musulmane en armes.

Ainsi les « déshérités » du Liban adoptent-ils une idéologie plus franchement intégriste et bénéficient-ils d'armes en provenance du « camp progressiste » dès le début des années 1970. Peu après la disparition de l'iman Moussa Sadr en Libye en août 1978, et à la suite de l'avènement de la République islamique d'Iran en février 1979, Nabi Berri devient le nouveau chef d'Amal (1980), et le jeune État intégriste iranien noue des relations privilégiées avec l'O.L.P. et le mouvement Amal. Après 1982, l'Iran tente enfin de conduire l'ensemble des communautés sunnite et chiite au Liban à demander la constitution d'un État islamique dans ce pays.

On sait que l'idéologie khomeyniste ne puise pas son inspiration dans la stricte tradition chiite, mais dans la doctrine « frère musulmane », en ce sens qu'elle fait référence à un œcuménisme censé abolir les frontières, jugées « factices », entre adeptes du sunnisme et du chiisme. Elle prône le retour à l'Islam de l'Age d'or, pratiqué sous Mahomet et les premiers califes, et la constitution d'un État islamique aux règles fixées par la pratique mahométane du pouvoir. C'est cette idéologie qui semble prévaloir, à partir de 1982, au sein d'une fraction de la communauté musulmane au Liban, par la voix du Cheik Muhammad Hussein Fadlallah, envoyé dans ce pays cette année-là par les autorités iraniennes. L'union peut également être réalisée avec les chrétiens, soutient le Cheik, car, dit-il, « le christianisme n'ayant ni structure politique, ni loi révélée, ils [les chrétiens] peuvent accepter l'Islam comme idéologie politique et législation sociale, du fait qu'il n'existe pas d'absolu en politique ».

L'idée de l'instauration d'un gouvernement islamique au Liban trouve sa première consécration politico-religieuse peu après la déclenchement de l'opération israélienne « Paix en Galilée », en juillet 1982, au Sud-Liban. Au cours des années suivantes, elle va s'exprimer de trois façons à la fois différentes et solidaires :

1° Le Parti de Dieu ou Hezbollah fait son apparition. Réseau de militants intégristes pro-iraniens, il a pour vocation de pénétrer l'ensemble des populations « déshéritées », de les encadrer au moyen de comités islamiques et de les contrôler sévèrement grâce aux tribunaux islamiques révolutionnaires. Structure souple à caractère clérical et militaire, il a signé son acte de naissance par une série d'actions anti-israéliennes dans le Sud dès octobre-novembre 1982. Le Hezbollah est coiffé par une autorité cléricale en la personne de Cheik Fadlallah, dont l'influence morale sur le « Parti » est prédominante. Il place notamment la lutte armée au nombre des devoirs religieux. Le Cheik est, on l'a vu, un agent iranien dépêché en 1982 au Liban pour y accueillir les premiers combattants de la République islamique d'Iran venus se battre contre Israël et préparer les opérations-suicides de l'année 1983 ;

2° De façon quasi simultanée, une scission s'opère au sein d'Amal, donnant naissance à une nouvelle formation appelée « Amal islamique ». Seyyed Hussein Moussaoui, alias Abou Hisham, en prend la tête. Celui-ci déclare que son groupe ne se distingue pas du Hezbollah dont il fait désormais partie intégrante. Dès la création de ce mouvement, l'Iran se rapproche de Moussaoui et prend ses distances par rapport à Nabi Berri et à ses partisans, sans rompre néanmoins toutes relations avec eux. « Amal islamique » devient le « bras armé de l'Iran » ;

3° Un rapprochement s'amorce dès 1983 avec une partie de la population sunnite. Il se traduit bientôt par la création du Mouvement de l'Unification islamique (M.U.I.) que dirige le Cheik Saïd Chaaban. Porte-parole des milieux sunnites extrémistes de Tripoli (Nord-Liban), celui-ci siège désormais régulièrement dans les instances suprêmes du Hezbollah et participe à toutes les réunions importantes convoquées à l'initiative des Iraniens.

Les activités religieuses, politiques et militaires des groupes et regroupements rattachés au Hezbollah sont en effet coordonnées par le Conseil des Affaires libanaises, créé par l'Iran en 1983 et composé d'éminentes personnalités religieuses et civiles d'origine libanaise et iranienne (notamment des représentants de l'ambassade d'Iran à Damas et des commandants pasdarans stationnés en Syrie et au Liban). Les actions décidées sont parfois coordonnées avec le Fatah palestinien.

Reconnaissance officielle de la communauté chiite au Liban, puis radicalisation et militarisation progressive de ses éléments les plus activistes, éloignés des valeurs humanistes dont le chiisme est porteur, pour n'en conserver que le mythe du martyr détourné de sa fonction initiale ; enfin, exploitation de la violence ambiante pour s'affilier à des éléments sunnites intégristes et jeter les premières bases d'un État islamique fondamentaliste : telle a été la stratégie suivie par l'Iran au pays des Cèdres.

Ce processus illustre bien le caractère a-sunnite et a-chiite de l'Islam tel qu'il est prôné par les exportateurs de la révolution islamique.

Le fer de lance « terroriste » de Téhéran

La présence iranienne au Liban a été marquée en 1980 par l'installation par le gouvernement khomeyniste d'un contingent de Gardiens de la Révolution (Pasdarans) cantonné à Baalbek, dans la vallée de la Bekaa. Ses effectifs ont varié au gré des circonstances et des sources ; mais on peut affirmer qu'ils ont eu tendance à augmenter de 1980 à 1985, passant de 300 à 2 000 hommes. Ce contingent a connu quelques vicissitudes, l'État syrien contrôlant sévèrement la plaine de la Bekaa. Des affrontements sporadiques enveniment régulièrement les rapports entre les éléments armés des deux pays.

Le quartier général des Pasdarans est à l'hôtel El Khawan, entouré d'un bois de pins, ceinturé de barbelés et d'un fossé de trois mètres de profondeur et de quatre mètres de large. Un bâtiment moderne sert de dortoir. Des tentes sont installées près des bâtiments. Une cuisine centrale assure le ravitaillement de tous les Iraniens.

Les Pasdarans travaillent en étroite relation avec les militants du Hezbollah. Leurs rangs fournissent des instructeurs pour les Libanais intégristes. Cette instruction militaire a lieu tant à la caserne « Cheik Abdallah », à Baalbek, qu'occupent depuis 1983 les éléments armés du Hezbollah, qu'au centte hezbollahi de Brital, lui aussi dans la vallée de la Bekaa. Les militants du Parti de Dieu sont également établis dans de petites bases disséminées sur la ligne Chtaura-Baalbek et maintiennent des filières de communication avec Beyrouth-Ouest par la route de Bamdoun.

Pasdarans et Hezbollah disposent de deux bases arrière en Syrie : l'une, diplomatique, l'ambassade d'Iran à Damas, véritable Q.G. des opérations « couvertes » de l'Iran au Moyen-Orient ; l'autre, militaire, à la caserne des Pasdarans de Zebedani, située en territoire syrien à proximité de la frontière libanaise. Plusieurs camps installés en Iran servent également à l'entraînement physique et psychologique des terroristes. Les soutiens logistiques et financiers (importants) d'origine iranienne (filière Montazeri-Hashemi, aujourd'hui Rafsanjani-Khosrowshabi) passent par ces relais privilégiés. Fadlallah, « chef spirituel » du Hezbollah, a des contacts journaliers avec l'ambassade d'Iran à Beyrouth, de laquelle il reçoit mensuellement 400 000 livres libanaises (chiffre de 1985) dont une bonne partie sert au règlement de la solde des militants libanais. (Fadlallah reçoit également des subsides de l'ambassade libyenne, mais dans une moindre mesure).

L'Iran a adapté ses moyens d'intervention au Liban aux visées subversives qu'il nourrit à l'égard de ce pays. L'installation d'un important contingent de Pasdarans, gardes iraniens très mobiles, se déplaçant sans encombre selon les nécessités du moment, capables de remplir tour à tour des fonctions de renseignement, d'instruction, ou de s'impliquer dans des actions de type militaire ou terroriste, constitue dans ce pays un atout majeur.

L'Iran de 1986-1987 est d'ores et déjà redevenu une puissance régionale importante au Moyen-Orient, et son influence au Liban, à côté de la Syrie, d'Israël ou de la Libye, est loin d'être négligeable. Il existe même un axe actif Tripoli-Damas-Téhéran qui, malgré des difficultés intermittentes dues à de sérieuses divergences d'intérêts, concourt à la lutte contre l'influence israélienne, voire occidentale. Cette lutte peut revêtir des formes ouvertes ou couvertes, mais force est de constater que les actions ouvertes préparent le plus souvent le terrain à des actions offensives couvertes.

Les actions clandestines menées par l'Iran au Liban ont fait apparaître l'implication directe des Gardiens de la Révolution (Pasdarans), de la Fondation des Martyrs et du Hezbollah dans la perpétration d'actes terroristes visant l'Occident et ses intérêts dans ce pays. Dans toutes les opérations dirigées contre la France — au Liban aussi bien que dans notre pays —, les services de renseignement ont pu sentir ou trouver la trace de Rafigh Doust (patron des Pasdarans), souvent celle de Hussein Moussaoui (chef d'Amal islamique) et d'Imad Moughnieh, l'ancien garde du corps du Cheik Fadlallah, ami de Rafigh Doust et membre important du Hezbollah libanais. Ce dernier est aussi considéré, tant par la C.I.A. que par la D.G.S.E., comme l'homme-charnière entre Téhéran et les ravisseurs des otages français, qu'il s'agisse de leur enlèvement ou de la détermination de leur sort. Les « services » l'appellent d'ailleurs « le Geôlier ». C'est lui qui passe aux yeux de la C.I.A. pour l'organisateur du détournement sur Beyrouth du Boeing de la T.W.A. en juin 1986. Il a été à l'origine de frictions entre services français et américains : le gouvernement aurait été alerté, à la fin de 1986, de sa présence dans la capitale française par Washington, qui aurait réclamé son arrestation pour qu'il comparaisse ensuite devant la justice américaine ; Paris aurait alors fait la sourde oreille afin de ne pas compromettre ses négociations avec les ravisseurs. Nous avons pu vérifier qu'Imad Moughnieh se trouvait bel et bien à Neuilly à l'époque, et que son appartement était même « sonorisé »...

La tactique des prises d'otages, selon le ministère de l'Intérieur, vise deux objectifs différents :

1° dissuader les agents de l'espionnage occidental, réels ou supposés tels, d'agir au Liban où leur présence est ressentie comme une entrave à la politique de déstabilisation menée par l'Iran : c'est ainsi qu'il faudrait interpréter, semble-til, l'enlèvement de Carton et Fontaine, par exemple ;

2° utiliser les otages comme une « arme », c'est-à-dire s'en servir comme d'atouts susceptibles de servir la politique internationale iranienne.

Le même rapport remarque néanmoins : « Il convient de rappeler, dans l'affaire des otages étrangers, que si les Iraniens peuvent dicter les enlèvements et soutenir les détenteurs d'otages, ceux-ci sont jaloux de leurs prérogatives sur la scène libanaise et tentent de garder une autonomie relative par rapport au pouvoir central iranien. »

Au-delà des menaces terroristes proprement dites, des attentats et prises d'otages, les spécialistes français des problèmes de sécurité s'inquiètent de la menace de l'intégrisme musulman en Europe et notamment en France. Dans le rapport des services français daté de décembre 1986, on peut lire que « l'Europe n'est pas épargnée par la politique iranienne d'exportation du chiisme révolutionnaire » :

> La population musulmane des pays européens est en effet très importante et constitue en général une classe sociale modeste touchée par la crise économique et sensible aux problèmes religieux. L'Iran trouve là une possibilité de peser sur les sociétés occidentales. Cette action est discrète, difficile à cerner par les non-musulmans. Elle repose sur la propagande et le prosélytisme dans les lieux de culte et sur le développement de foyers et de centres socio-culturels. La tâche des "prêcheurs" khomeinistes est favorisée par la présence dans les pays concernés de Chiites libanais, irakiens, koweitiens... Les légations iraniennes locales apportent leur soutien à cette entreprise. Une telle action de rassemblement derrière l'Imam Khomeiny peut en fait conduire à la création d'un vivier de terroristes. Un exemple en a été donné en France.
>
> La communauté musulmane de France compte environ 3 000 000 de personnes. Elle est principalement composée d'individus originaires des pays du Maghreb (Algérie, Maroc, Tunisie) et fait de notre pays le premier pays musulman d'Europe. Près de 60 000 jeunes Maghrébins et Moyen-orientaux fréquentent nos universités, et environ 1 800 000 visiteurs en provenance du Maghreb et du Moyen-Orient viennent en France chaque année. On peut alors se demander si le feu de l'intégrisme musulman, attisé par l'Iran, pourrait enflammer la France. Diverses constatations montrent que la menace intégriste n'est pas à prendre à la légère...

Plusieurs milliers de personnes originaires du Moyen-Orient séjournent en France (environ 30 000 individus viennent du Liban, d'Iran et d'Irak). Parmi elles se trouvent de nombreux Chiites, dont certains sont des adeptes de l'ayatollah Al Kouy et s'étaient regroupés au sein de l'association Ahl el Beit (les « gens de la maison »). Celle-ci avait pour buts l'étude, la pratique et l'enseignement de la religion musulmane chiite, ainsi que le rapprochement entre chiites et sunnites. Elle disposait d'un foyer en Région parisienne, 27, rue Pasteur, au Kremlin-Bicêtre, animé par Mohamed Baker Seyed Fadlallah, frère de Cheik Fadlallah, le guide spirituel du Hezbollah au Liban, et financé par de riches Koweitiens. Le conseil du foyer comprenait des Chiites irakiens et libanais.

Les activités de ce foyer, purement religieuses, n'avaient apparemment rien de répréhensible. Pourtant, selon le ministère de l'Intérieur, Ahl el Beit représentait un danger pour les raisons suivantes :

— le foyer développait un important prosélytisme par le biais de très nombreuses publications pro-khomeinistes ;

— des membres des services de renseignement iraniens le fréquentaient ;

— il accueillait et hébergeait plus ou moins longtemps des musulmans de toutes nationalités ;

— il avait de nombreux « contacts » dans toute la France ;

— son adresse et celles de certains de ses membres étaient apparues dans trois affaires terroristes importantes :

> — en juillet 1984, Fadlallah Mohamed Baker Seyed s'est révélé être en contact avec un groupe iranien implanté à Vitry-sur-Seine, apparemment chargé de l'élimination physique d'opposants au régime de Khomeiny ;
>
> — le 18 novembre 1984, l'interception à Zurich du Libanais chiite Al Atat Hani Hussein, porteur d'un kilogramme d'explosifs et de quatre détonateurs, conduisit à l'arrestation à Ladispoli (Italie) de sept autres Libanais qui préparaient une opération terroriste de grande envergure contre l'ambassade des États-Unis à Rome ; l'adresse parisienne de Fadlallah fut retrouvée parmi les papiers des individus arrêtés ;
>
> — en juin 1985, à Rome, le Libanais Shour (ou Chouer) Ali Admad, né en 1953 à Beyrouth, abandonne huit cents grammes d'explosifs dans une chambre d'hôtel. Dans ses

papiers, les policiers italiens retrouvent l'adresse du foyer d'Ahl el Beit au Kremlin-Bicêtre.

La menace représentée par Ahl el Beit s'est trouvée de nouveau illustrée le 12 février 1986, lors d'une enquête réalisée par la D.S.T. dans les milieux chiites intégristes. Au cours de cette opération furent découverts divers documents appartenant à l'Iranien Mouslam Faker, chargé de la prière du vendredi au foyer du Kremlin-Bicêtre, et dont l'appartenance à la branche militaire des Pasdarans (Gardiens de la Révolution) avait été établie. Parmi ces documents figurait une synthèse intitulée « *Ébauche d'un recensement des besoins de la communauté en Ile-de-France* ». Il s'agissait d'un projet d'islamisation de la société française à la mode khomeiniste, par la déstabilisation progressive de ses institutions et par un combat actif mené contre les valeurs politiques, philosophiques et culturelles de notre pays. L'objectif avoué était de faire éclore « la conscience de Nation islamique » en formant « une élite religieuse parmi les musulmans d'origine française », et d'amorcer ainsi un « système cohérent et entièrement autonome », susceptible de véhiculer les idéaux intégristes subversifs en France. Ce plan visait à créer un véritable État dans l'État, où seraient confondues politique et religion : cet « État » deviendrait partie intégrante d'une entité supra-nationale, la « Nation islamique », niant les frontières et n'obéissant qu'à ses propres lois. Ce projet d'une folle ambition, difficilement applicable à court terme dans son intégralité, n'en établissait pas moins la volonté iranienne de s'immiscer dans les affaires religieuses des musulmans de France.

L'association Ahl el Beit visait surtout à placer tous les chiites sous la tutelle de Téhéran. La « conversion » des sunnites était pour elle un objectif secondaire, mais les agents khomeinistes développaient parallèlement des activités en direction de cette communauté sous forme d'aides financières à la réalisation de projets de caractère religieux. Ainsi, en 1985, l'Iran tenta de récupérer à son profit le projet de construction d'une mosquée à Nancy : Téhéran était prêt à débloquer des fonds à condition de bénéficier d'un droit de regard sur la gestion et le fonctionnement du lieu de culte. Ce projet resta sans suite, mais est révélateur de la démarche utilisée par les agents khomeinistes pour « séduire » : face aux faiblesses, aux dissensions et aux atermoiements des communautés locales, les Iraniens proposent aide et assistance dans le domaine des finances et de la gestion. A noter également que Gordji, l'« interprète » de l'ambassade iranienne à Paris, a trempé dans une opération visant à lancer une « O.P.A. » sur la mosquée de Paris...

Pour toutes ces raisons, le ministère de l'Intérieur, après consultation des autorités musulmanes « traditionnelles », décida de dissoudre l'association Ahl el Beit le 3 juin 1987. L'enquête menée alors par la D.S.T. sur les milieux khomeinistes de Paris avait conclu que les agents iraniens s'intéressaient à des individus maghrébins aisément manipulables et pouvant être utilisés à des fins terroristes. C'est ainsi que le 3 mai 1984, un groupe de terroristes comprenant des éléments algériens et marocains, dont la mission était d'assassiner un opposant iranien à Londres (affaire Chraibi Abdel Majid - Gouasmi Yahia), avait été neutralisé. L'enquête établissait formellement l'existence d'un réseau constitué par les services iraniens dans les milieux religieux pour effectuer des missions en Europe, non seulement à des fins de renseignement, mais dans la perspective d'actions terroristes. L'affaire Fouad Ali Saleh allait bientôt confirmer l'existence de réseaux « dormants » en France.

Les factions en Iran

C'est là le thème d'un volet important du rapport du ministère de l'Intérieur. Passionnant, il est manifestement l'œuvre d'un spécialiste — certains avancent même le nom d'un ex-agent du S.D.E.C.E. récupéré par le Quai d'Orsay et qui est actuellement « prêté » à la D.S.T... Ce rapport met en pièces toutes les politiques fondées sur de présumées dissensions entre « durs » et « modérés » iraniens... Il s'oppose ainsi aux analyses du Quai d'Orsay, mais aussi des États-Unis (la croyance en ce pseudo-clivage a abouti à l'Irangate) et d'Israël.

> Tant que le climat international demeurera ce qu'il est, tant que l'on s'accommodera d'un pouvoir islamique supposé servir d'écran aux avancées soviétiques dans le Golfe et au Moyen-Orient, il sera dérisoire de rechercher un quelconque appui solide au sein des élites gouvernantes, sauf sur les questions ponctuelles et dans l'intérêt bien compris des Iraniens. Bien plus, toute victoire politique sur l'un des fronts ouverts, militaire ou idéologique (prise de Fao, « Irangate »...), en accélérant le processus légitimant l'exportation de la révolution, ne pourra que renforcer l'animosité de l'Iran à notre encontre, ce qui risque de se traduire, entre autres, par l'activation de ces "réseaux dormants" installés sur notre sol...
>
> Et demain, après la mort de Khomeiny ?
>
> La volonté subversive du régime survivra à Khomeiny tant que perdurera l'idéologie panislamique qui la fonde.

Attention donc : des factions existent en Iran et se livrent une farouche bataille dans le cadre de la succession de l'ayatollah Khomeiny ; mais « les partenaires du monde libre doivent être conscients de ce double jeu lorsqu'ils nouent des relations avec l'Iran (répondant ainsi à l'exigence diplomatique de ne pas couper définitivement les ponts), et garder en mémoire que, face à l'Occident, les factions font bloc autour d'un front uni et hostile. Toute concession consentie est interprétée comme un geste de faiblesse par l'élite politico-cléricale dont le cynisme exercé à notre encontre n'a d'égal que la haine qu'elle nous voue. En témoignent maintes déclarations faites dans des enceintes restreintes et des commissions hautement spécialisées ».

Ce qui n'empêche évidemment pas l'Occident de bénéficier, par moments, des luttes de factions. Les services secrets français n'excluent pas, par exemple, la possibilité que « ce seraient des éléments iraniens opposés à la normalisation des relations entre l'Iran et les pays européens qui auraient facilité la découverte par la D.S.T. du « réseau dormant » tunisien en mars 1987. L'affaire Saleh entrerait donc dans le cadre de la lutte entre factions cléricales en Iran. » Mais au-delà des disputes parfois meurtrières entre factions, il se crée un consensus dès qu'il s'agit d'exporter la révolution.

Ne pas miser sur le jeu des factions n'exclut pas — au contraire — l'intérêt qu'il y a à connaître ce que le rapport officiel appelle le « factionnalisme ». La pratique du factionnalisme est traditionnelle et les Iraniens la préfèrent à tout gouvernement des affaires de l'État par partis politiques interposés. La vie partisane au sens occidental du terme leur est étrangère :

> La bataille de succession en Iran est entrée depuis la mi-octobre 1986 dans une nouvelle phase. Vague d'arrestations, procès politiques, accusations publiques de dissidence ou de mécréance, telles sont les conséquences visibles de la révélation, par l'intermédiaire d'émissaires proches de l'ayatollah Hosseyn Ali Montazeri, des tractations secrètes portant sur l'achat d'armes américaines par le gouvernement iranien.
>
> L'une des principales particularités du factionalisme dérive de la nature théocratique du pouvoir établi. Chaque faction est obligatoirement placée sous le haut patronage d'un membre influent du clergé. En effet, dans l'expression même de leur diversité et de leurs rivalités, le souci constant de l'unité doit les animer et le clergé est là pour y veiller et censurer les négligents et les insouciants. Car il existe un cadre strict hors duquel il convient de ne pas s'aventurer... L'ayatollah Khomeiny est le garant de cette unité et lui seul a le pouvoir de trancher sur le caractère dissident ou non de telle ou telle prise de position. Le jeu politique des factions ne peut, en conséquence, s'exercer que dans le cadre d'un consensus de la société iranienne autour des préceptes islamiques comme valeurs à protéger, de la caste cléricale comme pouvoir social à respecter

et de la révolution islamique comme projet mondial à défendre. La liberté d'expression est à ce prix.

Le grand clivage qui apparaît entre les factions se fait autour de l'adhésion au principe clérical du gouvernement islamique par le docteur de la loi le plus vertueux et compétent, ou du refus de cautionner ce principe. C'est un choix capital qui engage l'avenir de l'Iran et son mode de gouvernement futur :

1. *La faction tutorale* prétend que Khomeiny ne doit avoir pour successeur qu'un seul *faqih*, ou dignitaire du clergé, doté des pleins pouvoirs, afin de guider la communauté des fidèles sur les plans temporel et spirituel.

2. *La faction conseilliste* ne reconnaît pas la validité du principe tutoral et ne croit pas en l'ayatollah Montazeri comme successeur valable à long terme, bien qu'elle se soit ralliée en apparence à cette solution, sous la pression de la ligne doctrinale des partisans de Mir Hosseyn Moussavi. Elle serait idéalement partisane d'une direction collégiale formée par un conseil restreint de sages dignitaires du clergé.

Dans la « faction tutorale », deux courants peuvent être distingués : la « ligne de l'imam » et les « doctrinaires ». Le rapport fournit de nombreux éléments sur eux. Les partisans de la « ligne de l'imam » adhèrent à une idéologie extrémiste ; nombre de leurs adeptes sont réputés préconiser une politique pro-libyenne :

Ils se prononcent pour l'exportation de la révolution par la violence, voire le terrorisme, la prise d'otages (exemple des diplomates américains en 1979-1980, des otages au Liban, etc.), les détournements d'avions, la guerre à outrance. En matière de politique intérieure, ils prônent un changement en profondeur de la société par la disparition du secteur privé (nationalisations), le lancement d'une réforme agraire radicale, etc. Dans la pratique, cette politique s'est traduite, selon certains témoignages, par des arrestations arbitraires, des expropriations injustifiées, des malversations multiples.

Ce groupe fait allégeance à des personnalités cléricales occultes, mais puissantes et dotées d'appareils organisés (*cf.* l'ayatollah Montazeri et ses représentants attitrés), qui contrôlent l'activité des *Hezbollahi* ou troupes de choc du "Parti de Dieu", ainsi que de nombreux comités et institutions révolutionnaires comme la Fondation des Martyrs et le « Jihad de la construction. »

Parmi les membres de ce courant à s'être illustrés avec virulence sur la scène politique, on compte l'hojjatoleslam Seyyed Ahmed Khomeiny, fils de l'ayatollah, qui supervise le cabinet de son père et contrôle depuis janvier 1987 la presse progouvernementale, *Keyhân* et *Ettelâât* ; l'ayatollah Sadegh Khalkhali, député de Qôm, qui s'est maintes fois signalé par le caractère outrancier de sa politique de répression et qui dirige par ailleurs les Feddayin de l'Islam, mouvement d'inspiration frère-musulmane ; l'hojjatoleslam Moussavi-Khoeyniha, procureur de la République depuis 1985 ; l'hojjatoleslam Hadi Ghaffari, chef des Hezbollahi, député, l'un des responsables de l'épuration consécutive à l'avènement de la République islamique et terroriste notoire...

Le leader des "doctrinaires", Mir Hosseyn Moussavi, Premier ministre nommé en 1981 et reconduit dans ses fonctions en novembre 1985, est bien représenté au *Majls* ou Assemblée consultative : sa tendance regroupe environ 70 % des membres de cette enceinte. Personnalité laïque, il a cependant pour lui le soutien constant de l'imam Khomeiny.

Depuis février 1979, Moussavi prépare activement l'ère révolutionnaire de la réapparition de l'Imam caché (douzième imam occulté) dont la révolution islamique actuelle n'est qu'un stade préparatoire. Il a commencé par jouer un rôle important durant la prise des otages américains en 1979-1980, puis a continué en s'entourant de commanditaires intermédiaires notoires du terrorisme inspiré de Téhéran, comme Mohsen Rafigh Doust, ministre des Gardiens de la Révolution (Pasdarans) depuis 1983, et Mohsen Reza'ï, commandant en chef des mêmes Gardiens, ou encore Mohtashami Pour, ministre de l'Intérieur et ancien spécialiste des actions couvertes iraniennes au Moyen-Orient, menées à partir de la Syrie.

Il exerce un contrôle puissant sur la politique étrangère de son pays grâce à des personnalités comme Ali Reza Moayeri, ex-chargé d'affaires à l'ambassade d'Iran à Paris, dont la participation à des préparatifs terroristes a été démontrée. Or, ce dernier exerce *de façon officieuse* les mêmes fonctions que Velayati, l'actuel ministre des Affaires étrangères et membre du camp du Président Ali Khamenei, alors que, de par la constitution, son statut de conseiller politique auprès du Premier ministre limite ses pouvoirs à une simple fonction d'assistant.

Le spécialiste du ministère de l'Intérieur décrit également la « faction conseilliste » dont le leader est le Président Khamenei et dont les membres représentent environ 30 % de l'Assemblée nationale. De toutes façons,

> rien ne se fait en matière politique sans l'aval de l'ayatollah Khomeiny, lequel délivre un décret ou une ordonannce de légalité ou d'illégalité religieuse (c'est-à-dire de conformité ou de non-conformité au *shar'* ou Loi coranique, telle que cette loi est interprétée par lui).

Mais il semble, poursuit le rapport, que l'aile tutorale ait bénéficié d'une protection sans faille de la part de l'imam de la communauté musulmane, tant sur le plan interne qu'externe. Ce n'est pas un hasard si, dans les négociations entamées entre la France et l'Iran, notre pays s'est vu contraint de traiter avec des représentants de la ligne réputée la plus dure de la faction tutorale (Ali Ahani...), ou tout au moins avec ses éléments les plus déterminés issus de l'exécutif (Moyayeri, Aghazadeh, Rafigh Doust...). L'Ayatollah joue donc un rôle central et se trouve être le pivot du système théocratique mis en place en 1979, grâce à l'institution du Tutorat qui place son dépositaire hors d'atteinte du jeu factionnel et de l'arbitraire partisan, du fait de la transcendance du plan spirituel sur le plan temporel. Par voie de conséquence, il domine ce jeu soit en légitimant, soit en excluant tel ou tel protagoniste.

Un exemple significatif de légitimation des activités engagées par une faction est l'affaire de la prise d'otages américains de

1979-1980. Lorsque les « étudiants de la ligne de l'Imam », conduits par l'ayatollah Khalkhali et les hojjatoleslam Moussavi-Khoeyniha et Hadi Ghaffari, investirent l'ambassade américaine à Téhéran et prirent les diplomates en otages, l'ayatollah Khomeiny leur emboîta le pas et les soutint à fond, allant même en cette affaire jusqu'à désavouer son « fils spirituel », Abolhassan Bani Sadr, et à le démettre de ses fonctions de ministre des Affaires étrangères. Dans son discours de Qôm, délivré le 20 novembre 1979, il déclara notamment : « Il est clair que dans leur mentalité et leur vision de malades, les Américains appelaient "diplomates" des gens qui étaient des espions. Plus personne ne veut de cela de par le monde. »

Il ne semble pas, à l'orée de l'année 1987, que la position de l'Ayatollah en matière de prise d'otages ait sensiblement évolué. Montazeri et Rafsanjani ont pris le relais de Khalkhali et consorts. Quant aux émissaires iraniens chargés de traiter avec la France, ils sont tous issus de la faction tutorale et adoptent un comportement particulièrement inflexible et méprisant à l'égard de leurs interlocuteurs occidentaux.

Dans la lutte de succession, les deux membres influents du clergé iranien, Montazeri et Rafsanjani, sont les mieux placés, l'un comme dauphin désigné par Khomeiny et confirmé par l'assemblée des experts qui a la haute main sur les affaires de propagande et d'exportation violente de la révolution ; l'autre comme personnage influent sur la scène intérieure iranienne, tenant les rênes de la guerre contre l'Irak. L'analyse du jeu théocratique tel qu'il se déroule en Iran montre que les grands personnages cléricaux se soucient peu des « frontières » factionnelles et qu'ils défendent tous une ligne dure, intégriste, du fait de la prévalence de la faction tutorale sur la faction conseilliste. Il est en conséquence aussi fallacieux qu'illusoire d'opérer une distinction entre « radicaux » et « modérés », insiste le rapport remis à Robert Pandraud au printemps de 1987.

Les responsables de l'État iranien ironisent d'ailleurs sur une telle discrimination : « Il n'y a ni radical, ni modéré, ni très modéré dans notre appareil politique ; la voix unique est celle de l'Islam », rappelle Khamenei, le 11 février 1987, à l'adresse d'un public iranien. Mais s'il est bon de masquer ses rivalités internes derrière des discours unitaires (style Khamenei), ces mêmes divergences peuvent au contraire être mises en exergue afin de tromper ou de déstabiliser tels ou tels interlocuteurs extérieurs (style Montazeri).

Dans la logique « opérationnelle » de ces rapports, le ministère de l'Intérieur a cherché à mettre au point une riposte à la menace intégriste, « car elle peut être enrayée ». Une grande partie de la communauté musulmane en France a conscience du danger que représente pour elle cette menace khoméiniste :

> Elle ne désire pas voir la religion et "la jeunesse", aisément manipulable, récupérées par les agents d'un État qu'elle n'approuve pas et dont le dessein expansionniste peut amener certains, de plus en plus nombreux, à contester globalement sa présence. Il y a en outre une alliance objective entre la France et les États arabes modérés victimes des "influences" iraniennes.

Une action offensive des « services » semble quasi-impossible à mener, en raison de la dimension religieuse du problème. Pour contrer cette lente et insidieuse menace, la Place Beauvau est néanmoins convaincue que les bonnes vieilles méthodes restent les meilleures :

— contrôle des déplacements,
— surveillance des lieux de rencontres et de réunions,
— pénétration des nombreuses minorités.

La riposte devra aussi s'appuyer sur la collaboration des éléments modérés de la communauté musulmane, attachée dans sa grande majorité à la France, sur celle des services de renseignement maghrébins et, plus généralement, des services concernés des États occidentaux et moyen-orientaux.

Toutes solutions déjà en cours d'application...

Voilà donc la vision de l'Iran qu'on s'est forgée au ministère de l'Intérieur, puis, progressivement, au sein du gouvernement tout entier après la découverte du réseau Fouad Ali Saleh. Vision que les spécialistes reconnaissent comme « sérieuse », même s'ils considèrent que la perspective en est quelque peu « policière » et oublie l'aspect « national » de la révolution iranienne...

CHAPITRE XIII

GORDJI

Il y a longtemps que ce jeune homme intéresse tous les services de police. Fils du médecin personnel de l'ayatollah Khomeiny quand celui-ci était en exil à Neauphle-le-Château, Gordji ne se souciait pas alors seulement du cours de ses études à Paris VII sur la structure de la matière. Le préfet de police Guy Fougier réclamait déjà, le 10 janvier 1985, son expulsion en procédure d'« urgence absolue ». Cette lettre, révélée par *Le Point*, affirmait en effet :

> « M. Gordji a été chargé de la section "étrangers" du Centre culturel islamique, au 6 de la rue Jean-Bart, jusqu'à sa fermeture, le 23 décembre 1983, par arrêté ministériel. Cet organisme, dirigé par l'ambassade d'Iran, était suspecté de préparer des actions terroristes... (Wahid Gordji) a participé à la réunion du jeudi 9 février 1984 organisée par les "étudiants musulmans iraniens en France", prokhomeinistes, au 8, villa du Parc-Montsouris, dans le quatorzième arrondissement de Paris. Il fréquente l'appartement numéro 1293, situé au vingt-neuvième étage de la tour Tokyo, au 20, avenue d'Ivry, dans le treizième arrondissement, qui sert de lieu de rencontre aux militants prokhomeinistes de la région parisienne. »

Gordji fréquente ensuite assidûment le foyer Ahl el Beit, au

Kremlin-Bicêtre, où il « croise » de véritables croyants ainsi que ceux qui se révéleront plus tard être des terroristes. Puis il devient progressivement, en 1985-1986, un homme important de la communauté iranienne de Paris. Beaucoup d'industriels français le considèrent comme un intermédiaire obligé dans les relations entre Paris et Téhéran. Gordji voit beaucoup de monde : de Raymond Nart, sous-directeur de la D.S.T., à Didier Destremau, fonctionnaire du Quai d'Orsay, en passant par François de Grossouvre, des membres du P.S. et de l'U.D.F., et... bien d'autres, puisqu'il entretenait également des relations avec certains milieux d'extrême-droite.

La liaison qui fera le plus de bruit sera néanmoins celle qu'il aura nouée avec un ancien officier du S.D.E.C.E., Didier Destremau, chargé au Quai d'Orsay, en septembre 1986, de gérer une partie du dossier « Otages », notamment les contacts avec les intermédiaires de tout poil, et surtout les relations avec les familles des otages. Cet arabisant, qui rêve d'une France généreuse entretenant des rapports privilégiés avec le monde arabe, est unanimement bien considéré par les familles Carton, Kauffmann et Fontaine : « Une véritable assistante sociale, toujours prêt à rendre service. »

En septembre, il rencontre pour la première fois Wahid Gordji. D'entrée de jeu, les deux hommes parlent de l'Islam. L'Iranien paraît troublé par l'équation qui est faite dans l'opinion publique entre Islam et terrorisme. Musulman convaincu, il ne toucherait pas la main d'une femme, mais il paraît néanmoins, à ceux qui le rencontrent alors, comme non-sectaire. Parlant un français parfait, il est très imprégné de notre culture. Il débite régulièrement son couplet sur la « France décadente » et n'est pas du tout gêné pour justifier la révolution islamique, tout en affirmant que l'Iran ne souhaite pas exporter cette révolution en France. Il reconnaît qu'au début de cette révolution, des erreurs ont été commises, voire même que, dans l'enthousiasme, des actes terroristes ont pu être perpétrés. Lui aussi est obsédé par la guerre avec l'Irak :

« Les agresseurs doivent toujours payer. Il faut restaurer l'honneur perdu de l'Islam... »

Le Quai d'Orsay est peu à peu convaincu que le petit interprète de l'ambassade d'Iran à Paris est en réalité un homme important. Très lié à l'ancien chargé d'affaires à Paris, Moayeri, il est l'un des éléments-clés du clan Rafsanjani. Il s'agite beaucoup pour normaliser les relations entre l'Iran et la France et développe à ce sujet une théorie sur la volonté des « modérés » de s'appuyer sur l'Europe — et surtout la France — pour mener une politique indépendante des deux blocs. Gordji n'hésite pas à impliquer ses interlocuteurs dans les batailles de clans — vraies ou supposées — autour de l'ayatollah Khomeiny : « Ne travaillez pas avec Velayati, il n'est pas fiable. La preuve : il n'a pas tenu les promesses qu'il a faites à Chirac sur les otages... » Reviennent sans cesse dans sa bouche des couplets sur le problème du “rééquilibrage” de la politique française à l'égard des deux pays en guerre : « Respectez vos contrats avec l'Irak, mais livrez-nous des armes par l'intermédiaire de pays tiers... »

Gordji est devenu un des canaux par lesquels passent les offres du vice-premier ministre iranien Moayeri à la France. Le Quai d'Orsay les enregistre et les transmet à Matignon, mais, depuis Noël 1986, la volonté de négocier des diplomates est de plus en plus battue en brèche par ceux qui entendent en découdre avec les terroristes de Téhéran. Pasqua, Pandraud, mais aussi Chalandon et Bujon de l'Estang sont, sur ce point, en totale opposition avec Jean-Bernard Raimond. La fourniture des cinq rapports de la D.S.T. acheminés par Pandraud sur le bureau du Premier ministre vient s'inscrire dans ce contexte.

Dès les premières arrestations des membres du réseau Fouad Ali Saleh, tout va se gripper. Le nom de Gordji est murmuré aux journalistes comme celui d'un proche des terroristes. L'ambassade à Paris est « mouillée ». Il faut dire que l'« interprète » est dans le collimateur de certains services de police, comme ceux du commissaire Clair. Ses activités de propagandiste, sa tentative d'O.P.A. sur la mosquée de Paris, ses relations troubles, comme ses rencontres officielles, en agacent plus d'un. Bref, son nom et l'implication de l'ambassade d'Iran à Paris sortent dès la fin mars 1987 dans les journaux.

Gordji devient angoissé, nerveux, puis abattu. Aussitôt après l'arrestation du réseau Fouad, il confie sa grande surprise de se voir impliquer dans cette affaire. « C'est vrai, dit-il, que je connais Fouad et Mouhadjer, mais je ne suis pas un terroriste. La D.S.T. fait un amalgame avec de vrais terroristes musulmans convaincus que sont les Tunisiens... Méfiez-vous, votre police est connue pour monter des "coups". Regardez l'affaire des Irlandais de Vincennes et l'histoire de la piste Abdallah... »

Le 27 mars, le numéro 2 de l'ambassade d'Iran, Nassiri, proteste officiellement au Quai d'Orsay contre la campagne de presse accusant son pays d'être mêlé aux actions terroristes commises sur le territoire français. Et il se demande si la France n'est pas responsable de la rupture des relations diplomatiques entre la Tunisie et l'Iran.

Tout cela n'empêche pas Gordji de poursuivre ses offres de caractère commercial. En mars et avril, il fait part de l'intention de son pays d'acheter 30 Airbus. Le 8 avril, il incite le Quai d'Orsay à faire de petits gestes pour calmer l'inquiétude de ceux qui, en Iran, ont parié sur la normalisation des relations avec la France : « Envoyez-leur un message : expulsez les opposants iraniens et recevez des opposants irakiens à Paris... » Il ne cesse pas non plus de réclamer des armes, notamment des Exocet et des avions. L'offre la plus spectaculaire acheminée au gouvernement français par les soins de Gordji consiste à dire : « Jamais l'Irak ne vous paiera sa dette. Nous vous proposons de reprendre tout son passif, en échange de quoi vous arrêtez de livrer des armes à Bagdad... »

Par la bouche de Gordji se confirme ainsi ce que sait Matignon depuis la fin de l'été 1986. Le seul problème à préoccuper Téhéran est son conflit avec Bagdad. Continuer à livrer des armes à l'un tout en limitant les discussions avec l'autre au dossier financier est inacceptable aux yeux de l'Iran.

En avril, une proposition de Moayeri, laissant de côté le problème des armes, est néanmoins transmise au Quai d'Orsay par Gordji. A Téhéran, le clan pro-français est conscient que l'engrenage risque de ruiner les derniers espoirs d'une normalisation. La nouvelle proposition est la suivante :

— rencontre dans les plus brefs délais pour fixer le montant de la dette française ;
— envoi d'un haut fonctionnaire français pour parapher l'accord ;
— libération de tous les otages ;
— paiement de la dette ;
— libération des prisonniers du commando Bakhtiar.

A remarquer que la libération des otages français serait intervenue, dans ce cas de figure, avant même le paiement de la dette et la libération des prisonniers du commando.

A Paris, les « faucons » ne veulent même pas en entendre parler. L'atmosphère, vis-à-vis de l'Iran, est devenue très « va-t-en-guerre ». Le Quai le sent, qui demande à Gordji, *via* Destremau, d'« obtenir un geste » pour détendre l'atmosphère : « Libérez un otage ou deux ; après, il sera plus facile aux partisans de la normalisation d'imposer leurs vues. »

Desmarest, chef du cabinet de Bernard Raimond, se sent en effet bien seul. Il sait qu'il ne va pas pouvoir tenir très longtemps. Mais, de son côté, Gordji ne dit pas autre chose : « Les "durs" sont en train de gagner à Téhéran. Beaucoup estiment qu'il n'y a aucun intérêt à renouer avec la France. Il faut nous aider... »

Jusqu'à la fin mai, cet étrange dialogue se poursuit entre le clan Rafsanjani et le Quai d'Orsay. Destremau parle toujours de « faire baisser la tension dans le ménage en libérant un otage ». « Impossible, lui répond Gordji, l'atmosphère est empoisonnée à Téhéran. Le problème des otages est entre les mains des extrémistes au Liban comme en Iran. Personne n'oserait demander en ce moment la libération des otages français. Et tout remonte à Khomeiny... »

Finalement, c'est bien le diagnostic de la D.S.T. qui est le bon : « Tout remonte à Khomeiny ». Le contre-espionnage accumule en avril-mai les preuves de l'implication de l'Iran et de Gordji dans les attentats de septembre 1986. Il les transmet au juge Boullouque et à... Matignon.

Début mai, Gordji apparaît comme traqué. Lui qui prétendait vouloir être l'homme de la normalisation se défend devant ses interlocuteurs d'être impliqué dans les attentats : « Tout ça, c'est bidon. Je mets au défi quiconque d'apporter la moindre preuve... » Il admet néanmoins que des réseaux terroristes aient pu être constitués en France par Mehede Hachemi, l'ex-chef du bureau de la Révolution islamique, proche de Montazeri. Le même Hachemi qui a été arrêté à Téhéran à la fin de 1986 et exécuté au début d'octobre 1987. « Mais ce n'est pas le gouvernement iranien. »

La D.S.T., elle, ne l'entend pas de cette oreille. Le commissaire Clair voit en Gordji un élément important des réseaux terroristes iraniens, peut être même l'homme chargé de la liquidation des opposants au régime de Khomeiny. Dans la bataille qui fait rage entre le Quai d'Orsay et la place Beauvau, le nom du gagnant ne fait plus de doute pour personne.

Gordji propose au Quai une déclaration commune qui mettrait les Iraniens et l'Islam hors du coup. Même Desmaret ne peut plus l'écouter : il n'y a plus rien à faire.

Le vendredi 29 mai, le juge Boullouque lance trois commissions rogatoires, dont une contre Gordji. Quelques heures plus tard, comme le racontent Charles Villeneuve et Serge Raffy dans le *Nouvel Observateur*, « au ministère de l'Intérieur, Robert Pandraud annonce, au cours d'une réunion du C.I.L.A.T. (Comité interministériel de Liaison antiterroriste), sa décision d'interpeller une soixantaine de suspects, dont Gordji. Des représentants du Quai d'Orsay, du ministère de la Justice, de Matignon sont présents à cette réunion. Le climat est tendu, mais personne ne conteste l'interpellation de Wahid Gordji. Pourtant, pour le Quai d'Orsay, c'est une catastrophe. »

Le lendemain, Didier Destremau téléphone à Gordji et lui fixe rendez-vous dans une brasserie, au coin de l'Esplanade des Invalides et de la rue de Grenelle, pour le lundi 1er juin. Leur conversation est enregistrée, mais, contrairement à ce qui a pu être écrit çà et là, l'ancien officier du S.D.E.C.E. ne lui annonce pas la décision du juge, et à plus forte raison ne lui recommande pas de se mettre à l'abri. La rencontre entre les deux partisans de la normalisation a donc lieu à quelques centaines de mètres du Quai d'Orsay et de Matignon, mais à distance de la place Beauvau. L'Iranien semble fatigué, désabusé. Il donne l'impression de savoir qu'un piège s'est refermé sur lui.

— Restez tranquille, ne faites pas de démenti, lui conseille Destremau.

L'Iranien répète que pour ce qui est des otages, toute démarche est actuellement impossible.

Le fonctionnaire du Quai conseille-t-il à Gordji de se tenir caché à l'ambassade ou bien de fuir ? C'est la version la plus communément admise. Mais Destremau n'est pas homme à trahir. S'il a émis ce genre d'invite, ce ne peut être que « couvert » par son ministre. Proche de la majorité, Destremau est le secrétaire général et l'un des principaux animateurs d'une nouvelle association, France-Pays arabes. On ne peut croire qu'il ait formulé de son propre chef un message aussi clair à Gordji. Tout au plus lui a-t-il confirmé que tout allait mal et que l'« interprète » avait intérêt à se faire oublier...

Deux jours plus tard, à l'aube, des policiers se présentent au domicile de Gordji. Un vieux monsieur ouvre la porte et leur dit : « Mon fils est parti à Genève. » Charles Villeneuve affirme que Pandraud pique ce matin-là une grosse colère : la D.S.T. lui a en effet affirmé que le Quai d'Orsay était responsable de la fuite de Gordji et qu'elle en détenait les preuves...

Le tandem Pasqua-Pandraud assène avec encore plus de vigueur, auprès de Jacques Chirac, ses arguments contre la normalisation des relations avec l'Iran terroriste. Bujon de l'Estang se contente de dire sobrement : « Je vous l'avais toujours dit. » Il fait partie de ceux qui poussent dès lors à la rupture des relations diplomatiques.

Mi-juin, des bruits commencent à circuler selon lesquels Gordji serait tout simplement planqué à l'intérieur de l'ambassade d'Iran à Paris. La surveillance des abords de celle-ci se renforce. Puis Robert Pandraud, convaincu, grâce aux écoutes téléphoniques et à la présence d'une « taupe » au sein de l'ambassade, de la présence de l'interprète dans les locaux diplomatiques, fait complètement cerner l'ambassade.

Le 30 juin, la rupture est consommée. Avec le feu vert du Premier ministre, la gestion du dossier « Iran » est insensiblement puis brutalement passée des mains des diplomates à celles des policiers. La répression immédiate du terrorisme est finalement jugée prioritaire par rapport aux considérations stratégiques et géopolitiques.

Le 2 juillet, les journalistes sont convoqués à l'ambassade d'Iran à Paris. Surprise : Gordji assure la traduction des déclarations du chargé d'affaires. Et, coup de théâtre, l'Iranien affirme que c'est Destremau qui aurait conseillé à Gordji de se cacher à l'intérieur de l'ambassade. Une fois de plus, l'Iran enfonce un coin pour diviser ses interlocuteurs français : cette fois, entre deux ministères — le Quai et la place Beauvau — qui ont des vues différentes sur la conduite à tenir à l'égard de l'Iran.

Dans le *Monde* du 8 juillet, Jacques Chirac évoque ainsi le différent opposant le Quai d'Orsay et le ministère de l'Intérieur :

> « Il y a une différence d'approche inévitable entre le ministre de l'Intérieur, qui est en charge de la sécurité quotidienne, et le ministre des Affaires étrangères, qui a une vision politique des problèmes à plus long terme. Il est tout à fait légitime qu'il

y ait une discussion. Si j'étais l'un ou l'autre ministre, j'aurais la même position qu'eux ; comme je suis Premier ministre, je tranche. La France n'a en aucun cas l'intention de céder à un chantage de quelque nature que ce soit, ni d'ailleurs de faire quelque provocation que ce soit. »

Chirac reconnaît la dualité d'approche du dossier « Iran ». Aucune cellule, aucun groupe interministériel, aucun organisme quelconque n'a essayé ni n'essaie d'approcher les problèmes iraniens dans leur globalité pour traiter *ensemble* les défis terroristes (otages et attentats), le contentieux économique, les menaces militaires et les intérêts stratégiques de la France. « Comme pour toutes les autres questions, c'est à Matignon que se fait la coordination », dit un conseiller de Chirac. En fait, seul un groupe *ad hoc*, chargé d'aborder les questions de sécurité extérieure, se réunit une fois par mois autour de Robert Pandraud (avec Desmarest, Michel Roussin, le général Imbot et Maurice Ulrich) pour parler des défis iraniens.

Depuis qu'il a donné son accord pour « boucler » l'ambassade d'Iran, Jacques Chirac a choisi la fermeté. Il est alors complètement en accord avec l'Élysée. Hors de question, désormais, que Gordji ne se présente pas devant le juge Boullouque, d'autant plus que les preuves contre lui s'accumulent.

Un ultimatum à l'Iran est acheminé à Genève par Desmarest, via l'ambassade du Pakistan. Il comprend quatre points : 1. Gordhi doit se présenter devant le juge au Palais de Justice ; 2. Si Gordji ne se présente pas, le chargé d'affaires Gholam Reza Haddadi sera expulsé le 16 juillet à zéro heure ; 3. Nous sommes prêts à échanger Gordji contre tous les otages ; 4. Si, au terme de cet ultimatum, rien n'est fait, tous les diplomates iraniens seront expulsés du territoire français.

Téhéran répond par une menace visant les 12 diplomates français restés à Téhéran.

Le 17 juillet, à l'issue d'un tête-à-tête entre François Mitterrand et Jacques Chirac, la France rompt ses relations diplomatiques avec l'Iran, et envoie quelques jours plus tard des bateaux de guerre dans le golfe Persique.

Personne n'ose plus parler du sort des otages. Sauf leurs familles qui, désespérément, frappent à toutes les portes. Elles savent qu'elles ne vont pas tarder à s'ouvrir : la campagne électorale est proche...

XIV

LA VRAIE MENACE

Pendant que les groupes *ad hoc* se réunissent, que les diplomates réfléchissent, que les technocrates pèsent doctement les chances de leur dernière stratégie, que les politiciens affirment que tout est mis en œuvre pour les libérer, mais que « la France ne sera pas l'otage des otages », l'un d'eux, Jean-Paul Kauffmann, emprisonné depuis 27 mois, crie* :

> « Joëlle, Grégoire et Alexandre, je voudrais vous dire, tout comme aux gens qui m'écoutent peut-être : vous nous avez entendus au début de ce mois d'août, nous vous avons appelés au secours, ce n'est hélas pas la première fois, et peut-être êtes-vous habitués à présent à entendre et à regarder notre détresse. Pendant quelques secondes, vous avez peut-être compati, et puis vous avez oublié... Nous, eh bien ! nous sommes toujours là, pauvres figures répétant notre chagrin, notre souffrance et notre désespoir, oui, toujours les mêmes mots, pour vous, ce sont peut-être des mots usés, mais pour nous, ce sont des mots durs, pesants, tranchants, qui font mal. Certes, ce n'est pas très gai à entendre au beau milieu des vacances, les choses que nous disons. Mais écoutez-nous un petit peu.

* Dans sa version intégrale, publiée pour la première fois.

Je ne pense pas que vous vous représentiez vraiment ce que nous vivons, vous qui regardez le ciel, vous qui respirez le vent, vous qui voyez les arbres, eh bien ! tout cela est absent de ma vie depuis vingt-sept mois. La lumière du monde s'est éteinte. Jour après jour, nous éprouvons un peu plus le croupissement de nos corps et de nos esprits. Cet engourdissement de l'âme et du corps est terrible et je vous demande de vous imaginer, vous qui voyez devant vous l'océan, qui songez actuellement nonchalamment au bonheur des vacances, je vous demande un seul instant de vous imaginer cette existence emmurée et recluse que nous menons depuis vingt-sept mois ; réfléchissez par exemple à ce que vous avez fait, vous, depuis vingt-sept mois, vous avez peut-être eu des soucis, mais vous avez vécu, vous avez ri, vous avez éprouvé des sensations, peut-être avez-vous connu des drames, mais votre travail, vos loisirs ont permis de faire diversion.

Eh bien, nous, depuis vingt-sept mois, nous vivons vingt-quatre heures sur vingt-quatre avec notre chagrin et notre tristesse, aucun répit, et je vous assure qu'il y a des moments où une panique affreuse me saisit. Depuis vingt-sept mois, la tristesse, l'angoisse ne nous ont pas quittés un seul instant. Vous savez, ce face-à-face est épuisant, surtout que s'y ajoute la sensation affreuse d'expier un crime que nous n'avons pas commis, cette sensation qu'éprouve tous ceux qui sont victimes d'une erreur judiciaire. Oui, nous avons éprouvé l'inconvenance, le mauvais goût qu'il y avait à reparaître ainsi devant vous. Nous n'avons pas été longs à comprendre, vous savez, que notre drame ne vous intéressait plus, que le mur que l'on avait installé depuis quelque temps pour ne plus entendre nos cris s'était renforcé et élevé un peu plus.

Il paraît même que le ministre des Affaires étrangères a demandé à nos familles de ne pas réagir à notre dernière intervention, afin, dit-il, de ne pas faire le jeu des ravisseurs. Sans doute pense-t-il que c'est le silence qui nous libérera. Et c'est ce même ministre qui disait avec un humour extrême : « *Nous ne sommes pas loin du but.* » Je crois qu'à sa façon il avait un peu raison, tant il est vrai que le but presque avoué, le but réel, en fait, du gouvernement depuis quelques mois, est de nous faire tomber peu à peu dans l'oubli.

Bon ! que disent nos dirigeants ? « *C'est du chantage, il ne faut pas céder au chantage.* » Oui, c'est vrai, inutile de s'indigner. C'est ainsi, messieurs les membres du gouvernement, vous vous donnez de grands airs avec votre prétendue raison d'État. Mais, concrètement, que proposez-vous à part votre froideur ? Vous ne vous rendez pas compte qu'à présent vous nous placez dans une situation effroyable par votre refus d'agir, par votre refus de négocier, par votre refus de bouger, vous nous mettez complètement à la merci de nos ravisseurs. Vous ne voulez plus être un interlocuteur pour eux ? Eh bien ! vous avez cessé d'être, pour nous, un rempart.

C'est d'autant plus grave pour nous qu'il se passe actuellement des événements au Koweit qui ne sont pas sans conséquences pour nous. Les prisonniers dont nos ravisseurs réclament depuis un certain temps la libération connaissent des conditions de détention particulièrement rigoureuses, et en plus de leur peine, on veut leur faire une vie impossible, ce qui me paraît odieux, et, de surcroît, complètement inintelligent. Ces mauvais traitements, nos ravisseurs, il faut le savoir, menacent de nous les infliger à notre tour si rien n'est entrepris pour qu'ils cessent. Et je vous prie de savoir que nous n'avons vraiment pas besoin de cela actuellement. La France connaît pourtant cette situation des prisonniers du Koweit ; elle la connaît depuis le début, elle sait bien que notre sort est lié aux prisonniers du Koweit ; non seulement elle laisse faire, mais elle s'est refusée jusqu'à présent à effectuer la moindre intervention auprès du gouvernement koweitien pour obtenir leur libération.

Voilà, entre autres, ce que signifie l'immobilité du gouvernement. Les otages français, connaît plus. En somme, c'est une manière assez inédite de nous déclarer « apatrides ». Vous allez dire : bon, il exagère. Eh bien ! quand nous disposions de la radio, au début de l'année, j'ai entendu le ministre des Affaires étrangères, puis, je crois, le ministre de l'Économie, affirmer : « *La France ne sera pas l'otage des otages.* » Eh bien ! vous savez, cette phrase m'a profondément bouleversé, elle m'a atterré. En fait, en affectant de nous confondre avec nos ravisseurs, il ne s'agissait pour le gouvernement que de préparer et de justifier notre abandon. C'est clair, nous nuisons à la France. Pourquoi avoir commis un contresens aussi monstrueux ? Tant que vous y étiez, vous n'aviez qu'à dire que nous étions des mauvais Français.

Il y a quelque chose qui m'échappe tragiquement dans cette affaire : peu de temps avant que n'apparaisse ce nouveau slogan, cet odieux amalgame : « *La France ne sera pas l'otage des otages* », j'ai entendu le Premier ministre — je crois que c'était à Strasbourg — affirmer que, dans notre affaire, il fallait nécessairement en passer un jour par des concessions de part et d'autre. Alors, je me demande : pourquoi avoir changé si brusquement, pourquoi nous avoir brutalement laisser tomber, monsieur le Premier ministre, pourquoi avoir défait ce que vous aviez tissé ? Encore une fois, que proposez-vous ? Vous pensez, sans doute, que l'intransigeance finira par être payante et que nos ravisseurs se lasseront. Mais combien de temps encore pensez-vous que nous allons tenir à ce régime ? Et puis, vous savez aussi bien que moi que, dans ce Liban, personne n'est totalement maître des événements et que tout peut arriver. Vous pensez bien sûr qu'un État comme le nôtre avec son Histoire, avec son organisation ne saurait plier face à des terroristes. Terroristes, c'est peut-être ce mot-là qui vous gêne.

Je voudrais vous dire une chose, monsieur le Premier ministre : vous savez aussi bien que moi qu'au Moyen-Orient, par exemple, des dirigeants, et non des moindres, ont été qualifiés de « *terroristes* » au temps de leur jeunesse. Et puis la France n'est-elle pas devenue aujourd'hui la protectrice, l'alliée principale, même, d'un chef d'État qui est un ancien preneur d'otages, naguère ennemi et adversaire de la France et responsable, entre autres, si je ne m'abuse, de la mort d'un officier français[1]. Bon, vous me direz : maintenant, c'est l'intérêt de la France... N'empêche qu'on se garde bien de parler, dans ce cas, de dignité. Alors, pourquoi la susceptiblité du coq gaulois nous est-elle réservée à nous seuls ? Pourquoi monter sur ses ergots rien qu'à notre propos ? Est-il donc si infamant pour la France, par exemple, d'intervenir auprès du Koweit ?

La grandeur d'un pays comme le nôtre ne se mesure-t-elle pas, justement, à sa capacité de s'impliquer pour sauver les citoyens ordinaires comme nous ? N'oubliez jamais, monsieur le Premier ministre, que nous souffrons parce que nous sommes Français. Vous savez le fait d'être éloignés de la France et de souffrir à cause d'elle, me la rend encore plus chère — bien ingrate, la France, de se soucier si peu des gens qui souffrent pour elle ? Ses choix, ses refus nous coûtent bien cher ; n'avons-nous pas droit à quelque sollicitude, à quelque attention de sa part ?

Vous savez, j'ai souvent entendu nos ravisseurs dire : si votre Premier ministre le voulait bien, votre affaire serait réglée en vingt-quatre heures. Oui, en vingt-quatre heures ! Est-ce que cela ne devrait pas vous faire réfléchir, monsieur le Premier ministre ? La France et le Koweit

1. Kauffmann fait allusion ici au président tchadien Hissen Habré et à l'assassinat du commandant Galopin lors de l'affaire de l'enlèvement de Mme Claustre.

sont des pays amis, des pays étroitement liés ; pourquoi n'avoir tenté aucune démarche auprès des Koweitiens concernant les détenus dont nos ravisseurs réclament depuis le début la libération ? Ils ont guetté le moindre geste dans ce sens, rien n'est venu, et puis, voilà qu'on se met à persécuter ces mêmes prisonniers. Ne dites pas, je vous en prie, c'est impossible, ce que l'on nous demande est impossible. Discutez d'abord Monsieur le Premier ministre. Commencez à discuter, mais à discuter vraiment sans le prendre de haut et sans guetter le moment, le prétexte de claquer la porte pour dire : « J'avais bien raison, on ne peut rien faire. » Monsieur le Premier ministre, ne commettez pas, je vous prie, les erreurs d'appréciation de vos prédécesseurs, il en est résulté, pour l'un d'entre nous, des conséquences atroces, et, pour ma part, j'en suis marqué à jamais ; oui, cet épisode tragique m'a marqué à jamais. Je pense, monsieur le Premier ministre, que ce que j'endure au nom d'un pays que j'aime autant que vous, quoique peut-être différemment, m'autorisait à vous parler de la sorte, et j'espère que vous n'en prendrez pas ombrage.

Quant à toi, Joëlle, je sais que tu continues à te battre et que tu cherches, par tous les moyens, à débloquer la situation, à empêcher le black-out sur cette affaire. J'espère que mes confrères journalistes ne se prêtent pas à la manœuvre du gouvernement. Je les sens un peu las, un peu désabusés, alors qu'est-ce que je devrais dire, moi... Je vous assure, ce n'est pourtant pas le moment de baisser les bras... Tu vois, Joëlle, avant que ne se produise le sursaut que nous attendons tous, et, je t'assure, le temps presse, je crois à la détermination de quelques-uns face à l'apathie générale, je crois à la volonté isolée de ceux qui se refusent à admettre la fatalité, je crois à cette force d'une poignée qui bouscule la bonne conscience et l'inertie de ce que j'appellerais les « éternels à quoi bon » les « réalistes fatigués », les « pessimistes mous », tous ces

« sceptiques », tous ces « petits malins » qui vous disent d'un air entendu : « *On ne peut rien faire.* » Il y a, s'agissant de notre affaire, un défaitisme qui m'effraie.

Grégoire et Alexandre, ça ne doit pas être très exaltant, ça ne doit pas être très beau à voir, pour vous, cet abandon général, cette hypocrisie, cet égoïsme, cette débandade ; heureusement il y a le spectacle de votre mère et de quelques-uns qui doit vous éviter de mal juger la nature humaine, je sais, toi, Joëlle que tu es plus déterminée et plus intrépide que jamais. Je veux espérer tout de même que les amis qui te restent te prêtent main-forte : vous avez le bonheur, Grégoire et Alexandre, de vivre dans un pays civilisé, très civilisé, mais qui s'est malheureusement un peu desséché à force de ne plus se soucier que de son bonheur privé, et à force aussi de ne considérer autrui que comme une gêne.

Toi, Grégoire, qui as tant d'intuition, toi, Alexandre, qui as un si bon jugement, profitez de la leçon, surtout ne vous révoltez pas, c'est inutile et complètement inefficace ; ne cédez pas à l'impulsion, réfléchissez : il ne faut pas désespérer des hommes de cœur. Peut-être qu'ils ne s'étaient que momentanément endormis, peut-être qu'ils vont se dire, maintenant, qu'il faut faire quelque chose, et quand les hommes de cœur sont unis et qu'ils veulent quelque chose, on dit que rien ne peut leur résister. Je vous en supplie, ne tardez pas. Ces mots que vous entendez, ce sont peut-être les derniers, ces nouvelles que tu recevras dans une lettre à part, Joëlle, ce sont peut-être les dernières. Si le gouvernement continue ainsi à rester immobile, vous ne nous verrez plus, vous ne nous entendrez plus. Que Dieu vous protège ! »

Au-delà du chantage iranien, la vraie menace, c'est que des Français puissent ainsi vivre murés dans une telle détresse, et depuis si longtemps, uniquement parce qu'ils sont Français.

La vraie menace, c'est que, pour ne pas se crever les tympans, les Français préfèrent oublier la voix de Jean-Paul Kauffmann.

La vraie menace, c'est que par un enchaînement de causes et de motivations où se mêlent à doses variables lâcheté, mépris, incapacité, légèreté et raison d'État, la vérité sur l'affaire des otages soit devenue aussi compromettante pour ceux qui sont censés la gérer.

La vraie menace, c'est que l'Irangate ait été possible.

La vraie menace, c'est qu'au moment même où la voix de Kauffmann était étouffée, un haut responsable d'une nation étrangère (Rafsanjani) ait pu faire entendre la sienne et qu'une notable fraction de l'opinion, convaincue comme tout un chacun du caractère odieux de son chantage, ait cru pouvoir ajouter foi à ses déclarations sur tout ou partie des faits qui lui permettent de l'exercer.

La vraie menace, c'est bel et bien que la démocratie, attaquée de l'extérieur, trop souvent reniée de l'intérieur, finisse par perdre son âme et en meure...

Table

Introduction 7

I. — La surprise d'Octobre 11
II. — L'Ayatollah trouve des armes 17
III. — L'Irangate ou la grande manipulation 45
IV. — L'engrenage 75
V. — La co-belligérance 105
VI. — Carton, Fontaine, Kauffmann, Seurat... 127
VII. — Le bon docteur 149
VIII. — La surprise de Mars 169
IX. — La filière iranienne 199
X. — Les trois clés de Chirac 215
XI. — Lofti 237
XII. — La menace vue par la place Beauvau 253
XIII. — Gordji 289
XIV. — La vraie menace 299

Cet ouvrage a été réalisé sur
Système Cameron
par la SOCIÉTÉ NOUVELLE FIRMIN-DIDOT
Mesnil-sur-l'Estrée
pour le compte des Éditions Fayard
le 9 novembre 1987

Imprimé en France
Dépôt légal : novembre 1987
N° d'édition : 7068 – N° d'impression : 8068
35-57-7859-01
ISBN 2-213-02087-6

35-7859-8